# 绝代双骄 2

古 龙 著

河南文艺出版社
·郑州·

## 古 龙

1938—1985

作为华语小说界一代宗师，“古龙”二字本身已成为一个文化符号。

古龙以惊人的才华，创作出《小李飞刀》《陆小凤》《楚留香》等七十多部精彩绝伦的经典。这些作品中涌动着永恒的热血、自由和生命力，不仅征服了一代代读者，更引发了巨大的文化浪潮，被无数次改编为影视、游戏、动漫，风靡整个中文世界，半个世纪风行不衰。

古龙为人，像他笔下的英雄们一样，豪气干云、放浪形骸、嗜酒如命、风流倜傥。其传奇一生的尽头，在医生下达严禁饮酒的告诫之后，豪饮三天三夜，大醉归西。

古龙是孤独的，一颗滚烫狂放的自由灵魂，与冷漠的现实世界显得那么格格不入；古龙又是幸运的，无数读者通过他的作品与他成为了知己。

中文世界如果没有古龙，将多么寂寞！没有读过古龙的人生，将多么寂寞！

# 目 录

001 / 第二十八章 **穴里乾坤**

007 / 第二十九章 **颠倒乾坤**

020 / 第三十章 **作法自毙**

027 / 第三十一章 **柳暗花明**

037 / 第三十二章 **地下宝藏**

045 / 第三十三章 **当代人杰**

054 / 第三十四章 **盖世恶赌**

065 / 第三十五章 **智得铜符**

078 / 第三十六章 **貌合神离**

087 / 第三十七章 **惊险重重**

098 / 第三十八章 **江南大侠**

105 / 第三十九章 **将计就计**

117 / 第四十章 **冤家路窄**

127 / 第四十一章 **流浪江湖**

139 / 第四十二章 **巧识阴谋**

150 / 第四十三章 峰回路转

159 / 第四十四章 扑朔迷离

168 / 第四十五章 皮里阳秋

181 / 第四十六章 巧识毒计

190 / 第四十七章 计中之计

202 / 第四十八章 揭发奸谋

212 / 第四十九章 幽灵之谜

222 / 第五十章 意料之外

231 / 第五十一章 局中有局

243 / 第五十二章 装傻装疯

251 / 第五十三章 栽赃嫁祸

264 / 第五十四章 略施巧计

272 / 第五十五章 巧妙安排

284 / 第五十六章 作法自毙

292 / 第五十七章 意外之外

# 第二十八章

## 穴里乾坤

小鱼儿有个特别的脾气，随时随地都要开玩笑，但他这玩笑开得也并非没有用意，他想试试这株树是空心还是实心。

他做梦也想不到里面会有人响应。不错，里面的确没有回应，但那块树皮却突然移动起来，好好的一株树，竟突然现出了个门户！

小鱼儿这一惊倒是不小，整个人都吓得向后飞了出去。绿裙少妇也像是吓惨了，竟跪在那里不能动。

树，果然是空的。小鱼儿瞪着那黑黝黝的洞，大声道："什么人在里面？是人是鬼，都给我滚出来。"

树穴里没有声音，一点声音都没有。小鱼儿一步步走过去，拳头捏得很紧，捏得指节都发了白，那双本来就不小的眼睛，瞪得更大。

绿裙少妇颤声道："不要走进去，里面……里面说不定有什么东西。"

小鱼儿大声道："怕什么？这种鬼鬼祟祟的东西，没什么可怕的，他若真的很厉害，为什么不敢出来见人？"

绿裙少妇道："你……你要进去？"

小鱼儿身子也缩了一下，道："进……进去……"

他咳嗽一声，大叫道："自然要进去，这是唯一的线索，我怎么能不查个明白？"

突然间，一阵香气从里面飘了出来。

那香气竟像是一只鸡加上酱油、五香作料在锅里烧的味道。

小鱼儿鼻子已耸起来，这味道在他嗅来，当真是世上最可爱的味道了。他咽下几口口水，大声道："这里面必定是人，鬼是不会吃鸡的，妖怪纵吃鸡，也不会红烧……既然是人，就没什么可怕的。"

他这话像是说给那绿裙少妇听的，又像是自言自语壮自己的胆子。绿裙少妇颤声道："你若真的要进去，就要小心些。"

小鱼儿大声道："我自然会小心的，无论做什么事，我都小心得很，否则只怕已活不到现在了。"嘴里说话，自树下捡了块石子，往洞中抛进去。

只听"笃"的一响，小鱼儿道："这洞并不深。"

绿裙少妇柔声道："你果然是个很小心仔细的人。"

小鱼儿不觉又挺了挺胸，道："你在这里等，我进去瞧瞧。"

绿裙少妇颤声道："不……不行，叫我一个人留在外面，我怕都怕死了，我要跟着你一起进去，有你在我身旁，我才放心。"

小鱼儿瞧了她两眼，道："唉，女人，究竟是女人……好，你跟着来吧，紧紧跟着我，莫要走开。"

绿裙少妇道："你用鞭子都赶不走我的。"

小鱼儿已一脚跨了进去，脚下不觉有些飘飘然。

这株树，里面果然是空的，虽不深，但却十分黑暗。

绿裙少妇紧紧依偎着小鱼儿，颤声道："奇怪，这里还是没有人。"

小鱼儿道："有人的，一定有人的。"

绿裙少妇道："这里总共只有这么大地方，人在哪里？"

树穴周围不过五尺，果然没有可以藏下一个人的地方。

小鱼儿皱眉道："奇怪，红烧鸡肉的香气是从哪里来的？"

绿裙少妇道："这香气像是从下面……"

话未说完，他们站的地方竟突然往下沉了下去。绿裙少妇整个人都缩进小鱼儿怀里，颤声道："这是怎么回事？咱们怎么办？"

小鱼儿圆瞪着眼睛，大声道："莫要怕，怕什么！咱们索性就下去瞧个究竟。"

两个人的身子不断往下沉，四下仍是一片黑暗，他们就像是站在一个筒子里，一个可以上下活动的筒子。绿裙少妇紧紧抓着小鱼儿的手，她的手又湿又冷，这个方才还杀人不眨眼的女子，此刻胆子竟会变得这么小，倒是令人想不通的事。

那"筒子"终于停了，小鱼儿眼前一亮，又出现一道门，一片青蒙蒙的光线，自门外洒了进来。

小鱼儿一伏身，“嗖”地蹿了出去，外面竟是条地道，两旁是雕刻精致的石壁，壁上嵌着发亮的铜灯。

小鱼儿喃喃道：“好家伙，这地方居然还收拾得如此华丽，看来，此间的主人纵不是妖怪，也和妖怪差不多了。”

他刚想回头叫那绿裙少妇出来，忽听一声惨呼，原来那铁筒的门忽又关了，铁筒竟又往下沉，绿裙少妇的惨呼声不断自筒里传出来。

只听她凄声呼道：“火……救命，救命，火……”

小鱼儿大惊之下，要伸手去拉，但那就像是间小屋子般大小的铁筒，他又怎么能拉得住？他想随着铁筒往下跳，但那铁筒恰巧嵌在地里，就不动了，只有那绿裙少妇的惨呼声仍不断传上来。

“火……烧死我了，求求你……救命呀，火……”

凄厉的呼声，听得小鱼儿全身冷汗直冒。他拳打脚踢，想弄开那铁筒的顶，怎奈那铁筒的顶也是精钢所铸，他用尽气力，也是没有用的。

绿裙少妇的惨呼声已愈来愈衰弱。“我受不住了……求求你，让我快些死吧……求求……”呼声突然断绝，然后便是死一般的静寂。

小鱼儿也停下了手，痴痴地站在那里。

绿裙少妇竟被活活烧死在铁筒里。

这女子虽然狠心，虽然和他没有关系，却曾全心全意地依靠着他，而结果，却落到这种下场。她选错了人，选错人了……

小鱼儿的眼眶已变得湿湿的，突然嘶声大呼道：“你听着，无论你是谁，都仔细地听着，你吓不倒我，也杀不死我的，我却一定要杀死你！”

地道里没有响应，根本没有人理他。

小鱼儿咬了咬牙，大步向前走去。

地道并不长，尽头处有一扇门，门上面也雕刻着一些人物花草，看来，单只建这条地道，就不知花了多少人力物力，这里的主人肯花这么大的人力物力在地下建造这条地道，当真不知是个什么样的怪物。

门，并没有上锁，小鱼儿伸手一推就推开了。

他自己也不知自己怎么会有这么大的胆子，竟笔直走了进去，他好像觉得自己绝不会死。

只因他若要死，方才就该被火烧死——他只觉这地道的主人似乎不想杀他，为什么，他却弄不清楚。

他想得并不太多，这就是他思想的秘诀，只要能捕捉着一点主题，其余的就不必想了，想多了反而困扰。

门后面，是一间厅堂。地道已是如此华丽，厅堂自然更堂皇，在地下竟会有如此堂皇的厅堂，更是件令人想不到的事。除了没有窗子，这里简直和地上富户的花厅没什么两样，陈设的雅致大方，还尤有过之。但厅堂中仍没有人。

小鱼儿喃喃道："这里的主人虽是个怪物，但倒也懂得享受，他若将这里弄得鬼气森森，虽能吓得倒别人，却也苦了自己。"

忽听一人笑道："不想阁下倒是此间主人的知己。"

这语声虽是男子的口音，但缓慢而温柔，却又有些和女子相似。小鱼儿滴溜溜一转身，却瞧不见人，不由大喝道："什么人？你在哪里？"

那语声笑道："你瞧不见我的，我却瞧得见你。"

小鱼儿虽然没有瞧见人，却又瞧见一扇门。他一步掠了过去，推开门，又是间花厅。

厅堂的中央，有张桌子，桌子上有只天青色的大碗，那始终引诱着小鱼儿的香气，便是自碗里发出来的。碗里，果然是只烧得红红的鸡。

小鱼儿眼睛又圆了。只听方才那语声又在另一处响起，缓缓道："江小鱼，这只鸡烧得很嫩，是特地为你准备的。"

小鱼儿身子一震，大声道："你……你怎会知道我的名字？"

那语声笑道："此间的主人，没有不知道的事。"

小鱼儿吼道："你们到底是些什么人？"

那语声道："你怎知道我们一定是人？"

小鱼儿怔了怔，后退两步，道："你们究竟想要我怎样？"

那语声缓缓道："你的胆子不小，竟敢一直闯到这里，但你若是胆子真大，就将这只鸡吃下去，你敢吗？"

小鱼儿眼睛瞪着那只鸡，不错，鸡的确烧得很香、很嫩，但吃下这只鸡后会怎样？会死？会晕过去？会发疯？

小鱼儿突然大笑道："你以为我不敢吃？"

他竟真的抓起那只鸡，吃了个干净。

那语声道：“很好，你的胆子真不小。”

小鱼儿在裤子上擦着手，大笑道：“我怕什么？就算你们都不是人，就算这只鸡有毒，也没什么关系，你们若是鬼，我被毒死后，岂非也变成鬼了？何况，你们若要我死，尽可有许多别的法子，又何必如此麻烦请我吃鸡？”

他的嘴虽硬，心里却还是有些发虚。他觉得这对手实在可怕得很，只因他根本弄不清他们是谁，也弄不清他们的用意，更不知他们怎会知道自己的名字。他简直就像是落在云里雾里，他以前当然也曾害怕过，但那种害怕却和此种绝不相同。

只因此刻他甚至不知道自己怕的是什么。

只听那语声悠悠道：“你以为这只鸡没有毒？”

小鱼儿大声道：“这只鸡难道有毒？”

那语声道：“你可知道，有很多人，专喜欢做麻烦的事……”

小鱼儿脸色突然发绿，道：“不错，有许多人专喜欢做麻烦的事，我也错了……”他嘴里说着话，人已倒了下去。

他醒来时，只觉全身发软，一点力气都没有，眼前一片黑暗，什么都瞧不见，也听不见丝毫声音。

他就在黑暗中静静地躺着，什么也不去想，这一切遭遇，反正是想也想不通的，想了反而头疼。

黑暗中，终于有了声音。

仍是那么温柔的语声，唤道：“江小鱼，你醒来了么？”

小鱼儿道：“嗯。”

那语声道：“你可知道你现在是死是活？是人是鬼？现在，你睁大了眼睛，等着瞧吧。”

这句话刚说完，四面灯光已亮了起来。小鱼儿发觉自己还是躺在方才倒下去的地方，但四面的椅子上，不知何时，已坐着七八个人。

这七八个人都穿着宽大而柔软的长袍，年纪最多也不过只有二十多岁，每个人都长得清清秀秀、白白净净。

这七八个人虽然都是男人，但看来却又和女子相似，每个人都懒洋洋地坐在那里，瞧着小鱼儿懒洋洋地笑着。

小鱼儿道："你们就是这里的主人？"

七八个人一齐摇了摇头。这些人一个个竟都是有气无力，像是全身没一根骨头，人虽然都是活的，但却和死人差不多。

小鱼儿忍不住大声道："你们的主人究竟是谁？为什么不出来见我？他若也像你们这种不男不女、要死不活的模样，我还懒得见他哩。"

其中一人笑道："你莫要笑咱们，三个月后，你也会和咱们一样。"

小鱼儿笑道："你活见大头鬼了。"

那人笑道："你不信？你虽有铁打的身子，也吃不消她。"

小鱼儿道："她？她是谁？"

那人道："她就是咱们的女王。"

只听一人银铃般娇笑道："我就是这里的女王！"

这笑声听来熟得很。小鱼儿转过头，便瞧见了她。

她竟是那方才被活活烧死的绿裙少妇。

小鱼儿整个人都呆住了，眼睛瞪得简直比鸡蛋还大。

# 第二十九章

## 颠倒乾坤

绿裙少妇瞧着小鱼儿咯咯笑道："天下第一聪明人，世上真的没有一个人能骗得到你么？"

小鱼儿痴痴地瞧着她，道："难怪那两人尸身全不见了，难怪你能找得到那地道的入口，原来你就是这里的主人，你……你的确骗到我了。"

绿裙少妇道："你服了么？"

小鱼儿叹道："我服了……我早就说过，你是个骗死人不赔命的女妖怪。但我却再也想不到，你这妖怪竟是从地下钻出来的。"

绿裙少妇身子轻盈地一转，笑道："你瞧我这宫殿如何？"

小鱼儿道："不错，的确不错。"

绿裙少妇眼波一转，道："你瞧我这些妃子如何？"

小鱼儿瞪大了眼睛。

绿裙少妇咯咯笑道："男人可以有三妻四妾，女人为什么不可以？"

小鱼儿苦笑了一下，忽又瞪大眼睛，失声道："你难道……难道要我也做……做你的妃……妃子？"

绿裙少妇瞧着他，嫣然笑道："不对。"

小鱼儿刚松了口气，绿裙少妇已柔声接道："我要你做我的皇后。"

小鱼儿呆了半晌，突然大笑起来，笑得几乎喘不过气，他一生中简直从来没有像这样大笑过。

绿裙少妇道："你开心么？"

小鱼儿大笑道："我开心，开心极了，我什么疯狂的事都想到过，但却做梦也没有想到我有朝一日竟会做皇后。"

绿裙少妇道："你不愿意？"

小鱼儿瞪大眼睛，道："我为什么不愿意？世上又有几个男人能当皇后？"

他突然跳起来，往桌子上一坐，大声道："喂，你们还不过来拜见你们的新皇后么？"

那些青衫少年你瞧着我，我瞧着你，终于一起走过来。

小鱼儿道："只要磕三个头就够了，不必太多。"

少年们一齐去望那绿裙少妇，绿裙少妇不停地娇笑，不停地点头，少年们想不磕头也不行了。

小鱼儿道："磕完头就出去吧，我要和皇上喝酒了，快出去……妃子若想和皇后争宠，皇后吃起醋来，是要砍你们脑袋的。"

少年瞧着他，那模样倒当真像是瞧见了个妖怪似的，突然一起转过头，走了个干净。

小鱼儿拍手大笑道："妙极妙极，做皇后的滋味可真不错。"

绿裙少妇笑得已直不起腰，咯咯笑道："你这小鬼真有意思，我在这里十多年，从来没有这样开心过。"

小鱼儿笑道："从今以后，我天天都要让你开心，开心得要死，你虽然叫'迷死人不赔命'，我却要迷死你。"

绿裙少妇突然不笑了，瞪大眼睛，道："你……你怎知道我的名字？"

小鱼儿笑嘻嘻道："我非但知道你这名字，还知道你叫萧咪咪，也是'十大恶人'之一。你看来虽然又娇又嫩，其实最少也四五十了，但你放心，我不会嫌你老的，姜是老的辣，愈老我愈欢喜。"

他连珠炮似的说了一大篇，绿裙少妇已怔在那里。

小鱼儿道："别站在那里呀，春宵一刻值千金，你该过来和我这皇后亲热亲热才是。"

绿裙少妇凝眸望着他，缓缓道："你只说错了一件事。"

小鱼儿道："哦？"

绿裙少妇道："我今年只有三十七。"

小鱼儿嘻嘻笑道："就算你十七也没关系，'永远莫要和女人讨论她的年龄'，这句话我很小的时候就懂了的。"

绿裙少妇道："别的事你说错都没关系，但你若说错女人的年纪，她可不饶你。"

她的手，温柔而美丽；她的笑，也是温柔而美丽。

但这温柔的笑容中却隐含杀机，这双美丽的手顷刻间也能致人死命，这小鱼儿自然是知道的。

小鱼儿却偏偏装作不知道，嘻嘻笑道："我已知道你是谁，你可知道我是谁么？"

萧咪咪眼波流转，道："你……"

小鱼儿道："'十大恶人'若也有一个朋友，那就是我，江小鱼。"

萧咪咪道："你……你竟敢自称'十大恶人'的朋友？"

小鱼儿笑道："你难道以为我是好人不成？"

萧咪咪嫣然道："你自然不是好人，但你还太小，小得还不能做恶人。我瞧你……你只怕是那老妖怪派来的，是么？否则你又怎么知道我？"

小鱼儿道："老妖怪我的确认得好几个。"

萧咪咪道："好几个？"

小鱼儿眨了眨眼睛，突然大笑道："哈哈，小僧从来不近妖孽，阿弥陀佛……近妖者杀……你杀时小心些，若让血流得太多，肉就不鲜了……九幽门下，饿鬼日多，肉纵不鲜，也有鬼食……你呀，你就是个缺德鬼。"

他说了五句话，正活脱脱是哈哈儿、"血手"杜杀、"不吃人头"李大嘴、"半人半鬼"阴九幽、"不男不女"屠娇娇这五人的口气，不但声音相同，语气也相同，正是惟妙惟肖，活灵活现。

萧咪咪眼睛已睁大了，娇笑道："你这小鬼，你认得他们？"

小鱼儿道："我从小就是在恶人谷长大的。"

萧咪咪的手立刻放下了，拍手笑道："这就难怪，难怪你是个小妖怪，原来你竟是跟着他们长大的……他们常常提起我么？"

小鱼儿笑道："他们叫我遇见你时，要千万小心些，莫要被你迷死。他们说你是六亲不认，见人就要迷的。"

萧咪咪咯咯笑道："你相信他们的鬼话？"

小鱼儿眯着眼笑道："能见着你这样的人，就算被你迷死，我也心甘情愿的。"

萧咪咪娇笑道："哎唷，小鬼，我没有迷死你，倒真的快要被你迷死了。"

小鱼儿大笑道："现在，你可以请我喝酒了么？"

送酒上来的，竟是个孩子。

这孩子生得眉目清秀，但却面黄肌瘦，像是发育不全的模样，看神气像是比小鱼儿大，看身材又似比小鱼儿小。

他缩着脖子，驼着背，捧着盘的两只手，不停地发抖，但一双眼睛，却仍不时偷偷在萧咪咪胸前瞟来瞟去。

萧咪咪笑道："小色鬼，你瞧什么？"

那孩子红着脸，垂下了头，道："没……没有。"

萧咪咪媚笑道："你想亲亲我是么？"

那孩子脸更红了。

萧咪咪道："来，想亲就来亲呀，怕什么？"

那孩子突然放下盘子，抱住了她。

萧咪咪突然反手一个巴掌，将他打倒在地上直滚。小鱼儿瞧得直摇头，突然发现这孩子背着脸时，满脸都是杀机，目中狠毒之意，竟令人觉得可怕。

但他站起来时，又变得一副可怜模样，红着脸，垂着头，一步一挨，慢吞吞走了出去，像是路都走不动。

小鱼儿道："这小孩儿也是你的妃子？"

萧咪咪道："你吃醋？"

小鱼儿道："唉，你简直是摧残幼苗。"

萧咪咪道："我就是要折磨他，直到他死。"

小鱼儿道："你为什么恨他？他不过是个孩子呀！"

萧咪咪道："他虽是个孩子，但他的爹爹……嘿，普天之下，再没有一个比他那爹爹更毒辣更阴险的人了。"

小鱼儿笑道："哦？他难道比阴九幽还阴险？难道比李大嘴还毒辣？"

萧咪咪道："阴九幽虽险，李大嘴虽狠，别人总还瞧得出，但他爹爹做尽了坏事后，别人还在称他为当世之大侠。"

小鱼儿眼珠子一转，笑道："连你都说这人坏，想来他必定真是个大坏蛋了。"其实他心里想的却是："你说他是坏蛋，他想必是个好人……"

他故意不问这人的名字，萧咪咪居然也不说了。只见那孩子抱了个盘子走进来。

小鱼儿突然道："喝酒之前，我先得出去清存货。"

萧咪咪啐道："没出息。"

小鱼儿笑道："皇后方便时，总得有个妃子在旁边伺候着……"

他拉起那孩子的手，道："来，你带我去。"

萧咪咪娇笑道："小心些，莫掉下去先就吃饱了。这里的酒菜还在等着你哩。"

那孩子缩着脖子，垂着头在前面走。小鱼儿瞧着他的背影，似乎在想什么。

这地下的宫阙，显然是经过精心的设计，每一寸地方，都没有被浪费，长道的弯曲处，就是方便之处。

小鱼儿突然问道："喂，你姓什么？"

那孩子道："江。"

小鱼儿笑道："你也姓江？真巧。"

"你叫什么名字？"

那孩子道："玉郎。"

小鱼儿皱了皱眉，眼珠子四面一转，忽又笑道："奇怪，这里已是地下，这许多人的大便小便，都流到哪里去了？这地下的地下难道还有通道？"

江玉郎道："下面没有通道，是坟墓。"

小鱼儿道："坟墓？谁的坟墓？"

江玉郎道："听说是建造此地工人的坟墓。"

小鱼儿又不禁皱了皱眉头，赶紧站起来，道："你知道的倒不少，想必已来了许久。"

江玉郎道："一年。"

小鱼儿道："一年……你怎会来的？"

江玉郎道："阁下怎会来的？"

小鱼儿道："嗯，不错，萧咪咪自然有法子把你弄来的……看来这里必定还有条通向外面的道路，你……你知道么？"

江玉郎道："不知道。"

小鱼儿道："你没有查过？"

江玉郎道："没有。"

小鱼儿道："你难道不想出去？不想回家？"

江玉郎道："这里很好，很舒服。"

小鱼儿突然一把抓着他的肩头，沉声道："你这小鬼，我知道你心里恨得要死，时时刻刻都在想法子出去，你瞒不过我的，你若肯与我合作，咱们就能想法子出去！"

江玉郎面上毫无表情，淡淡道："阁下若是方便完了，就请回去用酒。"

小鱼儿眼睛盯着他，盯了许久，一字字道："我说的话，你记着，每个字都记着！"

江玉郎仍然缩着脖子，垂着头，在前面走。小鱼儿瞧着他的背影，还似在想着什么。

两人终于走了回去，萧咪咪笑道："看来，你存货倒不少，我只当你真的掉下去了。"

小鱼儿抚着肚子，嘻嘻一笑，道："这肚子……"

江玉郎突然接口道："他方便是假的，他只想要我陪着他捣鬼，只想从我嘴里探听出这里的出路，还叫我跟他一起逃出去。"

萧咪咪眼睛一瞪，冷冷笑道："江小鱼你真的想出去？你何必问他，我告诉你好了。"

小鱼儿神色不动，却大笑起来，笑道："我在恶人谷都住了十来年，这地方难道比恶人谷还糟么？我不过是试试这小鬼的，你难道信他的？"

萧咪咪悠悠道："其实，不管你是真是假，你问他都没有用的……这地方的出路，除了我，谁也不知道。"

她拍了拍江玉郎的头笑道："想不到你倒很老实。"

江玉郎脸又红了，垂头道："只要能常常在娘娘的身边，我什么地方都不想去了。"

萧咪咪笑道："小色鬼，今天不准再胡思乱想了，乖乖去睡觉吧。"

江玉郎瞧了瞧小鱼儿道："但他……娘娘难道……"

萧咪咪道："你想我宰了他？"

江玉郎道："他……他实在……"

萧咪咪轻轻给了他个耳刮子，笑啐道："要吃醋还轮不到你，滚吧。"

江玉郎垂着头，转回身，乖乖地走了。萧咪咪根本再也未瞧他，这小鬼她是不放在心上的，无论他想玩什么花样，也玩不过她的手掌心。她只是瞧着另一个小鬼。

小鱼儿嘻嘻一笑，道："这小子果然是个坏蛋。"

萧咪咪道："他是坏蛋，你也不是好东西。"

小鱼儿道："我难道不比他好？"

萧咪咪眯着眼笑道："你可知道我为什么不杀你？"

小鱼儿道："你舍不得杀我的。"

萧咪咪媚笑道："对了，我真是舍不得杀你，我正要瞧瞧你究竟有多好……屠娇娇总教过你几手的，我……我想试试。"

她斜斜地在张软榻上坐下去，春色已上眉梢，柔声道："你还不过来？难道还要等我再教你？"

小鱼儿眼珠子乱转，嘻嘻笑道："女人到了三十五，果然又如狼，又如虎。"

萧咪咪轻咬着嘴唇，道："你怕？"

小鱼儿笑道："初生之犊不畏虎。"

萧咪咪道："那么……你还等什么？"

小鱼儿道："我只怕你吃不……"

他"消"字还未说出口，江玉郎突然又冲了进来，一张脸已变得没有一丝血色，颤声道："不……不好，不好了！"

萧咪咪怒道："你想干什么？"

江玉郎道："死了……全都死了。"

萧咪咪变色道："什么人死了？"

江玉郎道："我……你赶紧去瞧瞧，他们……他们……"话未说完，突然晕了过去。

死人，到处都是死人！方才那些青衫少年，此刻竟没有一人还是活的。

翻开他们的脸，有的七窍流血，有的血肉模糊，就连小鱼儿这么大的胆子，也不禁瞧得心里直冒寒气。

萧咪咪也有些慌了，跺脚道："这……这是怎么回事？"

小鱼儿眼珠子一转，道："莫不是那老妖怪已暗中潜来此地？"

萧咪咪道："不可能，绝不可能！此间入口，绝无人知道。"

她嘴里说着"不可能"，人已往门外冲出去，忽又回头，厉声道："你若敢跟着来，我就真宰了你！"

小鱼儿苦笑道："你放心，我难道不知道偷看了别人秘密的人，是万万活不长的……我还想多活两年哩。"

等到萧咪咪从前面的门出去，他人已到了后面的门。他虽然明知萧咪咪必定要到那秘密的出口处察看，他也不想去偷瞧这秘密，只因他想瞧的是另一人的秘密。

他伏在地上，露出半只眼睛。只见那已晕在地上的江玉郎，头突然动了，也用一只眼睛往四面瞧，他自然瞧不见门后面的小鱼儿。小鱼儿屏住了呼吸，动也不动。

江玉郎突然唤道："江公子……江小鱼，你出来吧。"

小鱼儿的心一跳，但咬住牙，终于没有出声。江玉郎又等了等，突然跳起来。他身子突然变得比燕子还轻，比鱼还滑，比狐狸还灵，身子才一闪，已从旁边的一道小门滑出去。

那道小门，正是他方才带小鱼儿方便时走的门。小鱼儿早已算好方向，他出了那间屋子的小门，小鱼儿也到了这间屋子的小门边，还是用半只眼睛偷偷地瞧。

只见江玉郎身子不停，一头钻进了那方便之处。小鱼儿的身子也像燕子一般掠过去。江玉郎竟掀起了那粪坑的盖子，往里面钻。

突然间，他腰上一麻，裤带已被人拉住。只听小鱼儿笑道："你想一个人跑，那不成。”

江玉郎的脸，这一次是真的吓白了，颤声道：“莫……莫要开玩笑。”

小鱼儿冷笑道：“谁跟你开玩笑，老实说，你想干什么？”

江玉郎道：“小……小人只是想方便方便。”

小鱼儿道：“放屁，方便也不必钻进粪坑里去！”

江玉郎道：“我……我想……”

小鱼儿道：“你难道想吃粪？”

江玉郎道：“听说粪是解毒的，我也中了毒，所以……我……”

小鱼儿冷笑道：“你这小鬼，一张嘴果然厉害，但却休想骗得到我，你再不说老实话，我就拉你去见萧咪咪，而且还告诉她，那些人都是你杀的！”

江玉郎身子已抖了起来，道：“我……我没有……”

小鱼儿道：“你杀了他们，将萧咪咪引开，然后再躲在一个秘密的地方，等萧咪咪找不着你时，再偷偷溜出去。”

江玉郎道：“你……你……”

小鱼儿道：“老实告诉你，你纵然奸似鬼，也得吃老子的洗脚水，我早就看透你了，你若想活命，就得乖乖跟我合作。”

江玉郎终于叹了口气，道：“我服了你，好吧，你说得不错，我那藏身之处，就在这粪坑里，我费了一年的时间，才挖出来的。”

小鱼儿道：“真有你的，居然将藏身之处弄在粪坑里，也不怕臭。”

江玉郎道：“若要活命，就不觉得臭了。”

小鱼儿叹道：“我见过的坏人也不少，若论忍得、狠得，还得数你这小鬼第一，就连我也不得不佩服你。”

江玉郎道：“快，时候已不多，快放手，我带你进去！”

小鱼儿放开手笑道：“你将路弄干净些，我……”

话犹未了，江玉郎两只脚突然连环踢出，这两脚踢得当真是又准又狠，他看来本不似有这么高的武功。

可惜小鱼儿早已算好他有这一招，他脚再踢出，腰上的穴道已全都被小鱼儿点住了，下半身再也不能动。

小鱼儿冷笑道：“我早就告诉过你，你弄不过我的，还不乖乖往里爬。”

江玉郎颤声道：“我……我不能动了。”

小鱼儿道：“脚不能动，用手爬！”

江玉郎再也不说话，果然乖乖地往里爬。

那粪坑本有一个洞通向地下，竟被他又从旁边挖了条小道，刚好可以容得下他的身子。他就像蛇一般往里爬。小鱼儿也只得捏着鼻子，跟着他爬，幸好爬了一段，就不臭了，小鱼儿摇着头苦笑道：“别人说我是个小妖怪，我看你才真是个小妖怪。真亏你想得出，竟在这种鬼地方下工夫。”

这条小小的地道有七八尺，然后，里面就是个小小的洞，最多也不过只有七八尺见方。但这洞里，却早已铺好了四五床棉被，还有两缸水、一坛酒和一大堆咸肉、香肠、糯米糕，此外居然还有十几本书。

小鱼儿瞧了瞧，也不禁叹息道：“你倒真花了不少工夫，准备得倒真周到。”

江玉郎缩在角落里，瞧着他，那双眼睛就像蛇一样，闪着光，狡黠的光，狠毒的光，怨恨的光。小鱼儿也瞧着他，他是狐狸也好，是蛇也好，小鱼儿都不怕，小鱼儿并不怕坏人，愈坏他愈觉有趣。

地下静得很幽寂，虽然难耐，但也正代表着安全，这里的确是个安全的地方，小鱼儿想不出有谁还能找得到他。他舒服地在棉被上躺下来，摘下条香肠，嗅了嗅，咬了一口，香肠的滋味居然不错，很不错。

小鱼儿笑道：“粪坑里的避难所，粪坑里的香肠……江玉郎你的确是个天才。”

江玉郎垂下眼皮，喃喃道：“天才！天才……”

小鱼儿笑道：“在粪坑挖洞，的确是只有天才才想得出的主意，萧咪咪就算查得再紧，但在你方便时可也不能跟着你。”

江玉郎木然道：“不错，这的确是天才的主意，但这天才想出这主意后，花了多大的代价，吃了多大的苦，你可知道么？”

小鱼儿道：“你说吧，我很喜欢听人诉苦。”

江玉郎道：“你只知道在大便时挖出地道非常秘密，但你可知道要大便多少次才能挖出这样的地道？”

小鱼儿道：“嗯，确实要不少次。”

江玉郎道："你可想过一个人一天只能大便多少次？一年又只能大便多少次？大便的次数太多，岂不被人怀疑？"

小鱼儿搔了搔头道："嗯，这……"

江玉郎道："你可想过一个人在大便时，若只是拼命地挖地道，那么他的大便哪里去了？他难道能永远不大便么？"

小鱼儿又搔了搔头，苦笑道："嗯，这的确是个问题。你在大便时若真的大便，就没有时间挖地道；你若挖地道，就没有时间大便了。这怎么办？"

江玉郎辛涩地一笑，道："怎么办？你永远想不到的，像你这样的大少爷，永远想不到像我这样的小人物能吃怎样的苦。"

他瞪着眼，咬着牙，一字字接道："我只有像狗一样，一面工作，一面大便，因为我不能浪费时间，我学会在最短时间脱光衣服，纵然冷得要死，我也得脱光衣服，因为我不能让大便和泥土弄脏衣服，但是我身上……"

他突然停住嘴，似乎想吐。小鱼儿也突然觉得有些恶心，抛下了手里的半截香肠，想说什么，但说了半天，也没有说出话来。

江玉郎盯着地上的半截香肠，缓缓道："你可知道我为什么这样瘦？"

小鱼儿道："你……嗯……你……"

江玉郎咬牙道："我瘦，因为我一天到晚在挨饿，为了要尽量减少大便，我只有不吃东西，为了要贮存食物，我也只有挨饿。"

他露出白森森的牙齿，尖锐地一笑，道："这就是天才一年来的生活，一年来狗一般的生活才换来这地洞，而你……你什么事都没有做，却在这里舒服地睡着。"

小鱼儿还在搔头，突然笑道："你可知道这是为了什么？"

江玉郎道："我但愿能知道。"

小鱼儿笑道："告诉你，这就因为你虽是天才，我却是天才中的天才，一个人有我这样聪明就可以不必吃苦了。"

江玉郎盯着他，良久良久，缓缓垂下头，道："不错，我的确不如你，我很佩服你！"

这本是句称赞的话，但小鱼儿听了，不知怎地，心头竟突然生出股寒意，竟像是听了句最恶毒的诅咒。不错，这苍白而矮小的少年，也许的确不如他聪明，不如他机警，但若论狠毒，若论狡黠，小鱼儿却差多了。

尤其是那一份忍耐的功夫，小鱼儿更是一辈子也比不上——忍耐虽是种美德，但有时却又令人觉得可怕。小鱼儿也不再说话。

他心里在想：这世上若还有我的对手，就是这小狐狸。但这念头还未转完，他已知道自己错了。

这世上他还有个对手，一个更可怕的对手。

他眼前似已泛起了一条人影，那是个文质彬彬、温柔有礼，又风流体贴、永远不会动怒的人影。

花无缺，无缺公子，他既不狠毒，也不奸诈，似乎完全没有什么心机，除了武功外，似乎全无任何可怕之处。但这种“全无可怕之处”正是最可怕之处——他整个人似乎就像是大海，浩浩瀚瀚，深不可测。

小鱼儿暗中叹了口气，喃喃道：“这小子我的确看不透，能让我看不透的人，大概是不错的了……”

江玉郎瞧着他，想说话，但是忍住了。

小鱼儿笑道：“我不是说你，我是说另一个人。”

江玉郎道：“哦。”

小鱼儿道：“这个人看起来并不像是个十分聪明的人，但你无论多聪明，无论玩什么花样，到他面前就没用了。因为你无论对他用什么手段，玩什么花样，他都不会吃亏的，算来算去，吃亏的是你自己。”

江玉郎淡淡一笑，道：“这种人我还未见过。”

小鱼儿道：“只要你不死，你总会见着的。”

江玉郎木然自语道：“只要我不死……只要我不死……”突然面色大变，失声道：“糟糕！”

小鱼儿知道能让他变色的，必定是件很糟糕的事，脸色不由自主也有些变了，脱口道：“什么事？”

江玉郎道：“你……你进来时，可反手盖上那粪坑的盖子？”

小鱼儿张大眼睛，道：“呀，没有，我忘了。”

江玉郎变色道：“萧咪咪瞧不见我们，必定四下搜索，她若瞧见……”

小鱼儿展颜笑道："你也未免太小心了，她难道会想到咱们在粪坑里？"

江玉郎道："我自然要小心，只要稍微大意，只要一处大意，就可能招来杀身之祸，你可知道萧咪咪的武功？"

小鱼儿苦笑道："我就因为摸不透她的武功，所以不敢和她翻脸……假如是笨人，武功高些我也不怕，但她……她简直也是个妖怪。"

江玉郎叹道："她武功之高，只怕远出你想象之外。据说，她一生中有七百多个情郎，其中还包括了七大剑派中的子弟，每人只教她一手武功，就够人受的了。"

小鱼儿眼珠子一转，道："如此说来，倒是真该小心些才好，我还是再偷偷溜出去一趟，把那见鬼的盖子盖上吧。"

江玉郎道："你等一等。"他口中说话，耳朵已贴在土壁上，听了半晌，失色道："不行，她已经回来了。"

# 第三十章

## 作法自毙

小鱼儿耳朵也贴上土壁，静静地听。地上面，果然已有声音传下来，各种声音。

萧咪咪自然要发怒，要暴跳如雷，要呼唤、咒骂，小鱼儿虽然听不到她在骂什么话，也可想象得出。

江玉郎道："我算了许久，算准她本来是绝对想不到我会藏在地下的，她必定以为我已想法子溜了，但那盖子……"

小鱼儿道："我想，她在气得快发疯的时候，是不会留意到粪坑的盖子是否盖着的。"

江玉郎道："但愿如此。"

他停了停，又道："只要她找不着咱们，就必定不会再逗留在上面的，人已死光了，她还留在那里干什么？"

小鱼儿道："不错，她一定会走的。"

江玉郎道："咱们最多在这里待半个月，她一定早已走了，那时，咱们就可以大摇大摆地走出去，也不怕她再来追。"

小鱼儿道："你知道那秘密的出口？"

江玉郎淡淡一笑道："天下绝没有一件能瞒住所有人的秘密。"

小鱼儿笑道："好，咱们就等半个月吧，在地下住半个月，倒也是件有趣的事，倒也不是每个人都能享受到的。"

他又躺下来，眨着眼笑道："只不过……抱歉得很，我还是不能解开你的穴道。"

江玉郎道："你……你真要这样？"

小鱼儿道："我不能不这样……只因为我和你这样的人日夜在一起，我实在有点不放心，实在不能不提防着你。"

他又笑道："我差点忘了告诉你，我点你穴道所用的手法，你自己是绝对解不开的。"

这地洞就像是蛇穴一样，江玉郎也正像是条蛇，和一条蛇一起睡在蛇穴里，能睡着的人大概不多吧。

小鱼儿却睡着了。他吃了条香肠，吃了块糯米糕，还喝了碗酒。他脸红红的，睡得很甜。

壁上自然有个小洞，洞里自然有盏灯，灯光照着他红红的脸，江玉郎的眼睛，也在瞧着这张红红的脸。他暗中在数着小鱼儿的呼吸，已数了四千多下了。小鱼儿的呼吸均匀得很。

江玉郎已检查过自己两条腿的经脉，这该死的小鬼果然没说假话，他用的竟不知是哪一派的该死的点穴手法。现在，他睡得很熟，因为他知道江玉郎不敢杀他。

但江玉郎却悄悄伸出了手。小鱼儿仍在睡着，甚至开始轻轻地打呼。

江玉郎眼睛盯着他，手尽量往前伸。小鱼儿呼声愈来愈响。

江玉郎的手突然拿起了一本书，极快地翻开书，书里面夹着张叠着的纸，江玉郎松了口气，拿出了那张纸。

他轻轻将书放回去，小心地将那张纸叠得更小，想了想，想塞进靴子，最后却是藏在发髻里。

这时，他苍白的脸像是发出了光。然后，他叹口气，闭上了眼睛。不久，他也睡着了。

小鱼儿的眼睛突然睁开，睁得很大。灯光照着江玉郎苍白的脸，小鱼儿的眼睛里带着些讥嘲，也带着些笑。

这双眼睛像是在说："你瞒不过我的，你什么事都瞒不过我的。"

江玉郎的呼吸也均匀得很。小鱼儿悄悄站起来，伸出一只手，在江玉郎面前晃了十几下，江玉郎呼吸仍然很均匀，完全没有感觉。

这小狐狸的确太累，真的睡着了。小鱼儿轻轻地、慢慢地伸出了两根手指，去掏江玉郎的头发，但还未触及头发，这两根手指忽又改变了方向，向江玉郎的睡穴点了过去。

睡着了的江玉郎突然叹了口气，道："你要拿，就拿去吧，又何苦再点我的穴道。”

小鱼儿怔了怔，瞬即笑道：“原来你也没有睡着。”

江玉郎苦笑道：“和你这样的人在一起，我怎么睡得着？”

小鱼儿笑道：“但你假睡的本事却真不错，我竟也被你骗过了。”

江玉郎道：“彼此彼此。”

小鱼儿大笑道：“妙极妙极……你头发里的东西，借给我瞧瞧好么？”

江玉郎苦笑道：“我能说不好么？”

他苦笑着自发髻中取出那张纸，指尖已有些颤抖，这张纸他看得比什么都重，但此刻却只有拿出来。对于不能反抗的事，他是从来不会反抗的。

他将纸抛给小鱼儿，仰首长叹道：“我只怕是上辈子缺了很大的德，老天才会让我遇见你。”

小鱼儿心里委实充满了好奇。他委实想不出这张纸上究竟有什么秘密，但他相信江玉郎显然如此看重这秘密，这秘密就绝对不是普通的。

他打开这张纸的时候，也不禁有些心跳，但他瞧了一眼……只瞧了一眼后，竟突然笑了起来。

江玉郎瞪着眼睛，道：“你很得意，是么？”

小鱼儿道：“是，是，我得意极了。”

江玉郎咬牙道：“你能瞧见这秘密，的确是该得意的，只因你一生之中，再也不会看到比这张纸更宝贵的东西。”

小鱼儿道：“是，是，这张纸的确宝贵得很。”

他一面说话，一面竟将那张纸撕得粉碎。江玉郎大概一辈子也没有像此刻这样吃惊过。他的脸色更苍白得可怕，颤声道：“你……你……你可知道这张纸的价值？”

小鱼儿悠悠道：“我非但知道，还瞧见过……我自己也有过一张。”

江玉郎怔住了，道：“你……你自己有过一张？”

“我非但自己有过一张，而且还去过那藏宝之处。”

原来江玉郎的这张纸，就和铁心兰交给小鱼儿的那张一模一样，就是那骗死各种人不赔命的藏宝秘图。

江玉郎自然不知道这其中的曲折，此刻简直被吓呆了，道："你……你去过那藏宝之处？你没有骗我？"

小鱼儿道："我为何要骗你？"

江玉郎呼吸突然急促起来，道："那宝藏……那宝藏已落入你手中？此刻在何处？"

小鱼儿目光闪闪，道："你先告诉我这张藏宝图是从哪里来的，我再告诉你。"

江玉郎两只手紧紧抓着自己的衣角，道："我说出了，你真的告诉我？"

小鱼儿笑道："你说了我若不说，我就是乌龟。"

江玉郎喘了口气，道："这份藏宝图，我是从我爹爹书房里偷出来的。"

小鱼儿道："你父亲又是从哪里得来的？"

江玉郎道："不知道，我真的不知道。"

小鱼儿沉吟道："不错，听说你父亲也是个成名人物，这张图想必是有人送给他的，却不想他竟有个好儿子。"

他叹了口气，摇头笑道："连父亲的东西都要偷，这么好的儿子实在不多。"

江玉郎的脸居然红也不红，道："这又算什么！我……"

小鱼儿道："你一心想得到这藏宝，连父亲也不认了，一个人偷偷溜出来，溜到峨眉山，哪知却落入了萧咪咪的手中。幸好你遇着她，否则此刻只怕已死了。"

江玉郎奇道："为什么？"

小鱼儿笑道："你父亲也幸亏有你这样个宝贝儿子，否则就难免要上个大当。"

江玉郎吃惊道："上当？"

小鱼儿道："老实告诉你，这藏宝图是假的，根本一文不值，造出这藏宝图的人，只是要寻宝的人自相残杀！"

江玉郎完全怔住了，怔了半晌，讷讷道："这人是谁？"

小鱼儿恨恨道："我也不知道这人是谁，但我一定要找出他来。我倒不是要为大众除害，只是他既然令我上了当，我就要他好看。”

江玉郎喃喃道：“难怪你要问我这张图是从哪里来的，难怪你……”

突然间，一阵呼声从那地道中传了进来。

竟是萧咪咪的声音在呼唤着道：“江玉郎……江小鱼两个坏蛋，你们在下面么？”小鱼儿、江玉郎两个人的手脚都吓凉了，动也不能动。

只听萧咪咪咯咯笑道：“你们不出声也没用，我已知道你们在下面了。”

江玉郎颤声道：“她……她只怕是在使诈。”

小鱼儿道：“不会，此刻她就对着粪坑在喊，否则咱们是听不见的。”

江玉郎道：“那盖子……我就知道那盖子要出毛病。”

小鱼儿叹道：“这女人真厉害……”

只听萧咪咪笑道：“江玉郎，你真是个天才，居然想得出躲在粪坑里，也不怕臭。”

小鱼儿笑道：“你听，她也说你是个天才。”

江玉郎道：“你……你还笑得出？”

小鱼儿道：“仔细想想，我为何笑不出？”

江玉郎道：“你……你不怕她……”

小鱼儿笑道：“就算她厉害，但咱们在这里等着，她敢爬进来么？以她的脾气，也不会守在外面等着的。”

江玉郎想了想，笑道：“呀，不错，她明我暗，她绝不会来冒这个险，就算她等，也等不了许久，咱们总有机会溜出去。”

只听萧咪咪道：“两个小坏蛋，出来吧。”

小鱼儿大喊道：“你这老坏蛋，你进来吧。”

萧咪咪道：“你们不出来？”

小鱼儿道：“你为何不进来？”

萧咪咪咯咯笑道：“你们情愿在下面臭死？”

小鱼儿大笑道：“你放心，咱们臭不死的，这里舒服得很，有香肠，还有酒，你要不要下来陪我们喝两杯？”

萧咪咪笑道：“你们不怕臭，我却怕臭。”

她语声微顿，又道："何况，我也不希望你们上来。"

小鱼儿大笑道："是吗？"

萧咪咪道："你们若上来，我一发脾气，说不定就宰了你们，那样反而让你们死得太痛快了，我要让你们慢慢地死。"

小鱼儿大笑道："你有什么法子让我们……"

话未说完，突然再也笑不出了。

萧咪咪嘻嘻笑道："笑呀，小坏蛋，为什么不笑了？"

江玉郎面色也变了，两人齐声大呼道："萧姑娘……萧姑娘……"

地道中却再也没有声音传进来。江玉郎、小鱼儿对望了一眼，两人都面色如土。

只听"轰"的一声，接着哗啦啦响个不住。

江玉郎颤声道："完了……"

小鱼儿道："好狠……最毒妇人心，我早该想到她有这一招。"

江玉郎惨笑道："现在，再也用不着盖盖子了……"

小鱼儿精神忽又一振，大声道："她虽然将外面堵死了，但咱们还是可以再挖出去。"

江玉郎叹道："她存心将你我困死在这里，必定在上面盖了铁板、石板……"

小鱼儿道："咱们另外换个地方往上挖。"

江玉郎道："当初建造此地之时，为了防潮，这上面都铺着一尺多厚的石板。"

小鱼儿默然半晌，反手拍开了江玉郎的穴道："想来你也不会再动我的脑筋了……"

江玉郎木然道："半个月……半个月后，就得饿死在这里。"

小鱼儿重重地拍了拍他的肩膀，大笑道："振作些，莫要愁眉苦脸，咱们至少还有半个月好活……我本已死过好多次，这半个月已是捡来的。"

他虽在大笑，其实笑的声音也难听得很。

江玉郎只怕已有三个时辰没有动了。

他就这样坐在那里瞪着两只眼睛发呆，也不知想些什么，小鱼儿打开酒坛，叫了他八次，他也像是没听见。

于是小鱼儿就自己喝了起来。他喝一口，笑一声，喝一口，又叹口气，喃喃道："一个人知道自己要死了还不喝酒，这人一定是呆子。"江玉郎瞪着他，没有说话。

小鱼儿道："唯一遗憾的是，咱们都死得太早了，我现在简直有些后悔，方才本应和萧咪咪风流风流才是，唉，人不风流枉少年……"他摇摇晃晃站起来，去摘挂在上面的香肠。

江玉郎冷冷道："你醉了。"

小鱼儿笑道："醉死最好，醉死鬼总比饿死鬼好得多……"

江玉郎突然一掠而起，一掌向他后颈劈了过去。他身法好轻，出手好快，一掌就想要小鱼儿的命。

# 第三十一章

## 柳暗花明

但小鱼儿瞧见灯光一花，已霍然转身，刚好接了他这一掌，两个人身子俱一震，都撞上土壁。

小鱼儿瞪大眼睛，吃惊道："你……你想杀我？"

江玉郎道："一点也不错。"

小鱼儿道："你我反正是要死的，你为什么……"

江玉郎道："这里的食物本够一个月吃的，多了你，就少吃半个月，杀了你，我就可以多活半个月。"

小鱼儿道："为了多活一天你也会杀我？"

江玉郎道："为了多活一个时辰我也会杀你！"

小鱼儿苦笑道："我虽然知道你是个坏人，但真还没有想到你竟坏成这样子，若论心肠之狠毒，天下只怕得数你第一。"

江玉郎道："你呢？"

小鱼儿道："和你比起来，我简直就像是个吃长素的老太婆。"

这句话他还未说完，他的手已到江玉郎面前。这地洞是如此小，他身子根本不必动，就可以打着江玉郎的脸。

他这一掌也许是真打得快，也许是江玉郎根本没有想到他会出手，所以根本没有闪避。总之，这一掌是着着实实打着了。

只听"啪"的一声，江玉郎半面脸红了，人已倒下去。

小鱼儿笑道："你看来虽瘦，脸上的肉倒不少，我若是没看清楚这一巴掌的确是打在你脸上，还真要以为是打着了个胖女人的屁股。"

江玉郎捂着脸嘶声道："你……你要干什么？"

小鱼儿道："你要杀我，我难道不能杀你？"反手又是一巴掌。

江玉郎的脸，看起来像条死鱼的肚子，颤声道："你我两个反正都已快死了，你……你何苦……”

小鱼儿大笑道：“这话不错，但你提醒了我，我若杀死你，就可多活半个月。”

江玉郎垂首道：“我……我该死……该死……”他突然将整个人都当作颗流星锤似的，一头撞向小鱼儿的肚子。他的脑袋虽不算太硬，但总比肚子硬得多。

小鱼儿早就留心他的一双腿两只手，但说老实话，他实在没有去留意他那颗小脑袋。整个人被撞入角落里，像是个虾米似的弯下了腰，捂着肚子，足足有半盏茶时间没有喘气。

江玉郎冷笑道：“现在，你知道该死的是谁了。”

他用足力气，一脚向小鱼儿下巴踢过去。

小鱼儿呻吟着，仿佛已抬不起头，但等到这只脚到了他面前时，他捂着肚子的手突然闪电般伸出。他这双手就像是抢着去抱一只从宰相千金手里抛出来的绣球似的，抱住了江玉郎的脚，右脚。然后，他把这只右腿拼命地向左一扭。

江玉郎惨叫一声，整个人鱼一般翻了个身，扑地，跌在地上，跌了个狗吃屎，鼻血都流了出来。

小鱼儿人已跳在他背上站着，笑道：“现在我的确知道该死的是谁了。”

江玉郎趴在地上呻吟着，道：“我服了你，我真的服了你，你什么事都比我强，但我知道你不会真的杀我的，你若要真的杀我，也用不着等到现在。”这小子居然开始乞怜，开始拍马屁，这倒不是件容易事。但小鱼儿听了却一点也不开心，反而有些毛骨悚然。小鱼儿知道这小子心里其实很想用一把刀子插入他喉咙，或者是什么别的地方，一些比较软的地方。不过他现在没有刀子，纵然有刀子也不行。一个人被别人踩着自己背脊的时候，是割不到别人喉咙的。

他不过是在等一个机会，好用刀子慢慢地割。

小鱼儿如果算不上十分穷凶极恶的话，至少可以说是十分聪明，他自然懂得江玉郎的意思。但他明知江玉郎要杀他，却又偏偏要给江玉郎这机会。他要看江玉郎到底能用什么法子杀死他。

这的确是件有趣的事。对于有趣的事，小鱼儿从来不愿意错过的。尤其是当他自知活不长的时候。

小鱼儿有趣地想着，几乎已忘了快要被困死的事。

就在他想得最有趣的时候，江玉郎的身子突然用力拱了起来，把站在他身上的小鱼儿弹了出去。若是在平时，这也没什么关系，但这里却是个地洞，一个很小的地洞，高个子在这里几乎不能抬头。

于是小鱼儿的头就撞上了上面的顶。“咚”地，就好像打鼓一样，然后他人也就鼓槌一样倒下去。

但江玉郎也是过了许久才爬起的。他一爬起来，就扼住了小鱼儿的脖子，阴险地笑道：“我知道你不会真的杀死我的，但我却要真的杀死你。”

他手指用力，小鱼儿却一点反应也没有。

江玉郎手指又放松了，他不愿意在小鱼儿晕过去的时候杀他，他要看小鱼儿挣扎着透不出气来的样子。

小鱼儿竟偏偏不醒。江玉郎腾出一只手，把那个已滚倒在旁边的酒坛子拎起来，把坛子里剩下来的酒全倒在小鱼儿头上。

他酒还没有倒完，小鱼儿的手突然从他两只手中间穿出去，一拳打在他喉咙上。江玉郎疼得脸都变了形，但手里的酒坛还是没有忘记往小鱼儿头上摔下去。小鱼儿自然早已料到他这一招，身子一滚，跟着飞出去一脚，踢在江玉郎某一处重要部位上。酒坛被摔得粉碎，江玉郎身子已蜷曲得像是只五月节的粽子，动也不能动，连呼吸都接不上气了。

小鱼儿这一脚的确很有效，但却并不十分漂亮，这简直不能算是招式。从头到尾，他两人根本谁也没有使出一招漂亮的招式。因为在这种老鼠洞一般的地方，谁也使不出漂亮的招式，幸好他不是打来给别人瞧的，也没有别人能瞧见他们。

灯光，像是渐渐暗了。

小鱼儿突然跳起来，道：“不好。”

江玉郎道：“什么不好？我们现在已够坏了，还有什么事更不好？”

小鱼儿叹道：“我们还没有被饿死，已经要被闷死了。”

地道被堵死，空气中的氧渐渐稀薄，连灯光都快要灭了，他感觉到呼吸已渐渐不通，眼皮已渐渐发重。

江玉郎颤声道："我什么都算过了，就没有算到这点。"

小鱼儿道："现在你就算能杀死我，最多也只能活半个时辰了。"

江玉郎道："半个时辰……半个时辰……"

他牙齿已打起战来。

小鱼儿也是愁眉苦脸，喃喃道："闷死……闷死的滋味不知如何？"

江玉郎道："我听人说过，闷死比什么都痛苦，在闷死之前，人就会发疯，甚至将自己的脸都抓得稀烂！"此刻他还有心情说这些话，只因他觉得只有自己一个人害怕太不公平，他得要小鱼儿也分享这恐怖。

小鱼儿默然半晌，突然笑道："那也不错，我就怕死得太平常，现在总算能很特别地死了！世上能被闷死的人总是不多。"

江玉郎也默然半晌，缓缓道："但也不少！当初建造此地的人，只怕也是被活活闷死。"

小鱼儿眨了眨眼，道："到现在为止，你还是在尽量想法子刺激我？"

江玉郎冷冷道："你实在太开心，我不知你究竟能开心到什么时候。"

小鱼儿道："你真的那么恨我？"

江玉郎道："哼！"

小鱼儿道："你恨我，只因为我什么事都比你强是么？"

江玉郎道："也许我们生下来就是对头！"

他说这句话的时候，绝不会想到这句话并没有说错。

火光，更弱了。小鱼儿茫然瞧着这点渐渐小下去的火头，喃喃道："酒！该死的酒，却被你这该死的人糟蹋了，现在，还有什么事能比真正的烂醉如泥更好？"

他目光转到地上，地上满是酒坛的碎片。酒，已快干了。但奇怪的是，酒竟非渗入泥土中去的。

这地面自然不平，酒往低处流……

小鱼儿突然跳起来，把一缸水全都倒在地上。水，也在往低处流……

小鱼儿狂呼道："喂，你瞧……瞧！"

江玉郎道："瞧……还有什么好瞧的？"

小鱼儿道："你瞧这水……水一直在流。"

江玉郎道："水自然要流，自然要往低处流。"

小鱼儿指着一个角落，似已紧张得说不出话，吃吃道："你瞧，水都往这里流，但却没有积在这里。"

江玉郎眼睛也瞪大了，道："不错，水没有积在这里。"

小鱼儿道："水没有积在这里，自然是流了出去，水流了出去，这里自然有个洞，但这里已经是地底下，怎么会有个让水流出去的洞？"

小鱼儿再也不说话，拾起一块碎坛子，在那块地方拼命地挖了起来，江玉郎呆呆地瞧着，一双手在抖。

两个人此刻已更难呼吸了。微弱的光，突然熄灭，四下立刻一片黑暗，暗得伸手不见五指，江玉郎也不知小鱼儿究竟挖得如何。只听小鱼儿在喘着气，他自己也在喘着气。

突然，"砰"的一响，像是木板碎裂的声音，接着，小鱼儿大叫道："洞……我又挖出了个洞……外面竟是空的！"

江玉郎颤声道："你……你没有弄错？"

小鱼儿道："火折子，火折子……看在老天份上，你千万莫要说没有火折子。"

有火折子又有什么用？小鱼儿会说出这句话来，只怕是已经晕了头了。

但火折子却亮了起来。小鱼儿人已赫然不见了，那地方已多了个洞。

一阵阵阴森森的带着腐臭味的风，从洞外吹进来。

江玉郎的呼吸竟渐渐通了，大喜唤道："江……江公子，江兄。"

小鱼儿的声音在洞外道："快过来，快。"

这声音中充满惊奇、狂喜。江玉郎几乎像滚一样钻了进去。然后，他就呆立在那里。

这里竟是个八角形的屋子，那八面墙，有的是铁，有的是钢，有的是石板，竟还有一面像是金子。

而谢天谢地，他们这一面恰巧是木板——这一面若不是木板，他们此刻只怕已闷死在那里了。

八角形的屋子里，没有桌子，没有椅子，因为在地底，所以也没有蛛网、积尘，空气也不知是哪里进来的。

屋子里只有绞盘，大大小小、形状不同的机关绞盘，有的是铁铸，有的是石造，自然也有的是金子的。

江玉郎几乎连气都喘不过来，喃喃道："天呀！天呀！……这里是什么地方？打死我也想不出来！而……而这地方竟和我那洞只有一板之隔。"

小鱼儿围着这屋子在打转，也惊奇得不知如何是好。这究竟是什么地方？这些绞盘究竟是做什么用的？他看来看去，也看不出这些绞盘的巧妙，这个绞盘一个连着一个，也不知花了多少工夫才做出来的。

小鱼儿一辈子也没有见过这么巧妙的东西。

江玉郎道："你瞧出了么？这究竟是什么地方？"

小鱼儿苦笑道："谁能瞧出才是活见鬼了。"

江玉郎掠过去，用袖子擦一面墙，擦了一会儿，失声道："天呀，这墙果然是金子。"

小鱼儿道："墙是金子的倒不稀奇，稀奇的是这地方居然能通气，建造这地方的人若是没有发疯，必定另有用意。"

江玉郎道："什……什么用意？"

小鱼儿长长叹了口气道："这只怕是你我这一辈子中所见的最大秘密。"他的手按在个绞盘上。

江玉郎道："你……你要去搬它？"

小鱼儿道："你能忍得住不搬么？"

他朝江玉郎挤了挤眼睛，笑道："这里说不定就是地狱的门户，我绞盘一搬，说不定就将鬼都放了出来。"

江玉郎咬牙道："你这笑话不错，真是好笑极了。"

两个人突然同时打了个寒噤。"吱"的一声，绞盘已转了。那面石板墙，已突然一转，现出了个门户。

小鱼儿大笑道："你瞧，地狱的门果然现出来了。"

其实他自己也知道，他这笑声真不知有多难听。

江玉郎爬回去，取出了那盏灯。

小鱼儿拿着火折子，走在前面，一阵阵腐臭气从门里飘出来，那味道小鱼儿一辈子也没有嗅过。他再也不想嗅第二次。

两个人胆子总算不小，总算走了进去。死尸，这门里竟是一屋子死尸！江玉郎的手在抖，不停地抖，只见这些死尸……

这些死尸的形状，我纵然能说，也还是不说的好。何况，我根本说不出，只怕也没有人能说得出。

这里其实只是一屋子穿着衣服的骷髅。小鱼儿打了个喷嚏，他面前一具骷髅的衣服突然化作了粉灰。

小鱼儿只觉背脊发凉，道："这些人，只怕已死了几十年。"

江玉郎道："他……他们都是饿死的，你瞧他们的模样，临死前想必已饿得发疯了，你瞧他……他们的手。"

小鱼儿想到自己险些也要变成这模样，突然忍不住想吐，竟将方才吃下去的酒肉全都吐了出来。

江玉郎道："这些人，不知道都是些什么人？"

小鱼儿呕出了最后一口苦水，喘息着道："瞧他们的衣服都很粗俗，想必就是建造此地的工匠。"

江玉郎道："想必是一群呆子。"

小鱼儿道："呆子？"

江玉郎道："若不是呆子，怎会为人建造如此秘密的地方……为人建造了如此秘密之地，本就是再也活不成的了。"

小鱼儿道："你瞧见这许多人如此惨死，一点都不同情？"

江玉郎道："我若死了，谁来同情我？"

小鱼儿叹了口气，道："很好，你很好，我在天下恶人集中的地方学了十年，看来还不如你，看来我还得向你学。"

江玉郎道："奇怪的是，萧……"

话未说完，忽听一阵脚步声传了过来。这脚步声缓慢而沉重，似是拖着很重的东西。

小鱼儿全身的寒毛都耸立起来，他纵然是天下胆子最大的人，此时此刻，也不能不害怕了。

江玉郎的手又在抖，道："这……这……"

他心肠虽狠毒，胆子却不大，此刻已说不出话来，"当"的一声，他手里的铜灯也跌落到了地上。脚步声似是从上面传来的，已愈来愈近。

小鱼儿手脚也骇软了，手里的火折子不知何时也跌落在地，四面立刻又是一片黑暗，该死的黑暗。

沉重的脚步声，像是已踩破他们的苦胆。

两个人想往外逃，竟抬不起腿。

突然间，上面露出了个洞，一片昏黄的光线照了下来。小鱼儿、江玉郎即都屏住呼吸，动也不敢动。

他们看到了一双脚。

这是纤细的穿着绣花鞋的脚。脚上面还有一截绿色的裙子，再上面就瞧不见了。

两个偷偷对望一眼，几乎忍不住要同时脱口道："萧咪咪！"

这不是女鬼，竟赫然真的是萧咪咪。

只听萧咪咪的语声喃喃道："你们就在这里歇歇吧，这地方还不错，虽然稍微太挤了些……"

语声中，一条人影直落下来。这女妖怪又在害什么人？

小鱼儿、江玉郎又是一惊，但瞬即发觉这不过是具死尸——死尸就这样一具具被秘密抛落了下来。

萧咪咪的语声又道："能住在这么豪华的坟墓里，你们也算死得不冤了，再见吧，各位……说不定有时我也会想想你们的。"

"砰"地，洞又阖起，一片黑暗。

江玉郎、小鱼儿在黑暗中等了许久许久，才长长透出一口气。小鱼儿突然哈哈一笑道："江玉郎，这些死尸就是被你害死的人，你不怕他们找你索命？"

江玉郎道："他们活的时候我都不怕，死了我怕什么！"

小鱼儿在脚旁摸着了火折子，火折子亮起，照着江玉郎的脸，那几乎也已不像是张活人的脸。

小鱼儿笑道："你不怕，脸怎么骇成这副样子？"

江玉郎突然拾起铜灯，大步走了出去。

小鱼儿也赶紧跟出去，他可不想被江玉郎关在这里。老实说，从今以后，谁也无法再让他走进这里一步了。

如此"豪华"的地方，他实在吃不消。江玉郎站在一旁，也在呕，他呕的全是苦水。

小鱼儿喃喃道："我本就怀疑这地方绝不是萧咪咪建造的，女人，怎会有这么大的手笔，现在已可证明我怀疑的果然不错。"

江玉郎道："哼。"

小鱼儿道："她不知走了什么运，被她发现上面那地方，但找到这里时，她瞧见那许多死尸，就再也不敢往下找了，却不知她找着的只不过是这地下宫阙的一部分而已，说不定只是最差劲的一部分，精彩的全在后面哩。"他长长叹了口气，接道："但这地方又是谁建造的？普天之下，谁有这么大的手笔？"

江玉郎冷冷道："至少，总不会是你吧？"

小鱼儿朝他扮了个鬼脸，道："你莫要忘记，我武功比你强，还是随时都可以宰了你。"

江玉郎情不自禁，后退一步，变色道："你……你……"

小鱼儿嘻嘻一笑，道："但你也莫要着急，我只不过是要你说话客气些。"

江玉郎瞪着眼瞧了半晌，垂头道："我年纪还轻，什么事都不懂，若是说话得罪了你，你总该原谅我一些，我……我心里总是把你看成我的大哥的。"

小鱼儿笑道："幸好你并非真的是我弟弟。"

他举着火折子，围着这八角屋子走了一圈，一只手东摸摸，西敲敲，眼珠子不停地转，口中道："这里八面墙，只有一面是土砖砌成的，其余七面除了石墙和木壁之外，还有金、银、铜、铁、锡。"

江玉郎道："他们用八种不同的东西来造这八面墙，想必也有用意。"

小鱼儿道："不错，你可知道是什么用意？"

江玉郎赔笑道："我就是不知道，所以才请教大哥你。"

小鱼儿瞧了他半晌，缓缓道："你听着，我告诉你两件事。"

江玉郎道："但请大哥吩咐。"

小鱼儿瞪着眼道："第一，你以后千万莫叫我大哥，这称呼我听了肉麻。"

江玉郎怔了怔，立刻垂下头，道："是。"

小鱼儿道："第二，以后也莫要在我面前装傻。我知道你是个聪明人，很聪明，你装傻也是没有用的。"

江玉郎乖乖地点头道："是。"

小鱼儿一笑，道："现在，你且说你猜他们是何用意？"

江玉郎嗫嚅道："我不知猜得可对……他们造这八面不同的墙，一来表示在八面墙后面，藏着不同的东西。"

小鱼儿道："不错，二来呢？"

江玉郎道："二来，便和这绞盘有关系，这石绞盘是控制这石壁的，那金绞盘想必就是控制金壁的。"

小鱼儿笑道："很好……说下去。"

江玉郎道："那木壁后是咱们出来的地方，自然不会有什么东西。石壁后是坟墓，咱们也不想再看了。至于这土墙，看来是实心的，想必也不会有什么巧妙。现在剩下的只有金、银、铜、铁、锡这五面墙了。"

小鱼儿道："不错，这五面墙壁后，必定有些花样。"他眨了眨眼睛，接道："你说，咱们先试哪面墙呢？"

江玉郎道："金的。"

小鱼儿道："很好，这一次你倒没有说假话，我心里其实也是想先试这面金墙的，其实世上的人又有谁不是如此？"

# 第三十二章

## 地下宝藏

黄金的绞盘转动，黄金的墙壁果然随之移动，现出了道门户。江玉郎、小鱼儿人还未走进去，已有一片辉煌的光洒了出来。这金色的墙壁后，竟赫然全都是珠宝，数不清的珍宝，任何人做梦都想不到会有这么多的珠宝。

江玉郎站在那里，整个人都已呆住了，苍白的脸上，竟泛起了异样的红晕，指尖也开始微微颤抖。

小鱼儿的眼睛却只不过在这些珠宝上打了个转，便转到江玉郎那张激动的脸上，微微笑道："你喜欢么？"

江玉郎道："我……我……"

他初初凸起的一点喉结上下移动，强笑道："我想，世上没有人不喜欢这些的！"

小鱼儿道："你若喜欢，这些就全算你的吧！"

江玉郎惊喜地瞧了他一眼，但瞬即垂下了头，赔笑道："这宝藏是你先发现的，自然归你所有，我……我……只要能分我一点，我已感激得很。"

小鱼儿道："我不要。"

江玉郎猝然抬起了头，失声道："不要……"但立刻又垂下，赔笑道："我性命都是你所赐，你纵然不肯分给我，我也毫无怨言。"

小鱼儿笑道："你以为我在试探你，在骗你？这些东西饥不能当饭吃，渴不能当水饮，带在身上又嫌累赘，还得担心别人来抢，我为什么要它？"

江玉郎呆在那里，再也说不出话来。

小鱼儿也不理他，又在这屋子里兜了个圈子，喃喃叹道："这里全都是死的，出路想必也不在这里。”

江玉郎突然咯咯笑了起来，笑个不停。

小鱼儿道：“你瞧见鬼了么？”

江玉郎笑道：“这些东西，我也不要了。”

小鱼儿道：“哦，这倒稀奇得很，为什么？”

江玉郎道：“我连人都不知是否能活着走出去，要这些东西做什么？”

小鱼儿拍手笑道：“你毕竟还没有笨得不可救药，毕竟还是个聪明人，我就瞧见过有些人不惜为这些东西送命，你说他们的脑子是否有些毛病？”

小鱼儿转动了铜绞盘。

于是，他就瞧见了一生中从未瞧见过的那么多的兵器，各式各样的兵器，还有各式各样的暗器。有些兵器，固然是小鱼儿熟悉的，但有些兵器，小鱼儿非但没有瞧见过，简直不知道它们的名字。

金铁之气，砭骨生寒，森森的寒光，将他们的脸都照成了铁青色。小鱼儿不禁缩起了脖子。

枪，最长的长达丈八，最短的才不过三尺；剑，最大的宛如木桨，最小的竟宛如筷子。长枪短剑，整齐地排列着，它们虽然没有生命，却又似含蕴着杀机，令人胆寒的杀机。

普天之下，所有的凶杀之器，只怕都尽在这屋里。

小鱼儿随手拔出了一柄剑，只听“锵啷”一声，剑作龙吟，森森的剑气，直逼他眉睫而来。

他忍不住脱口赞道：“好剑！”

江玉郎沉声道：“这口剑虽是利器，但在这屋子里，却算不得什么。”江玉郎取起了一件兵刃，道：“你可知道这件兵刃是什么？”

这件兵刃骤眼看去，就像是金龙，龙的角左右伸出，张开的龙嘴里，吐出一条碧绿色的舌头。

小鱼儿道：“看来，这像是条金龙鞭。”

江玉郎道：“不错，这是金龙鞭，但这条金龙鞭，却与众不同。这叫作‘九现神龙鬼见愁’，一件兵刃却兼具九种妙用。”

小鱼儿道：“有趣有趣，你且说来听听。”

江玉郎道：“这条鞭全身反鳞，不但可黏人兵刃，使对方兵刃脱手，还可黏住暗器；龙角分犄，专制天下名门各派软兵刃；龙舌直伸，打人穴道；那张开的龙嘴，咬人刃剑如探囊取物；除此之外，一双龙眼乃是霹雳火器；龙嘴之内，可射出一十三口‘子午问心钉’，见血封喉，子不过午；在必要时，那浑身龙鳞，也全都可以激射而出。若不知这件兵刃的底细，只怕神仙也难躲过。”

他滔滔说来，竟是如数家珍一般。

小鱼儿叹道：“好个鬼见愁，果然厉害。”

江玉郎道：“只可惜普天之下，这同样的兵刃，一共才只有两件，却不知这一件又怎会出现在这里。”

小鱼儿道：“还有一件呢？”

江玉郎道：“这兵刃在江湖中绝迹已久，还有一件，也不知到哪里去了……那一件若是在江湖出现，又不知有多少人的性命要葬送在它手上！”

小鱼儿笑眯眯道：“想不到你年纪轻轻，竟对这种绝迹已久的独门兵刃也熟悉得很。”

江玉郎眼珠子一转，似乎已觉出自己话太多了，强笑道：“我只不过偶然听人说的……你知道家父交游素来广阔，其中自然有一两个‘万事通’先生的。”

小鱼儿笑眯眯瞧着他，淡淡道：“如此说来，这件兵刃你是会用的了？”

江玉郎笑道：“我……我若会用就好了。”

他像是满不在乎似的，随手放下了这件兵刃。其实，他的眼睛一直在瞬也不瞬地盯着小鱼儿的手。小鱼儿也像是满不在乎地笑着，其实他的眼睛也未尝有片刻离开过江玉郎手里的鬼见愁。

这两人虽然还都是孩子，但心计之深，纵然有三百八十个七十岁的老头子加在一起，也比不上他们一个。

小鱼儿笑道：“如此说来，这屋里的兵刃，无论哪一件拿出去，只怕都可以在江湖中轰动轰动，尤其是这‘鬼见愁’……唉，我反正不会使它，不如你拿去吧。”

江玉郎不等他话说完，已远远走了开去，笑道："如此歹毒的兵刃，我可不要它。"

小鱼儿笑道："其实，兵刃究竟是死的，人才是活的，只要人强，无论用什么兵刃都是一样，这种兵刃倒真不要也罢。"

他突然拔出一口吹毛断发的利剑，剑光展动，竟将这天下第一歹毒的外门兵刃砍得稀烂。

江玉郎脸上自然还是带着笑的，连连道："好极了，毁了它最好，免得它落在别人手上害人……"一面说话，一面转过头去，眼里立刻好像冒出火来。

小鱼儿轻抚着手中的剑，笑道："好剑呀好剑，我本来也有心将你带在身边，但想了想，还是将你留在这里的好。像我这样的人，纵然空手，也……"

忽听江玉郎惊呼道："看……看这里……"

寒光剑气下，一具骷髅斜斜躺在角落里。这具骷髅不但衣衫已腐烂，本应是灰白的骨架，此刻竟也变成乌黑色，在寒光下看更是可怖。

江玉郎喃喃道："奇怪，这人怎会死在这里？怎地未被抛入那坟墓？"

小鱼儿道："能进到这屋子里来的，只怕便是此间的主人，此间的主人，自然十成十是武林绝顶高手。"

忽又皱眉道："但此间的主人，又怎会死在这里？又是被谁杀死的？瞧他躺着的样子，丝毫没有挣扎之态，显见是被人一击而死。"

江玉郎道："瞧他骨骼都已变色，又像是中毒而死。"

小鱼儿道："不错。"

两人目光闪动，突然同时失声道："原来他竟是中了别人的毒药暗器！"

两人已发现在那乌黑的骨骼上，竟钉着无数根细如牛芒的银针，如此细小的银针，竟能穿透皮肉直钉入骨头里。

小鱼儿骇然道："好厉害的暗器，好歹毒的暗器。"

江玉郎道："这是……这不知是谁下的手？"

小鱼儿瞧他一眼，道："你也用不着改口，认得这暗器的人只怕不止你一个，我也认得的。"

江玉郎苦笑道："这'天绝地火透骨穿心针'，果然不愧是天下第一暗器……"他眼角突然瞥见兵刃架下，有个金光灿灿的小圆筒，立刻就用身子挡住了小鱼儿的目光，一面弯腰咳嗽，一面移动了过去。

小鱼儿笑道："你再咳嗽，我也要被你染上了。"

他竟真的咳嗽起来，咳得弯下了腰。江玉郎等他一弯腰，就飞快地伸出手，伸手取下了那小圆筒，却不知小鱼儿同时也在那骷髅的手掌里轻巧地抽出样东西，塞在衣里。

但那只不过是个竹筒，小鱼儿其实也并未瞧出它有什么用，他只不过觉得，这个人到死时手里还紧握住的东西，若是没有用才怪。

江玉郎勉强忍住心里的欢喜，故意皱眉道："此人若是此间的主人，又怎会被人暗算死在这里……但他若不是此间的主人，更没有道理死在这里。"

小鱼儿道："嗯，他若不是此间的主人，根本进不来。"

江玉郎道："那么，这究竟是怎么回事？"

小鱼儿道："看来，此间还有许多秘密。"

江玉郎叹了口气，道："许多可怕的秘密。"

小鱼儿笑道："世上没有可怕的秘密，世上所有的秘密，都是有趣的……"

两个人并肩走出了这可怕而又有趣的屋子，两个人都故意用双手举着灯火，表示他们都没有拿走任何东西。

铁壁移动，灯光照入了这寒气森森的铁屋。

江玉郎首先走了进去，目光转处，突然惊呼一声，退了出来，那神情看来就像是只中了箭的兔子。

小鱼儿皱眉道："这里面又有什么？"

江玉郎脸色苍白，道："你瞧见会站着的骷髅么？"

小鱼儿笑道："站着的骷髅？这倒有趣。"

他大步走了进去，却也有些笑不出来了。只见这铁屋特别大，特别高，四壁空空，什么也没有，一个人站在里面，就好像站在旷野中似的。

就在这空旷而阴森的屋子中央，孤零零地站着两具骷髅，两具惨白色的骷髅，紧紧拥抱在一起。死人的血肉已化，但骷髅至今犹屹立不倒。

小鱼儿瞧得心里实在有点儿发毛，口中却笑道："这只怕是一男一女，瞧他们临死前还抱在一起，舍不得放手，可见他们交情必定不错！说不定是殉情而死。"

江玉郎跟了进来，道："若是交情不错，就不会站着了。"

小鱼儿失笑道："呀，这点我倒没想到，在这方面，你经验的确比我丰富。但这两人若都是男的，却又抱在一起干什么？"

他嘴里说话，人已走了过去，站在这两具骷髅面前，像是发了会儿呆，又长叹了口气，道："这两人果然全是男的。"

江玉郎突然笑道："男人和男人，交情有时也会不错的。"

小鱼儿道："但这两个交情非但不好，而且坏透了。"

江玉郎道："你怎知道？"

小鱼儿道："你过来瞧瞧也知道了。"

这两具骷髅其实并非拥抱在一起的，左面一人的右掌，直插入右面一人的胁骨里，他赤手一抓，便能直透入骨，这是何等惊人的武功，何等惊人的掌力。但他自己的胸骨却也折断了七八根之多，脖子也被对方捏断，一颗头软软垂下来，倒在对方肩上。

这两人竟是在恶斗之下，各施杀手，同归于尽。

江玉郎骇然失声道："好厉害的鹰爪功！好厉害的拿力！看来这两人想必都是绝顶的武林高手，却不知怎会死在这里？"

话犹未了，只听"哗啦啦"一响，两具骷髅都被他语风震倒，两个绝顶武林高手，此刻便化为一堆枯骨。

小鱼儿沉吟道："瞧这两人的武功，只怕也是此间的主人之一，两人既然共同隐居在这种秘密之处，情谊必定非浅，为何又要拼个你死我活，结果弄得谁也活不了？"一面说话，一面又自枯骨堆里拾起了两件东西。

江玉郎道："这地底宫阙里别的人都到哪里去了，难道也都死光了不成？"

小鱼儿道："非但死光，而且还一定要是同时死光的，否则他们的枯骨就绝对不会一直留到现在，害得咱们吓一跳。"

江玉郎道："他们若是同时死光，却又是谁下手杀他们的？"

小鱼儿叹道："我早就说过，此间必有绝大的秘密。"

江玉郎喃喃道："有趣的秘密。"

小鱼儿笑道："很好，你终于学会了。"

这时，他们才发现这阴森森的屋子里，还有五张矮几，几上居然还放着些笔墨、书册。

小鱼儿笑道："看来这屋子居然是个书房，有趣有趣。"

他走过去，将矮几上的书册随意翻了翻，面色突然变了。江玉郎瞧了瞧他，也赶紧去翻另一张矮几上的书册。

瞧了两眼，他面色也变了。这些柔绢订成的书册上，记录的竟是最高深的武功。

小鱼儿和江玉郎的武功虽俱是名师传授，但此刻仍不禁瞧得冷汗直冒，只因他们忽然发现自己以前所学的功夫，和这些武功比起来，简直一文不值。两人手里拿着这绢册，再也舍不得放下来。

良久良久，小鱼儿透了口气，道："我知道了。这里本来必定有五位绝顶高手，他们五个人一起在这屋子里练武，有了心得，就赶紧在矮几上记录下来。"

江玉郎道："不错，高手练武的所在，屋子必定要特别大了。"

小鱼儿道："五位高手，咱们已瞧见死了三个，若是我没有猜错，另外两间屋子里，必定还有另外两具尸身。"

江玉郎道："想来必定如此。"

小鱼儿道："走，咱们瞧瞧去吧。"

江玉郎的眼睛这时才从书上抬起来，失声道："走……你说走？"

小鱼儿道："你突然听不懂我的话了么？"

江玉郎道："但这些……这些武功秘籍……"

小鱼儿道："放在这里，它们跑不了的。"

江玉郎垂头道："好，你说怎样就怎样……"突然自怀中取出了那金色的圆筒，狞笑道："你可认识这是什么？"

小鱼儿像是一惊，道："天绝地灭透骨针……"

江玉郎道："不错，算你还有些眼力……我本想出去之后，才用这对付你的，但现在，我却再也容不得你。"

小鱼儿道："你杀了我，一个人留在这里不害怕么？"

江玉郎大笑道："此间这绝世的武功，绝世的宝藏，已全是我的了，我等找着出路，立刻便成为天下第一人，我还怕什么？"

小鱼儿叹了口气，道："好，既是如此，你杀吧。"

江玉郎狞笑道："你不怕？"

小鱼儿突然大笑起来，笑道："你这针筒是空的，我怕什么？"

江玉郎变色道："空的！"

小鱼儿笑道："你难道不想想，这针筒若不是空的，怎会被人抛在地上……这里面的透骨针早已被他用来将那人杀死了，他杀过人后才会随手将针筒一抛，如此简单的道理，你难道都想不到么？"

江玉郎颤声道："你……你……"

小鱼儿道："你方才假扮咳嗽，捡这针筒时，我早就瞧见了，若不是我早就知道这针筒是空的，怎会让你去捡？"

他笑了笑，接道："而且这'天绝地灭透骨针'，打造最是困难，昔年能制此针的，也不过只有'神手匠'一个人而已，如今他早已死了，这空的针筒，已是个废物……哈哈，简直比废物都不如。"

江玉郎满头冷汗，道："我……我方才不是真的要……要杀你，只是……"只听"当"的一声，他手里的针筒已落在地上。

小鱼儿笑道："我知道，你只不过是开玩笑的。"

江玉郎道："我始终将你视如兄长，此心可誓天日。"他说得竟像是诚恳已极，居然没有脸红。

小鱼儿笑眯眯瞧着他，道："现在，你可以出去了么？"

江玉郎道："是。"垂首走了出去。

小鱼儿大笑道："江玉郎呀江玉郎，你真是个乖孩子！"

## 第三十三章

# 当代人杰

现在，小鱼儿已在搬动那锡制的绞盘。

小鱼儿道：“石屋子是坟墓，铁屋子练武，金屋子藏宝，铜屋子放兵器，这倒都很合理。这锡屋子里面是什么，你猜不猜得到？”

江玉郎眨了眨眼睛，道：“莫非是卧房？”

小鱼儿大笑道：“在锡屋子睡觉，那真是活见鬼了。”

那面锡墙已在移动，他话未说完，里面突然扑出了一条猛狮，几乎就扑到站在墙外的江玉郎身上。江玉郎吃了一惊，退出七八尺。

再看那狮子毛发虽存，但皮肉也已不见，只剩了一副骨架，一副骇人的骨架。小鱼儿笑道：“这狮子想必是饿极了，一心想扑门而出，临死前还倒在门上，不想却害得咱们江公子又骇了一跳。”

说到这里，他人已走了进去，突然失声道：“原来用意在此！”

江玉郎跟过来，只见这间灰白色的屋子里，竟是五光十色，琳琅满目，骤然望去，又仿佛是另一宝藏。

仔细一看，才发觉这“宝藏”不过是许许多多颜色不同、大小各异的小瓶子，每一个瓶子的形式都诡异得很。

小鱼儿道：“你总该知道这些瓶子里是什么吧？”

江玉郎深深吸了口气道：“毒药！”

小鱼儿道：“不错，他们豢养这头猛狮，正是为了看守这毒药的。”

小鱼儿突然弯下了腰，道：“第四人的尸身果然在这里！”

江玉郎瞧他只不过捡起了根骨头，想了想，不禁失色道：“他……他的尸身，莫非已饱了狮吻？”

小鱼儿叹道：“这人也算是时运不济，不但被人害死在这里，尸身还喂了狮子……”

江玉郎突然咯咯笑了起来。

小鱼儿道："什么事如此开心？"

江玉郎笑道："你回头瞧瞧。"

他手里不知何时已多了黑黝黝的像竹筒般的东西，口中哈哈笑道："我运气当真不错，居然能找到这宝贝。"

小鱼儿眨了眨眼睛，道："这是什么？"

江玉郎道："你若不认得此物，当真是孤陋寡闻。昔年滇边第一剑客'绝尘道长'，便是死在这东西手上。"

小鱼儿笑道："我还是不认得。"

江玉郎冷笑道："告诉你，这就是昔年'白水宫'的'五毒天水'。无论是谁身上，只要沾着一点，不出半个时辰，便要周身溃烂而死。"

小鱼儿笑道："如此说来，你可得拿远些，莫要溅着我。"

江玉郎道："这一次，你再也休想跑了。我方才已试过，此中满满地盛着的一筒'五毒天水'，只要我手一动，你就完了。"

小鱼儿苦笑道："你难道非杀我不可？"

江玉郎道："你方才若不多事，由得我把那些武功秘籍取走，我也许会容你多活些时候，但现在你已非死不可了！"

小鱼儿道："你莫忘了，我本可杀你的，但却没有下手。"

忽又大笑道："但你且先瞧瞧我手里是什么？"

他手里拿着的，竟是方才江玉郎抛在地上的"天绝地灭透骨针"的针筒。江玉郎大笑道："我看你已骇疯了，竟想拿这空筒子来吓人。"

小鱼儿笑嘻嘻道："空筒子？谁说这是空筒子？"

江玉郎怔了怔，道："你……你自己方才……"

小鱼儿笑道："不错，我自己方才曾说是空筒子，但那不过是我骗你的，试想在那种时候，我不骗你骗谁？你可知道，这'天绝地灭透骨针'就因为制作费时，是以每个针筒里都有三套透骨针。"

他大笑接道："这'天绝地灭透骨针'每筒只能用一次，用完了又得找那'神手匠'，还有谁会将它看得那般珍贵？如此简单的道理，你难道都想不到？"

江玉郎的手已开始颤抖，道："你……你休想骗我，你根本不知道……”

小鱼儿冷笑接口道：“我不知道？我自幼生长在恶人谷，对这种歹毒的暗器，知道的会没有你多？”

江玉郎的手已软了，颤声笑道：“大哥自然是见多识广，小弟自愧不如。”

话未说完，他已将手里的“五毒天水”放了回去。

小鱼儿笑嘻嘻瞧着他，悠悠道：“我若不杀你，就是我活该倒霉，是么？”

江玉郎道：“小……小弟年幼无知，胡言乱语，大哥你……你想必能原谅的。”他一面说，身子已一面往后直退。

小鱼儿叹了口气，道：“你的确是个聪明人，知道的事的确不少，只可惜比我还差了一点！只差了那么一点点……”

他手指轻轻一按，手里针筒突然“咔”的一响。

江玉郎全身都软了，几乎吓得晕了过去。

但针筒里什么也没有射出来。

小鱼儿已将那“五毒天水”拿在手里，哈哈笑道：“告诉你，这针筒其实是空的。‘天绝地灭透骨针’一发便是一百三十根，这小小的针筒里，哪里装得下三套？如此简单的道理，你却想不到？”

江玉郎呻吟一声，真的晕了过去。

他自然不是被骇晕，只是被气晕了。

铜灯里油已快干了。

江玉郎乖乖地爬回那地洞，乖乖地加满了油，又带出些清水食物，乖乖地送到小鱼儿面前。等到小鱼儿吃完了，他才敢吃那剩下的。他爹爹此刻若是在旁边瞧见，只怕要气得直翻白眼，只因他对爹爹都从来没有如此孝顺过。

小鱼儿抹着嘴，喃喃道：“只剩下最后一间屋子没有瞧过了，出路，想必就在这屋子。嗯，不错，将出路设在卧房里，正是合理得很。”

他终于转动了银绞盘。这银色的墙背后，竟是个奇妙的天地。

这里，才真正是地下的宫阙，萧咪咪那几间屋子也算奢华的了，但和这里一比，简直像是土窑。

银墙后是条甬道，地上铺着厚厚的柔软的地毡，甬道两旁，有六扇门，门上挂着珠帘。小鱼儿他们走在缤纷的光影里，就像是走入了七宝瑶池，走入了天上的仙境。

小鱼儿却根本瞧也不去瞧它，只是喃喃道：“奇怪，五个人，怎会有六间屋子？难道这里还有第六个人……纵有第六个人，只怕也是不会武功的，否则那边又怎会只有五张矮几？”

说话间，他已走入了第一间屋子。

这屋子布置得竟像是女子闺房，对旁的梳妆台上，居然还放着整套的梳妆用具，床后面居然还有个马桶。

这一下，小鱼儿倒真是怔住了。他瞪大眼睛，失声道：“是女的……这里的主人会是女的，打死我也不相信。”

绣花的帐子，略垂下来。

小鱼儿掀开帐子，床上直直地躺着具骷髅。发髻、环佩，还都完整地留在枕头上，自然是个女子。

第二间屋子，还是间女子的绣房，床上躺着的还是个女的。第三间、第四间，全都是如此。

小鱼儿直是摇头，苦笑道：“原来这里非但不止五个人，也不止六个人，原来这些武林高手是带着老婆来的。他们被人害死，连老婆也被人害死了。”

江玉郎道：“看来这些女子全都是被人点了穴道，然后才慢慢被饿死的。”

小鱼儿道：“这种死法，大概是世上最不好受的死法了。下手的这人，心肠看来竟比你还毒，手段竟比你还狠。”

江玉郎虽然垂下了头，连脸都没有红。

他走入第五间屋子，又掀起了床帐，叹道：“人真是奇怪得很，纵然明知这床上还是副女人骨头，还是忍不住要掀起帐子来瞧一瞧。”

他话未说完，就知道自己弄错了。这床上竟有两具尸身，一男一女，男人面朝下，脊椎竟已被打得粉碎，显然是一击之下，便已毙命。

小鱼儿吐了口气，道：“这才真正是第五个人。”

江玉郎道：“那第六间屋子，只怕就是他的……”

小鱼儿掀开了第六间房子的珠帘，他往屋子里只瞧了一眼，整个人突然被骇得呆在那里。

火光闪动下，一条头戴珠冠、满面虬髯的大汉迎门而坐，双手按在桌子上，竟似要作势扑起，骤眼望去，只见他浓眉如戟，环目圆睁，满脸杀气，仔细一瞧，他眼鼻七窍之中，俱都流出了鲜血，只是血迹早已干枯，是以瞧不清楚。

小鱼儿叹了口气道："这人原来也死了。"

江玉郎摘下颗珠子抛过去，击在这虬髯大汉身上，只听"笃"的一声，珠子竟又被弹了回来。

这人的身子竟坚硬如石。

小鱼儿道："这莫非只是个木偶？"

江玉郎道："是人，死人。"

小鱼儿叹道："说他是木偶，他的确像是个人，但说他是人，又怎会硬得像木头一样？"

江玉郎一言不发，走过去掀起了帐子。

床上，果然也躺着一个人，女人，绝色的女人。她身子果然也完整如生，一点也没有腐坏，若不是脸色铁青得可怕，她实在可算是世上少见的美女。

事实上，江玉郎简直一生中从未见过如此美丽的女子，她脸色纵然铁青，江玉郎纵然明知她是死人，但瞧过一眼后，仍不觉有些痴了。

小鱼儿叹道："这女子活着的时候，想必不知要有多少男人被她迷死，萧咪咪和她比起来，简直是个丑八怪。我真不懂，她的尸身为何也……"

江玉郎沉声道："这两人的死法和别人不同，他们是中了一种极奇怪的毒而死的。这种毒性竟可以使他们的尸身永不腐烂。"

他叹了口气，缓缓接道："看来，她对自己的容貌极为珍惜……这原本也是值得珍惜的。"

小鱼儿道："你的意思是说她是自杀的？"

江玉郎道："别人若要杀她，何苦去寻如此珍贵的毒药？"

小鱼儿点头道："这也有道理，只是……这男的又如何？瞧这男子死后数十年还有如此气概，生前想必是个好角色。"

江玉郎道："也许，他就是这里真正的主人。"

小鱼儿道："不错，他看来的确会有这么大的手笔。"

江玉郎道："若说那五个人都是被他杀死的，他自己又是如何死的？他的妻子又为何要自杀？他和那五人又是什么关系？他为何要花费这许多人力物力来造这地下的宫阙？他为何要藏得如此秘密？"

小鱼儿苦笑道："你这么一说，把我的头都说晕了。"

两个人虽然都聪明绝顶，但还是打破头也猜不透这秘密，两个人的眼睛虽然都不小，但却谁也没有瞧见枕头旁还有本绢册——他们若瞧不见这本绢册，就一辈子也休想猜得出这秘密。

幸好，小鱼儿终于瞧见。

他翻了两页，突然大呼道："在这里……所有的秘密全都在这里！"

浅黄的绢册，秀丽的字迹，显然是女子的手笔。

这正是此刻躺在床上这绝色女子一生凄凉、悲惨、离奇，几乎令人难以相信的遭遇。她临死前揭开了这地底宫阙的全部秘密。

自然，她不是写给小鱼儿看的，也不是写给任何人看的，她只不过临死前想将自己的心事倾诉倾诉而已。只是，她死的时候这里已没有活着的人，于是她只有将心事付于纸笔。

她说，她的名字叫方灵姬，她的家本是江南的望族，她们家四代同堂，日子本来过得幸福而平静。但她自己，并没有享受过这幸福的日子。

她四岁的时候，她母亲带她到苏州去探亲，等她回去的时候，她们家占地百亩的庄院，已变为一片瓦砾。她们家大大小小三百多口，已被人杀得干干净净。

仇人，自然要斩草除根。她和她母亲就开始亡命天涯，她虽然没有详细叙出这一段经历，但想必是充满了辛酸和艰苦。

在这段艰苦的日子，她们终于查出了仇人的名姓。

欧阳亭。"当世人杰"欧阳亭！她的仇人竟是当日江湖中享誉最隆的侠士，武功最强的高手之一，家财亿万的富豪。

她母女孤苦伶仃，虽有些武功，但若想寻仇，实无异以卵击石。她母亲忧愤之下，终于一病不起。

三年后，她竟设法嫁给了她的仇人。她只有用她绝世的美貌，作为她复仇的武器。

但欧阳亭一代人杰，毕竟不是容易被暗算的，她只有忍受着屈辱和愤恨，苦苦等候着复仇的良机。

不幸欧阳亭竟有个最可怕的习惯，他永不和任何人睡在一起。她和他虽是夫妻，竟也不知道他睡在哪里。

小鱼儿瞧了那虬髯珠冠的大汉一眼，道："这小子想必就是欧阳亭了。"

江玉郎叹道："此人当真不愧为一代人杰，方灵姬虽然恨他入骨，但笔下写来，字里行间，仍不禁流露出对他的佩服之意。"

小鱼儿笑道："只要假以时日，你就是第二个欧阳亭。"

江玉郎不敢答话，转过话题，道："奇怪的是，这欧阳亭在人世间既有名誉，又有地位，为何又要建造这地下宫阙？是什么事会让他宁愿过这种暗无天日的日子？"

小鱼儿道："你看下去不就可以知道了么！"

于是，他们接着看了下去。

她说，欧阳亭为了建造这地下的宫阙，可说是费尽了心血，一年中总有三个月的时候，他要屏绝一切，来此督工。

然后，他不知用了什么手段，竟将当时武林中武功最高的五位高手骗到这里，他说服他们要他们创造出一套惊天动地、空前绝后的武功。他说，这武功留传后世，他们便可名留千古。

"千古留名"这句话，果然打动了这五大高手的心，他们合五人的智慧与经验，共同探寻武功中最深奥的秘密。

但他们却再也想不到，他们成功的日子，便是死的日子。

她这样写着：

到了这"地灵宫"里，他终于不再独睡，只因他对我丝毫没有怀疑之心，他再也想不到我竟是他的仇人。我虽然有了下手的机会，却始终没有下手。

我还要等。

他还有个野心。在武林的记载和江湖的传说中，古往今来，虽有不少称雄一时的英雄，但却从无一人的武功真的能横扫天下。他便要做这空前绝后、震古烁今的英雄。

只可怜那被江湖人称为“天地五绝”的五位高手，显然要成为满足他野心的牺牲品，只因这五人各有弱点，而抓住别人的弱点，正是他最擅长的事，这五人也绝不会想到他的奸谋，只因欧阳亭的慷慨豪爽，天下知名。

他早已有杀他们的计划，我虽不知道这计划究竟如何，但欧阳亭的毒计，从来都是天衣无缝的。我纵有揭穿他阴谋之心，但却抓不着他的证据，说出来了别人也不会相信，我怎敢轻举妄动。

但我早已准备好杀他的计划，只等他成功之日。

现在，他成功的日子已快到了，他眼看便要到达前无古人成功的巅峰。

现在，在这里等着他的是一杯毒酒。我要和他共饮……

小鱼儿眼睛像是有些湿了，突然将这本绢册远远抛出，说道：“她为何要将这些事写下来？让别人瞧见也难受，这岂非害人嘛……女人，活见鬼的女人！”

江玉郎却像是痴了，喃喃道：“人类成功的巅峰……空前绝后的英雄，唉！可惜呀，可惜！”

小鱼儿瞧着欧阳亭的尸身，道：“他杀了‘天地五绝’，正想和他的爱妻共饮一杯庆功之酒，哪知道这杯庆功的酒，却是杯毒酒……哈，有趣，有趣。”

江玉郎叹道：“这方灵姬倒也是了不起的人物，只是，她既然报了她的血海深仇，为何要陪着她的仇人死呢？”

小鱼儿长长伸了个懒腰，道：“我早就说过，女人的心事最难猜测，谁若花工夫去猜女人的心事，他不是呆子，就是疯子，唉……女人……”

江玉郎道：“但她还是不得不杀他，杀了他后，她心里又未尝不痛苦，她只有陪着他死，只因她已没法子一个人活下去。”

他长叹一声，悠悠道：“方灵姬之与欧阳亭，岂非正如西施之与吴王？唉，国仇家恨与深情厚爱，究竟孰重？只怕很少有人能分得清的。”

小鱼儿瞧着他，突然笑道：“有时我真奇怪，不知你究竟是男是女？”

江玉郎怔了怔，失笑道：“你不知道我究竟是男是女？”

小鱼儿道：“有时你心狠手辣，六亲不认，但有时你又会突然变得多愁善感。男人，是很少这样的；只有女人的心，变化才会这么快，这么多。”他大笑着接道：“若不是我亲耳听见萧咪咪叫你小色鬼，我真要以为你是女扮男装的……”

## 第三十四章

# 盖世恶赌

忽听一人娇笑道："不错，我可以为他证明，他全身上下，每分每寸都是男人，绝没有半分假。"

如此娇媚的语声，除了萧咪咪还有谁！

小鱼儿骨头都仿佛酥了，要想回身，只觉一个尖尖的冰凉的东西抵住了他的后脑勺子。

萧咪咪柔声道："乖乖的，不要动，不要回身。"

她朝那已吓呆了的江玉郎招了招手，道："玉郎，你也过来好么……嗯，这样才是乖孩子，现在，你也背转身，和他并排站着好么？"

小鱼儿只希望江玉郎莫要太乖，只希望他稍微有些反抗，那么，小鱼儿就可以将怀里的"五毒天水"拿出来。

但这见鬼的江玉郎却偏偏乖得很，低着头，垂着手走过来。小鱼儿朝他直打眼色，他也瞧不见。小鱼儿恨得牙痒痒的，但也没法子，一个人若被一柄剑抵住了后脑，他纵有一万个法子也是使不出来的。

但他还没有灰心，他还在等着机会，只要让他能取出那"天水"，甚或那针筒，萧咪咪可就完蛋了。萧咪咪没有完蛋，完蛋的是小鱼儿。

她突然伸过手来，将小鱼儿怀里的东西都摸去了，咯咯笑道："哟，小鬼，看样子你们真得了不少好东西，'透骨针''五毒水'，幸好我没有大意，否则可真惨了。"

小鱼儿长长叹了口气，道："现在我惨了。"

萧咪咪笑道："还不算太惨，暂时我还不会杀你。"

她突然将小鱼儿的右手和江玉郎的左手拉在一起，笑道："你们是好朋友，先拉拉手……"

小鱼儿只觉江玉郎的手冷冰冰，不停地在发抖，满手都是冷汗。其实，他自己的手又何尝不是如此？只听“咔”的一声，两个人的手上，突然多了副手铐，又黑又重的手铐，将两人铐在一起。

萧咪咪银铃般娇笑着，终于走过来，走到他们面前，妩媚的眼睛，笑眯眯地瞧着他们，柔声道：“现在，你们真可以算是好朋友了，活要活在一起，死也要死在一起，谁都别想抛下另一个人走。”

小鱼儿苦笑道：“现在，我倒宁愿他是女的了。”

萧咪咪道：“我喜欢你，在这种时候还能说笑话的人，世上并没有几个。”

江玉郎道：“你……你……你怎会来的？”

萧咪咪眼波一转，笑道：“你们奇怪么？”

小鱼儿叹道：“若不奇怪那才见鬼哩！”

萧咪咪道：“聪明的孩子们，你们怎么也突然变得笨了，你想想，你们对我这么好，我怎舍得闷死你们？”

小鱼儿道：“我还是不大明白……”

萧咪咪道：“那时，我虽然明知你躲在下面，但我还是不敢下去的，我根本不知道下面究竟是怎么回事，若是下来了，不被你们弄死才怪。”

她叹了口气，接道：“你们对我，决不会像我对你们这么客气的。”

小鱼儿道：“你的确太客气了，所以你要闷死我们。”

萧咪咪娇笑道：“我想，这样也许未必真的能闷死你们，但最少也可以让你们不再防备着我。你们以为我既然要闷死你们，就绝对不会再下来瞧的了，是么？”

小鱼儿叹道：“我现在才知道，一个人若没有被闷死，已是非常不幸，假如他再被女人喜欢上，那么他更是倒了穷霉了。”

萧咪咪咯咯笑道：“这话真好笑，真要笑死我了！我下次一定要告诉别人，被人讨厌才不倒霉，被人闷死就是走运。”

她像是根本不再去听小鱼儿的话，她的心开始完全贯注在这屋子里的东西上。

她将这里每间屋子都仔仔细细搜索了一遍，那种仔细的程度，就好像个妒忌的妻子搜查她丈夫的口袋一样。

然后，她的脸上发了光，眼睛也发了光。她终于找着了她所要找的。

那是本淡黄绢册，自然也就是那五大高手心血的结晶。

她将这绢册捧在怀里，贴在脸上，亲了又亲。她吃吃地笑个不停，喃喃道："心肝呀心肝，我有了你，还怕什么！今后天下武林第一高手是谁？你们可知道……那就是我，萧姑娘。"

江玉郎眼睛盯着她手里的绢册，几乎已冒出火。

萧咪咪摸了摸他的脸，咯咯笑道："说起来，我还得感激你们，若不是你们，我怎会得到'它'？"

她轻盈地转了个身，看起来真的像是年轻了十几岁。

她接着笑道："现在，你们领路，每个地方都带我去瞧瞧，那些东西想来都是上天赐给我的，我若客气，肚子会痛的。"

其实，萧咪咪自己当真也未想到"上天赐给她"的东西竟会有这么多，她简直连眼睛都花了。

她将每间密室都瞧了一遍，然后，便瞧着小鱼儿和江玉郎，她的眼睛看来是那么温柔，笑容看来是那么甜蜜。

她柔声笑道："好孩子，你们可知道我为什么直到现在还没有杀你们？"

小鱼儿眼睛却瞧着那面土门土墙，像是没有听见她的话。江玉郎脸色发白，根本已说不出话来。

萧咪咪道："老实说，叫我一个人在这种鬼地方兜圈子，我实在也有点害怕，所以，我自然要留下你们陪着我。"

江玉郎紧咬着嘴，脸色更白了。

萧咪咪瞧了小鱼儿一眼，笑道："现在你们的任务已完成了，你们两个人已连成一个，要再从那地洞爬回去，看样子也困难得很，不如就留在这里吧。"

江玉郎嘴唇已咬破了，眼泪已不停地往下流。

江玉郎突然跪了下去，颤声道："求求你，莫要杀我，只要你放过我，我一辈子都做你的奴隶，无论你要我做什么都可以……"

萧咪咪道："抱歉得很，只有这件事，我不能答应你，除此之外，你们无论想要怎么样死法，我都可答应的。”

她又瞧了小鱼儿一眼，道：“小鱼儿，你听见么？”

小鱼儿眼睛仍在瞧着那土墙，茫然道：“嗯。”

萧咪咪道：“有个最特别又最舒服的死法，我可以建议你们，不知你们愿意不愿意。”

小鱼儿道：“嗯。”

萧咪咪道：“我咬死你们，好吗？”

她伸出纤纤玉手，摸着小鱼儿的喉咙，媚笑道：“我只要在这里轻轻咬一口就行了。”

小鱼儿眼睛瞬也不瞬，道：“嗯。”

萧咪咪皱了皱眉，道：“那土墙有什么好看的，你究竟在想什么？”

小鱼儿叹了口气，道：“我反正已要死了，想什么都没关系了。”

“我倒想听听。”

小鱼儿道：“我看你还是赶紧杀了我算了，免得麻烦。”

萧咪咪道：“你愈不说，我愈要听。”

小鱼儿又叹了口气道：“你既然要听，我只好说。”

他眼珠子一转，接道：“我在想，既然每扇墙里面都有些古怪的东西，这面土墙后面就绝不可能是空的，但里面究竟是什么呢？”

萧咪咪眼睛又亮了，道：“是呀，里面会是什么呢？”

她眼珠子也开始四下转动，喃喃道：“只可惜这里没有土制的绞盘，这土墙不知要怎样才能开开。”

小鱼儿眨着眼睛道：“虽没有土制的绞盘，但上面却有个吊环还未拉过。”

萧咪咪道：“呀，不错，你快去拉拉看。若不将这土墙开开看，我以后怎么睡得着觉呢！”

小鱼儿满心不情愿地走过去，心里却欢喜得很。他其实也不知道这土墙里是什么东西，但想来必定不会是什么好东西，只是，此时此刻，无论什么东西，都已不可能令他的处境更坏了，他反正是一个死，土墙里就算藏着群妖魔鬼怪又有何妨？

上当的，只不过是萧咪咪。

那铜环吊得很高，拉起来很费力，小鱼儿拉了拉，铜环本来动也不动，但小鱼儿和江玉郎拼命一使力，铜环突然完全落了下来。

接着，只听“轰隆隆”一连串大震，就好像山崩地裂似的，整整一面土墙，突然间完全崩溃。

一股洪水，有如排山倒海一般激射了进来。

萧咪咪惊呼一声，面色惨变——她平时面色虽然千变万化，但这一次却变得和平时大不相同。

她就像一个看见老鼠的小丫头似的，拼命跳上了一架绞盘。怎奈那水势来得实在太快，晃眼间已将那绞盘淹没。

此刻她除了想赶紧逃走之外，别的什么都顾不得了，甚至连小鱼儿和江玉郎都可放过一边。

怎奈那唯一的一条逃路——那地道也被水灌了进去。

要知这块地方，和地道那边的出口“厕所”是平行的，所以地道中虽灌满了水，水势还是无法宣泄。

小鱼儿和江玉郎此刻自然也已泡在水里。江玉郎的水性竟然高明得很，踩着水就像踩在地上似的。

他瞧着萧咪咪的模样，脸上不禁露出恶毒的微笑，喃喃道：“这女妖怪居然不通水性，妙极，妙极！”

小鱼儿大笑道：“这就叫歪打正着。”

江玉郎突然回头瞧着他，道：“你会游水么？”

小鱼儿的手吊在他手上，声色不动，笑道：“你难道忘了我叫什么名字？天下可有不会游水的鱼么？”

他说得实在不像有半分假的，江玉郎瞪了他半晌，终于展颜一笑，道：“很好，好极了。”

水不停地往里灌，整个屋子都快被灌满了。

萧咪咪非但不会水，而且看来还十分怕水，她此刻简直慌了手脚，手脚乱动，愈动愈要往下沉。

江玉郎低声道：“她虽不会水，但若沉得住气，莫要乱动，也不会往下沉的。何况，她还有一身武功，纵然沉下去，也不会喝着水。”他阴阴地笑了笑，接道：“但像她现在这样，却是非喝水不可，两口水喝下去，她就算有天大的本事，也完全没用了。”

那边萧咪咪果然已喝了两口水下去，忍不住嘶声叫道：“救命呀……你们难道真的眼看我死么？”

江玉郎柔声道：“我们自然不忍瞧着你死的，只要你先将那秘籍抛过来，我就救你。”他现在自然还不敢过去，只因萧咪咪若是一把拉住他，他也惨了。

但那秘籍若是在水中泡久了，字迹也难免模糊。

萧咪咪现在倒是真听话，立刻就将“秘籍”抛了过来，叫道：“快！快来救……”咕嘟，又是一口水灌了进去。

江玉郎赶紧将秘籍接住，小鱼儿也不和他抢，因为他接书的手本和小鱼儿连在一起，他另一只手是把着灯的，只听他咯咯笑道：“傻孩子，你真以为我会救你么？”

萧咪咪颤声呼道：“求……求求你……”

江玉郎大笑道：“我要在这里瞧着你喝水，一口口喝下去……等你死的时候，你肚子就会胀得像个球，那模样想必好看得很。”

萧咪咪大骂道：“你……你这狗贼。”

江玉郎道：“你骂吧，最好过来打我一拳……过来呀，你有这本事么？”

萧咪咪挣扎着想扑过去，但愈是挣扎，水喝得愈多。不会水的人被泡在水里，那种恐惧和惊慌，若非尝过滋味的人，谁也想象不出。

江玉郎大笑道：“今后天下武林第一高手是谁？萧咪咪你可知道么……告诉你，那就是我江大少爷。”

小鱼儿冷冷道：“只怕未必。”

江玉郎赶紧接着道：“自然还有咱们的鱼兄。”

小鱼儿叹了口气，道：“你我两人，谁也莫要做这梦了。现在唯一的出口已被水淹，你我除非真的有鱼那样好的水性，否则照样也得淹死在这里。”

江玉郎怔了怔，立刻又变得面如土色，抓住小鱼儿的手，道：“你……你快想想法子。”

小鱼儿道：“我早已想过了，金、银、铜、铁、锡，都是死路，那石头坟墓虽有道门向上面，但那门却是从外面开的。”

江玉郎苦笑道："坟墓的门自然是在外面开的，死人反正不会要出去……唉，该死，你我难道真的也要死在这里？"

小鱼儿道："也许，咱们还有一条路可走。"

江玉郎大喜道："什么路？"

小鱼儿道："那木绞盘咱们还未动过。"

江玉郎喜色立刻又没有了，恨声道："你难道忘了，咱们岂非就是从那木墙后出来的？"

小鱼儿悠悠道："咱们是往下面钻上来的，上面呢？"

江玉郎大喜呼道："不错，我为何没有想到！"

小鱼儿笑嘻嘻道："只因为我比你聪明得多。"

江玉郎叹道："此时此刻，还能想到这种事的人，除了你之外，实在不多了……"

只见萧咪咪头发漂在水上，已完全不会动了。

江玉郎潜下水，搬动了木绞盘，他手上本来一直举着灯的，但此刻一潜下水，四下立刻又是一片黑暗。

忽听"吱"的一响，大水忽然往外冲，小鱼儿和江玉郎身不由己，也随着水势被冲了出去，心胸突然一畅。

木墙外，赫然正是出口，数百级石阶直通上去，一线天光直照下来，江玉郎欢呼一声，眼泪不觉又往下直流。

石阶尽头，竟然有天光照下，这的确出人意料。

江玉郎满心欢喜，却又不禁奇怪，道："这样的出口倒也奇怪，难道不怕被人发觉么？这里一切既造得如此隐秘，出口本也该隐秘些才是。"

小鱼儿笑道："咱们从这里瞧着虽不隐秘，想来必定是隐秘的。若不隐秘，这许多年早该有人寻来了。"

突然间，上面竟有语声传了下来。

两人不禁又是一惊，脚步更轻、更快，一口气跑上去，只见那出口处盖着块石板，两旁却留半寸空隙。

天光，便是自这两条空隙中照下来的，语声也是从这两条空隙中传下来。两人又惊又奇，悄悄往外一瞧。

只见外面竟是个小小庙宇，但这庙宇里供的是什么神像，两人却瞧不见，只因那神像便在他们头顶的石板上。谁能想得到一个小庙的神像下竟会有世上最神秘、最奇异，也最伟大的地底宫阙，谁能说这出口不隐秘？

外面，自然有张神案。此刻神案上并没有香烛供礼，却赫然有一双腿，这双腿黝黑如铁，上面还长满了黑茸茸的毛，裤管直卷到膝盖，泥脚上穿的是双草鞋，再往上面，他们便瞧不见了。

神案上还有个特别大的酒葫芦、两只半熏鸡、一大块牛肉、一串香肠、一堆豆腐干、一堆落花生。酒香、菜香，混合着那双脚上的臭气，随风一阵阵吹下来，小鱼儿闻了，当真不知是什么滋味。

他真想冲出去，但瞧见神案对面站着的五个人，却又不敢动了，非但不敢动，还几乎惊呼出声来。只见最左面站着的是个员外冠、福字履，肚子已渐渐开始膨胀的中年人，身上还挂着只香袋。

他旁边一人，衣服也穿得不错，满脸精明强干的样子，但瞧那气概，却必定是那富商的跟班长随。

另外三个人竟赫然是那“视人如鸡”王一抓、“天南剑客”孙天南，以及那银枪世家的邱清波邱七爷。

他三人平日是何等飞扬跋扈，不可一世，但此刻一个个却是垂头丧气，满面俱是畏惧惊惶之色。

箕踞在神龛上的这位泥腿客，竟能使这三人如此畏惧，小鱼儿委实想不出他是何等人物。

小鱼儿既不敢妄动，江玉郎更不敢动了。

只见一双毛茸茸的大手垂了下去，右手虽完完整整，左手却只剩下拇指与食指两根手指。

这双手撕下条鸡腿，用鸡腿向那富商一指，道：“你过来！”

那富翁平日保养得法的一张脸，此刻已吓得面无人色，一步一挨，战战兢兢走了几步，颤声道：“小人张得旺叩见大王。”

那洪钟般语声大笑道：“格老子，老子明明晓得你龟儿子就是城里的土财主王陵川王百万，你龟儿还想骗老子。”

他一句话里说了三个“老子”，两个“龟儿子”，正是标准的四川土话，只是说来有些含糊不清，想来因为嘴里正咬着鸡腿。

那王百万扑地跪倒，苦着脸道：“小人身上银子不多，情愿都献给大王，只要大王……”

那语声大骂道：“放屁，哪个要抢你龟儿子的钱！老子听说你赌得比鬼还精，所以特地把你找来赌一赌的。”

王百万喘了口气，赔笑道：“大王若要赌，无论骰子、牌九、马吊、花摊，小人都可奉陪，只是这里没有赌具，小人回城之后，一定准备得舒舒服服地和大王……”

那语声拍案道：“哪个和你龟儿子赌这些啰里啰唆的东西，老子就和你赌猜铜板，是正是反，一翻两瞪眼。”

王百万讷讷道：“却不知大王要赌什么？小人赌本带得不多。”

那语声道：“老子赌你一只手，一条腿……”

王百万刚站起来，腿又软了，“噗”地坐倒，咬牙道：“大王若输了呢？”

那语声道：“老子若输了，就割一根手指给你。”

王百万道：“这……这……”

那语声怒道：“这个什么？老子一根手指，就比你四条腿都贵得多！”

王百万牙齿打战，道：“小人不……不想赌。”

那语声道：“格老子，不赌不行。”

王百万像是也豁出去了，大声道：“世上只有强奸，哪有逼赌的！”

那语声咯咯笑道：“老子平生别的坏事不做，就喜欢逼赌。你龟儿子好赌一辈子，今天叫你遇见我‘恶赌鬼’，算你走运。”

王百万眼睛立刻圆了，失声道：“你……你是轩辕……”

那语声道：“老子就是轩辕三光，你龟儿子也晓得？”

王百万苦着脸道：“城里城外赌钱的人，都拿你来赌咒，谁要赌钱出郎中，就要他遇见轩辕三光，但……但我赌时从未骗过人，老天怎地也让我遇见你？”

轩辕三光大笑道：“你既然知道老子，就该知道老子赌得最硬，从来不赖，你怕个啥子？”

只见一个铜板在空中翻了无数个身，“当”地落在神案上，轩辕三光的大手立刻将之盖住，大声道：“是正是反？猜！快！”

小鱼儿也在那里直抽凉气，他实在未想到这泥腿大汉，居然竟是“十大恶人”中的“恶赌鬼”轩辕三光！

他最未想到刚从“十大恶人”手里逃脱，如今竟立刻又遇见一个，而且，看样子，他遇见的“十大恶人”，竟是一个比一个凶恶！但他方才却看见那制钱是“通宝”一面朝上，他相信王百万必定也瞧见了，那么这“恶赌鬼”岂非必输无疑？

只见那王百万连嘴唇都白了，嘴张了好几次，还是说不出一个字，轩辕三光那只手背上青筋暴露，也像是有点紧张，厉声喝道：“快，再不说就算你输了！”

王百万道：“通……通宝！”

轩辕三光手一翻，大笑道：“龟儿子你输了！”

王百万眼睛一闭，小鱼儿也吃了一惊。

他明明看见“通宝”在上，怎地变了？莫非是轩辕三光故意要王百万看见是“通宝”，等他手盖下去时就变了过来？

严格说来，这手法并不能算是骗人呀，谁叫王百万要偷看的？小鱼儿暗中叹了口气，苦笑忖道：“这恶赌鬼倒真是厉害！”

轩辕三光笑道：“你输了，还不快切下一条腿、一只手来抵账。”

王百万嘶声道：“小人……小人情愿将城里的十七家当铺都过户给你老人家……再加上城北那三家米店，只求你老人家饶了小人这一次。”

轩辕三光咯咯笑道：“你这为富不仁的老畜生，你以为老子真要你的那条猪腿么？老子虽然也是恶人，却最看不惯你专会在穷人头上打主意！”

他一拍桌子，大声道：“当铺和米店老子都收下，快滚去将条子打好，等着老子去拿，反正老子也不怕你龟儿子赖账。”

王百万道：“是，是……”屁滚尿流，连滚带爬地逃了。

他那边刚逃，这边他那跟班的已跪了下来，道：“小人不过是个低三下四的人，你老人家想必不屑和小人赌的，求你老人家就放了小人吧。”

轩辕三光大笑道：“你龟儿子错了，你知不知道老子还有个外号叫‘见人就赌’，皇帝老子也跟他赌屁。”

那跟班的狠了狠心，道：“你老人家要赌什么？”

轩辕三光道：“老子赌你知不知道自己身子有多少个纽扣。你若输了，老子就割下你的鼻子；你若赢了，老子就把那十七家当铺、三家米店都给你。”

那跟班的面色如土，情不自禁用手掩住了鼻子。

轩辕三光大笑道：“想想看，若凭你自己，一辈子也休想发这么大的财……呔，不准往身上看，否则老子就先挖出你的眼珠。”

那跟班的眼睛果然只敢直勾勾地瞧着前面，道：“但那当铺和米店，现在还在王老爷手里。”

轩辕三光笑道：“你龟儿子放心，只要你赢了，老子负责要他给你！”

那跟班的突然一笑，道：“小人从小有个毛病，专喜欢将扣子吞下肚，所以小人的娘替小人做衣服时，从来不用纽扣，都是用带子系着的，长大了也成了习惯！”

## 第三十五章

# 智得铜符

那跟班站了起来，拍了拍自己衣裳，道："所以小人从里到外，从头到脚，身上一粒扣子也没有。"

轩辕三光像是也怔住了，王一抓、邱清波等人看来也想笑，却又笑不出，小鱼儿若不是拼命忍住，早已笑破了肚子。

"这恶赌鬼原来也有上当的时候。"

轩辕三光怔了半晌，忽也大笑起来，道："算你龟儿子走运，回去等着当大老板吧！"

那跟班的躬身行了一礼，笑道："小人叫王大立，日后你老人家进城时，千万莫忘了到小人店里去，小人自当略尽地主之谊。"

他四面作了个揖，笑嘻嘻走了。

轩辕三光大笑道："王大立，你这龟儿子当真是从头精到脚……"他转眼间赢了百万家财，转眼间又输出去，却像是全不在乎，反而笑得开心得很。

邱清波全身突然变得不自然起来，想必是轩辕三光的目光已转到他身上，他脸上也渐渐发白。

邱清波厉声道："你若要赌，在下可以奉陪，否则……"

轩辕三光咯咯笑道："不错，堂堂邱公子，自然是吃喝嫖赌，样样精通，你要赌什么，花样不妨由你出，老子都奉陪，赌注可要由我。"

邱清波笑道："只望你赌注莫要下得太大，正如你所说，在下正是吃喝嫖赌，样样精通，你也未必赢得了。"

轩辕三光纵声笑道："你龟儿子这是在唬老子！老子从六岁就开始赌，天下无论哪种赌法，老子至少也要比你龟儿子强些。"

邱清波冷冷道："无论哪种赌都有假，除了一种。"

轩辕三光道："你说哪一种！"

邱清波道："在下腰畔这绣囊中，有几锭紫金锭，你猜是单是双？"

轩辕三光又撕下条鸡腿，一面大嚼，一面道："听说你的老婆本是苏州第一美人……"

他只说了一句，邱清波脸色已变了，失声道："你……你想怎样？"

轩辕三光道："老子就赌你的老婆，你输了，就将老婆让给我；老子输了，也将老婆让给你……三个老婆都让给你，让你占个便宜。"

邱清波面如死灰，道："你……你疯了……"

轩辕三光大笑道："老子清醒得很！"

邱清波厉声道："不可以……万万不可以。"

轩辕三光道："花样是你出的，你现在已非赌不可，反正老子也未必会赢的。"

邱清波站在那里，全身颤抖。他若万一真的将老婆输了，以后他还有何面目去见亲戚朋友？他出身世家，这个人他怎丢得起？

轩辕三光悠悠道："现在老子要猜了，你那里面的紫金锭子是……"

邱清波狂吼一声，道："且慢！"

轩辕三光道："还要等什么？"

邱清波厉声道："你怎可逼使每个人都非和你赌不可？"

轩辕三光笑道："遇见恶赌鬼，不赌也得赌。"

邱清波冷笑道："但有一种人你却万万不能逼他和你赌的。"

轩辕三光道："哦，有这种人？"

邱清波大喝道："当然有。"

轩辕三光道："你且说说是哪一种人？"

邱清波道："死人！"

突然反手一掌，向自己"天灵"拍了下去。

世上竟有宁可自杀，不肯丢人的硬汉，这倒是出人意料——世家子弟的行为，有时的确是别人想不通，也想不到的。

轩辕三光显然也吃了一惊，鸡腿也掉在桌上，他此刻自然只去瞧邱清波的尸身，绝不会去留意王一抓。

但小鱼儿却瞧王一抓与孙天南打了个眼色，也许是邱清波的死激发了他们的豪气。

两个突然飞身而起，向轩辕三光扑了过来。

小鱼儿瞧得清楚，只见这两人身法既快，出手更狠，王一抓的一双手掌，几乎已完全变成死黑色。

他倒并没有打招呼，他们就是要轩辕三光措手不及。

以小鱼儿看来，世上能躲得过他两人全力这一击的人，只怕不多，简直可以说没有几个。

以江玉郎看来，轩辕三光更是凶多吉少。

只听轩辕三光怒喝一声，两只拳头飞了出去。

小鱼儿和江玉郎也瞧不清他用的是什么招式，只听得“砰、砰”两声，王一抓和孙天南便飞了出去。

他随手两拳，竟然就将两个武林高手击退，那么狠毒的招式，到了他面前，竟好像完全没有用了。

小鱼儿倒抽了一口凉气，只见孙天南如断了线的风筝似的，直飞出窗外，远远跌了下去。

又见王一抓凌空一个翻身，飘落在地上，居然拿桩站稳了，只是那张本已干枯的脸，此刻更难看而已。

轩辕三光大笑道：“好，你龟儿子果然有两下子。”

王一抓道：“哼。”

轩辕三光道：“现在你赌不赌？”

王一抓咬了咬牙，道：“赌！”

轩辕三光道：“老子先赌那孙天南胸口十八根骨头都已断了，若有一根不断的，老子就算输，输脑袋给你！”

王一抓道：“嗯。”

轩辕三光道：“老子再赌这一拳已打死了你，你若能不死，随便用你哪双鬼爪子在老子喉咙上抓几个洞都没关系。”

王一抓默然半晌，嘴角泛起一丝惨笑，道：“我输了！”他前面说的几个字，都是闭口音，此刻“了”字一出口，一口鲜血随之喷出，人也仆地而倒。

江玉郎瞧得手脚冰冷，只见桌子上的两条泥腿，缓缓移了下去，接着，便现出了他的背。

他穿的是件破破烂烂的衣服，身子又高又大，一个肩膀似乎有别人两个那么宽，一个头也有别人两个那么大。

只听他喃喃道："无趣无趣，老子不想杀人，这些龟儿子偏要老子杀，老子一心想赌，这些龟儿子偏不陪老子赌。"

他反手拿起那酒葫芦，拖着脚步走了出去，走到门口，长长伸了个懒腰，叹了口气，喃喃又道："这年头像王大立那样的赌鬼，怎地愈来愈少了……"

小鱼儿这才松了口气，吐了吐舌头，道："这赌鬼好厉害的武功。"

江玉郎道："咱们还不赶紧跑？"

小鱼儿笑道："格老子，不跑的是龟儿子。"

这两句话他竟已学会了——无论是谁，要学另一省的方言，那些骂人的话，总是学得最快的。

两人一搭一档，总算将上面的石板抬起，一溜烟钻了出去，这才瞧见，供的神像是赵玄坛。

小鱼儿顺手抓起只鸡，边吃边笑道："只可惜咱们没有瞧见那'恶赌鬼'的脸，不知道他长得是否和这位赵将军差不多……也许还黑一点。"

江玉郎道："求求你，快走吧。"

小鱼儿笑道："你想追上那赌鬼么？"

江玉郎呆了呆，叹了口气。

小鱼儿道："吃鸡呀，不吃白不吃。"

突然瞧见江玉郎的眼睛发直，他回过头，便终于瞧见了"见人就赌，恶赌鬼"轩辕三光的脸。

只见他面如锅底，满脸兜腮大胡子，一双眉毛像是两根板刷，眼睛却像是一只铜铃，他眼睛已只剩下一只，左眼上罩着个黑布罩子，却更增加了他的剽悍、凶猛之气，也增加了几分神秘的魅力。

此刻，这一只铜铃似的眼睛正瞪着小鱼儿。

小鱼儿咧嘴笑了笑道："这鸡的味道不错，只可惜没有酒。"

轩辕三光目光闪动，像是觉得很有趣，居然将那特别大的酒葫芦送到小鱼儿面前，嘻嘻一笑道："这酒凶得很。"

小鱼儿仰起脖子，"咕嘟咕嘟"一口气喝了十来口之多，伸手抹了抹嘴，居然面不改色，笑嘻嘻道："这么淡的酒你还说凶？你当我是小孩子！"

轩辕三光笑道："你这小鬼倒有趣，从哪里来的？"

小鱼儿眨了眨眼睛，道："哪里来的？自然是从窗子里爬进来的。"

轩辕三光道："从窗子里爬进来偷人家的鸡，还敢理直气壮？"

小鱼儿道："死人可以从窗子里飞出去，活人为什么不能从窗子里爬进来？"

轩辕三光脸一沉，道："你早就来了？"

小鱼儿笑嘻嘻道："不能来么？"

轩辕三光瞪起眼睛，厉声道："你小小年纪，到这荒山来做什么？"

小鱼儿道："做什么？找人赌一赌呀。"

轩辕三光瞪着眼瞧了他半晌，哈哈大笑道："有趣有趣，实在有趣……"一把将小鱼儿手里的酒葫芦抢了过来，"咕嘟咕嘟"灌了十来口下去。

小鱼儿又从他手里将酒葫芦抢过来，也灌了十来口，笑道："你莫小气，烟酒不分家，有酒大家喝。"

轩辕三光目光闪动，狞笑道："你这小鬼居然不怕我？"

小鱼儿也瞪起眼睛，龇牙笑道："格老子，我既没有当铺给你，也没有老婆输给你，最多也不过输个脑袋给你，我为什么要怕你？"

轩辕三光大笑道："你竟敢和老子赌脑袋？"

小鱼儿道："为什么不敢？不过……你的脑袋我却不要，你脑袋我嫌太大了，口袋里放不下，提在手里又太重。"

只听一人缓缓道："这脑袋我要。"

轩辕三光的狂笑声，就像是被人一刀砍断似的突然停顿，小鱼儿也不觉瞪大了眼睛，闭紧了嘴。

这语声虽然缓慢，虽然只说了五个字，但已显示出一种堂堂的气势，一种庄严的慑人之力。

轩辕三光背对着门，此刻仍没有回头，只因他已觉出有一股杀气袭人而来，若他一动，先机尽失。

他只是缓缓道："是谁敢要轩辕三光的头颅？只要真的是英雄好汉，轩辕三光又何惜将这大好头颅相送？"

那人缓缓道："轩辕三光果然豪气干云，果然痛快！"

一个乌簪高髻、白袜蓝袍的清癯道人，随着语声，缓步走了进来，他右手紧握着悬在左腰的剑柄，剑已出鞘四寸。

虽只出鞘四寸，但却有一股凌厉的剑气逼人眉睫。

轩辕三光厉喝道："来的可是峨眉掌门？"

小鱼儿自然认得这蓝衫人便是神锡道长，但轩辕三光连头都未回，却又怎会认出了他？

这恶赌鬼莫非连背后都长了眼睛不成？

神锡道长似乎也觉得有点奇怪，沉声道："阁下怎知是贫道？"

轩辕三光纵声大笑道："若非一门一派的宗主掌门，谁能有如此堂堂的剑气？"

神锡道长缓缓道："轩辕三光，果然了得！"

轩辕三光突然顿住笑声，道："只是，道长未入门，剑已出鞘，难道不怕失了你宗主掌门的身份？"

神锡道长神色不变，冷冷道："面对名震天下的轩辕三光，贫道不能不分外小心。"

轩辕三光喝道："如此说来，道长是一心想要某家的脑袋了？"

神锡道长沉声道："此乃峨眉圣地，杀人者死！"

轩辕三光狂笑道："好一个杀人者死！道长莫非要某家为这几块废料偿命不成？"

神锡道长道："贫道并非为人报仇，只是护山之责，责无旁贷。"

轩辕三光厉声道："很好，只是……某家的头颅虽在，道长却未必便能随意取去！"

神锡道长道："轩辕三光先生一生好赌，也不知赢过多少人的大好头颅，此番纵然将头颅输给贫道，想来也不算什么。"

轩辕三光大笑道："如此说来，道长莫非有意和某家赌一赌？"

神锡道长道："正是如此！"

小鱼儿瞧着神锡道长那已洗得发白的蓝袍，瞧着那瘦削的身子，瞧着他那紧握着剑柄的枯瘦的手指……

就这样一个人，竟使得轩辕三光连身子都不敢转过来，这又是何等的气概，这又是何等的威风！

小鱼儿暗叹忖道："我就是天下第一聪明人，我就算比你聪明百倍，但我能令别人如此怕我么？看来，一个人还是应该好好练成武功，否则他一辈子也休想如此威风，一辈子也休想如此神气！"

这武林名家的风范，的确是令人羡慕，就算是他说出来的话，那分量也和普通人绝不相同。

他"正是如此"四个字说出来，轩辕三光面上已再无笑容，沉声道："但不知要如何赌法？"

神锡道长道："你我俱是武林中人，要赌，自然是赌一赌武功之高下。"

轩辕三光道："动手拼命，也算是赌么？"

神锡道长道："以身体为赌具，以性命做赌注，世间之豪赌，还有什么能与此相比，这怎能不算是赌？"

轩辕三光厉声道："好，你以什么来换某家的头颅？"

神锡道长道："自然是贫道的头颅。"

轩辕三光道："不行，如此赌法，太便宜了你！"

神锡道长冷冷道："贫道自六岁出家，至今位居当代'七大剑派'之一'峨眉'之掌门，门下三代弟子，两千七百三十二人，掌门铜符到处，不但本门子弟伏首听命，便是其他的门派，也得给贫道这个面子。"他声色俱厉，叱道："这样的头颅，还抵不过你的？"

轩辕三光道："你头颅虽好，只可惜某家要来无用，而你取了某家的头颅，不但维护了你峨眉圣地的威风，又增长了你自家的声望。"他纵声大笑道："这样算来，某家岂非吃亏太大？这样的赌法，某家不赌！"

神锡道长冷笑道："阁下只怕已是不能不赌了。"

轩辕三光咯咯笑道："这句话某家不知向别人说过多少次，不想今日竟有人来向我说，只是……你虽想要我的头颅，我却不想要你的，我难道不能一走了之？”

神锡道长道：“你走得了么？”

轩辕三光道：“我走不了？”

神锡道长默然半晌，缓缓道：“你要怎样？”

轩辕三光道：“除非你拿出一样能抵得过某家头颅之物，否则某家绝不和你赌。”

神锡道长道：“普天之下，要有什么样的东西才能抵得过轩辕三光的头颅？”

轩辕三光道：“这样的东西委实不多，但你身旁却有一物，勉强也可充数了。”

神锡道长微微动容道：“那是什么？”

轩辕三光厉声道：“那便是你的掌门铜符！”

神锡道长悚然道：“掌门铜符？”

轩辕三光道：“不错，你胜了我，尽管割下我的头颅，我若胜了你，却留下你的性命，只是你的峨眉掌位，要让我来过过瘾。”

神锡道长面色沉重，缓缓道：“除此之外……”

轩辕三光道：“除此之外，别无他途！但某家却还可给你个便宜。”

神锡道长道：“如何？”

轩辕三光道：“某家就这样站在这里，让你砍三剑，你三剑若是伤了某家，某家自然就算输了，某家双脚若是离了地，移动了位置，也算输了。”

小鱼儿再也想不到他竟会想出如此狂妄的赌法，他算来算去，这样的赌法委实连一分胜的希望都没有。

人站在那里，双脚也不能动，岂非和木头人差不多？神锡道长领袖剑法以辛辣见长的峨眉剑派垂三十年，剑锋之下，飞鸟难渡。

他难道竟会连个木头人都砍不中？

小鱼儿暗暗笑道：“这‘恶赌鬼’提出这样的赌法来，莫非是吃错药了？”

但神锡道长面上还是声色不动，寻思半晌，道：“你还不还手？”

轩辕三光冷笑道：“自然不还手！”

到了这时，神锡道长纵然沉着，面上也不禁露出喜色，大声道：“好，贫道赌了！”

轩辕三光道：“你的铜符在哪里？”

神锡道长想了想，道：“铜符便在贫道腰畔，劳驾小施主取去给他瞧瞧。”

他这话自然是对小鱼儿说的。要知道他此刻蓄势已久，正如箭在弦上，满引待发，若是松开手去取铜符，气势便衰。

何况他握着剑柄的手若是一松，轩辕三光立刻便要回过身来，那时情况难免又要有所变化。

他此刻脑中已有必胜之道，自然不愿情况有丝毫变更。

轩辕三光大笑道：“神锡道长，果然精明，但这小鬼却是顽皮得紧，你信得过他么？”

神锡道长正色道：“这位小施主年纪虽轻，但来日必将为武林放一异彩，成就必定无人能及，又怎会将区区一面铜牌放在心上？”

小鱼儿忍不住大笑道：“我为道长跑跑腿没有关系，道长不必如此捧我。”

嘴里虽然这么说，其实心里也不禁得意非常。当下从神锡道长后面绕过去，取下了他腰间的铜符。

神锡道长沉声道：“但望小施主小心保管。”

小鱼儿笑道：“道长放心，我也不必给他瞧了，反正这铜符绝不会是他的。”

轩辕三光大笑道：“受了别人几句话，立刻就咒我输么？”

小鱼儿笑嘻嘻道：“你反正输定了，我咒不咒都一样。”

轩辕三光冷笑道：“看来，只怕你要失望了。”

神锡道长叱道：“阁下可曾准备好了？”

轩辕三光道：“你还未进门时，某家就已准备好了。”

神锡道长道：“既是如此，贫道这就出手！”

这句话说出口来，四下突然再无声息，甚至连喘息的声音都没有，每个人唯一能听到的，便是自己心跳的声音。

“锵啷”一声，神锡道长长剑出鞘。那森森的剑气，映得他须眉皆碧，映得远处木叶都仿佛有了杀机。

轩辕三光却仍背对着他，山岳般峙立不动。

神锡道长诚心正意，均匀地呼吸三声，剑锋平平移动，突然间，剑光化为碧绿，一剑刺了出去！

这一剑正是刺向轩辕三光两腰之间脊椎上的“命门穴”，也正是轩辕三光全身的中枢所在。

轩辕三光无论如何闪避，身子都必定要为之倾斜，神锡道长这一剑并非要伤人，只不过要他身子失去均势。

那么，神锡道长第二剑便可尽占先机。

小鱼儿暗叹忖道：“名家的出手，气派果然不小，若是第一剑想伤人，岂非显得太小家子气！”

只见轩辕三光熊腰一拧，霍然转过半个身子，腹部猛力收缩，这一剑便堪堪贴着他肚子刺了过来。

但这一剑含蕴不致，后力无穷。

神锡道长不等招式用老，手腕一扭，剑势已变“刺”为“削”，平平削向轩辕三光的胸腹。

他招式变化之间，竟无空隙，小鱼儿瞧得不禁摇头，轩辕三光只怕连这第二剑都已无法躲过了。

哪知轩辕三光的腰竟似突然断了，他下半身好像生了根似的钉在地上，上半身却突然倒下。

他整个人就像是根甘蔗似的被拗成两半，神锡道长的第二剑便又贴着他的面目削过。

这一剑当真是避得险极！妙极！

小鱼儿几乎忍不住要拍起手来，谁能想到长得像巨无霸一般的轩辕三光，竟然也有如此惊人的软功！

神锡道长微微一笑，剑锋又一转，突然回旋削去，竟闪电般削向轩辕三光左腿的膝头！

这一剑变化得更快，一眨眼工夫，三剑都已使出，当真是一气呵成。神锡道长竟似早有成竹在胸，竟早已将剑式计算好了，轩辕三光这一拧、一折，竟早已全都在他的计算之中。

轩辕三光第二剑躲得虽妙，却无异将自己驱入了死路。他此刻身子之变化，已至极限，已变无可变。

何况，他纵然勉强跃起避过一剑，也还是输了——他已有言在先，只要双脚离地就算输。

小鱼儿暗道：“恶赌鬼呀恶赌鬼，看来你此番脑袋是输定了。”

哪知他一念尚未转完，轩辕三光那就像条毛巾拧绞着的身子，突然松了回去，弹了回去。他本来脸朝上，此刻身子一转，脸突然朝下，竟张开大嘴，一口咬在神锡道长握剑的手腕上。

神锡道长做梦也想不到他竟有这一招，手腕被咬，痛彻心骨，长剑再也把握不住，“当”地落在地上。

轩辕三光大笑而起，道：“你输了！”

小鱼儿不禁瞧得怔了，神锡道长更是面如死灰，站在那里，直怔了半盏茶工夫，吃吃道：“这……这算是什么招式？普天之下，无论哪一门，哪一派的武功中，只怕也都没有这样的招式。”

轩辕三光道：“招式是死的，人却是活的，活的人为什么定要用死招式？”

神锡道长道：“但你说过绝不还手！”

轩辕三光大笑道：“不错，我说过不还手，但却未说过不还嘴呀！”

神锡道长默然半晌，惨然一笑，道：“是，贫道是输了……”

轩辕三光摊开大手，笑道：“铜符拿来。”

小鱼儿淡淡道：“这铜符暂时还不算是你的。”

轩辕三光狞笑道：“你这小鬼想怎样？”

小鱼儿笑道：“你不是‘见人就赌’么，为何不和我赌一赌？你若赢了我，不但铜符是你的，我的人也是你的，你若输了，这铜符就该给我。”

轩辕三光怪笑道：“你也想赌？”

小鱼儿道：“嗯。”

轩辕三光道：“你要以你的人来赌这个铜符？”

小鱼儿道：“赌得过么？”

轩辕三光道：“我赢了你又有何好处？”

小鱼儿道：“好处多着哩，一时也数不尽。你无聊时，我可找人来陪你赌，你没有酒喝时，我可替你骗酒来，只要你赢了我，包你一生受用无穷。”

轩辕三光大笑道：“我这老赌鬼有个小赌鬼陪着，倒也的确不错。”

小鱼儿道：“你赌了？”

轩辕三光道：“你要如何赌法？”

小鱼儿笑嘻嘻道：“赌注是我出的，如何赌法，就该由你做主。”

轩辕三光抚掌道：“有意思有意思……”

小鱼儿一只手摸着身上的扣子，笑道：“你可要赌我身上的扣子有多少？”

轩辕三光眼睛一亮，大声道：“好，我就赌你绝不会知道你身上的疤有多少！”

江玉郎暗叹一声，忖道：“小鱼儿，这下你可要完了。”

他心里虽然开心，又不免有些难受，无论如何，小鱼儿究竟是和他共过生死患难的朋友。

黯然站在一边的神锡道长，此刻神情更是黯然。

小鱼儿的衣襟是敞开着的，他脸上是疤，身上更满都是疤，大多数是他小时狮子老虎在他身上留下的杰作，还有小半是刀疤，就算让他脱光衣服，自己去数一数，也未必就能数得清楚。

没有九分胜算的事，轩辕三光是绝不赌的。

小鱼儿也怔住了，吃吃道：“你真的要赌我身上的疤？”

轩辕三光大笑道：“自然是真的。”

小鱼儿道：“好，我告诉你，我身上的疤一共有一百个。”

轩辕三光道：“整整一百个？”

小鱼儿道：“不错，整整一百个。”

他竟然说得斩钉截铁，像是有十分把握，不但轩辕三光脸色变了，江玉郎也不禁怔在那里。

这小妖怪难道竟真的知道自己身上的疤有多少？

轩辕三光怔了半晌，怪笑道：“好，你脱下衣服，让我数数。”

小鱼儿居然就真的脱光衣服，让他数，自己也从地上拾起那柄解腕尖刀，陪他一起数。

轩辕三光突然大笑道："九十一……你身上的疤只有九十一个，你输了！"

小鱼儿道："哦，九十一个么？只怕未必吧。"

他口中说话，手里的刀飞快地在自己身上划了九刀，划得虽然不重，但鲜血仍然流了一身。

轩辕三光道："这算什么？"

小鱼儿面不改色，道："这就算你输了。"

轩辕三光喝道："放屁！你……"

小鱼儿笑嘻嘻接口道："九十一道旧疤，再加上九道新疤，正好是一百，你自然输了！"

轩辕三光大怒道："这也能算么？"

小鱼儿大笑道："为何不能算？你只赌我身上的疤有多少，却又未曾规定新疤还是旧疤，难道你还想赖么？"

轩辕三光呆了半晌，忽也大笑道："有意思有意思，你这小鬼的确有意思……好，某家就算输给你了。"

他转向神锡道长招手笑道："来来来，还不快来见过你家的新任掌门。"

神锡道长神情惨黯，却强笑道："峨眉派日渐老大，正是要阁下这样的少年英雄出来整顿整顿，贫道已老了，本已早该退位让贤。"

小鱼儿笑道："你真要我做峨眉掌门？"

神锡道长长髯在风中不住飘动，缓缓道："铜符能在阁下手中，已是峨眉之幸，贫道……"

话未说完，突然一件东西落在手里，却正是那掌门铜符。小鱼儿的一双眼睛，正笑嘻嘻地瞧着他，道："做了峨眉掌门，又要吃素，又要念经，我可受不了，求求你，莫要害我，这玩意儿还是你拿回去吧。"

神锡道长又惊又喜，讷讷道："但……但阁下……阁下如此大恩，却教贫道……如何……"

小鱼儿大笑道："这又算得了什么？我前程远大，又岂会将这区区铜牌瞧在眼里，这话本是你自己说的，是么？"

神锡道长紧握着那铜符，目注小鱼儿，也不知瞧了多久，突然深深一揖，躬身合十道："既然如此，贫道就此别过。"

# 第三十六章

## 貌合神离

他转过身子，竟头也不回地去了。

轩辕三光笑骂道："这牛鼻子好没良心，居然连谢都不谢你一声。"

小鱼儿道："大恩不言谢，这话你都不知道？"

他一面说话，一面撕下块衣襟，去缠肩上的新伤，只是一只手仍和江玉郎的铐在一起，行动自然不便。

轩辕三光奇道："你两人为何如此亲热……"

小鱼儿笑道："你若能叫我们不亲热，就算你有本事。"

轩辕三光又拾起那柄刀，突然一刀向那手铐上砍了下去，只听"铮"的一声，火星四溅，尖刀竟断成两段。

江玉郎叹了口气，小鱼儿笑道："你瞧，我和他是不是非亲热不可？"

轩辕三光笑道："那也未必，你若不愿和他亲热，某家不妨砍下他一只手来。"

江玉郎面色惨变，小鱼儿笑道："纵然砍下他的手，这鬼玩意儿还是在我手上，倒不如留他在我身旁，还可陪我聊聊天。"

轩辕三光瞧着江玉郎的眼睛，缓缓道："你若不砍下他的手，只怕总有一日他要砍掉你的！"

小鱼儿道："你放心，他还没有这么大本事。"

轩辕三光大笑道："你这小鬼很有意思，某家本也想和你多聚聚，只是你身旁这小子一脸奸诈，某家瞧着就讨厌……"

他拍了拍小鱼儿肩头，人忽然已到了门外，挥手笑道："来日等你一个人时，某家自来寻你痛饮一场。"

小鱼儿赶出去，他人竟已不见了。这时夕阳正艳，满山风景如画，小鱼儿想起那地底宫阙，竟如做梦一般。

由这玄坛庙下山的路并不甚远，两人一口气走了下去，天还没有十分黑，放眼看去，灯火数点。

小鱼儿长长松了口气，笑道："想不到我居然还能整个人走下山来，老天待我总算不错。"

江玉郎一直没有说话，此刻忽然笑道："不知大哥要往哪里去？"

小鱼儿道："我要去的地方，你也得去。"

江玉郎笑道："小弟自然追随兄长。"

小鱼儿道："其实，我也没有什么固定的地方要去，只不过到处逛逛。"

江玉郎喜道："既然到处逛逛，不如先去武汉。那边小弟有个朋友，家传宝剑，削铁如泥……"说到这里，他微微一笑，顿住语声，他知道已用不着再说下去。

小鱼儿果然已大声道："走，咱们就去找你那朋友。"

他走了几步，忽又停下，笑道："你身上可带的有银子？咱们总得先到镇上去买几件衣服……还得买件衣服搭在手上，否则不被别人看成逃犯才怪。"

江玉郎叹道："大哥若让小弟自那库中取些珠宝，只要一件珠宝，买来的衣服只怕足够咱们穿一辈子了。"

小鱼儿眨了眨眼睛，笑道："既然你也没有，看来咱们只好去骗些来了。"话刚说完，忽见前面一个人提着灯笼走来，手里提着个大包袱。

小鱼儿对江玉郎使了个眼色，正想走过去，哪知这人瞧见他们，突然放下包袱，远远作了个揖，也不说话，转身就走。

那包袱里竟是四套崭新的衣服，而且好像照着小鱼儿和江玉郎的身材定做的，两人打开包袱都不免吃了一惊。

江玉郎道："这……这是谁送来的？"

小鱼儿皱眉道："咱们刚下山，有谁会知道？"

两人想来想去，也猜不透是谁，只有先换上衣服。这时那山城中已是万家灯火，两人将一件紫缎袍子搭在手上，大摇大摆地走上大街，样子看来倒也神气，肚子却已饿得"咕咕"直叫。

小鱼儿道："那人既然送了衣服来，为何不好人做到底，再送些银子。"

话犹未了，忽见一个店家打扮的汉子奔了过来，赔笑道："两位可是江少爷？方才有位客官寄了五百两银子在柜上，叫小人交给两位，还替两位订好了房间和酒菜。"

小鱼儿、江玉郎对望了一眼，江玉郎沉声道："那人姓什么？叫什么？"

店家笑道："小人也不知道。"

江玉郎道："他长的是何模样？"

店家道："小店里一天人来人往也有不少，那位客官是何模样，小人也记不清了。"

他连连作揖，连连赔笑，但无论江玉郎问他什么，他只有三个字："不知道"。

酒菜果然早已备好，而且丰盛得很。

小鱼儿笑道："这人倒是咱们肚子里的蛔虫，无论咱们要什么，他居然都知道。"

他嘴里说得虽开心，心里却不免有些担忧，尤其他想到自己和那"黄牛白羊"来的时候，一路上的情况岂非也和此刻差不多？而自己此刻刚下山还不到一个时辰，怎地就有人知道？此人表面如此殷勤，暗中却不知在打什么鬼主意，他若真的全属好意，又为何不敢露脸？

江玉郎眼珠子直转，显然心里也在暗暗狐疑，只是这两人年纪虽轻，城府却深，谁也不肯将心事说出来。

到了晚间，两人自然非睡在一间房里不可。

小鱼儿打了个呵欠，笑道："你知道我现在最想干什么？"

江玉郎笑道："大哥莫非是想看看书？"

小鱼儿大笑道："看来你倒真是我的知己。"

他话未说完，江玉郎已将那本从萧咪咪手里夺回来的秘籍自怀中取出，小鱼儿想看，他又何尝不想看？

秘籍上所载，自然俱是武功中最最深奥的道理，两人好像都看不懂，一面摇头，一面叹气，但眼睛却又都睁得大大的，像是恨不得一口就将这本秘籍吞下肚里。小鱼儿瞧了一个时辰，又打了个呵欠，笑道：

“这书难看得很，我要睡了，你呢？”

江玉郎也打了个呵欠，笑道：“小弟早就想睡了。”

两人睡在床上，睡了一个时辰，眼睛仍是瞪得大大的，也不知在想些什么，若说他们在想那秘籍上所载的武功，他们是死也不会承认的。但到了第二天晚上，刚吃过晚饭，小鱼儿就喃喃笑道：“难看的书，总比没有书看好。”

江玉郎立刻也笑道：“眼睛看累了正好睡觉，若是看精彩的书，反倒睡不着了！”

小鱼儿抚掌道：“是极是极，早看早睡，早睡早起，真是再好也没有。”其实两人心里都知道对方绝不会相信自己，但却还是装作一本正经。

尤其小鱼儿，他更觉得这样不但有趣，而且刺激——一个人若是随时随地，甚至连吃饭大便睡觉的时候都要提防着别人害他、骗他，这种日子自然过得既紧张，又有趣，自然过得充满了刺激。

两人就这样勾心斗角，竟不知不觉走了三天。这三天居然没有发生什么事，居然太平得很。

这三天里，小鱼儿时时刻刻都觉得有个人在跟踪着他，那种感觉就好像小孩儿半夜走路时，总觉得后面有鬼跟着似的，只要他回头，后面就没有人了，他若倒退着走，那人忽然还是又到了他身后。

小鱼儿猜不透这人是谁，更猜不透这人是何用意，反正只要他觉得缺少什么，立刻就有人送来。

他觉得这人好像是有求于他，在拍他的马屁。但这人究竟有什么事要求他，他还是想不透。

两人沿着岷江南下，这一日到了叙州，川中民丰物阜，景象自然又和贫瘠的西北一带不同。

小鱼儿望着滚滚江流，更是兴高采烈，笑道：“咱们坐船走一段如何？”

江玉郎抚掌道：“妙极妙极，小弟也正想坐船。”

只见一艘崭新的乌篷船驶了过来，两人正待呼唤，船上一个蓑衣笠帽的艄公已招手唤道：“两位可是江少爷？有位客官已为两位将这船包下了。”

小鱼儿瞧了江玉郎一眼，苦笑道：“这人不是我肚里的蛔虫才怪。”

他索性也不再问这船是谁包下的，只因他知道反正是问不出来的，索性不管三七二十一，坐上去再说。

船舱里居然窗明几净，除了那白发艄翁外，船上只有个十五六岁的小姑娘，一双大眼睛老是往小鱼儿身上瞟。但小鱼儿却懒得去瞧她，他简直一瞧见漂亮的女人就头疼。

到了晚上，江玉郎悄声笑道：“那位史姑娘像是看上大哥了。”

小鱼儿打了个呵欠，懒洋洋道：“你长得比我俊，她看上你才是真的。只可惜你非得跟定我不可，否则你这小色鬼倒可去勾搭勾搭。”

江玉郎脸红了红，道：“小……小弟没有这意思。”

小鱼儿笑道：“算了，你若没有这意思，怎会提起她，又怎会知道她名姓？”

江玉郎脸更红了，吃吃道：“小弟只不过偶然听到的。”

小鱼儿大笑道：“你害什么臊，喜欢个女孩子，又不是什么丢人的事。”拿起只枕头盖住眼睛，竟似要睡了。

江玉郎道：“大哥，你不看书了么？”

小鱼儿道：“今天我睡得着，不用看了，你呢？”

江玉郎赶紧笑道：“大哥不看，小弟自然也不看。”

两人并头睡在一床铺盖上，江玉郎睁大了眼睛瞪着小鱼儿，也不知过了多久，小鱼儿鼻息沉沉，已睡着了。

江玉郎悄悄将那秘籍掏了出来，轻手轻脚，翻了几页，正想看的时候，小鱼儿突然翻了个身，一只手压到书上，一条腿却压到江玉郎肚子上。江玉郎恨得直咬牙，却又不敢吵醒他，只望他再翻个身，将手拿开。

哪知小鱼儿这回却睡得跟死猪似的，再也不动。

江玉郎气得脸发白，眼睛里冒出了凶光，一只手摸摸索索，突然自被褥下摸出把菜刀，一刀往小鱼儿头上砍下。

就在这时，只听“嗖嗖”两声，接着“当”的一响，两粒干莲子自窗外飞了进来，一粒打中菜刀，一粒打中江玉郎的手腕，无论力气、准头，都有两下子，竟像暗器高手发出来的。

江玉郎手都被打歪了，咬紧牙，忍住疼，菜刀虽没有离手，但头上却已不禁疼出了汗珠。

小鱼儿像是半睡半醒，咿唔着道："什么事，谁在敲钟？"

江玉郎赶紧又将菜刀藏起来，道："没……没事。"

幸好小鱼儿不再问了，鼻息更沉。

但江玉郎又怎能再睡得着觉？

这两粒莲子是谁打进来的？

这船上怎会有这样的暗器高手？

那咳嗽起来，眼泪鼻涕就要一起流下的白发艄翁，莫非也会是什么隐迹风尘的武林异人？

那一天到晚只会乱飞媚眼的小姑娘，莫非也有如此高明的身手？竟能以两粒轻飘飘的莲子当作暗器？

这简直使江玉郎无法相信。

但不是他们，又是谁？这船上并没有别的人呀！

何况，就算是他们，他们又为何要在暗中监视？为何要在暗中保护小鱼儿？看起来他们和小鱼儿根本素不相识。

江玉郎就这样瞪大了眼睛，望着船顶，一夜想到了天光，还是想不通这其中究竟是何道理。

他刚想睡的时候，小鱼儿已醒了，又推醒了他，笑道："你睡得好么？"

江玉郎强笑道："好极了，一觉睡到大天光。"

小鱼儿道："起来吧，睡得太多不好的。"

江玉郎道："是，是，该起来了。"

他脸上虽在笑，心里却恨不得一拳打过去。到了船头，再瞧见小鱼儿精神抖擞的模样，更恨不得一脚将他踢下河里。

那小姑娘已端了盆洗脸水过来，脸上在笑，眼睛在笑，那两只深深的酒窝也在笑——她在笑什么？

江玉郎眼睛盯着这两只端着盆的手，只见这双手又白又嫩，实在不像能发出那般强劲的暗器。

但一个终年劳苦的船家女儿，又怎会有这么一双白嫩的手？这祖孙两人，莫非真的是乔装改扮的？

船是新的，他们的衣裳也很新，看来，他们扮这船家勾当，还没有多久，也许就是冲着小鱼儿才改扮的。

但他们这样做又有何用意？

小鱼儿像是什么都不知道，像是开心得很，洗完了脸，一口气竟喝了四大碗稀饭，外加四只荷包蛋。

江玉郎却什么也吃不下去，只听小鱼儿向那艄翁笑道："老丈，你贵姓大名呀？"

那艄翁道："老汉姓史……咳咳，人家都叫我史老头……咳咳，我那孙女倒有个名字……咳咳，她叫史蜀云。"

江玉郎暗中苦笑，这每说一句话就要咳嗽两声的糟老头，也会是个风尘异人、武林高手？

只听那史老头道："云姑，莫要吃莲子了，吃多了莲子，心会苦的。"

江玉郎又是一惊，扭转头，云姑那双又白又嫩的小手里，果然正抓着把莲子，一面吃，一面瞧着他笑。

他的心突然"怦怦"跳了起来，扭回头，又瞧见小鱼儿手里正拿着本书在当扇子，赫然正是那秘籍。

江玉郎这才想起，小鱼儿昨夜是压在上面的，今晨翻了个身，竟乘机将这秘籍拿走了。

他居然将这本天下武林中人"辗转反侧，求之不得"的武功秘籍当作扇子，江玉郎又是气又是着急。

船已驶离渡头，突然一只船迎面过来。史老头用根长长的竹篙，向对面的船头一点，两船交错而过，两只船都斜了一斜。

小鱼儿惊呼一声，道："哎呀，不好，掉下去了！"

他手中的那本秘籍竟落在江中，江玉郎的一颗心也几乎掉了下去。只见江水滚滚，眨眼就将秘籍冲得不见了。

小鱼儿苦着脸，顿脚道："这……这怎么办呢？"

江玉郎心里恨得流血，面上却笑道："这些身外之物，掉下去又有何妨。"

他心里自然知道这必定是小鱼儿故意掉下去的，小鱼儿想必已背熟了，小鱼儿自然也知道他心里明白。

但两人谁都不说，这就是最有趣之处，除了他两人自己之外，天下只怕再无人能猜得出他两人的心意。

苍穹湛蓝，江水金黄，长江两岸，风物如画。

小鱼儿笑道："船慢慢走没关系，咱们反正不着急。"

江玉郎道："是是，一点也不着急。"

突然间，一艘快船自后面赶了上来，船头插着面镖旗，迎风招展，紫缎金花，绣着的是个狮子。

江玉郎面上立刻露出喜色，眼睛也亮了，突然站起来，大呼道："金狮镖局是哪一位镖头在船上？"

快船立刻慢了下来，船上精赤着上身的大汉们，显然都是行船的高手，船舱中探出了半个身子，大声道："是哪一位呼唤……"

江玉郎招手道："我，江玉郎，李大叔你还记得么？"

船舱中那人紫面短髭，神情甚是沉猛，但瞧见了江玉郎，严肃的面上立刻堆满了笑容，失声道："呀，这莫非是江大侠的公子，你怎地在这里？"

史老头像是什么都没瞧见，仍在驶他的船，但金狮镖局的快船却荡了过来，那紫面大汉竟一跃而过。

小鱼儿轻笑道："这位仁兄的轻身功夫，看来还得练练。"他说话的声音不大，紫面大汉并未听见，含笑走了过来。

江玉郎笑道："这位便是江南金狮镖局的大镖头，江湖人称'紫面狮'李挺，硬功水性，江南可称第一。"

他这句话自然是回答小鱼儿"轻功不佳"那句话的，小鱼儿却故意装作没有听见，转头喝茶去了。

只听江玉郎与那李挺大声寒暄了几句，说话的声音突然小了，像是耳语一般，竟像是不愿被小鱼儿听见。

小鱼儿也懒得去听，他就算明知江玉郎要对他不利，他也不想阻拦，他正想瞧瞧江玉郎玩得出什么花样。

自从他三岁开始，他就没有怕过任何人、任何事，他简直不知道"害怕"是何物，愈是危险他愈觉得有趣。

到后来，只听那"紫面狮"李挺道："过了云汉，我便要弃舟登陆，但公子你交托的事，李某决不会耽误的，公子放心就是。"

两人又大声说笑了几句，李挺便又一跃而回。

小鱼儿笑道：“小心些呀，莫掉下水里去。”

李挺回头狠狠瞪了他一眼，嘴里像是在说什么：“你该小心些才是……”但话未说完，两只船又分开了。

江玉郎的精神突然像是好起来了，笑道：“江南金狮镖局，除了总镖头‘金狮子’李迪之外，旗下双狮一虎，当真也都可算得上是肝胆相照的义气朋友。”

史老头喃喃道：“说什么狮虎成群，也不过是狐群狗党而已。”这句话小鱼儿听见了，江玉郎也听见了。但两人却又都像是没有听到。

## 第三十七章

# 惊险重重

船走得果然很慢，小鱼儿一路不住地问：“这是什么地方？……这里到了什么地方？”

过了云汉，小鱼儿眼睛更大了，像是在等着瞧有什么趣事发生似的。船到夔州，却早早便歇下。

小鱼儿笑道：“现在睡觉，不嫌太早了么？”

史老头“哼”了一声，没有说话。

那云姑却眨着眼睛笑道：“前面便是巫峡，到了晚上，谁也无法渡过，是以咱们今天及早歇下，明天一早好有精神闯过去。”

小鱼儿笑道：“呀，前面就是险绝天下的巫山十二峰了么？我小时听得‘两岸猿声啼不住，轻舟已过万重山’这两句诗，一心就想到那地方瞧瞧。”

云姑娇笑道：“这两句诗虽美，那地方却一点也不美，稍为不小心，就会把命丢在那里，尤其是现在，只怕连两岸的猿猴都叫不出声来了。”

小鱼儿奇道：“为什么？”

云姑笑了笑，轻声道：“有些事，你还是莫要问得太清楚的好。”

小鱼儿转头去瞧江玉郎，只见江玉郎正垂头在望江水，像是没有听见他们的话，但脸色却已是铁青的了。

到了第二天，他脸色更青。

小鱼儿知道他心里一紧张，脸色就会发青。

但他却在紧张什么？难道他也算定有事要发生么？

史老头长篙一点，船驶了出去。云姑换了一身青布的短衫裤，扎起了裤脚，更显得她身材苗条。

小鱼儿笑嘻嘻地瞧着，也不说话，到了前面，江流渐急，但江面上船只却突然多了起来。

史老头白须飘拂，一心掌舵，像是什么都没有瞧见。云姑两只大眼睛转来转去，却像是高兴得很。

小鱼儿突然发现他们每艘船的船桅上，都挂着条黄绸，船上的人瞧见小鱼儿这艘船来了，都缩回了头。

江玉郎却根本不让小鱼儿瞧见他的脸。

突然间，岸上有人吹响了海螺，响彻四山。

四山回响，急流拍岸，十余艘瓜皮快船，突然自两旁涌了出来。每艘快艇上都有六七个黄巾包头的大汉，有的手持鬼头刀，有的高举红缨枪，有的拿着长长的竹竿，呼啸着直冲了过来。

云姑娇呼道："爷爷，他们果然来了。"

史老头面不改色，淡淡道："我早知他们会来的。"

他神情居然如此镇定，小鱼儿不禁暗暗佩服。

只听快艇上的大汉呼啸着道："船上的小子们，拿命来吧！"只见两艘小艇已直冲过来，艇上大汉高举刀枪。

云姑突然轻笑道："不要凶，请你吃莲子。"

她的手一扬，当先两条大汉，立刻狂吼一声，撒手抛去刀枪，以手掩面，鲜血自指缝间流出。

大汉们立刻大呼道："伙伴们小心了，这姑娘暗器厉害！"云姑娇笑道："你还要吃莲子么？好，就给你一缸。"

她那双又白又嫩的小手连扬，手里的莲子雨点般撒出去，但却不是干莲子了，而是铁莲子。

只见那些大汉一个个惊呼不绝，有的立刻血流满面，有的兵刃脱手，但还是有大半人冲了上来。

声色不动的史老头到了此刻，突然仰天清啸，啸声清朗高绝，如龙吟凤鸣，震得人耳鼓欲裂。

啸声中，他掌中长竿一振，如横扫雷霆，当先冲上来的三人，竟被他这一竿扫得飞了出去，远远撞上山石。另一人刚要跃上船头，史老头长竿一送，竟从他肚子里直穿过去，惨呼声中，长竿挑起那鲜血淋漓的尸身，数十条大汉哪里还有一人敢冲上来！

这老迈衰病的史老头，竟有如此神威，不但小鱼儿吃了一惊，江玉郎更是惶然失色，满头冷汗。

史老头清啸不绝，江船已冲入快艇群中，那些大汉鼓起勇气，呼啸着又冲上来，有人跃下水去，似要凿船。

小鱼儿暗道："糟了！"船一沉，就真的糟了。

但就在这时，一条黄衣黄巾、虬髯如铁的大汉，突然自乱石间纵跃而来，身形兔起鹘落，口中厉声喝道："住手！快住手！"

数十条大汉一听得这喝声，立刻全退了下去。

只见这黄衫客站在一堆乱石上，自水中抓起一条大汉，正正反反掴了七八个耳刮子，顿足怒骂道："你们这些蠢材都瞎了眼么？也不瞧清是谁在船上，就敢动手。"

史老头长篙一点，江船竟在这急流中顿住。

黄衫大汉立刻躬身赔笑道："在下实在不知道是史老前辈和姑娘在船上，否则天胆也不敢动手的！这长江一路上，谁不是史老前辈的后生晚辈。"

史老头冷冷道："足下太客气了，老汉担当不起。老汉已不中用了，这长江上已是你们的天下，你们若要老汉的命，老汉也只有送给你。"

黄衫大汉头上汗如雨下，连连道："晚辈该死，晚辈也瞎了眼，晚辈实未想到史老前辈的侠驾又会在长江出现，否则晚辈又怎敢在这里讨饭吃？"

史老头冷笑道："讨饭吃这三字未免太谦了。江湖中谁不知道'横江一窝黄花蜂'做的全是大生意、大买卖。"

他眼睛一瞪，厉声道："但老汉这一艘破船，几个穷人，又怎会被足下看上，这倒奇怪得很，莫非足下是受人所托而来么？"

水上的黄花蜂满头大汗，船上的江玉郎也满头大汗。只听黄花蜂连连赔笑道："前辈千万原谅，晚辈实在不知。"

史老头道："你不肯说，你倒很够义气。好，冲你这一点，老汉也不能难为你。"

长竿一扬，江船箭一般顺流冲了下去。

那黄花蜂长长松了口气，望着史老头的背影，喃喃道："你们知道么，二十年前，不但长江一路全是他的天下，就算是天下三十六水路的英雄，又有谁不怕他。咱们今天遇着他，算咱们命大，若是换了二十年前，这一带江里的水，只怕都要变红了。”

那大汉激灵灵打了个冷战，道：“他莫非是……”

黄花蜂大喝道：“住口，我不要听见他的名字，也但愿莫要再见着他，老天若保佑我不再和他沾上任何关系，那就谢天谢地了。”

江上生风，船已出巫峡。

史老头手掌着舵，又不住咳嗽起来。

江玉郎瞧着他那在风中飞舞的白胡子，终于忍不住嗫嚅着问道：“老前辈莫非是……是昔日名动天下的……”

史老头冷冷道：“你能不能闭上嘴！”

小鱼儿突然笑道：“史老头，我虽然不知道你是谁，但想来你必定是个了不起的人物，你居然会为我撑船，我不但要谢谢你，实在也有些受宠若惊。”

他居然还是叫他“史老头”，江玉郎眼睛都吓直了。

哪知道史老头反而向他笑了笑，道：“你莫要谢我，也不必谢我。”

小鱼儿眨了眨眼睛，笑道：“那么我又该谢谁呢？是不是有人求你送我这一程，求你保护我……你年高德重，我若猜对了，你可不能骗我。”

史老头弯下腰去，不住咳嗽。

小鱼儿笑道：“你不说话，就是承认了。”

史老头脸色突然一沉，瞪着他道：“你小小年纪就学得如此伶牙俐嘴，将来长大如何得了？”

小鱼儿也瞪起眼睛，大声道：“我长大了如何得了，都是我的事，与你无关。你莫要以为是你救了我，我就该怕你，没有你送我，我照样死不了，何况我又没有叫你送我。”

史老头瞪了他半晌，忽又展颜一笑，道：“像你这样的孩子，老汉倒从未见过。”

小鱼儿道：“像我这样的人，天下本来就只有我一个。”他赌气扭转了头，但心头还是在想："这老头必定大有来历，如今竟降尊纡贵，来做我的船夫，那么，托他来送我的那人，面子必定不小。这人处处为我着想，却又为的是什么？他既然能请得动像这老人般的高手，想来也不致有什么事要求我。"

小鱼儿实在想不到这人是谁，索性不想了，转首去看江玉郎，江玉郎竟似不敢面对着他。

小鱼儿突然笑道："你那位紫狮子听说在云汉就上岸了，是么？"

江玉郎道："大……大概是吧。"

小鱼儿笑道："保镖的勾结强盗，你却勾结了保镖的，叫保镖的通知强盗，来抢这艘船，否则那些强盗又怎会将别的船都挂上黄带子，只等着咱们这艘船过去？否则那些强盗又怎会只要我的命，不要银子？"

江玉郎汗流浃背，擦也擦不干了，咯咯笑道："大哥莫非是在说笑么？"

小鱼儿大笑道："不错，我正是在说笑，你也觉得好笑么，哈哈，实在好笑。"他大笑着躺了下去，又喃喃笑道："奇怪，这么凉快的天气，怎么有人会出汗？"

云姑一直在旁边笑眯眯地瞧着他。江风，吹着他零乱的头发，他脸上的刀疤在阳光下显得微微有些发红。

顺风顺水，未到黄昏，船已到了宜昌。

大小船只无论由川入鄂，或是自鄂入川，到了这里，都必定要停泊些时，加水添柴，采购伙食。

一入鄂境，江玉郎眼睛又亮了起来，像是想说什么，却又在考虑着该怎么才能说出口。

小鱼儿笑嘻嘻瞧着他，突然跳起来，道："咱们就在这里上岸吧，坐船坐久了，有些头晕。"

他话未完，江玉郎已掩不住满面的喜色。

小鱼儿大声道："史老头，多谢相送，将船靠岸吧。你虽然有些倚老卖老，但到底还是个好人，我不会忘记你的。"

史老头凝目瞧了他许久，突然大笑道："很好，你去吧，你若死不了，不妨到……"

小鱼儿摆手笑道："你不必告诉我住的地方，也不必告诉我名字，因为我既不会去找你，也不想以你的名字去吓唬别人。"

船还未靠岸，江玉郎已在东张西望。

史老头喃喃道："要寻找危险的，就快快上岸去吧，你绝不会失望的。"

渡头岸边，人来人往，穿着各色的衣裳，有的光鲜，有的褴褛，有的红光满面，有的愁眉苦脸，有的刚上船，有的正下船。

空气里有鸡羊的臭味、木材的潮气、桐油的气味、榨菜的辣味、茶叶的清香、药材的怪味……

再加上男人嘴里的酒臭，女人头上刨花油的香气，便混合成一种唯有在码头上才能嗅得到的特异气息。

小鱼儿走在人丛中，东瞧瞧，西闻闻，瞧见这样的热闹，他简直开心极了，就连这气味他都觉得动人得很。

江玉郎却仍在直着脖子，东张西望。

忽听人丛外有人呼道："江兄……江玉郎……"

江玉郎大喜道："在这里……在这里……"

他分开人丛，大步奔出去，小鱼儿也只得跟着他。

只见渡头外，一座茶棚下，停着三辆华丽的大车，几匹鞍辔鲜明的健马，几个锦衣华服的少年，正在招手。

江玉郎欢呼着奔了过去，那几个少年也大笑着奔了过来，腰畔的佩剑，叮叮当当地直响。

小鱼儿冷眼瞧着这几人又说又笑，却没有人理他，他却像是毫无所谓，等到他们笑过了，他也笑道："奇怪，你的朋友怎会知道你要来的？"

江玉郎脸一板，冷冷道："这好像不关你的事吧？"

他非但称呼改了，神情也变了，方才还是满嘴"大哥小弟"，此刻却像是主子对佣人说话。

一个脸色惨白的绿衫少年，皱眉瞧着小鱼儿，就好像瞧着一条癞皮狗似的，满脸厌恶之色，道："江兄，这人是谁？"

江玉郎道："这人就是世上第一风流才子、第一聪明人，女孩子见了他都要发狂的，你看他像么？”

少年们一起大笑起来，像是世上再没有比这更可笑的事了。小鱼儿却仍然声色不动，笑嘻嘻道：“你的朋友，也该给我介绍介绍呀！”

江玉郎眼珠子一转，指着那绿衫少年道：“这位便是荆州总镇将军的公子，白凌霄白小侠，人称‘绿袍灵剑客’，三十六路回风剑，神鬼莫测。”

小鱼儿笑道：“果然是人如其名，美得很。不知道白公子可不可以将脸上的粉刮下来一点让我也美一美。”

白凌霄笑声蓦地止住，一张白脸变得发青。

江玉郎指着另一位又高又大的黑大汉道：“这位乃是江南第一家镖局，金狮镖局总镖头的长公子李明生，江湖人称‘红衫金刀’，掌中一柄紫金刀，万夫莫敌。”

小鱼儿抚掌道：“果然是相貌堂堂，威风凛凛。但幸好你解释得清楚，否则我难免要误会这位李公子是杀猪的。”

李明生两只铜铃般的眼睛，像是要凸了出来。

另一个珠冠花衫，眉清目秀，倒有七分像是女子的少年，咯咯笑道：“我叫花惜香，家父人称‘玉面神判’，若是没有听过家父的名字，耳朵一定不大好。”

小鱼儿瞧了他半晌，突然摇头道：“可惜可惜。花公子没有去扮花旦唱戏，实在是梨园的一大损失。”

花惜香怔了怔，再也笑不出来。

还有个又高又瘦、竹竿般的少年，叫“轻烟上九霄”何冠军，乃是轻功江南第一的“鬼影子”何无双之子。

最后一个矮矮胖胖，嘻嘻哈哈，但双目神光充足，看来竟是这五人中武功最强的一人，小鱼儿不免特别留意。

江玉郎介绍他时，神情也特别郑重，道：“这位梅秋湖兄，便是当今‘崆峒’掌门人一帆大师关山门的弟子，他武功如何，我不说你也该知道。”

梅秋湖哈哈一笑道：“过奖过奖，不敢当不敢当。”

小鱼儿想说什么，但瞧他眼睛里似无恶意，竟只是拱了拱手，笑道：“久仰久仰。”

他目光一扫，就知道这几个名人之子虽然油头粉脸，一面纨绔子弟的样子，叫人瞧着就讨厌，但瞧他们的眼神步法，却又发现他们的武功竟都不弱，五人只要三人联手，自己只怕就不是对手。

这几人瞧着小鱼儿，眼睛里却像是要冒出火来。

忽听一人娇声道：“好个没良心的江玉郎，知道我在这里，也不过来。”

车厢中走下个十来岁的女孩子，严格说来，这少女并不难看，只是小鱼儿一瞧就要恶心，但江玉郎瞧了却是眉开眼笑，大笑道：“孙小妹，我若知道你也来了，我早就过去了，只怕连李兄也拉不住我。”

那孙小妹就像是唱戏似的，张开双臂，扑了过来，一头扑入江玉郎怀里，嘴里哼哼嗯嗯，道：“你这死鬼到哪里去了？我真想死你了。”

少年们拍手大笑，小鱼儿实在忍不住叹起气来，他若不是还没有吃晚饭，只怕此刻早已吐了一身一地。

孙小妹眼睛一瞪，手叉着腰，大声道：“喂！你这人怎么这样讨厌，还不快走开。”

小鱼儿叹道：“我若能走开，真是谢天谢地了。”

小鱼儿伏在车窗上，头几乎已伸在车窗外，那位“孙小妹”就坐在江玉郎怀里，小鱼儿实在受不了她那香气。

奸狡深沉的江玉郎，怎会也变得这么浅薄、这么俗？小鱼儿忍不住去瞧他一眼，只见他面上虽笑得像只鸟，但一双眼睛却仍闪动着鸷鹰般的光芒。

他哪里是真的这么浅薄，他原来只不过是装出来的。他若不装得和这些不知天多高地多厚的纨绔子弟一样，他们又怎会将他当作自己的好朋友？

小鱼儿笑了，头又伸出窗外，那“红衫金刀”李明生正在那里得意扬扬地打着马，乌油油的鞭子，“噼啪”直响。

街道上的人瞧见这一群人马走过来，远远就避开了，尤其是大姑娘小媳妇们，更像是瞧见瘟神恶煞一样。

这澡盆看来就像是个特大的木桶，比人还高，桶下面，居然还有生火的地方，桶里的水热腾腾地冒着气。

江玉郎整个人就泡在这个大木桶里，他眯着眼睛，嘴里还不断发出舒服的呻吟，而小鱼儿呢？小鱼儿却只有站在桶外，眼巴巴地瞧着，一只手还得吊在木桶旁边，简直是不舒服已极。

那位总镇之子、“绿袍美剑客”白凌霄就坐在对面，两条腿高高跷在个黄铜衣架上，摸着还未长出胡子的下巴笑道：“这澡盆乃是我家老头子属下的一个悍将，自东瀛三岛带回来的，叫作‘风吕’。据说东瀛岛上的人不讲究吃，也不讲究穿，就是喜欢洗澡，只有洗澡是他们生活中的最大享受，一个澡最少要洗上半个时辰。”

江玉郎笑道：“我这澡却洗了有一个时辰了。”

他终于爬了起来，娇笑声中，两个胴体健美、赤着双足的短衫少女，已拿了块干布过来，替他擦身子。纤柔的玉手，隔着薄薄的轻布，摩擦着他发红的身子，那滋味简直妙不可言。

少女们娇笑着，替他穿上了雪白中衣，轻柔的锦袍。江玉郎但觉满身舒畅，长长伸了个懒腰，大笑道：“这样洗澡，我也愿意每天洗上一次……洗了这澡，我全身骨头都好像散了，人也好像轻了十斤似的。”

小鱼儿叹道：“我却像是重了十斤。”

江玉郎冷冷道：“抱歉得很，此间主人并没有招待你的意思，你要洗澡，不妨到外面去洗，但在下却不能奉陪。”

小鱼儿道：“自然自然，我要洗澡，就得将手砍断，自己出去洗，是么？”

江玉郎道：“你总算明白了。”

只听孙小妹在门外娇笑道：“江玉郎，你淹死在澡盆里了么？还不快些出来，我等你吃饭哩，今天花惜香在玉楼东为你洗尘接风。”

江玉郎笑道：“玉楼东，可是长沙那玉楼东的分店？”

孙小妹道：“谁说不是。”

江玉郎抚掌道：“想起玉楼东的蜜汁火腿，我口水都要流下来了。”

玉楼东的蜜汁火腿，果然不愧是名菜，在灯下看来，那就像是盆水晶玛瑙似的，闪动着令人愉快的光芒。

但小鱼儿却不愉快极了。他刚伸筷子，就被白凌霄打了回去。

花惜香咯咯笑道："我根本不认识你，所以也用不着为你洗尘接风，是么？"

小鱼儿道："是极是极，我若要吃，就得割下只手，自己出去吃……"

白凌霄大笑道："你真是愈来愈聪明了。"

于是小鱼儿就只得看着他们开怀畅饮，看着他们狼吞虎咽，他脸上虽还在笑，肚子却不觉在叫救命了。

忽听一阵楼梯响动，几个人大步走上楼来。这几人年纪俱在四五十岁，穿着俱都十分体面，顾盼之间，也都有些威棱，显然不是等闲角色。

花惜香、李明生、何冠军……这些眼睛长在头顶上的少年，瞧见这几人，竟全都站了起来，一个个都垂着头低着眉，突然变得老实得很，有的恭声唤道"师父"，有的垂首唤道"爹爹"。

小鱼儿不觉皱了眉头，哪知道这几人却瞧也不瞧他们的徒弟儿子们一眼，反而都走到小鱼儿面前，齐地抱拳笑道："这位莫非就是江小鱼江小侠么？"

这一来，小鱼儿更觉奇怪，眨着眼睛道："我就是。"

当先一条白面微须的中年汉子立刻招手道："店家，快摆上一桌酒菜，我等为江小侠接风。"

花惜香、白凌霄，一个个怔在那里，像是呆了。

非但"玉面神判"来了，"鬼影子"何无双、"金狮"李迪，这城里的武林大豪，居然来得一个不漏。

小鱼儿吃完了整整一盆蜜汁火腿，终于忍不住笑道："儿子们拿我当狗屁，老子们却对我客客气气，这究竟是怎么回事，你们可不可以说给我听听？"

玉面神判笑道："犬子无礼，江小侠却莫见怪。"

又瘦又长、面色铁青的"鬼影子"何无双接口笑道："我等受了一位武林前辈所托，要我们对江小侠务必尽到地主之谊，这位武林前辈德高望重……"

小鱼儿道：“他究竟是谁？”

玉面神判想了想，笑道：“那位前辈本令我等守秘，为的自然是不愿江小侠回报于他。”

小鱼儿笑道：“你放心，我向来不懂得报恩的，报仇嘛，也许还可能，但报起仇来若太麻烦，我也就算了。”

玉面神判抚掌道：“江湖中人若都有江小侠这样的心胸，为武林开此古来未有的新风气，倒真的是人群之福……”

小鱼儿道：“现在，你可以说出他是谁了么？”

玉面神判缓缓道：“峨眉掌门，神锡道长！”

小鱼儿拍案道：“原来是他……这一路上原来都是他，他倒没有忘记我……”

数日疑惑，一旦恍然，于是开怀畅饮，大吃大喝。玉面神判、鬼影子等人只是含笑望着他，谁也没有动筷子。

## 第三十八章

# 江南大侠

小鱼儿埋头苦吃了半个时辰，才总算放下筷子，摸着肚子笑道："肚兄肚兄，今日我总算对得起你了吧！"

玉面神判笑道："酒菜都已够了么？可要再用些瓜果？"

小鱼儿笑道："我很想，只是肚子却不答应。"

玉面神判微微一笑，道："既是如此，我等总算不负神锡道长之托，已尽过地主之谊了。"

小鱼儿眨了眨眼睛，道："你话里好像有话……"

玉面神判霍然长身而起，缓缓道："阁下不妨先推开窗子看看。"

小鱼儿推开窗子一瞧，只见这一段街道上，竟已全无灯火行人，却有数十条劲装大汉，将酒楼团团围住。

再瞧这酒楼之上，也再无别的食客，只有个店小二站在楼梯口，面上满是恐怖之色，两条腿不停地抖。

小鱼儿歪着头想了想，笑道："这算什么？"

玉面神判脸色一沉，冷冷道："受人之托，忠人之事，神锡道长托我好生招待于你，我等便尽了地主之谊。但还有一人，却托我等来取你的头颅，你看怎样？"

小鱼儿哈哈大笑道："我这颗脑袋居然还有人要，这倒真是荣幸之至，但要我脑袋的这人又是谁？你总该说来听听。"

玉面神判冷笑道："你只需知道他有一个鼻子两只眼睛已足够了。"

小鱼儿目光转处，只见江玉郎等人俱是满面喜色，鬼影子等人却是面色凝重，满脸杀气。

这些人早已将他围住，这许多武林高手将他围在中央，他简直连出手的机会都没有。

更何况他还有只手是和江玉郎连着的，他根本连逃都不能逃。

小鱼儿长叹一声，苦笑道："看来，今天我只得将脑袋送给你们了……一盆蜜汁火腿就换去了我的脑袋，这岂非太便宜了些？"

"金狮"李迪"锵"地拔出了腰畔紫金刀，厉声道："你还要我等动手么？"

小鱼儿笑道："用不着了，只是不知道你的刀快不快？若是一刀保险可以切下脑袋，我倒想借来用用。"

"金狮"李迪狂笑道："好，念你死到临头，还有谈笑的本事，某家就把这柄刀借给你！"

手扬处，紫金刀"夺"地钉在桌子上。小鱼儿缓缓伸出手，去拿这柄刀，无数道比刀光更冷、更亮的眼光，都在瞧着他这只手。

玉面神判冷冷地瞧着他，突然自怀中摸出了对判官笔，那是对十分精巧的兵器，发亮的笔杆上雕着精致的花纹。

小鱼儿的指尖停留在刀柄上，没有拔。

玉面神判缓缓道："你为何不拔？你拔出这柄刀来，就可以一刀砍向我，或是别的人，或是将刀架在江玉郎的脖子上，逼我们放走你。"

小鱼儿的手指轻点着刀柄，没有说话。

玉面神判道："你不敢拔这柄刀，是吗？只因为你自己也知道，只要你拔出这柄刀，只有死得更惨。"

小鱼儿觉得自己的手很冷，而且在流汗。

玉面神判叱道："念你是个聪明人，且给你个速死，咄，去吧！"

手腕一抖，判官笔闪电般向咽喉"天突"穴点了出去。这"天突"乃是人身必死大穴之一，纵然被常人拳脚打中，也是难以救治，何况是这等点穴名家掌中的纯钢判官笔，小鱼儿历经大难不死，岂知竟要死在这里！

眼看这发亮的笔尖已到了咽喉，他竟躲都懒得躲了，躲开这一招，第二招反正还是要来的，既然要死，何不死得痛快些。

哪知就在这时，忽听"叮"的一声，一只酒杯自窗外直飞进来，不偏不倚套住了判官笔的笔尖。

那判官笔去势是何等凌厉，酒杯又是何等容易破碎，奇怪的是，酒杯远远飞来，套住笔尖，居然还是完整的。

玉面神判手腕反似被震得麻了麻，大惊之下，后退三步，厉声喝道："什么人？"

这时新月方自升起，淡淡的月光下，只见对街"老介福绸缎庄"的招牌上赫然坐着一个人。

这人满头蓬发，敞着衣襟，手里提着个特大的酒葫芦，正在嘴对嘴地狂饮。酒葫芦遮去了他的面目，也看不出他是谁。

但小鱼儿却已瞧出来了，暗道："此人来了，又有好戏瞧了。"

玉面神判手腕一震，笔尖上的酒杯直飞出去，直打对街那人的胸膛，他自信手上劲力，无论是谁，只要被这酒杯击中，身上必定要多个窟窿。只听又是"叮"的一声，酒杯打在那人身上，片片粉碎。

那人却竟似全无感觉。

玉面神判面色更变了，花惜香、白凌霄、李明生等人，拔刀的拔刀，拔剑的拔剑，一时之间刀光剑影大作。

"鬼影子"何无双身子也不见动弹，人突然飞了出去。此人号称轻功江南第一，身手之轻捷，果然不同凡俗。

只见他人在空中，手里已有十余点寒光暴射而出。

对街那人突然哈哈一笑，一股闪亮的银光，自口中射了出来，暗器立刻被打飞，银光直射到何无双身上。

这轻功第一的"鬼影子"竟也被打得飞了回来，回时比去时更快，直飞入窗子，飞过桌面"砰"地撞在墙上。

那股银光到这时才四溅散开，玉面神判远远便觉得酒气扑鼻，那人嘴里喷出来的，竟只不过是口酒。

他一口酒竟然就将何无双击退，众人不禁都变了颜色。白凌霄等人初生之犊不怕虎，各展刀剑，便要扑过去。

只听"呼"的一声，接着"噼啪噼啪"一连串声响，白凌霄等人手里的刀剑已全不见了，一个个捂着脸，半边脸色红得像是茄子，就在这刹那之间，这几个人竟已每人重重挨了个耳刮子。

再瞧对街那人，不知何时已端端正正坐在何无双方才坐过的位子上，左手仍拿着那酒葫芦，右手却杂七杂八拿了一大把刀剑。

白凌霄等人认得，这些刀剑正是自己的，但若问他们怎会到别人手上，他们只怕谁也回答不出。

江玉郎瞧见这人，面色变得毫无人色。玉面神判心计最深，在不知道这人来历之前，生怕李迪等人鲁莽闯祸，当下抢先一步，干笑道："这位兄台贵姓大名？为何无端出手伤人？"

那人眼睛一斜，冷冷道："谁是你的兄台，你是什么玩意儿？"

玉面神判勉强忍住怒气，铁青着脸道："在下萧子春，江湖人称玉面神判。"

那人哈哈大笑道："好个响亮的名头，你配么？"

笑声中手一送，将一大把刀剑全送到萧子春面前。雪亮的刀头剑尖，在灯光下像是猛虎的獠牙。

玉面神判一惊之下，不由得伸手去接，再看自己手里那对判官笔不知何时已到了对方手里。

那"金狮"李迪没有吃过苦头，浓眉一扬，便待发作。江玉郎在桌下扯了扯他袖子，悄悄说了句话。

李迪面色立刻也变得全无人色，失声道："你……你便是'恶赌鬼'轩辕三光！"

轩辕三光冷笑一声，也不说话，却自桌上拔起了那柄紫金刀，反手一刀，向旁边一个茶几砍了下去。那茶几上点着只儿臂般粗的蜡烛。

轩辕三光这一刀砍下，蜡烛仍是蜡烛，烛台仍是烛台，茶几仍然是茶几，他这一刀像是根本砍空了。

但突然间，烛光竟缓缓分了开来，接着蜡烛、烛台、茶几，全都分成了两半，向两边直倒下去。这一刀出手，众人更是面如死灰。

轩辕三光一扬紫金刀，"夺"地钉入梁上。梁上积尘，簌簌而落，他再也不瞧一眼，一屁股坐下，冷冷道："儿子们眼见老子来了，怎地还不快摆上酒菜！"

他这句话说得虽然无理，但听在众人耳里，再也无人敢顶撞于他。

李迪"砰"地一拍桌子，大喝道："小二，瞧见老子来了，为何还不摆上菜来！"他看来人虽最是粗豪，但做保镖的人，究竟能屈能伸。

那店伙魂魄早已骇飞了，此刻哪里还禁得起这一声大喝？口中刚说了声"是"，人已直滚下楼去。

少时酒菜摆上，萧子春、李迪抢着要来斟酒。

轩辕三光眼睛一瞪，道："谁要你斟酒？除了对面两个姓江的娃儿，全给老子远远站开。"

他居然拿起酒壶，替小鱼儿倒了杯酒，又替江玉郎倒了一杯。小鱼儿满怀欢喜，江玉郎却已骇破苦胆。

轩辕三光端起酒杯，道："喝！"

小鱼儿一饮而尽，江玉郎也不敢怠慢，他刚放下杯子，只见轩辕三光眼睛已在盯着他，咯咯笑道："你可知道这酒叫什么酒？"

江玉郎道："弟……弟子愚昧，实在不懂。"

轩辕三光大声道："这一杯叫赌酒，无论谁喝了老子倒的酒，都得和老子赌一赌。"

江玉郎骇得手一抖，酒杯也摔在地上。

轩辕三光眼睛一瞪，道："怎么？你不赌？"

江玉郎道："吐……吐……吐……"

他骇得舌头都麻了，竟将"赌"字说成了"吐"。

轩辕三光大笑道："好，你龟儿子要赌啥？"

江玉郎道："吐……吐什么……都可以。"

轩辕三光道："好，老子就赌你这条手臂。"

江玉郎两腿一软，从椅子上滑了下去。小鱼儿笑嘻嘻将他拉了起来，道："你怕什么？反正未必一定输的。"

轩辕三光厉声道："坐直了，说，你要怎样赌？"

江玉郎目中竟流下泪来，转眼去瞧萧子春等人，但这些人此刻哪里还敢替他出头？

突然间，一人朗声笑道："轩辕先生若要赌，在下可以奉陪，寻这等黄口孺子来赌，岂非无趣么？"

小鱼儿转眼望去，但觉眼睛一亮。

一个青衫秀士已飘飘走上楼来。

灯光下，只见此人眉清目亮，面如冠玉，他含笑走过来，风神更是潇洒已极。小鱼儿自出道江湖以来，除了那无缺公子外，就再未见过如此令人着迷的人物。

萧子春等人见到他来了，都不禁在暗中长长松了口气，喜动颜色，江玉郎更是欢喜得几乎要跳了起来。

轩辕三光目光闪电般在他身上一转，也不禁为之动容道："你是谁？"

这人微笑一揖，道："在下江别鹤。"

轩辕三光目光闪动，厉声道："江湖传言，江南一带，出了个了不起的英雄，乃是燕南天之后第一个当得起'大侠'两字的人物，莫非就是你？"

江别鹤笑道："那只是江湖朋友抬爱，在下怎担当得起！"

轩辕三光指着江玉郎摇头叹道："虎父犬子……虎父犬子……"

忽又一拍桌子，大喝道："他既是你儿子，你莫非要代他与我赌一赌？"

江别鹤道："轩辕先生若有兴致，在下自当奉陪。不知轩辕先生赌注如何？"

轩辕三光微一思索，浓眉轩起，大声道："你我两人无论谁输了，便任凭对方处置！"

这赌注说出来，众人不禁俱都失色。这"任凭对方处置"，委实令人心惊，胜的一方若令败的一方去做件绝不可能甚至丢人现眼之事，那岂非比死更痛苦百倍？尤其以江别鹤这样的身份，他若输了，就算想死，也先得做了对方要求之事才能死的。他就算死也不能食言背信。

众人只道江别鹤绝不会答应，哪知他只是淡淡一笑，道："就是这样也好。但如何赌法，还请见告。"

轩辕三光见他如此轻易便答应了这赌注，也不禁为之动容，端起面前酒杯，一饮而尽，大笑道："好，江南大侠果然豪气干云，我定了赌注，如何赌法便由得你，这是我的规矩。"

江别鹤笑道："既是如此，在下恭敬不如从命了。"

他走过去，搬了张小圆桌来，又将一大碗满满的鱼翅羹放在桌子中央。轩辕三光瞧得奇怪，道："这又算什么？"

江别鹤缓缓道："你我依次往桌上击一掌，谁若将这碗鱼翅震得溅出，或是使得碗落下去，那人便算输了。"

他口中说话，一掌向那桌面拍了下去。

他这一掌似乎也未用什么气力，但那坚硬的梨木桌面在他掌下，竟像是突然变成了豆腐似的。

他一掌切下，竟穿透了桌面，桌上那碗盛得满满的鱼翅羹，果然还是纹丝不动，没有溅出一滴。

江别鹤微微笑道："你我一掌击下，必定穿透桌面，是以就算你我两人都未将这碗鱼翅羹震倒，到了后来，桌面上俱是掌痕，那中央一块，总要落下去的，谁击下最后一掌，谁就输了，是以桌子愈小，胜负便愈早。"

众人都已被这种掌力惊得呆了，直到此刻才喝出彩来，就连小鱼儿也不能例外，他实在未见过这种掌力。

轩辕三光面色也已变了，站在那里，怔了许久，喃喃道："这样的赌法，倒真连我也未曾见过。"

江别鹤笑道："在下已击下了第一掌，此刻该轮到轩辕先生了。"

轩辕三光突然仰首狂笑道："我'恶赌鬼'平生与人大赌小赌，不下万次，从未有一次还未赌时，便已先认输了……"

他忽又顿住笑声，目光凝注江别鹤，道："但这次，我不必赌，已认输了……我掌力纵能穿透桌面，却万万不能令这碗见鬼的鱼翅羹一滴也不溅出来。"

众人长长吁了口气，大喜欲狂。

轩辕三光惨然一笑，背负双手，道："现在，你要我怎样，只管说！"

江别鹤微一沉吟，走过去倒了两杯酒，笑道："在下且敬轩辕先生一杯。"

轩辕三光仰首一饮而尽，"砰"地放下酒杯，厉声道："现在轩辕三光是生是死，往东往西，但凭阁下吩咐！"

# 第三十九章

## 将计就计

江别鹤微笑道："在下要轩辕先生做的事，方才不是已做过了么？轩辕先生的赌注既已付清，为何还要说这样的话？"

轩辕三光又怔住了，讷讷道："你……你说什么？"

江别鹤笑道："输的一方，既是任凭胜方处置，在下就罚轩辕先生一杯酒，此刻轩辕先生酒已饮下，正是银货两讫，各无赊欠了。"

轩辕三光木立当地，喃喃道："你若能杀了我，江湖中人谁不钦服，你若要我做件事，无论奇珍异宝，名马灵犬，我也可为你取来，但……但……"他长叹一声，苦笑道："但你却只是要我喝一杯酒。"

江别鹤笑道："若不是在下量小，少不得还得多敬几杯。"

轩辕三光突然举起那酒葫芦，一口气喝了十几口，伸手抹了抹嘴唇，仰天长笑起来，道："好！果然不愧是'江南大侠'！我轩辕三光平生未曾服人，今日却真的服了你江别鹤了！"大步走过去，拍了拍小鱼儿肩头，道："小兄弟，你的事我已管不了啦，但有'江南大侠'在此，你再也不必怕那些鼠辈欺负了，我且去了……再见！"

说到"再见"两字，人已出窗，眨眼便消失在夜色中。窗外凉风习习，一弯新月正在中天。

江别鹤目送他去，喃喃叹道："此人倒不愧是条好汉！"

"玉面神判"萧子春赔笑道："此人是'十大恶人'之一，江兄不乘机将之除去，岂非太可惜了？"

他口中虽以兄弟相称，但神情却比弟子待师长还要恭敬。

江别鹤正色道："这样的英雄人物，世上有几个？萧兄怎能轻言'除去'两字？何况，此人除了好赌之外，并无别的恶迹。"

萧子春垂首笑道："是，小弟错了。"

江别鹤笑道："更何况他只要赌输，便绝不抵赖，纵然输掉头颅，也不会皱一皱眉头，试问当今天下，有他这样赌品的人，能有几个？"

小鱼儿突然叹了口气，道："只可惜轩辕三光没有听见你这番话，否则他真要感激得眼泪直流了。"

江别鹤目光上下瞧了他一眼，展颜笑道："这位小兄莫非也是犬子好友？"

小鱼儿道："'好友'两字，我可实在不敢当。"

江别鹤目光一闪，已瞧见了他们手上的"情锁"，微微笑道："这旁门左道的区区之物，我自信还能将之解开，小兄你只管随我回去……"

小鱼儿笑道："我也实在很想随你回去，只是这里还有人等着宰我，怎么办呢？"

江别鹤皱眉道："谁？"

小鱼儿道："自然都是些威名赫赫的英雄豪杰。七八个成名的大英雄等着宰我一个人，这岂非光荣之至。"

江别鹤目光一转，满屋子的人俱都垂下了头，萧子春、李迪等人更是面红耳赤，江别鹤缓缓道："我可保证，这种事以后绝不会发生了。"

忽听窗外远处黑暗中有人高歌。歌声随风传来，唱的竟是："江南大侠手段高，蜜糖来把毒药包。吃在嘴里甜如蜜，吞下肚里似火烧。糟！糟！糟！天下英雄俱都着了道……"

江别鹤神色不变，微微笑道："得名之人，谤必随之。我既不幸得名，挨些骂也是应当的。此等小人，你若去追他，岂非反令他得意？"

小鱼儿笑眯眯瞧着他，道："我小鱼儿也很少服人，今天倒有些服你了……"

若没有自己去看，谁也不会相信"江南大侠"住的竟是这样的屋子。

那只是三五间破旧的屋子，收拾得虽然干干净净，一尘不染，但陈设却极为简陋，也没有姬妾奴仆，只有个又聋又哑的老头子，蹒跚地为他做些杂事。

小鱼儿随着他走了两天，才走到这里。

这两天小鱼儿更觉得这“江南大侠”实非常人，一个在武林中有如此大名的人，对人竟会如此客气，这大概除了江别鹤外，再没有人能做到了，和他走在一起，就如同沐浴春风一般，无论是谁，都会觉得很舒服、很开心的。

走进了这间屋子，小鱼儿更不免惊奇。

江别鹤微笑道：“这庄院昔日本是我一个好友诸葛云的，他举家迁往鲁东，就将庄院送给了我，只可惜我却无法保持它昔日的风貌，想起来未免愧对故人。”

小鱼儿叹道：“名震天下的‘江南大侠’，过的竟是如此简朴的生活，千百年来，武林中只怕没有第三个了。”

江别鹤正色道：“古人说：由俭入奢易，由奢入俭难。这句话我从未忘记。”

小鱼儿叹道：“你真是个君子。”

少时菜饭端来，也只是极为清淡的三四样菜蔬，端菜添饭摆桌子，竟都是这领袖江南武林的盟主自己动手的。这样的生活，与他那炫目的名声委实太不相称。

小鱼儿喃喃道：“难怪天下江湖中人都对你如此尊敬，一个人能忍别人之所不能忍，自然是应当成大事的。”

江别鹤闪亮的目光专注着他，忽然道：“我看来看去，愈看愈觉得你像我昔日一位恩兄。”

小鱼儿道：“哦，那是谁？”

江别鹤叹道：“他如不是昔日江湖人中温文风雅的典型，也是千百年来江湖中最著名的美男子，我为小儿取‘玉郎’这名字，正也是为了纪念他的。”

小鱼儿笑道：“你看我像个美男子？我这人若也可被称为‘温文风雅’，那么天下的男子就没有一个不是温文风雅的了。”

江别鹤微笑道：“你也许并不十分温文风雅，但你的确有他那种无法形容的魅力。尤其是你笑的时候，我不相信世上会有任何少女能抗拒你微笑时瞧着她的眼睛。”

小鱼儿大笑道：“我但愿能有你说的这么好，也但愿能就是你说的那人的儿子。只可惜我爹爹也和我一样，纵然是个聪明人，但绝不是什么美男子，而且他现在也正活得好好的，也许正在他那张逍遥椅上抽着旱烟哩。”

他大笑着站了起来，走了出去。江玉郎也只有跟着他。

小鱼儿又笑道：“我实在想陪你多聊聊，却又实在忍不住要去睡了……希望你明天能找几个有用的锁匠来，能将这见鬼的‘情锁’打开。”

江别鹤叹道：“这一路上我几乎已将鄂中一带有名的巧手锁匠都找过了，我实在想不到这‘情锁’的机簧竟造得如此妙。”

他一笑又道：“但你只管放心，就在这两天我必定能寻得一柄削铁如泥的宝剑……到了我这里，你什么事都不必再烦心了。”

小鱼儿笑道：“所以我现在只要一沾着枕头，立刻就会睡得像死人似的。”

江玉郎现在就像是已突然变成了一个世上最听话、最老实的孩子，老老实实地随他走了出去。

江别鹤温柔地瞧着他们的背影消失，缓缓在袖中摸索着，竟摸着了一柄长不过一尺的短剑。

这短剑的剑鞘黑黝黝的，看来毫不起眼，但等到江别鹤抽出这口剑来，屋子里却像是有电光一闪。森冷的剑气，立刻使烛火失去了光彩。

那又聋又哑的老头子，远远站在门口，此刻也不禁打了个冷战，他瞪大了眼睛，像是在说：“你手里的明明已是口削铁如泥的宝剑，却又为什么不为他们将那见鬼的‘情锁’削断？”

江别鹤抬起头，瞧见他这充满惊疑的目光，像是已瞧破了他的心意，微微一笑，缓缓道：“我此刻自然还不能将那‘情锁’削断，那孩子一肚子鬼主意，谁也猜不到他要干什么，我只有叫玉郎时时刻刻地监视着他……有了那‘情锁’，他就是想溜想跑，却也是跑不走的了。”

可惜他说话的对象只不过是个又聋又哑的老头子，他无论说什么，这老头子都是听不见的。

走廊上，有个小小的灯笼。昏黄的灯光，照着荒凉的庭园，一只黑猫蹲踞在黑暗里，只有眼睛闪着碧绿的光。

小鱼儿和江玉郎走在这曲廊上，脚下的地板吱吱直响，远远有风吹着树叶，小鱼儿缩起了脖子，苦笑道："任何人若在这种地方住上十年，不变成疯子才怪。"

江玉郎道："你放心，你用不着住十年的。"

小鱼儿笑道："你终于说话了……方才在你爹爹面前，我还以为你变成了哑巴哩。"

江玉郎道："在我爹爹面前敢像你那样说话的人，世上只怕也没几个。"

小鱼儿瞧着那黑黝黝的后园，笑笑道："这后园你去过么？"

江玉郎道："去过一次。"

小鱼儿道："你在这里也住了许久，只去过一次？"

江玉郎道："去过一次的人，你用鞭子抽他，他也不会去第二次了。"

小鱼儿笑道："那里面难道有鬼？"

江玉郎道："那种地方，鬼也不敢去的。"

他打开一扇门，悬起了一盏灯，小小的屋子里，有几柄刀剑，一大堆书，自然，还有张床。

小鱼儿眼珠一转，道："这就是你的卧房？"

江玉郎长长叹了口气，道："一年多没有回来，此刻看见这张床，也不觉亲热得很。"

小鱼儿笑道："瞧见你那些宝贝朋友之后，打死我也不相信你以前会老老实实睡在这张床上，你难道真的憋得住？"

江玉郎突然一笑，道："半夜我不会溜出去嘛？"

小鱼儿道："我自然知道大户人家的子弟，都有半夜溜出去的雅癖，但你爹爹可与别人不同，你怎能逃得过他的耳目？"

江玉郎眨了眨眼睛，道："你可知道我为什么要住在这屋子里？"

小鱼儿道："不知道。"

江玉郎道："只因这屋子距离我爹爹的卧房最远，而且窗子最多……这本来应该是佣人住的地方，但我却抢着来睡了。"

小鱼儿笑道："据我所知，这只怕是你最聪明的选择了！"

回到了自己的卧房，江玉郎终于也放下了心，睡到床上，还没有多久，便已真的睡着，而且睡得很沉。他也用不着再去提防小鱼儿，他也实在累了。小鱼儿也像是睡得很沉。

也不知过了多久，有一阵轻轻的脚步声走了过来，走到了门外，停了停，轻轻敲了敲房门。门里没有应声，这人将门推开一线，瞧了瞧，然后这脚步声又走了回去，竟像是走入了那荒凉可怖的后园。

这连鬼都不敢去的地方，他三更半夜走去做什么？

小鱼儿突然张开了眼睛，自头发里摸出了根很细很细的铜丝，竟将这铜丝刺入那“情锁”上的一个小洞里。

他耳朵贴在这“情锁”上，将那铜丝轻轻拨动着——他眯着眼睛，聚精会神地，就像是在听着什么动人的音乐。

突然，轻轻“咔”的一响，那鄂中所有的巧匠都打不开的“情锁”，居然被他以一根细细的铜丝拨开了。

他面上不禁露出得意的笑容，挥动着那只失去自由已久的手，随手点了江玉郎的“睡穴”。

江玉郎睡得更不会醒了。

小鱼儿瞧着他，得意地笑道：“你自以为聪明，其实却是个呆子，竟一直以为我真的弄不开这见鬼的‘情锁’，你也不想想，我是在什么地方长大的。”

恶人谷中既然有最出色的强盗，自然也有最出色的小偷，在最出色的小偷手下，世上哪有打不开的锁？

但他为什么却又一直宁愿和江玉郎锁在一起？宁愿受各种气？他心里究竟又在打着什么主意？莫非他早已猜到江玉郎的父亲必定是个神秘的人物？莫非他早已猜到这地方必定有一些惊人的秘密？

他要和江玉郎锁在一起，莫非只不过就是要到这里来？而且还可令别人都因此而不再防备着他？任何人都以为他是常常摆不脱江玉郎的，有江玉郎时时刻刻、寸步不离跟着他，别人自然都放心得很。

但这时，小鱼儿已溜出了窗子。他竟向那连鬼都不敢去的后园掠了过去。这时，那脚步声入园已有许久了。

小鱼儿掠入那圆月形的门时，只瞧见远处有灯火闪了闪，然后，便是一片黑暗，灯火竟似熄灭。

黑暗中，树木在风中摇舞，仿佛是许许多多不知名的妖魔，正待择人而噬。天上虽然有暗淡的星光，但星光却更增加了这园林的神秘与恐怖。风很冷，但小鱼儿的掌心却是湿湿的，已沁出了冷汗。

假如是别人，此刻早已退回去了。但小鱼儿却不是“别人”，小鱼儿就是小鱼儿，天下独一无二的小鱼儿，他若要前进，世上再无任何事能令他后退。

他早已认准了方才那灯火闪动之处，他就直掠过去。但园林中只有枯萎了的树木、颓败了的山石小亭，方才那一点灯火，早已不知到哪里去了。

走着走着，小鱼儿突然迷失了方向。一阵风吹过，他忍不住激灵灵打了个寒噤，他忽然发觉自己根本不知道该走到哪里去，该找些什么。

就在这时，一条黑影自黑暗中蹿了出来。

小鱼儿魂都几乎被骇飞了，黑影蹿过去，竟是条黑猫！但这黑猫又怎会入了这后园？又怎会突然蹿出来？

小鱼儿心念一转，绝不再多猜，立刻伏到地上，前面有一堆碎石瓦砾，还有一片枯萎的菊花。

他身子刚伏下来，十余丈外，突然有一扇窗子亮起了灯火。接着，一条人影缓步走了出来。

这人手掌着灯，灯光照着他的脸，赫然正是江别鹤！

只听“咪呜”一声，那黑猫便向他蹿了过去，蹿入他怀里，他反手扣起了门，抱着黑猫走了回去。

小鱼儿伏在地上，连大气都不敢出。灯火，刚刚远去，园林中像是更黑、更冷。小鱼儿又等了许久，才悄悄爬了出来，悄悄走过去，走到前面，才瞧出那里有间小小的花房。

门，已锁上了。

于是小鱼儿又有了机会施展他开锁的本事。

他轻轻推开了门，点着了他方才从桌子上偷来的火折子。花房里蛛网密布，角落里堆着些破烂的花盆、枯叶，此外就什么也没有了——半夜三更，江别鹤跑到这什么也没有的破屋子里来做什么？

风吹着窗户，吱吱作响，风从破了的窗纸里吹进来，就像是一只冰冷的鬼爪子，在摸小鱼儿的背脊。小鱼儿真想逃去，逃回床上，用棉被盖住头，这种地方，真是连鬼也不会愿意来的。

但连鬼也不来的地方，岂非最好隐藏秘密？

他目光四下转动，瞧了半晌，也瞧不出这屋子里有什么可疑之处。屋子里到处都积着灰尘，像是已有许久没有人来过。但江别鹤方才明明来过，灰尘上怎会没有他的脚印？小鱼儿心一动，俯身摸了摸，那灰尘竟是黏在地上的，除非你用力去搓，否则什么痕迹也不会留下。

小鱼儿几乎跳了起来，他知道这屋子必有地道，但他将每个角落都找遍了，还是找不出有什么机关消息。

他几乎绝望了，仰面长长叹息了一声。蛛网，在风中飘摇，有些蛛网已被风吹断了，蜘蛛正忙着在重新结起。但有一张蛛网，任凭风怎么吹，却动也不动。

这种事别人也不会注意，但世上再也没有一件事能逃过小鱼儿的眼睛，他立刻蹿了过去。

只听"咯"的一声，接着，又是一连串"咯咯"声响，蛛网下的一堆枯柴突然缓缓移动，露出一个洞来。小鱼儿也曾见过许多设计巧妙的秘密机关，但却从未见过有任何一处比这更巧妙、更秘密。

除了没有窗子，这一间最标准的书房，就和世上大多数读书人读书的地方完全一样。

书房的左右两壁，是排满了书的书橱书架，中间是一张精雅的大理石书桌，桌上整齐地排列着文房四宝。

除此之外，自然还有盏铜灯，小鱼儿点燃了它，然后，便坐在那张舒服的大椅子上，他开始静静地想："我若是江别鹤，我会将秘密藏在什么地方？"

任何一间书房里，可以收藏秘密的地方都很多，但假如那秘密是一些纸张，最好是藏在什么地方？

最好自然是藏在书里。但这里有成千成百本书，他又会藏在哪本书里？

自然要藏在别人最不会翻阅的一本书里——虽然，这里绝不会有人走来翻他的书，但他却也会习惯性地这样做的。

小鱼儿站了起来，仔细去瞧那书架。他一本本地瞧，书架上有石刻的《史记》《汉书》，还有些手抄的珍本杂记，每本书上都已积着灰尘。

江别鹤到这里，自然不会是为了看书，这些书上自有积尘，但这里……就在这里，却有本书非常干净。

这本书不算薄，小鱼儿抽下来，书皮上写的是：本草。

小鱼儿笑了，他知道这必定就是他要找的书。

他翻开了它，就发现这本书中间已被挖去了一块，四边却黏在一起，就像是个盒子。

书中被挖去的地方，竟放着几张精巧的人皮面具，还有三两个小瓶子，这显然是易容的工具。

但小鱼儿却对这些完全没有兴趣，他再找，又找出个同样的“书盒子”，这里面也有几只小木瓶。瓶子里装的竟是非常珍贵的毒药。

小鱼儿叹了口气，再找他又找出了一沓数目大得骇死人的银票，还有张很长的名单。他也懒得去瞧那些名字，只瞧见每个名字下都有个括号，括号里有的写着“少林”，有的写着“武当”，每一个都写的是名门大派，也许，这些虽然都是惊人的秘密，但却不是小鱼儿所要找的，他失望地在椅子上坐了下来。

突然，他瞧见书桌旁有些矮几，矮几上堆满了纸，各色各样的纸，他眼睛像是一亮，抓起了一沓纸。

纸质很轻、很薄，却带着韧性，这种纸，在当时是非常特殊的，小鱼儿也不过只见过一次。但他却知道这种纸的味道！只因他曾经将一张同样的纸吞入肚里。

这沓纸，正和他从铁心兰处得来的那“燕南天藏宝图”的纸质是完全一样的，他再也不会忘记。

他仔细地刮了一小撮尘土，轻轻抹在最上面一张纸上，纸上便现出了花纹，果然正是那藏宝图的图形。

要知那藏宝图为了要求逼真，是用木炭条画的，在上面的一张纸上画图，下面的纸上自然难免留下痕迹。

此刻小鱼儿用灰尘一抹，这些痕迹自然就现了出来，而江别鹤在画过最后一张图后，又恰巧没有再动过这沓纸。

小鱼儿长长叹了口气，喃喃道："伪造那藏宝图的人，果然就是他！要害得天下英雄自相残杀的人，果然就是他！"

他冷笑道："好一个大仁大义的'江南大侠'！我早知道你有不可告人的野心，否则你又怎会如此矫情，如此做作……你不但想将天下英雄俱都瞒在鼓里，竟还想将不易收服的人俱都用计除去，好让你独霸天下！"

他小心地将一切又重归原位，喃喃道："你若不惹我，你的事我本也懒得管的，但谁叫你害得我也上了次大当，我若不教训教训你，岂非对不住自己？"

他吹熄了灯，退了出去，将机关也回复原状。

只因他知道此刻就算要揭破江别鹤的阴谋，别人也不会相信的，江别鹤实在装得太好了。所以他只有再等，反正江别鹤是跑不了的。

江玉郎还在沉沉地睡着，甚至连姿势都没有变，他的头埋在枕头里，那副已打开了的"情锁"仍挂在手上。

小鱼儿不动声色地上了床，又将手套入"情锁"里，"咯"地锁上，此刻他什么都不再想。

他要舒服地睡一觉，养足精神好对付明天的事。但他眼睛还没有闭上，屋子里突然有火光亮起。

小鱼儿一惊，张开眼，便瞧见一个人笑嘻嘻站在床头。闪动的火光，照着他苍白的脸，照着他诡秘的笑容……

这人竟赫然是江玉郎！但江玉郎不是明明睡在他旁边么？又怎会站到了床头？小鱼儿跳了起来，再看他身旁的人。

他身旁那人也抬头向他笑，却是那又聋又哑的残废老人……小鱼儿怔了半晌，突然大笑道："我明明知道江别鹤是个厉害人物，怎地还是小估了他？"

江玉郎冷冷道："这也很好笑么？以我看来，你本该痛哭才是。"

只见江别鹤缓缓走了进来，含笑瞧着他，柔声道："你发现了那么重要的秘密本该快快逃走才是，但你居然还能不动声色地回来，你的确有惊人的胆子。"

小鱼儿道："你明明知道我已发现了你的秘密，居然还能不动声色地等我回来，等我再将自己锁起……唉，你的确了不起。”

江别鹤道：“你小小年纪，居然能骗过了我，居然能找出我的秘密，这实在是我绝未想到的事，的确令人佩服。”

小鱼儿道：“你竟能令天下人都相信你是个大仁大义的英雄，竟能令每个人都对你如此尊敬，当真不愧为一代枭雄。”

两人你一言我一语，竟互相推崇起来，假如有不相干的人在旁边听着，谁也不会猜到他们心里在打什么主意。

江别鹤叹道：“我实在很爱惜你的才智，但你为什么偏偏要来和我作对。你既然知道了那些秘密，我纵然爱惜你，也只有忍痛割爱了。”

小鱼儿叹道：“我实在也很爱惜你的才智，很愿意见到你大事成功，但你为什么偏偏要做出那些见鬼的藏宝图来，害得我也上了次当。”

江别鹤面上突然微微变了颜色，失声道：“你怎知道那藏宝图与我有关？”

小鱼儿道：“若不是那藏宝图，我又怎会来到这里？我又怎会辛辛苦苦地来发掘你的秘密？只要你不惹到我，你的秘密关我屁事？”

江别鹤瞧了江玉郎一眼，道：“你什么时候知道的？”

小鱼儿笑道：“我瞧见你这‘犬子’身上居然也有张藏宝图，我就问他是从哪里得来的，他说是从你书房偷来的。那时，我就想，如此重要的藏宝秘图，你怎能随便放在书房里？那时我心里就已有些疑心。”

江别鹤道：“你疑心得很好。”

小鱼儿道：“我听人说，这‘犬子’的父亲乃是一代大侠，我又想，常言道：龙生龙，凤生凤，一代大侠怎会养得出如此卑鄙无耻的儿子。”

江别鹤微笑道：“你骂得也很好。”

小鱼儿道：“后来我瞧见你，居然住在这种地方，居然自己搬桌子端菜，身旁只用了又聋又哑的老头子，我又想，这人若不是圣贤，就必定是我从未见过的大奸大恶之徒，因为世上只有这两种人能做出这样的事。”

江别鹤笑道：“我自然不太像是圣贤。”

小鱼儿道：“所以我就一心探一探你的秘密。”

江别鹤叹道：“你实在太聪明了，这实在是你的不幸……”

小鱼儿道："我若老些，只怕就能学会装傻了。"

江别鹤道："可惜你只怕永远学不会了。你可知道今天晚上你并不是唯一想害我的人？"

小鱼儿道："还有谁想害你？"

江别鹤道："昨夜已有人到我卧房里去过了，他先将迷香吹进来，再撬开窗子，显然是要来杀我，只可惜我昨夜并未睡在这里。"

小鱼儿道："不错，你昨夜是和我一起睡在新滩口的客栈里的……但你又怎会知道有人曾经进去过你的屋子？"

江别鹤笑道："今天我回来时，那屋子里还有残余的迷香气味，窗台上也还留着个浅浅的足印，昨夜想来杀我的人，并不是老手。"

小鱼儿叹道："他若是老手，今夜就不会来了。"

江别鹤抚掌道："不错，只因他不是老手，所以今夜还会来的。"

小鱼儿苦笑道："所以你就要我睡在你屋子里，代替你被人杀死，你不但可借此杀了我，还可借此捉住那人。那么，你杀他时，还可说是为我报仇，别的人若是知道此事，少不得又要称赞你的仁义。"

江别鹤大笑道："和你这样聪明的孩子说话，当真有趣得很……我甚至根本不必说出来，你便已知道我的心意。"

## 第四十章

# 冤家路窄

小鱼儿果然被送到江别鹤卧房的床上。

“情锁”还是他自己打开的，但锁一开，他身上肺俞、心俞、督俞、膈俞、肝俞、胆俞、脾俞、三焦俞等八处穴道，立刻就被江别鹤一一点遍。

现在，他睡在床上，眼睁睁瞪着屋顶，心里索性什么也不去想，反而在数着绵羊，一只、两只……但他直数到八千六百五十四只，眼睛还是睁得大大的。

他数着绵羊，心里不由得就想到桃花，想到桃花那红红的像是苹果般的脸，于是他立刻又想到了铁心兰。他从来不知道人类的联想力竟是如此奇怪，你愈是不愿意去想一个人，那人却偏偏会闯入你心里来。

“铁心兰此刻在哪里？也许正在和那温文风雅的无缺公子开心地谈着话，但我却在这里等死。”

小鱼儿闭上眼睛，拼命令自己不要去想她，但铁心兰偏偏还似在他眼前，穿着一身雪白的衣服，站在灿烂的阳光下。这就是他第一眼瞧见她时的模样。

若不是铁心兰，他又怎会得到那见鬼的“藏宝图”，若不是那“藏宝图”，他又怎会来到这里？

他再去数绵羊……八千六百五十五……八千六百五十六……但一只只绵羊的头，竟都变成了铁心兰的。

突然间，窗外轻轻一响。接着，便有一阵淡淡的香气飘了进来。

小鱼儿立刻屏住了呼吸，暗道：“来了，终于来了，江别鹤果然算得不错……唉，我连手指都不能动，屏住呼吸又有什么用？”

他大半个脸都埋在枕头里，只露出半只眼睛。

他就用这半只眼睛往外瞧。

只见窗子轻轻开了一线，接着，一条人影闪身而入。这人穿着一身黑色的紧身衣，手上拿着柄闪亮的柳叶刀，行动显得十分轻灵矫健，而且胆子也真不小。

刀光忽然闪亮了她的脸。小鱼儿恰巧瞧见了她的脸，他立刻骇呆了。这大胆的黑衣刺客，竟是铁心兰！

世上怎会有这样巧的事？莫非是小鱼儿看花了眼？但他看得实在不错，这人的确是铁心兰。

她一闪进了屋子，瞧见床上有人，就也不瞧第二眼，一步蹿到对前，一刀向床上的头颅砍了下来。小鱼儿既不能动，也不能喊，心里更不知是什么滋味，他竟要死在铁心兰手里，这岂非是老天的恶作剧！

江别鹤父子就在门外偷偷瞧着，只待她这一刀砍下，他们立刻就要冲进去——这一刀眼见已砍下去了，小鱼儿的头眼见已要离开脖子。

哪知就在这时，忽听“咯”的一声，铁心兰手里高举着的柳叶刀，竟突然奇迹般一断为二。

江别鹤父子俱都吃了一惊：“是谁有这等身手？”

铁心兰更是面无人色，后退两步，似待觅路而逃。这时窗外已飘入了一条人影，就像是被风吹进来的一朵云。淡淡的星光照进窗户。

星光下，只见这人身上穿着件轻柔的白麻长衫，面上带着丝平和的微笑，在淡淡的星光下，看来仿佛是天上的神仙，从头到脚，都带着种无法形容的慑人魅力，但谁也说不出他这种魅力是从哪里来的。

江别鹤竟也不觉被他这种风雅而华贵的气质所慑，竟怔在门外，再也想不起武林中哪有这样的少年。小鱼儿却一眼便认出了他，几乎晕了过去。

他自然就是世上所有人类最完美的典型——无缺公子。

铁心兰又不禁后退两步，嘶声道：“是你？你……你怎会来的？”

无缺公子微微笑道：“自从前天你苦心讨来了‘鸡鸣五鼓返魂香’，我就觉得有些怀疑，所以这两天来，我一直在暗中跟着你。”

铁心兰轻轻跺脚道：“你为什么要跟着我？你为什么要阻拦我杀

他？”

无缺公子柔声道：“江湖中人人都说‘江南大侠’是位仁义的英雄，你纵然对他有些气恼，也不该如此杀了他。”

铁心兰颤声道：“你……你知道什么？你可知道……他杀死了我爹爹？”

这时，江别鹤终于推门走了进去，满面俱是惊奇之色，像是对什么事都不知道似的，抱拳笑道：“两位是谁……在下平生从未妄杀一人，又怎会杀死姑娘的爹爹？姑娘只怕是对在下有所误会了。”

铁心兰眼睛都红了，厉声道：“我爹爹明明留下暗号，告诉我他要来寻你，但到了这里后，便未曾再出去，难道不是被你害死在这里！”

江别鹤道：“这位姑娘是……”

铁心兰大声道：“我姓铁，我爹爹便是‘狂狮’铁战！”

江别鹤笑道：“原来是铁姑娘，但在下可以名誉担保，铁老先生确未来过此间，姑娘不妨仔细想想，在下若真的杀了铁老先生，那是何等大事，在下纵待隐瞒，江湖中也必定有人知道的，何况，在下也未必就想隐瞒的。”

“狂狮”铁战乃是“十大恶人”之一，江湖中想杀他的人，本就不止一个，若有人杀了他，非但人人称快，而且人人都要称赞几句，江别鹤这番话虽然说得话中带刺，但却大有道理。

铁心兰正和她爹爹一样，是个毛栗火爆的脾气，虽然寻来拼命，但她爹爹究竟是否死在这里，她却根本未弄清楚。此刻她听了这番话，心中虽然气恼，却也反驳不得。

江别鹤已向无缺公子抱拳笑道：“公子人中龙凤，在下走动江湖数十年，却也从未见过公子这样的人物，不知可否请教尊姓大名？”

无缺公子微笑道：“在下花无缺，阁下……”

江别鹤长揖道：“在下便是江别鹤。”

铁心兰忽又跳了起来，大声道：“你是江别鹤，那么床上的又是谁？”

江别鹤暗笑道：“这女子看来秀气，其实却只怕是个鲁莽张飞，竟直到此刻才问床上的是谁……”心念转动，人已走到床边，拍着小鱼儿道：“此乃在下故人之子，今日远道而来，是以在下便将卧榻让给了他……贤侄快快醒来，见过花公子。”

手掌拍动间，他已解开了小鱼儿的穴道，但却又轻轻按在死穴之上，只要小鱼儿说出一个字对他不利，他手掌一用力，小鱼儿第二个字便再也说不出了。

小鱼儿头仍埋在枕头里，突然憋着喉咙道：“我早已醒了，只是懒得和他们说话而已。”

江别鹤故意皱眉：“你怎可如此无礼？”

小鱼儿道：“江湖中谁不知道你老人家是大仁大义的英雄，但他们却要赖你老人家胡乱杀人，这种不明是非的人，我和他有什么好说的？”

江别鹤本道小鱼儿纵然被胁，最好也不过不开口而已，哪知小鱼儿竟为他辩驳起来，这倒是他未曾想到的事。

忽听铁心兰失声道：“你……你……”瞧了无缺公子一眼，突然一笑，柔声道：“你既然没有杀死我爹爹，也就算了，我们走吧。”

江别鹤又是一怔：“这女子神态怎地转变得如此之快？”

却不知小鱼儿虽然憋住嗓子，但铁心兰对他朝思暮想，时刻未忘，又怎会听不出他的声音？

她心中正自惊喜交集，忽又想到无缺公子若是知道小鱼儿在这里，小鱼儿还会有命么？是以立刻拉着无缺公子就走。

这几人关系当真是复杂已极，江别鹤纵然是个聪明人，一时之间，却也难以弄得清，反而笑道：“花公子既来寒舍，怎可如此匆匆而去……”

花无缺笑道：“在下也久闻江南大侠侠名，正也要多领教益，只是……”

小鱼儿见他要走，本已在暗中谢天谢地，此刻忽又听他有留下来的意思，一急之下，忍不住又大声道：“只是你若真的要见我江老伯，本该等到明日清晨，再登门拜访，三更半夜地越窗而来，成何体统？”

花无缺面色突然一变，道：“你究竟是什么人？”

铁心兰拼命拉他袖子，道：“管他是谁，咱们快走吧。”

她直将花无缺拉出窗子，才松了口气，哪知眼前人影一花，花无缺已不见了，再瞧他人已到了小鱼儿的床头。

小鱼儿整个头都埋进枕头里，心里不住骂自己该死。江别鹤见到花无缺去而复返，更是莫名其妙。

只见花无缺面沉如水，一字字道："此人可是江鱼？"

江别鹤怔了怔，强笑道："公子可是认得我这位贤侄？"

花无缺长长吐了口气，展颜笑道："很好，好极了，你居然没有死。"

江别鹤见他如此欢愉，再也想不到他欢喜的只是为了可以亲手杀死小鱼儿，还当他必是小鱼儿的好友，当下笑道："他自然不会死的，谁若要害他，在下也不会答应。"

花无缺悠悠道："你不答应？"

江别鹤见他神色有异，心里正在奇怪，小鱼儿已跳了起来，躲在他背后，向花无缺做了个鬼脸，笑道："谁若想杀死'江南大侠'的贤侄，岂非做梦。"

花无缺缓缓道："在下对'江南大侠'虽然素来崇敬，但却势必要杀此人，别无选择！"

江别鹤又是一怔，失声道："你……你要杀他？"

花无缺叹了口气，道："在下委实不得不杀。"

江别鹤瞧了瞧小鱼儿，不禁暗道一声："糟！我终于还是上了这小鬼的当了。"

要知他话既已说到如此地步，以他的身份地位，那是无论如何也不能眼看别人在他面前杀死他"贤侄"的。

小鱼儿瞧他神色，心里真是开心得要命，口中却叹道："江老伯，你就让他杀死我吧，这人武功高得很，反正你老人家也不是他的敌手，江湖中人也不会耻笑你老人家的。"

江别鹤暗中几乎气破了肚子，面上却微笑道："花公子当真要令在下为难么？"

花无缺沉声道："阁下但请三思。"

突然间，江玉郎捂着肚子冲进来，面色苍白得可怕，身子也不住颤抖，指着小鱼儿道："他……他送来的酒中有毒！"

江别鹤面色也立刻惨变，回身瞪着小鱼儿，厉声道："我父子待你不薄，你……你为何要来害我……难怪你自己一滴不尝，原来你竟在酒中下了毒！”

这变化不但大出花无缺意料之外，连小鱼儿也怔住了。

但他立刻便又恍然，不禁暗骂道：“好个小贼，好阴损的主意……”

这主意的确是个高招，情况一变，变得连江别鹤父子自己都要杀他了，自然再也用不着阻拦花无缺。

只见江别鹤突然自怀中拔出了那柄宝剑，怒骂道：“我待你如子如侄，不想你竟为了这区区一柄剑便要置我于死，你……你这种忘恩负义全无天良之人，若是容你活下去，还不知有多少人要死在你手里，我岂能不为世人除害！”手腕一抖，短剑直刺小鱼儿的胸膛。

哪知他剑方刺出，花无缺已轻轻托住了他的手腕。

江别鹤又是一惊，既惊于这少年出手之快，更不知道少年为何又反过头来阻拦于他，失声道：“公子你……你为何……”

花无缺道：“抱歉得很，在下必须亲自动手！”

他忽听江玉郎惨呼一声，倒在地上。

江别鹤也立刻捂住肚子，惨笑道：“既是如此，在下……在下……”

话未说完，倒退几步“噗”地坐到椅子上。

花无缺叹了口气，自怀中取出个小小的玉瓶，送到江别鹤手里，道：“这仙子香与素女丹一外敷，一内服，可解世间万毒，阁下但请自用，恕在下不能亲自为贤父子效劳了。”

他虽有行动，虽在和别人说话，但目光却始终瞬也不瞬地盯在小鱼儿身上，他已尝过小鱼儿诡计的滋味，这一次哪敢有丝毫大意？

小鱼儿也知道自己这一次只怕是休想再能跑得脱的了，索性盘起双腿，坐在床上，笑嘻嘻地瞧着他道：“我居然没有死，真该恭喜你才是。”

花无缺一笑道：“不错，你居然未死，实乃我之大幸。”

小鱼儿笑道：“你自信这一次真的必定能杀死我？”

花无缺道：“这一次你纵然再想自杀，也是绝不可能的了。”

小鱼儿扬了扬眉，道：“哦？”

花无缺缓缓道：“在这样的距离之内，无论任何人的手只要一动，我便可先点下他左右双臂一十八处穴道。”

他淡淡说来，就像是在说一件最简单最轻易的事，但小鱼儿却知道他说的绝没有半句假话。

窗外，铁心兰突然将柳叶刀弹得“叮叮”作响，她这柳叶刀本是鸳鸯两柄，断了一柄还剩下一柄。

小鱼儿眼珠子一转，笑道：“你可敢让我自己走出去？”

花无缺微微一笑，道：“你想你能逃得了么？”

小鱼儿笑道：“你何必多心，我只不过是不愿意被你抱出去而已。”

他一跃下床，瞧了江别鹤父子一眼，若是别人，此刻少不得要大声揭破这父子两人的奸谋。但小鱼儿却知道那不过是白费气力，他说的话花无缺根本连一个字也不会相信。

那是个很老式的窗子，窗台很低，就像门槛一样。

小鱼儿摇摇摆摆地一脚跨了出去，他瞧着铁心兰，铁心兰也在瞧着他，那双美丽的眼睛里究竟含蕴着多么复杂的情感？这只怕谁也分不清。

柳叶刀仍被她弹得“叮叮”直响。夜风中已颇有寒意。

小鱼儿笔直向前走，也不回头去瞧花无缺，他知道花无缺必定不会离他很远的，他再瞧也是没有用。他摇摇摆摆走过铁心兰身旁。

突然间，刀光一闪，柳叶刀向小鱼儿身后直劈过去。

小鱼儿自然知道这一刀是劈向花无缺的，花无缺就算有天大的本事，也得先闪避——铁心兰刀法也算一流高手。刀光闪处，小鱼儿已向前一跃而出。

只听铁心兰叱道：“接住……”

哪知刀在半空只听“叮”的一声，剩下的这柄柳叶刀也突然奇迹般折为两段，自空中直跌下来。

花无缺已又到了小鱼儿身后，道：“你还要往前走么？”

他语声仍是那么平和，面上也仍然带着微笑，就像什么事都没有发生过似的，更绝不去瞧铁心兰一眼。他若去瞧铁心兰，铁心兰怎有颜面见他？他一生中绝不会伤害任何一个女孩子，何况这女孩子是铁心兰。

小鱼儿叹了口气，只得再往前走。

他走了几步，忽然叹道：“你对女孩子可真不错。”

花无缺笑道："这是我从小的习惯。"

小鱼儿道："假如那女孩子很丑哩？"

花无缺道："只要是女孩子，就全是一样。"

小鱼儿笑道："我真想找个很丑很丑的女孩子来……癞痢头，扫把眉，葡萄眼，塌鼻子，缺嘴巴，再加上大麻子……我倒要瞧你对她如何？"

花无缺道："抱歉得很，你只怕没有这机会了。"

小鱼儿忽又叹了口气，道："这实在是件令人很难想象的事，你要杀一个人时，居然还能不慌不忙地和他谈笑聊天，这……这简直不可思议。"

花无缺淡淡笑道："聊天和杀人，完全是……"

小鱼儿苦笑道："完全是两回事，是么？"

花无缺道："不错，我自己要和你聊天，但我得的命令却要我杀了你，所以这完全是两回事，互相绝没有关系。"

小鱼儿叹道："我真不懂，你怎能将这两件事分开的？"

花无缺道："这是我从小所得的教训。"

小鱼儿长叹道："你真是个听话的孩子。"

花无缺笑了笑，道："你还要往前走么？"

小鱼儿苦笑道："是你要杀我，不是我要杀你，你并不需要征求我的意见。"

花无缺缓缓道："那么……就在这里停下吧。"

小鱼儿四望一眼，淡淡的星光下，远处龟山巨大的山影朦胧，近处垂杨的枝条已枯萎……

小鱼儿喃喃道："奇怪，江南的秋，怎会来得这么早，我江小鱼又怎会死得这么早……"

直到花无缺等人俱已去远，江玉郎才跳了起来。

江别鹤也坐直了，瞧着他笑道："想不到你应变的急智，竟还在我之上。"

江玉郎垂首道："孩儿怎及爹爹，孩儿只不过是……"

江别鹤叹道："你在你自己爹爹的面前，并不需要太用心计，就算你智计胜于我，我难道还会对你怎样不成？”

江玉郎道：“是。”

江别鹤抚摸着那玉瓶，皱眉道：“仙子香，素女丹……想不到那花无缺竟是‘移花宫’的弟子。此人出现江湖，我倒要留意些才是。”

江玉郎道：“他武功虽高，但却完全不懂事，又有何可怕？”

江别鹤叹道：“此人大智若愚，又岂是你所能揣测。”

江玉郎笑道：“但那位铁姑娘，却的确有些大愚若智，不过……她爹爹是否真的没有来过这里？你老人家是否真的没有杀他？”

江别鹤冷冷一笑，道：“我虽然真的没有见到过‘狂狮’铁战，但像她那样的女孩子，说出来的话却很少会有假的。”

江玉郎皱眉道：“她既然没有说假话，而你老人家又真的没有见过‘狂狮’铁战，那么，这究竟是怎么回事？”

江别鹤叹声道：“这就是说，‘狂狮’铁战虽然来过，但却改扮成另一种模样，而我竟一时疏忽，没有认出他来。”

江玉郎道：“但……但那女子又说她爹爹到了这里后，便未曾出去。”

江别鹤悠悠道：“不错，他此刻或许还在这里。”

江玉郎动容道：“在这里？”

江别鹤冷笑一声，长身而起，冷冷道：“你莫要忘记，此间除了我父子之外，还有一个人的。”

江玉郎失声道：“你老人家是说那老聋子？”

江别鹤冷笑道：“他难道不能装得又聋又哑么？”

江玉郎道：“但你老人家曾经偷偷从他背后走过去，在他耳畔把那面大锣敲得山响，我从前面看，他真的连眼睛都没有眨一眨。”

江别鹤道：“有定力的人，纵然山崩于前，也不会眨一眨眼睛的。”

江玉郎立刻放低了语声，道：“你老人家可知道此刻他在哪里？说不定已经逃走了也未可知。”

江别鹤却放大了声音，厉声道：“他以为我不会怀疑到他，所以必定尚未逃走，此刻我父子只要瞧见了他，就立刻将他杀死，绝不要再给他说话的机会，‘宁可错杀一百好人，也不要漏掉一个奸细！’这句话你切切不可忘记！”

江玉郎听他声音说得这么响，心里不禁大是奇怪。

“那老头若非聋子，听见这话岂非要跑了么？”

但转念一想，立刻又恍然。

“爹爹想已知道他就在附近不远，他若骇得跑了，岂非便可证明他就是‘狂狮’铁战，那时再追也不迟。”

只见江别鹤“砰”的一声，推开了门。

# 第四十一章

## 流浪江湖

门外是条走廊，走廊的尽头有间小屋，屋里有炉火，火上烧着壶水，老人正蹲在壶边，等着水沸。他动也不动地蹲在那里，显得那么安详，那么宁静。

他这一生中已“等”了多久？还要“等”多久？对于“等”他自然比少年人有更多的忍耐。

江别鹤厉声道：“很好，你装得很像，但无论如何，我还是要你的命！”他一步蹿过去，手掌向老人顶门直击而下。

老人却抬起头来，向他一笑，指着炉子上的水壶，像是在说：“水开了，我就替您沏茶。”

江别鹤这只手掌终于只轻轻落在他肩上。这老人若是听见他说的一个字，笑容又怎会如此安详？

淡淡的星光，照在花无缺脸上，真是张毫无瑕疵的脸。天下少女们在梦里所幻想的白马王子，就该是这模样。

小鱼儿瞧着他，忽然笑道：“你知道么？你‘无缺’这名儿的确取得很好，你的确没有什么缺憾……你出身于世上名声最响的武林圣地；你少年英俊，不虑钱财；你的武功可使江湖中每一个人都对你恭恭敬敬；你的美貌、谈吐和风神，又可使天下每一个少女都为你着迷；你的名誉也无懈可击，令人甚至在背后都不能骂你。”

他摇着头笑道：“天下若真有一个完美无缺的人，那人就是你。”

花无缺微微笑道：“多谢夸奖。”

小鱼儿悠悠道：“但我却忽然发觉，你还是少了样情感。你彻头彻尾是个没有情感的人，你身上流的血，只怕都是冷的。”

花无缺淡淡一笑，道：“是么？”

小鱼儿大声道：“你不服么？好，我问你，你可真的懂得什么叫爱，什么叫恨？你可曾尝过爱的滋味？恨的滋味？”

他一步步往前走，接道：“你甚至连烦恼都没有，老、病、愁闷、贫苦、失望、悲伤、羞辱、恼怒……这些本是全人类都不能避免的痛苦。但你却一样也没有……一个完全没有痛苦的人，又怎能真正领略到欢乐的滋味？”

他长叹了一声，缓缓接道：“你既没有真正爱过一个人，也没有真正恨过一个人，你没有痛苦，也没有欢乐……别人也许都羡慕你，我却觉得你活着实在没有什么意思。”

花无缺默然半晌，神色竟还是那么安详，绝没有任何变化，他只不过是淡淡笑了笑，道：“也许你说得不错，这只怕也是我从小的环境造成的。”

小鱼儿苦笑道：“不错，只有‘移花宫’才能造出你这样的人，使你变成一个活动的木头人。你虽然对每个人都谦恭有礼，但心里却绝不会认为他们值得尊敬，你虽然对每个女孩子都温柔体贴，但也绝不是真的喜欢她们。”

他又长叹一声，道：“就算你要杀人，你心里都未必认为他是该杀的。”

花无缺叹道：“这的确是遗憾得很。”

小鱼儿仰天一笑，道：“好，现在我话已说完了，你只管动手吧，我倒要看看，你到底能在几招内将我杀死！”

花无缺道：“你可要使用兵器？”

小鱼儿道：“我没有兵器。”

花无缺柔声道：“你若愿使用兵器，我可以陪你到有兵器的地方，让你选择一样。”

小鱼儿苦笑道：“你明明知道我纵有武器，也非你敌手；你明明要杀死我，却还要对我如此客气。若是别人，必定要认为你是个阴险毒辣的人，但我却知道你不是，因为你连虚伪作假都不会，因为你根本不必作假。”

花无缺道：“你实在很了解我。”

小鱼儿道："你再想找一个这么了解你的人，只怕很难了。"

花无缺叹道："不错。"

小鱼儿抹了抹发干的嘴唇，道："我不要用兵器，你动手吧。"

花无缺仰头瞧了一眼。秋风吹过，一片枯叶飘飘落了下来，星光更淡了，大地充满了萧瑟之意。

他叹了一声，悠悠道："这样的天气……"

小鱼儿接道："这样的天气，的确很适于杀人。"

忽听铁心兰冷冷道："这样的天气，只令我觉得冷得很……"

她突然走过来，身上竟已是完全赤裸着的！

星光，柔和地洒了她全身。

世上绝对无法再找出一样比这赤裸的少女胴体更美、更炫目的东西来，简直美得令人窒息。一瞬间，小鱼儿和花无缺呼吸都为之停顿。

花无缺颤声道："你……你……"

铁心兰转身面对着他，悠悠道："你看我美么？"她起伏着的胸膛，在月光下看来是那么苍白。

花无缺不由自主地闭起了眼睛，道："你……你为什么要……"他刚闭起眼睛，铁心兰已扑上去紧紧抱住了他。

花无缺只觉得一个冰冷的柔滑的身子，缠住他的身子，他的心房突然猛烈地跳动，手足也颤抖起来。

他一生中从未有这种感觉，他仿佛要晕迷、爆裂……他根本不知该如何是好。

铁心兰颤声道："死人，你……你还站在这里？"

小鱼儿站在那里，像是已发了呆。

铁心兰嘶声道："你这样……你还不走？"

小鱼儿目中突然流下泪来。

这几乎是他平生第一次流泪，他也不知道这是感激的泪，是悲伤的泪，是愤怒的泪，还是羞愧的泪？

花无缺的手根本不敢去碰铁心兰的身子，自然也挣不脱她，额上已有了汗珠，只有连声道："放手……放手……"

铁心兰也是泪流满面，道："你……你再不走，我就死在你面前！"

小鱼儿道："我……我……"

他最后瞧了铁心兰一眼——那无辜而纯洁的胴体，已满脸晶莹的泪珠，这必将令他永生不能忘怀。他狂吼一声，发疯似的转头奔了出去。

小鱼儿像一条负伤的野兽，在这秋夜中的原野里狂奔着，也不知究竟奔出了多远，更不知已奔到何处。

他已没有眼泪可流，他的心乱得就像是他的头发。他一生中从没有这样痛苦，这么心乱过。

水田里的稻穗已成长，在晚风中像是大海的波浪。小鱼儿奔入一块稻田中央，在星光下躺了下来。

积水的污泥，浸着他的身子，星光自稻穗间望出去，显得更遥远、更飘忽，更不可捉摸。

他暗问自己："我能算是个人么？

"我自以为谁都比不上我，我瞧不起任何人，但别人要杀我时，我却连一点法子也没有。

"我瞧不起女人，尤其是铁心兰，只因我知道她爱我，所以就拼命令她伤心，但到头来，却要她牺牲自己来救我。

"我自以为是天下第一聪明人，但此刻却像条狗似的被人追逐，像条狗似的夹着尾巴逃。

"我这次虽然逃脱了，但我这一生中难道都要这样逃么？我这一生中难道都要等别人来救我？

"不错，花无缺的计谋也许不如我，但像他这样的人，又何必再用什么计谋？只因他真实的本事。

"而我……我却只想靠聪明，靠运气……一个人若只有聪明，而没有本事，那又有什么用？

"我自以为连恶人谷里的人都怕我，所以觉得很了不起，却不知他们怕我，只不过是像父母怕一个顽皮的孩子似的，若是真的动手，我能强得过屠娇娇？李大嘴？'血手'杜杀……"

小鱼儿就这样躺在水田里，反反复复地想着。

小鱼儿终于爬了起来，他身上满是污泥，脸上也满是污泥，他也不管，只是沿着田埂往前走。

前面有烟火点点，仿佛是个村镇市集。一家小客栈旁的空地上，团聚着一群人，里面锣鼓声打得“叮咚”直响，红纸大灯笼也在风中直晃。

这自然是个走江湖的戏班子。

小鱼儿走到前面，蹲下来。一个穿着红衣服，扎着两根小辫子，眼睛大大的女孩子正在那里走绳索。另外还有大大小小、老老少少几个人，有的在旁边舞刀，有的在翻筋斗，有的在打锣，有的在敲鼓。

小鱼儿只是蹲在那里，眼前演着什么，他根本没有看，他只觉得很萧索，只是想看看人们的笑容。也不知过了多久，他模模糊糊感觉到有人欢呼，有人拍手，还有铜钱落在地上的叮叮声响。

然后人群散去了，走江湖的在收拾着家伙，那个穿红衣服的女孩子却像是个公主似的，只是坐在那里喝水。她皱着眉瞧了小鱼儿一眼，那双大眼睛里闪着光，突然从怀里摸出了个铜板，抛在小鱼儿面前，立刻又扭转了头。

戏班子也走了，穿红衣的小姑娘昂着头走过小鱼儿旁边，像是没有在意，伸脚轻轻踢了踢，将那铜板踢到小鱼儿脚下。

这是多么善良的人们，瞧见了别人的穷困，就忘记了自己的。大人们在笑着，讨论着今天的收获可以买多少肉，打多少酒，至于明天——明天是另一个日子，他们用不着去为明天烦恼，明天纵有不幸的事，纵然没饭吃，且等到明天再去烦恼，今天先喝了酒再说。

这又是多么豁达的人们——小鱼儿此刻想过的，正是这种只有“今天”，没有“明天”的日子。

他捡起了那铜钱，跟在他们后面走。前面不远，就是江岸，江岸旁停着的一艘船，这就是他们的家。

一个蓝布衣裤，敞着衣襟，露着紫铜的胸膛的虬髯老人正在指挥着将兵刃家伙搬上船去。

他年纪虽已必在六十开外，但身子却仍像少年般健壮，他生活虽然落魄，但神情间却自有一股威严。

这想来必是戏班子的主人了。

小鱼儿突然赶过去，恭恭敬敬作了个揖，道：“老爷子，我也跟着你走江湖好么？”

那老人瞧了他一眼，笑了，摇头道："走江湖可不是好玩的，要有本事，还得不怕吃苦。"

小鱼儿想了想，道："我不怕吃苦，我会翻筋斗。"

老人大笑道："翻筋斗？干咱们这行的谁不会翻筋斗，翻筋斗原是最简单的玩意儿……野犊子，你就翻几个让他瞧瞧。"

一个浓眉大眼的结实少年笑嘻嘻走了出来，一挽袖子，也没摆什么姿势，就一连翻了七八个筋斗。

小鱼儿眨了眨眼睛，道："你最多能翻几个？"

那野犊子笑道："大概二三十个吧。"

小鱼儿道："但我却可以翻一两百个。"

那老人笑道："哦！能一口气翻八十个筋斗的人，我少年时倒见着一个，那就是李家班李老大，自从他挨了一刀后，就再没有别人了。"

小鱼儿道："但我却能翻一百六十个。"

老人大笑道："你若真能翻一百六十个……不，只要能翻八十个筋斗，这行饭就能吃上个一辈子了，虽没有什么好的吃，但也有酒有肉。"

他话未说完，小鱼儿已翻起筋斗来。

他一身铜筋铁骨，武功虽不能和绝顶高手相比，但翻起筋斗来，那可当真比吃豆子还容易。

等他翻到三十个，大家都已围了过来，他翻到六十个时，大家都已喝彩，在为他打气。

等他翻到八十个时，大家都已瞪大了眼珠，连喝彩都忘了，那穿红衣服少女的大眼睛就更亮了。

小鱼儿直翻了一百多个，才算停住，笑道："够了没有？"

老人抚掌大笑道："够了，够了……太够了，快跟着野犊子上船去，洗个脸，换件衣裳，等着吃宵夜吧。从今天起，你就是咱们海家班的人了。"

小鱼儿垂头道："我爹爹妈妈刚死没多久，我在他们坟前发过誓，为他们守三年丧，我……我发誓说这三年绝不洗脸。"

老人叹了口气，道："可怜的孩子，想不到你还这么孝顺……我的孩子们叫我四爹，以后，你也叫我四爹吧。"

于是小鱼儿就在这走江湖、玩杂耍的“海家班”留了下来，每天翻筋斗，过着新奇却又平凡的日子。

他现在已知道这班子里的人差不多都是海四爹的子侄儿女，野犊子是他的六儿子，也是功夫最好的一个。那穿红衣裳的小姑娘，却是这杂耍班的台柱子，她叫海红珠，是海四爹在五十大庆那天生的小女儿。

除此之外，他知道的就不多了。

除了翻筋斗外，别的事他几乎全都不管，每天除了吃饭、睡觉、翻筋斗外，他就是坐在那里发愣。

谁也不知道他发愣的时候，正是在寻思着武功中最最奥秘的窍要，普天之下几乎没有几个人懂得的武功窍要。

那本牺牲了无数人命才换得的武功秘籍，他早已背得滚瓜烂熟，他想通了一点，等到晚上别人都睡着了时，就偷偷在江岸无人处去练，别人只觉得他有些奇怪，有些傻，但也没有人去管他。

他翻筋斗的本事既十分叫座，又从不想分银子，他就算有点奇怪，有些傻，甚至有些懒，别人也都可原谅了。

现在，他不再是天下第一聪明人，现在，别人都叫他海小呆。

漂泊的人们，终年都在漂泊，从长江这头到那头，从东到西，从南到北，小鱼儿也不知道究竟到过些什么地方。

这一天，船又靠岸了。他正坐在船舷洗脚，背后突然伸过来一只白白的小小的手递给他一个橘子。

他接过来剥了就吃，也不回头。海红珠站在他身后，等了很久，他不回头，她只有走过来，在他旁边坐下，也脱了鞋子，在江水中洗脚。

那是双白白的小小的脚，脚踢起了水花，溅了小鱼儿一身，但小鱼儿却动也不动，也不说话。

海红珠瞟了他一眼，突然“扑哧”一笑，道：“你既然不理我，为何又吃了我的橘子？”

小鱼儿道：“我不会说话。”

海红珠笑道：“你不会说话？你难道是哑巴？”

小鱼儿冷冷道：“我不配和你说话。”

海红珠柔声道：“你不配，谁说你不配……”

她灵活的大眼睛俏巧地转动着，抿着嘴一笑，道：“别人都叫你小呆，但我却知道你是聪明人。不但聪明，而且比别人都要聪明得多，是么？”

小鱼儿现在最怕听的，就是别人说他聪明。

他一皱眉站起来，转头就要走，但这时他突然瞧见了一群人，他立刻怔住，就像是被钉子钉在地上，整个人都不能动了。

江岸上，正有一群人，踏着青青的草地，谈笑着走了过来。他们穿着鲜艳的轻柔的春衣，他们面上的笑容是那么开朗而欢愉，春风轻抚着他们的春衣，阳光是那么温暖，而他们正年少。

生命是可爱的，有什么事能令他们忧虑？

这欢乐的一群，正有着小鱼儿最不愿见到的人，那正是花无缺、铁心兰、慕容九和江玉郎。

江玉郎居然和他们在一起。

此刻，一群衣着鲜明的人正围着花无缺，赔着笑，献着殷勤，他无疑正是一群人的中心。

但他的笑，却多半是为他身旁两个娇艳的少女而发的——铁心兰也在笑着，面上似乎充满了幸福的光彩。

小鱼儿的心，火一般燃烧起来。

他平生第一次真正感觉到嫉妒的痛苦，他如今才知道这痛苦竟是如此强烈，竟似要将他的心都揉碎。

海红珠奇怪地瞧着他，再瞧瞧这群人，她似乎已感觉到小鱼儿的悲哀与痛苦，幽幽叹道：“我知道你的身世一定有很多秘密，是么？”

小鱼儿根本没有听到她的话。

现在，他又瞧见了一身淡绿衣衫的白凌霄。白凌霄正和花无缺低声谈笑，笑得很愉快。

奇怪，花无缺怎么能忍受如此庸俗浅薄的人……唉！花无缺原是什么人都能忍受的，因为他根本未将任何人瞧在眼里，对他说来，世上所有的人全都差不多，他根本不必为他们生气。

海红珠咬着嘴唇，低声道：“你认得他们……我知道，你原来是属于他们那一群人的，绝不会属于我们……我们，只不过是一群卑贱而可怜的人。”

小鱼儿渐渐往后退，退入了船舱檐下的阴影。

他发现铁心兰似乎正在瞧他。

但这只不过是她不经心的一眼而已，她又怎会真的注意一个如此龌龊、如此卑贱的少年？

但小鱼儿却不能不注意她，她已长大了些，就像是朵含苞待放的牡丹，既华贵，又娇艳。

而慕容九却更清瘦，瘦得就像朵菊花，虽然没有牡丹的娇丽，却另有一种淡淡的幽香，令人沉醉。

她的眼睛也更大了，但眼睛里已失去了往昔那种锐利的光芒，却换了种朦胧的忧郁，她在为什么忧郁？

海红珠轻轻走到小鱼儿面前，目中的忧郁也正和慕容九一样，她幽怨地瞧着小鱼儿，轻轻道：“我现在才知道你为什么不理我，只因我不配和你说话，是么？我又怎比得上那两个女孩子，她们是那么高贵，而我……”

小鱼儿突然一把将她搂过来，将灼热的嘴唇重重印在她的嘴唇上。他的血已沸腾，他需要发泄。

在这一刹那，海红珠只觉天地都已在她面前崩裂。她闭起眼睛，什么都感觉不到了。

她只觉自己似已投身于一团灼热的火焰中，全身也已燃烧起来，她全身都已融化，灵魂也已融化。这一刹那，已将她生命全都改变。

但这在别人眼中看来，又是多么不值得重视的小事。岸上的人指点谈笑着，渐渐远去了。小鱼儿突然推开她，跃下了船舱。

她痴痴地怔在那里，似已永远不能动了，春风仍然吹得很暖，但她的心却开始一寸寸结成冰。

她仍然闭着眼，不敢睁开，她怕那令人迷乱狂醉的美梦在她眼前粉碎，但是她长长的睫毛上，已出现了一滴晶莹的眼泪。

夜已深了，谁也不知道夜是何时来的。海红珠更不知道，她几乎什么都不知道了。

灯笼已亮起，人群已聚拢，海四爹已开始用他那独特的豪爽笑声，在大声说着一些吸引人群的话。

无论她有了多大的改变，但生活却必须继续。于是，海红珠又跃上了绳索。

她麻木地在绳索上走着，人群的欢笑声、鼓掌声，都似乎已距离她十分遥远，十分遥远……只因她的心，已飞驰到远方。

那地方永远春光明媚，在那地方，人们永远能和自己心爱的人厮守在一起，永远不必再装出卑贱的笑脸。

小鱼儿蹲在兵器架后，他的心也已飞驰到远方，眼前所有的事，他也是什么都瞧不见……

突然，人群中一声惊叫。海红珠竟自高高的绳索上跌下去！

海四爹、野犊子面色立刻惨变，但却仍要强笑着大声道："人有失手，马有失蹄，这算不得什么……小姑娘，站起来吧，再露两手给爷们儿瞧瞧！"

但这时人们的惊呼已变为喧笑。

有人大笑道："还瞧什么，这小妞儿今天心不在焉，只怕已在想汉子了！"

"喂，小姑娘想谁呀，是在想我？"

于是人们笑得更开心，也更低贱。

小鱼儿的血又开始沸腾。

但这时，人丛中已有个绿衫少年一跃而出，却正是白凌霄。他凌厉的目光四下一转，冷冷道："谁若再对这位姑娘说出一个无礼的字，我就割下他的舌头！"

另一人厉声道："老子就挖出他的眼睛！"

这人也随之跃出，竟是那"红衫金刀"李明生。人群立刻静了下来，恶人，永远有人怕的。

海四爹走过来，打着揖笑道："多谢少爷仗义。"

白凌霄冷冷道："这也没什么！"

自怀中摸出锭大银锞，随手抛在地上，道："今天眼见你们要白辛苦了，这就给你们买酒喝吧。"

李明生大声道："这可足够买几十坛酒了，爷儿为什么赏你银子，你总该明白。"

海四爹面色变了变，但瞬即笑道：“红丫头，还不快过来道谢。”

海红珠垂着头走过来，脸上像是发了烧，轻轻道：“谢谢少爷……”

白凌霄倨傲的面上露出了笑容，李明生突然拉住海红珠的手，眯着眼笑道：“咱们的大哥喜欢你，你陪他去喝两杯吧。”

海红珠脸色惨白，全身都颤抖起来。

海四爹强笑道：“咱们这孩子年纪还小，等过两年再让她陪少爷喝酒去。”

李明生怪笑道：“过两年？大爷已等不及了。”

野犊子冲过来，大声道：“你放开她！”

话未说完，就被李明生反手一个耳光掴在脸上，他半边脸立刻肿了起来，人也被打得直跌出去。

白凌霄背负着双手，皮笑肉不笑地道：“我看你还是乖乖地跟我走吧。”背负着的双手突然伸出去摸海红珠的脸。

海红珠已骇得啼哭起来。

突然间，一个人大步走出，一字字道：“谁也不能将她带走！”

海红珠眼睛立刻发了亮——小鱼儿终于出来了！小鱼儿竟会为她出头，她就是死了，也没什么了。

李明生浓眉扬起，狞笑道：“你这脏小子，想找死么？”

反手又是一个耳光掴出去。但这耳光却永远也不会掴在小鱼儿脸上。

他的手不知怎地已被小鱼儿捉住，就像上了副铁夹子，骨头都断了，疼得眼泪都流了出来。

小鱼儿厉声道：“去吧！”

喝声出口，手一扬，李明生那好几百斤重的身子，竟被他直摔出去，跌在几丈外，纵然不死，也去了半条命。

人群又惊呼起来，白凌霄面色大变，反手拔剑，“锵”地，长剑出鞘，毒蛇般直刺小鱼儿胸膛。

小鱼儿身子一偏，竟抢入剑光，一掌拍在白凌霄胸膛上。他并未用出全力，但白凌霄却惨呼一声，口中鲜血狂喷而出，整个人就像是一棵草似的软软地倒了下去。淡绿的衣衫上，染满了鲜血画成的桃花。

人群四散而奔，惊呼道：“不好了，杀人了！”

小鱼儿呆了呆，他自己实在也未想到自己的武功竟如此精进，但惊呼声却使他回过神来。

现在，这里再也不能藏身了。他转身狂奔而出。

海红珠已挣扎着奔出去，嘶声道："小呆……小呆……等等我……等等我……"

小鱼儿却头也不回，走得人影不见了。

海红珠踉跄跌在地上，满脸俱是眼泪，痛哭着道："他走了……我知道他永远也不会回来了。"

海四爹赶过来，扶起了她。他饱经世故的苍老的脸上，也交织着许多复杂的情感，是惊奇，是欣喜，也是不可避免的悲哀。

他轻抚着他爱女的头发，喃喃叹道："他虽然不会回来了，但这也是没法子的……他本就不属于这一群，你又有什么法子拉住他……"

海红珠悲嘶道："但我……我不能……求求你老人家……"

海四爹长叹道："你只有忍耐，像这样的人，非但我拉不住他，世上……世上只怕没有任何人能拉住他的……你只怕是永远再也见不着他了。"

海红珠突然晕倒在她爹爹怀里，永远再不能和自己所爱的人相见，这无论对谁说来，都是不能忍受的痛苦，又何况这情窦初开的女孩子!

# 第四十二章

## 巧识阴谋

小鱼儿一口气奔出数里，在荒凉的江岸倒卧下来。

今夜，又是满天星光。

他做了这件事，总算出了口气，心里似已觉得轻松了些，但却又有另一个沉重的担子加了上去。

他知道自己这一走，海红珠的心必定已碎了，他并未存心伤害这纯洁的女孩子，但确已伤害了她。

他仰天笑道："你莫要怪我，这也是没法子的事……我虽然也不愿意走，但我的行踪已露，再也没法子待在你那里了。"

天上的繁星，就像是海红珠的眼睛，每一只眼睛，都在流着泪，向小鱼儿流着泪，小鱼儿眼睛却闭起了。

黎明时，小鱼儿已远远离开了这地方。他茫无目的地向前走，更穷、更脏，他都根本不放在心上。

这天，他来到个不算很小的城镇——城镇的大小，其实也和他没什么关系，他根本就远离了人群。

他不走大街，只走陋巷，他不知不觉在一家厨房的后门外停了下来，这对他说来，真是种讥刺——所有高贵的香气，都不能令他动心，但这世上最庸俗、最平凡的味道，却诱惑了他。

这厨房最大，香气也最浓，他呆呆地站在那里，也不知过了多久，突然一桶洗碗水倒了出来，倒了他一身。

他既不生气，也不动。现在，他已懂得什么事才值得他生气，像这种事你请他生气，他也不会生气的。

厨房后门里，却探出张圆圆胖脸来，赔笑道："对不起，我没有看见你。"

小鱼儿笑了笑道："没关系。"

那张圆脸一笑，缩回了头，过了两盏茶工夫，又探出头来，瞧见小鱼儿还站在那里，竟笑道："我这里还有些饭，你要是不嫌脏，就进来吃吧。"

小鱼儿又笑了笑，道："好，谢谢你。"

他既没有觉得有什么不好意思，也不客气，走进去就吃，一吃就吃了八碗，吃完了就站起来再笑了笑，道："多谢。"

那圆脸一直在瞧着他，像是觉得这小伙子很有趣，小鱼儿拱了拱手就要走，这圆脸汉子竟笑道："我那里还少个洗碗的人，你要是愿意做，每天少不了有你吃的。"

小鱼儿想了想，笑道："我吃得很多。"

那圆脸笑道："开饭馆的，还怕大肚汉么？"

小鱼儿想也不想，一伸手就提起水桶，道："要洗的碗在哪里？"

第二天，小鱼儿就知道这里原来是"四海春饭馆"的厨房，那圆脸汉子自然就是大师傅，名字叫张长贵。

于是小鱼儿就开始每天洗碗。他发觉一个人若是躲在饭馆的厨房里，那当真是谁也不会认出他来。

这饭馆生意并不好，客人散得很早，收了炉子，张长贵常会拉小鱼儿陪他喝两杯，聊聊天。

小鱼儿喝的酒虽不少，但说的话却绝不超过三句。

有一天，锅里的油已热了，张长贵突然肚子痛，抛下锅铲就跑，小鱼儿接着锅铲，替他炒了两样菜。

张长贵回来，不免有些担心，怕菜炒得不好。

却不知天下第一名厨也在恶人谷里，小鱼儿从小就跟他学了不少手艺，像小鱼儿这样的人，有什么学不好的？

过了半晌，外面的堂倌突然唤道："方才炒的羊肚丝和麻辣鸡，照样再来两盘。"

这一次，张长贵自然不会再让小鱼儿动手了，但又过了半晌，四海春的彭老板突然走进厨房来，瞪着眼道："方才有两盘羊肚丝和麻辣鸡是谁做的？"

老板居然走进厨房，张长贵心里已在打鼓，硬着头皮笑道："自然是我做的。"

彭老板道："那味道不对，不是你的手艺。"

张长贵只得从实说了。彭老板走到小鱼儿面前，左瞧右瞧，瞧了半天，突然挑起大拇指，笑道："佩服，佩服，瞧不出你小小年纪，竟能做出那样的菜，连熊老板吃了都拍手叫好，从今天起，你来掌勺吧。"

小鱼儿垂着头，道："我不会。"

彭老板拍着他的肩头，柔声道："你就帮我个忙吧，从今以后，四海春就得靠你了。"

小鱼儿掌勺之后，四海春的生意奇迹般好了起来，远在几百里外的人，都听到四海春有位名厨。

彭老板已将旁边的铺面都买了下来，加设了房间雅座，厨房里自然也添了人，小鱼儿每天只要动动锅铲。

他甚至连在动锅铲时，心里也在想着那本秘籍上的武功奥秘，他简直就像是个得了相思病的少年，昼夜想个不停。

现在，别人都唤他俞大师傅，他说的话就是权威，他不准外人进厨房，就连彭老板都不敢进来。

但有一天，彭老板还是进来了。

他满脸兴奋之色，搓着手笑道："俞老弟，今天你可得分外卖力才是——你猜今天有些什么人来了？"

小鱼儿淡淡道："谁？"

彭老板大笑道："三湘地方的一条英雄好汉今天居然赏光来到这里，这不但是我的面子，更是你老弟的光彩。"

小鱼儿心一动，道："他又是谁？"

彭老板挑起大拇指，道："铁无双铁老爷子，江湖人称'爱才如命'，三湘子弟只要提起这名字，谁人不知，哪个不晓。"

小鱼儿道："哦，是么？"

他面色仍是淡淡的，像是丝毫无动于衷，但等到菜炒完，他竟悄悄走出去，竟第一次走出了厨房。

三湘武林盟主，“爱才如命”铁无双，这名字对他的诱惑实在太大，他实在想瞧瞧这竟为了爱才而敢将李大嘴收为女婿的人，究竟长得是何模样。一个人居然敢将自己的独生女嫁给李大嘴，这种人连小鱼儿也不得不佩服的。

高高的木屏风，围成一间间雅座。小鱼儿从屏风的缝里瞧出去，只见一个须胡皆白，满面红光的锦袍老人，高踞在酒筵的主座上。

他面上笑容虽然可亲，但神情中自有一种尊严气概，那正是惯于发号施令的人所独有的气概，别人再也伪装不得。

小鱼儿只瞧了一眼，便已猜出他必定就是铁无双。

铁无双右面座上，坐着个高颧鹰鼻的中年大汉，目光顾盼之间，也正像是只兀鹰一样。

铁无双的左面座上，却赫然坐着那两河十七家镖局的总镖头“气拔山河，铜拳铁掌震中州”赵全海。

小鱼儿想到此人在那峨眉后山六洞中，口口声声将自己唤作“玉老前辈”的神情，险些忍不住笑出声来。

除了这三人外，酒筵上还坐着八九个衣着鲜明、神情雄壮的汉子，看来也都是江湖中有头有脸的人物。但这其中最令小鱼儿注目的，却是垂手站在铁无双身后的两个紫衣少年。

左面的紫衣少年浓眉大眼，紫黑面膛，就像是条黑豹似的，全身都充满了劲力，不发则已，一发必定惊人。

右面的紫衣少年却是面清目秀，温文有礼，看来就像是个循规蹈矩的书香子弟，但他偶尔一抬眼，那目光却如刀锋般锐利。

这两人手持酒壶，代表着铁无双，频频向座上的人劝酒，看来纵非铁无双的子侄，也必是他的弟子。

酒过三巡，赵全海突然长身而起，四下作了个罗圈揖，仰首先喝干了杯酒，然后清了清嗓子大声道：“今日兄弟应铁老前辈之召而来，本该老老实实坐在这里喝得大醉而归，但在未醉之前，兄弟心里却有几句话，实在不能不说。”

铁无双捋须笑道：“说，你只管说，不说话怎么喝得下酒？”

赵全海瞪着眼睛，大声道：“段合肥要运往关外的那批镖银，本是咱们‘两河镖联’先派人到合肥去接下来的，江湖中人人都知道此事。”

鹰鼻大汉微笑道：“不错，在下也听说过。”

赵全海厉声道：“厉总镖头既然知道此事，便不该再派人到合肥去，将这笔生意抢下来，兄弟久闻‘衡山鹰’厉峰乃是仁义英雄，谁知……哼！”

“啵”的一声，他手里酒杯竟被捏得粉碎。

“衡山鹰”厉峰神色不动，淡淡笑道：“做买卖讲究货比货，这和江湖道义并没有什么关系，段合肥既然要找‘三湘镖联’，在下也没得法子。”

赵全海怒道：“如此说来，你是说咱们‘两河镖联’比不上你们‘三湘镖联’了？”

厉峰冷冷道：“在下并未如此说，这全要看别人的意思。”

赵全海胸膛起伏，咬牙道：“好……很好……”

突然转向铁无双，抱拳道：“兄弟今日虽然应召而来，但也知道铁老爷子与‘三湘镖联’关系深厚，也不想求铁老爷子为兄弟主持公道，只是……”

他“砰”地一拍桌子，大喝道：“只是‘三湘镖联’既然如此瞧不起‘两河镖联’，咱们少不得要和他们斗一斗，尤其是姓厉的……”

铁无双突然长身而起，纵声大笑起来，举杯笑道：“赵老弟，我先敬你一杯如何！”

赵全海举杯一饮而尽，道：“铁老爷子……”

铁无双接口笑道：“兄弟你说得不错，老夫世居湘潭，三湘武林中人，可说大多与老夫有些关系，厉峰算起来更可说是老夫的师侄！既然如此，老夫今日若是让老弟你就此负气而去，岂非白混了几十年江湖？”

赵全海的手不知不觉已握紧了刀柄，他身旁的四条大汉也变色离座而起。厉峰面带冷笑，目光却冷锐如刀。

赵全海一字字道：“铁老爷子莫非要将兄弟留在这里？”

铁无双纵声笑道：“正是要将你留在这里，听老夫说几句话！”

他面色突然一沉，目光转向厉峰，沉声道：“老夫若要你将这票生意让给‘两河镖联’，你意下如何？”

厉峰面色也大变，道："这……这……"

铁无双道："老夫决不会勉强于你，但这件事老夫已调查清楚，确实是你理亏。你今日若肯接纳老夫之言，老夫便将衡山那片茶林，让作'三湘镖联'属下的公益……江湖之中，仁义为先，你还好再思、三思！"

厉峰默然半晌，长叹一声，垂首道："老爷子的话，弟子怎敢不听？但那茶林乃是老爷子所剩下的少数产业之一，弟子怎敢接受……"

铁无双抚掌大笑道："只要你肯顾念武林道义，莫教我三湘子弟在江湖中被人背后指骂，我老头子那区区产业，又算得什么！"

赵全海默然半晌，满面愧色，垂首道："铁老爷子如此大仁大义，而弟子却……却……弟子实在惭愧，这票生意，还是由'三湘镖联'承保吧。"

厉峰笑道："在下不敢，这票生意是'两河镖联'先接手的，自然还是让两河承保，赵总镖头若再谦谢，反令在下惭愧。"

这两人方才争得面红耳赤，剑拔弩张，恨不得立刻就拼个你死我活，此刻却居然互相谦让起来。

小鱼儿在外面瞧得也不禁大为感叹，暗道："好个铁无双，果然不愧为领袖武林的人物，非但将一场争杀轻易地消弭于无形，居然还能将别人感化得也变成谦谦君子。"

只听铁无双抚掌大笑道："两位既然如此谦让，这趟镖不如就由'两河镖联'与'三湘镖联'联保，岂非更是皆大欢喜？"

众人一起鼓掌称喜，于是干戈化为玉帛。小鱼儿也想走了。

哪知就在这时，赵全海方自举杯笑道："厉兄，但望此次你我能同心合力，从今以后……"

他说到"我"字，面上肌肉已突然起了阵抽搐，说到"从今以后"手掌也为之抽搐，杯中酒俱已溅出，溅得他一身。

他话未说完，"哗啦啦！"面前碗盏俱都被扫落在地。他人竟也倒了下去。

酒筵前立刻大乱。随他前来的四条大汉，有的失声惊呼，有的赶上去扶起他，突然齐地嘶声道："不好，中毒……总镖头中毒了！"

铁无双面色大变，道："这……这是怎么回事？"

“两河”属下一条大汉满面悲愤，大喝道：“这是怎么回事，该问你才是！”

厉峰拍案怒道：“你这是在说谁？他吃过的酒菜咱们也吃过，难道……”

他话未说完，突然也四肢抽搐，跌到地上，竟也和赵全海同样地中了毒。

众人更是惊惶大乱，人人自危，每个人都吃了桌上的酒菜，岂非每个人都有中毒的理？这毒又是从哪里来的？

小鱼儿虽然旁观者清，一时间却也猜不出这道理。

惊惶大乱之中，小鱼儿忽然瞥见那白面紫衣少年竟悄悄溜了出来，小鱼儿身形一闪，立刻退入了厨房。

此刻厨中的人也都已惊动而出，再无别人，小鱼儿刚退进去，那紫衣少年竟也悄悄走了进来。

外面正有大事发生，他走进厨房里来做什么？小鱼儿蹲了下去，假装往灶里添柴。

那紫衣白面少年根本没有留意到他——像他们这样的人，又怎会去留意一个添火的厨子？

他匆匆穿过厨房，走到后门，轻轻道：“残云。”

门外一人应声道：“风卷残云。”

小鱼儿眼角一瞟，只见这白面少年后退两步，门外一条人影一撞而入，满身黑衣，黑巾蒙面，哑声道：“事成了么？”

白面少年道：“成了。”

黑衣人道：“好。”

他前后三句话一共加起来才说了九个字，但小鱼儿心头一动，只觉这语声熟悉得很，头埋得更低，几乎要钻进灶里。

黑衣人还是瞧见了他，沉声道：“这人是谁？”

白面少年道：“只不过一个厨子。”

黑衣人道：“留他不得！”

两人身形一闪，黑衣人并指急点小鱼儿背后神枢穴。这神枢位在脊中穴上，乃人身死穴之一。

但小鱼儿却连闪也不闪，只是暗中运气一转，穴道的位置，便向旁滑开了半寸，用的正是武功中最最深奥的“移穴大法”，小鱼儿虽还未练到炉火纯青，但用来对付这种情况，却已绰绰有余。

那黑衣人一指明明点在他神枢穴上，眼看他连声都未出便跌倒下去，算定此人已必死无疑，冷笑一声，道：“谁叫你待在这里，你自寻死路，却怨不得我！”

黑衣人又道：“快出去，莫要被人猜疑。”

白面少年道：“是！”

两人再也想不到一个厨子竟身怀绝传已久的武功奥秘，自以为此事做得神不知鬼不觉，再也不瞧小鱼儿一眼，一个向前，一个向后，急掠而出。

小鱼儿还是伏在地上，就好像真死了似的动也不动，只是他的心念，却一直在转个不停。这黑衣人的语声，竟和江玉郎有八分相似。

此人若真的是江玉郎，那么，铁无双的弟子，又和江玉郎有什么关系？他们进行的究竟是什么阴谋？

小鱼儿心念一转，又想到那日在江别鹤的密室中，所瞧见的那装着一瓶瓶珍贵毒药的“书匣”。

他那时虽然只匆匆瞧了一遍，但那匣子里的每瓶毒药都未逃过他的眼睛，到如今他还是记得清清楚楚：“销魂散……美人泪……七步断肠……夺命丹……一滴封喉……散魂水……雪魄精……”

小鱼儿突然失声道：“雪魄精……不错，必定就是它！瞧那赵全海中毒时的模样，岂非好像连肌肉都冻僵了？”

他立刻跳起来，扯下身上的围裙，用焦炭在围裙上写下副药方——在恶人谷长大的人，实在有许多好处。

赵全海、厉峰的脸，已变成一种奇异的死灰色，他们的身子本在颤抖抽搐着，此刻却连动也不会动了。

别的人身子却都在不停地颤抖着，也不知自己是否也中了毒，更不知这毒性要到什么时候才发作。

他们就好像待决之囚般坐在那里，也不敢跑——他们自然知道只要一走动，毒性就发作得更快。

铁无双面上的笑容也已不见，不停地踱着方步，搓着手，这纵横数十年的老江湖，此刻也已全失了主意。

他仰天长叹一声，喃喃道："这究竟是什么毒？是谁下的毒？"

那紫衣白面少年又已站在他身后，道："莫非是这菜馆里的人……"

铁无双道："依我看来，这毒药断非中土所有，否则我行走江湖数十年，怎会连见都未曾见过？若是我猜得不错，这……"

忽听一人大声道："你猜得的确不错，这毒药确非中土所有，乃是天山'雪魄精'！"

语声中，一人燕子般自屏风上飞掠而过，身子凌空后，抛下了样东西，口中大声接着道："围裙上所写的药方，可解雪魄精毒，快去配药，还有可救！"

他话说得很快，身形却更快，话说到一半时，人已不见，最后那两句话，已是自十余丈外传来的。

铁无双失声道："好快的身手！"

他一把攫取了那人抛下来的东西，只不过是条油腻的围裙，上面果然写着副奇异的药方。

铁无双瞧了两眼，喃喃道："雪魄精，居然是雪魄精……难怪我猜不到！"

众人喜动颜色，齐声道："如此说来，总镖头岂非有救！"

白面少年面上也已微微变色，口中却冷冷道："说不定这也是那恶人的诡计！"

有人伸手一探赵全海的手，失声道："不错，那厮必定又是要来害人的，中了雪魄精毒的人，本该全身冻僵而死才是，但他……他身上却似火热的。"

铁无双沉声道："你可知道，冻死的人在临死之前，非但不会觉得寒冷，反会觉得如同被烈火焚烧一般，这种感觉若非身历其境，别人永远不会想到的。"

紫衣白面少年忍不住道："那么你老人家又怎会知道？"

铁无双缓缓道："只因我也险些被冻死过一次。"

紫衣白面少年垂下头，再也不敢说话。但他的眼角，还是盯着那条油腻的围裙。

小鱼儿已出了城镇。他自然知道那“四海春饭馆”再也不是他藏身之地了，但是他还不想露面，他还要等。

他要等到自己一露面便已轰动江湖的那一天，他才大摇大摆地走出来，让别人瞧瞧小鱼儿究竟是怎么样的人。

现在，他还是不想管闲事，虽然他明知“四海春”的这件奇案在江湖中必将成为一个谜。

只因他知道以自己此刻的力量，就算去管这件事，也还是没有什么用的，说不定反而要赔上自己一条命。

他又茫无目的地向前走，还是那么脏、那么穷。但此刻，他的心情、他的武功，却已和往昔不可同日而语了。

绝代之英雄，终于已将长成。

这一日他又走到江岸，望着那滚滚江水，他脚步竟不知不觉间放缓了下来，他可是希望再瞧瞧那艘乌篷破船？

他可是希望再瞧瞧破船上那些生活虽然卑贱，但人格却毫不卑贱的人？他可是希望再瞧瞧那双明亮的大眼睛？

江上船来船去，却再也找不到那艘破船的影子。他们到哪里去了？是不是还在流浪，在漂泊……

小鱼儿站在江岸旁，痴痴地出了半天神。

忽听身后衣袂带风之声响动，一人道：“有劳阁下久候，抱歉得很。”

小鱼儿心里虽然奇怪，但也不回头，也不说话。

那人又道：“阁下怎地只有一人前来？还有两位呢？”

小鱼儿还是不说话。

那人怒道：“在下等遵嘱而来，阁下为何全不理睬？”

小鱼儿终于回头一笑，道：“你们只怕找错人了吧。”

他话未说完，已瞧清了面前的三个人。

天上星光与江上渔火高映下，只见左面一人生得又高又大，身上穿件发亮的红衣服，却赫然正是那“红衫金刀”李明生。

中央那人气宇轩昂，自然正是他爹爹“金狮”李迪，还有一人紫面短髭，却是那“紫面狮”李挺。

小鱼儿瞧见了这三人，还真是吃了一惊，脸上的笑容都险些僵住了，幸好这三人竟未认出他来。

“金狮”李迪皱眉道：“原来是个小叫花子。”

李明生喝道：“你站在这里干什么？”

小鱼儿垂头道：“小人无地可去，所以才站在这里。”

李明生道：“你还不快滚，少时只怕……”

话犹未了，“紫面狮”李挺已低叱道：“来了！”

江面上，已荡来一叶轻舟。

轻舟上果然有三条人影，黑衣人影。

# 第四十三章

## 峰回路转

小鱼儿远远在江岸旁的草丛中蹲了下来，但却不肯走。他实在穷极无聊，实在想瞧瞧热闹。

轻舟还未靠岸，三条黑衣人影已一掠而来，居然俱都是身手矫健、轻功不弱的武林高手。

当先一人身材魁伟，后面一人矮小精悍，最后的那人腰肢纤细，看来竟仿佛是个女子。

三人俱是满身黑衣，黑巾蒙面，几乎连眼睛都掩住，手里都提个长长的黑包袱，包袱里显然是兵器。

他们的兵器为何也要用黑布包着？难道他们连兵器都有秘密？

李家父子已迎了上去，但两方人中间还隔着七八尺，便已停下脚步，面面相对凝神戒备。

“金狮”李迪厉声道：“三位可就是自称‘仁义三侠’的么？”

那高大的黑衣人冷冷道：“不错！”

李迪道：“敝镖局的镖车，近年来数次失手，都是三位做的手脚？”

李迪冷笑道：“三位既然连连得手，我等又查不出三位的来历，三位便该好生躲藏才是，却又为何要下书将我兄弟约来这里？”

黑衣人缓缓道：“江湖中都已知道，赵全海与厉峰已双双中毒，他们的人虽未死，但‘两河镖联’与‘三湘镖联’的威信却已大伤。”

李迪面色微变，李挺却冷笑道：“这与我等又有何关系？”

黑衣人道：“三湘与两河威信受损，‘双狮镖局’自然可乘机蹿起，段合肥那批镖银，自然要落在你身上了。”

听到这里，小鱼儿心才动了。双狮父子也已为之动容。

黑衣人缓缓又道：“这趟镖关系匪浅，‘双狮镖局’想也不敢自力承担，必定请得有旁人从中保证，以我三人之力，只怕也动不了它。”

“紫面狮”冷笑道：“你倒也聪明！”

黑衣人厉喝道：“所以我今日就要叫你们也保不了这趟镖，‘三湘镖联’与‘两河镖联’就算倒了霉，你们也休想占便宜！”

喝声中，手腕一抖，黑色包袱布抖落在地，露出了三件青光闪闪兵刃，乍看似钩，但钩头却是朵梅花。

“金狮”李迪失声道：“梅花钩！”

黑衣人道：“你们居然还认得这件兵刃，总算不错！”

李挺冷笑道：“你们居然敢将这兵刃亮出来，更可算胆子不小，你们难道就不怕你家仇人不声不响地摘走你们的脑袋！”

黑衣人道：“没有人会知道‘梅花钩’又已重现江湖的！”话声中，三人已直扑上来。

那矮壮的黑衣人当先扑向李明生，此人身法最猛，招式也最猛，看来竟似与李明生有着什么仇恨。

那黑衣女子却掠向“紫面狮”李挺。她身法轻灵巧快，掌中梅花钩的招式却是迅急狠毒，刺、夺、绞、削，新奇的兵刃，新奇的招式。

“紫面狮”李挺武功虽然老练，但遇着这门兵刃迅急的招式，一时间竟被逼得手忙脚乱。那边“金狮”李迪也已和那高大的黑衣人交上了手。

这一战已可说是十分激烈，但小鱼儿却瞧得甚是无趣，除了这“梅花钩”有些新奇的招式还勉强值得他一瞧，要知他所练的那武功秘籍，正是天下武功之精华，那和李迪等人的武功，实在连比都无法比的。

这其中最惨的就是李明生，四十招下来，他连刀法都未施展开，额头鼻洼都已沁出汗珠。

那矮壮的黑衣人却是愈战愈勇，突然间拧身错步，青光如落花般洒下，梅花钩已锁住了刀锋。

李明生心胆皆丧，只因他此刻前胸空门已大露，对方只要迎胸一拳击来，他纵然不死，也去了半条命。

哪知这黑衣人却只是反手给了他个耳刮子，沉声道：“这是先还你的！”

李明生被打得踉跄跌倒，再一跃而起，失声道：“还我的？”

突然间，只听一声长笑，一条人影闪入了钩光。接着，只听“嗖！嗖！嗖！”三响，三柄梅花钩俱都已冲天飞起，两柄落在地上，一柄落入江里。

三条黑衣人只觉手腕一震，兵刃已脱手，对方用的是什么招式，是如何出手的，这三人竟全不知道。

三人大惊之下，齐地纵身后退，只见面前不知何时已多了个少年，轻衫飘飘，面白如玉。小鱼儿瞧见这少年，也不免有些吃惊——江玉郎，这面色惨白的，笑容阴森的少年却不是江玉郎是谁？但江玉郎的武功又怎会如此精进？

这问题小鱼儿自然能回答的，江玉郎也背过那武功秘籍，两年来他武功若不精进，那他简直就不是人了。

双狮父子俱都面现喜色。

黑衣人却是又惊又怒，顿了顿脚，想是想走，但江玉郎身子一闪，已到了他们面前，挡住了他们去路，笑道：“这位姑娘也用布蒙住脸，是因为生得太丑，还是太美呢？”

那矮壮的黑衣人怒吼一声，挥拳直扑上来。他武功的确不弱，李明生绝不是他的敌手，但此刻到了江玉郎的面前，却半点用也没有了。

他一拳还未击出，手腕已被江玉郎擒住，轻轻一笑，他身子便飞了出去，险些落入江里。

江玉郎笑道：“你们既不愿说，在下也只有自己来瞧了。”笑声中，他已闪过那高大的黑衣人，到了那少女面前。

黑衣少女的双掌齐出，但两只手不知怎地竟被江玉郎那一只手捉住，她伸腿要踢，膝盖却也麻了。

江玉郎笑道：“但愿姑娘生得美些，否则在下就失望了。”他手掌一扬，黑衣少女的脸拼命向后退，但她面上的黑巾，还是被揭了下来。

于是星光就照上了她的脸，也照着她的眼睛。

她眼睛就如同星光般明亮。

小鱼儿目光动处，几乎叫出声来：海红珠，这黑衣少女竟是海红珠！

李明生失声道：“是她！原来是她！”

江玉郎道："你认得她？"

李明生嘶声道："她就是那卖艺的女子，白凌霄大哥就是为她死的……那矮子想必就是那天被我掴了一掌的人，难怪他要找我报仇！"

江玉郎笑道："更妙了，更妙了，梅花门下，居然做了江湖卖艺的，你们为了避仇，居然不惜做如此低贱之事，这点我倒也佩服。"

那高大的黑衣人也撕下黑巾，果然正是海四爹！他咬紧钢牙，厉声道："你放开她的手！"

江玉郎道："放开她的手也可以，但我却要先问你，那日一掌就打死白凌霄白公子的人究竟是谁？此刻在哪里？"

海红珠娇呼道："你想找他，你这是在做梦！"

江玉郎微笑道："哦，做梦……"

他手掌一紧，海红珠立刻疼出了眼泪，却仍然咬牙呼道："像你这样的人和他比起来，连提鞋都不配。"说到后来，她声音已颤抖，显然已疼彻心骨，但她死也不肯住口。

海四爹怒吼一声，铁拳直击江玉郎背脊。江玉郎头也不回，身子也像是没有动，海四爹的手臂却已被他夹在肋下，再也动弹不得。

海四爹面上青筋暴现，冷汗迸出，手臂似已将折断。他昔日本也是叱咤一时的风云人物，但此刻到这少年面前，武功竟连一成也施展不出，长叹一声，顿足道："罢了……"

忽听一人凄声道："我的'神枢'穴疼呀，江玉郎，你还我命来！"

呼声尖锐凄厉，实在不像是人的声音。接着，一条人影自江岸旁的草丛里飘了出来。

夜色中，只见他披头散发，满身油污，七分像鬼，却连三分也不像人。身子飘飘荡荡，宛如乘风。

他呼声凄厉，模样像鬼，身形更如鬼魅，深夜江畔，骤然瞧着这样的"人"，谁能不被骇出冷汗！

小鱼儿咯咯笑道："黑心贼，我与你无冤无仇，你却在'四海春'的厨房里，下毒手害死了我，你赔命来吧。"

江玉郎的手已松开，身子后退，嘶声道："你……你……"

像他这样的人，本不会相信鬼魅之事，但此刻却又实在不能不信。只因他确信自己点着那人死穴时，那人是万万活不成的，而那日在“四海春”厨房里的事，天下谁也不知道，此“人”不是鬼是什么？

他牙齿打战，连话竟也说不出来。双狮父子瞧见他怕成如此模样，也不由自主随着他往后退。

小鱼儿道：“你想跑？你跑不了的……跑不了的，快拿命来吧！”他龇牙笑着，一步步往前走，身子摇摇荡荡，似将随风而倒。

海红珠也瞪眼瞧着他，突然脱口大呼道：“是你！小呆，是你么？”

小鱼儿形状虽然又改变了，但那双眼睛，那双令海红珠刻骨铭心，永生难忘的眼睛，她又怎会认不出？她呼声出口，才想起自己错了，但已来不及。

小鱼儿暗暗顿足道：“该死……”

江玉郎果然已瞧出其中有鬼，身形动处，直扑过来，轻风般拍出七掌，如落花缤纷，满天飞舞。

海四爹等人瞧见变幻如此奇妙，出手如此轻灵的掌法，都不禁为之失色，海红珠更是为她的“小呆”担心。

小鱼儿却阴森笑道：“你还想杀我？你已杀死过我一次，再也杀不死我了！”

他身子飘飘站在那里，像是根本没有闪避，但江玉郎七掌拍过，他还是好生生地站在那里，这轻灵迅急的七掌竟似没有沾着他一片衣袂。

别的人瞧得目瞪口呆，江玉郎更是心惊胆战，狂吼一声，又是七掌拍出，掌势更急、更狠，但小鱼儿还是动也未动。这七掌还是沾不到他的边。

小鱼儿龇牙笑道：“你再也杀不死我了，此刻你难道还不信？”

江玉郎身子颤抖，额上已迸出一粒粒冷汗。别的人瞧见这种不可思议的事，也是手足冰冷。

江玉郎的十四掌竟真的像是打在虚无缥缈的鬼魂身上，他们亲眼瞧见怎能不信？怎能不怕？

海红珠瞪大了眼睛，眼里已满是泪水，但这已不再是悲伤的泪，而是惊喜的泪、兴奋的泪。

只见小鱼儿一步步往前逼，江玉郎一步步往后退，他手脚都已似有些软了，竟再无出手的勇气。

双狮父子自然已退得更远了，退着退着，转头就跑。江玉郎也突然全力跃起，凌空一个翻身，逃得比他们还快一倍。

小鱼儿也不追赶，瞧着他的背影，喃喃笑道：“我不想杀你……实在不想杀你！”

海红珠已扑了过来，颤声呼道：“小呆，我知道还能见着你的，我知道……”

小鱼儿咯咯一笑，道：“谁是小呆……我是鬼……鬼……”

海红珠刚扑过来，他身子已旗花火箭般斜斜掠过三丈，凌空再一转折，“扑通！”落入了江心。

海红珠扑到江边，又痛哭起来，嘶声道：“你若不想见我，为什么要到这江边来……你若想见我，为什么见了我又要走？为什么……为什么……”

小鱼儿尽量放松了四肢，漂浮在水面上。冰冷的江水，就像是一张床，天上繁星点点，他觉得舒服得很。

他总算已瞧过了他想见的人，虽然他们的变化不免令他惊奇，虽然他只瞧了一会儿，但这已足够了。

这几天来他怀疑不解的事，此刻总算也恍然大悟。那紫衣白面少年的确是和江玉郎在暗中勾结，而江玉郎却显然是“双狮”镖局的幕后主人。

那么，赵全海与厉峰的被毒，就一点也不奇怪了——他们杯中的酒，正是那白面少年倒的。他想着想着，突然几根竹篙向他点了过来。

他先不免吃了一惊，但立刻想到：“他们必定以为我是快淹死的人，所以要来救我的。”

他暗中好笑，索性闭起了眼睛。只觉几个人七手八脚地将他拉上了一条船。

一人摸了摸他心口，笑道：“这小子命长，幸好遇见我们，还没淹死。”又有人替他灌了碗热汤，替他揉着四肢。

忽听一个洪亮的语声道：“这人是死的，还是活的？”

小鱼儿突然睁开眼睛，笑道：“活的！”

他张开眼睛，就瞧见一条大汉站在眼前，半敞着衣襟，歪戴着帽子，一条腿高跨在凳子上，手里拿着又粗又长的旱烟。

此刻他以旱烟指着小鱼儿，大声道："你既是活的，为何要装死？"

小鱼儿还未说话，忽然发现这"大汉"胸脯高耸，腰肢很细，虽然浓眉大眼但却并不难看。

小鱼儿笑了笑，笑道："你既是女人，为何又要装成男的？"

那大姑娘瞪起了眼睛，怒道："你知道我是谁？"

小鱼儿笑道："不管你是男的还是女的，你反正是个人，你已经快嫁不出去，再这么凶，还有谁敢娶你！"

他说话本来尖刻，这两年来虽已极力收敛，但憋了两年多，此刻又不禁故态复萌，这正是江山易改，本性难移。

那大姑娘拍案道："你敢对我这样说话？"

将小鱼儿抬进来的几个少年，此刻都变了颜色，几个人在后面直戳他的脊梁，小鱼儿假装不知道，还是笑道："为什么不敢？只要你是人，我就不……"

他话未说完，那几个少年已抢着笑道："这位就是段合肥段老太爷的女公子，江湖人称'女孟尝'，你总该听过，说话就该小心些。"

小鱼儿笑道："呀，原来你就是段合肥的女儿，你爹爹可是有一批银子要运到关外去？"

小鱼儿耸了耸鼻子，又道："这船药材，是你从关外运来的么？"

女孟尝眼睛瞪得更大，道："你怎知道这是船药材？"

小鱼儿笑道："我不但知道这是船药材，还知道这些药材是人参、桂皮、鹿角、五加子……"他一连说一大串药名，果然正是这条船所载的药材，说得丝毫不差。

莫说这几种普通的药材，就算将天下各种药材都混在一起，他也是照样可以嗅得出的。此刻他一口气说完了，这些人都不禁惊奇得张大了嘴。

女孟尝眼睛里有了笑意，抽了口旱烟，"呼"地将一口烟雾喷在小鱼儿脸上，悠悠道："想不到你这小子对药材还内行得很。"

小鱼儿差点被烟呛出了眼泪，揉着眼笑道："我对药材非但内行，而且敢说很少有人比我再内行的！你若真的是女孟尝，就该好生将我礼聘到你家的药铺里去。”

女孟尝又抽了口旱烟，这次未喷到小鱼儿脸上，而是一丝丝吐出来的，等到烟吐完了，她突然转身走了进去，口中却道：“替他换件衣服，送他到庆余堂去。”

安庆庆余堂，可算是皖北一带最大的药铺，小鱼儿在这里，居然做了管药库的头儿。他根本用不着到柜上去，所以也不怕人认出他，每天就配配药方，查查药库，日子过得更清闲了。

这时他才知道，那位“段合肥”，正是长江流域一带最大的财阀，这一带最赚钱的生意，差不多都被他垄断了。那“女孟尝”，就是他的独生女儿，据说她还有两个哥哥，但却已死了，所以别人都称她“三姑娘”。

这位三姑娘时常到庆余堂来，但她不理小鱼儿，小鱼儿也不理她，虽然小鱼儿已知道她看来虽凶，心却不错。小鱼儿愈不理她，她到的次数愈勤了，有时一天会来上两三次，但眼睛还是连瞧也不瞧小鱼儿一眼。

这一天，小鱼儿正躺在椅子上晒太阳。初冬的太阳，晒在他身上，他觉得舒服得很，几乎要睡着了。

那位段三姑娘突然走到他面前，用旱烟袋敲了敲椅子背，道：“喂，起来。”

小鱼儿笑道：“我的名字可不叫‘喂’。”

三姑娘眼睛又瞪了起来，大笑道：“喂，我问你，上次你说的那批要送到关外的镖银，你怎会知道的？”

小鱼儿道：“那批镖银怎样？”

三姑娘冷冷道：“那批银子已被人劫走了。”

小鱼儿眼睛亮了，翻身坐了起来，喃喃道：“奇怪！既是‘双狮镖局’接的镖，怎么还会被人劫走呢？”

三姑娘冷冷道：“双狮镖局保的镖，怎么就不能被人劫走？哼，我瞧那两个姓李的，根本就是饭桶！”

小鱼儿想了想，又道：“劫镖的是些什么人，你可知道？”

三姑娘道：“那批镖银乃是半夜中忽然失踪的，门未开，窗未动，看守镖银的人连屁都未听见，镖银就好像生翅膀飞了。”

小鱼儿笑道：“这倒是奇案……除非那劫镖银的人会五鬼搬运法，否则就是‘双狮镖局’的人眼睛耳朵有了毛病。”

三姑娘道：“那他们就活该自己倒霉！”

小鱼儿道：“难道他们要赔？”

三姑娘冷笑道：“当裤子也得赔的。”

小鱼儿又用手去摸鼻子，喃喃道：“这就怪了……我本来还以为这是‘双狮镖局’监守自盗，但他们既然要赔，这又是为了什么呢？”

三姑娘道：“只因为他们都是饭桶，所以镖银就被人劫走，这道理岂非简单得很。”

小鱼儿缓缓道：“看来愈是简单的事，说不定其中内幕愈是复杂。”

三姑娘瞧着他，瞧着他的微笑，瞧了许久，突然大声道：“你究竟是个聪明人，还是个呆子？”

小鱼儿长长叹了口气，翻过身，把头埋在手弯里，悠悠道：“我若是呆子，日子就会过得快活多了。”

# 第四十四章

## 扑朔迷离

第二天，还是个晴天，太阳还是照得很暖和。小鱼儿又躺在那张椅子上晒太阳。

他全身骨头都像是已经散了，像是什么事都没有去想，其实，他心里想的事可真是不少。

他心里想的事虽然不少，但总归起来，却只有两句话："那批镖银怎会被劫走？是被谁劫走的？"他想不通。

这时，三姑娘居然又来了。

小鱼儿眯起一只眼睛去瞧她，只见她神情像是兴奋得很，匆匆赶到小鱼儿面前，大声道："喂，你错了。"

小鱼儿本来懒得理她，但听见这话，却不禁张开眼睛，道："我什么地方错了？"

三姑娘眼睛里闪着光，道："我刚才听到个消息，那批镖银已被夺回来了。"

小鱼儿眼睛也睁大了，道："被谁夺回来的？"

三姑娘大声道："那人年纪和你也差不多，但本事却比你大多了，你若是不这么懒，也许还可以赶上他十成中的一成。"

小鱼儿已跳了起来，道："你说的可是江玉郎？"

三姑娘怔了怔，道："你怎会知道？"

小鱼儿突然大笑道："我知道，我当然知道……我什么事都知道了……"

他又笑又叫又跳，三姑娘简直瞧呆了，终于忍不住道："你难道是个疯子？"

小鱼儿突然跳起来亲了亲三姑娘的脸，大笑着道："只可惜我不是，所以他们倒霉的日子已不远了。”他拍手大笑着，转身跑进了药仓。

三姑娘手摸着脸，瞪大了眼睛，瞧着他，就像是在瞧着什么怪物似的，喃喃道：“小疯子……你真是个小疯子。”

因为只用了一根灯草，所以灯火不亮。

小鱼儿出神地瞪着这点灯光，微笑着喃喃道：“江玉郎，你果然很聪明，你假装镖银被盗，再自己去夺回来……这么神秘的盗案，你居然不费吹灰之力就破了，江湖人有谁能不佩服你？又有谁会知道这只不过是你自己编出来的一出丑角戏？”

他轻轻叹了口气，接道：“只有我……江玉郎，但愿你莫要忘了这世上还有我，你那一肚子鬼主意，没有一件能瞒得过我的。”

窗外，夜很静，只有风吹着枯枝，飕飕地响。忽听一人压着嗓子唤道：“疯子……小疯子，快出来。”

小鱼儿将窗子打开一条线，就瞧见了披着一身大红斗篷，站在月光下寒风里的段三姑娘。

三姑娘只是咬了咬嘴唇，道：“我有事……有要紧的事要告诉你。那件事果然不太简单。”

小鱼儿眼睛一亮，道：“你又得到了消息？”

三姑娘道：“是……我刚刚又得到消息，镖银又被人劫走了！”

小鱼儿鞋子还没穿就跳出了窗子，这下他可真的吃了一惊，他赤着脚站在冰凉的石板上，失声道：“你这消息可是真的？”

三姑娘道：“半点也不假。”

小鱼儿搓着手道：“这镖银居然又会被人劫走，这简直是不可能的事，我实在想不通……你可知道劫镖的人是谁么？”

三姑娘道：“这一次，和上一次情况大不相同。”

小鱼儿道：“有什么不同？难道这一次丢了镖银，他们连赔都不必赔了？”

三姑娘缓缓道：“是，他们的确不必赔了。”

小鱼儿跳了起来，大声道：“为什么？”

三姑娘垂下目光，道：“只因为‘双狮镖局’大小镖师、内外趟子手，一共九十八个人，已死得一个不剩，只剩下个喂马的马夫。”

小鱼儿以手加额，怔了半晌，忽又大声道：“那江玉郎呢？”

三姑娘道：“江玉郎不是‘双狮镖局’里的人。他夺回镖银，便功成身退，再也不停留片刻，这岂非正是大英雄、大豪杰的行径！”

小鱼儿吃吃笑了起来，冷笑道：“好个大英雄、大豪杰！只怕他早已知道镖银又要被劫，所以就溜了。”

三姑娘道：“你是说……第二次劫镖的，也是第一次劫镖的那伙人？”

小鱼儿眨了眨眼睛，道：“这难道不可能？”

三姑娘道：“第一次劫镖的人，都已被江玉郎杀了，他夺回镖银时，镖银是和劫镖人的人头一齐送回来的！”

小鱼儿击掌道：“好手段！果然是好狠的手段！”

三姑娘凝眸瞧着他，缓缓道：“而且，第二次劫镖的只有一个人……‘双狮镖局’的九十八条好汉，全都是死在这一个人的手下！”

小鱼儿动容道：“一个人？一个人在一夜间连取九十八条性命，江湖中是谁有如此狠毒、如此高明的手段？”

三姑娘道：“据说，那是个须眉皆白的虬髯老人……”

小鱼儿道：“有谁瞧见他了？”

三姑娘道：“自然是那死里逃生的马夫。”

小鱼儿道：“那么他……”

三姑娘接口道：“他听得第一声惨呼后，就躲到草料堆里，只听屋子里惨呼一声，接连着直响了两三盏茶时分……”

小鱼儿失声道：“好快的手！好快的刀！”

三姑娘叹道：“杀人的时候虽然不长，但在那马夫心中觉得，却仿佛已有好几个时辰，然后他便瞧见一个高大魁伟的虬髯老人，手提钢刀，狂笑着走了出来，这老人穿的本是件淡色衣衫，此刻却已全都被鲜血染红了！”

小鱼儿手摸着下巴，悠悠道：“这听来倒像是个说书人说的故事，每个细节都描述得详详细细，精彩动人……一个人刚刚死里逃生，还能将细节描述得如此详细，倒端的是个人才。”

三姑娘展颜笑道：“当时我听了这话，也觉得他细心得很。”

小鱼儿道：“你是什么时候听到这消息的？”

三姑娘道："就在半个时辰之前。"

小鱼儿道："这件事又是在什么时候发生的？"

三姑娘道："昨天晚上。"

小鱼儿道："消息怎会来得这么快？"

三姑娘道："飞鸽传书……以此间为中心，周围数千里大小七十九个城镇，都有我家设下的信鸽站。"

小鱼儿突然大声道："我和这件事又有什么狗屁的关系？你为什么要如此着急地赶来告诉我？你吃饱饭没事做了么？你难道以为我和那劫镖的人有什么关系？"

三姑娘跺脚道："可是……我不是这个意思！"

小鱼儿道："那你是什么意思？"

三姑娘的脸，居然急红了，居然还是没有发脾气。

她居然垂下了头，轻声道："只因为你……你是我的朋友，一个人心里有什么奇怪的事，总是会去向自己的朋友说的……"

小鱼儿大声道："朋友？我只不过是你雇的一个伙计，你为什么要将我当作你的朋友？"

三姑娘脸更红，头垂得更低，道："我……我也不知道。"

小鱼儿瞪着眼瞧了她半晌，突然大笑起来。

三姑娘咬着嘴唇，道："你……你笑什么？"

小鱼儿大笑道："我认识你到现在，你只有此刻这模样，才像是个女人！"

三姑娘垂头站在那里，呆了半晌，突然放声大哭起来，她整个人都像是软了，扑倒在橱上，哭得真伤心。

小鱼儿皱了皱眉，道："你哭什么？"

三姑娘痛哭着道："我从小到现在，从没有一个人将我看作女人，就连我爹爹，他都将我看成个男孩子，而我……我明明是个女人。"

小鱼儿怔了怔，点头道："一个女人总是被人看成男孩子，的确是件痛苦的事……你实在是个很可怜的女孩子。"

三姑娘呻吟道："我今天能听到这句话，就是立刻死，也没有什么了。"

小鱼儿道："但我却一点儿也不同情你。"

三姑娘踉跄后退了两步，咬牙瞪着他。

小鱼儿笑道："你希望别人将你当作真正的女孩子，就该自己先做出女孩子的模样来才是，但你却成天穿着男人的衣服，抽着大烟斗，一条腿跷得比头还高，活像个赶大车的骡夫，却叫别人如何将你看成女孩子？"

三姑娘冲过来，扬起手就要打，但这只手还没有落下去，却又先呆住了，呆了半晌，又垂下了头。

小鱼儿道："好孩子，回去好生想想我的话吧……至于那件镖银的事，我现在虽然还没有把握，但不出半个月，我就会将真相告诉你。"

他一面说话，一面已跳进了窗户。

他关起了窗户，却又从窗隙里瞧出去，只见三姑娘痴痴地站在那里，痴痴地想了许久，终于痴痴地走了。小鱼儿摇头苦笑。

下半夜，小鱼儿睡得很熟。正睡得过瘾，突然几个人冲进屋子，把他从床上拉了起来，有的替他穿衣服，有的替他拿鞋子。

这几个人中，居然还有这药铺的大掌柜、二掌柜。小鱼儿睡眼惺忪，揉着眼睛道："领钱的日子还没到，就要绑票么？"

二掌柜的一面替他扣钮子，一面笑道："告诉你天大的好消息……太老爷今天居然要见你。"

大掌柜也接着笑道："太老爷成年也难得见一个伙计，今天居然到了安庆，居然第一个就要见你，你这不是走了大运么？"

于是小鱼儿糊里糊涂地就被拥上车，走了一顿饭工夫，来到个气派大得可以吓坏人的大宅子，糊里糊涂地被拥了进去。

这大宅院落一层又一层，小鱼儿跟着个脸白白的后生，又走半顿饭的工夫，才走到后园。花木扶疏中五间明轩，精雅玲珑。

那俊俏后生压低声音道："太老爷就在里面，他老人家要你自己进去。"

小鱼儿眨着眼站在门口，想了想，终于掀起帘子，大步走了进去，第一眼就瞧见了三姑娘。今天的三姑娘，和往昔的三姑娘可大不相同了。

她穿的不再是洒脚裤、小短袄，而是百褶洒金裙，外加一件蓝底白花的新绸衣。

她脸上淡淡地抹了些胭脂，乌黑的头发上，插着只珠凤，两粒龙眼般大的珍珠，在耳坠上荡来荡去。

她垂着头坐在那里，竟好像有些羞答答的模样，她明明瞧见小鱼儿走进来，还是没有抬头，只是眼波瞟了瞟，轻轻咬了咬嘴唇，头反而垂得更低。

小鱼儿几乎忍不住要笑出声来——若不是他瞧见她身旁地上还趴着个人，他早已笑出声来了。

地上铺着厚厚的波斯地毡，一个穿着件宽袍的胖子趴在地上，骤然一看，活脱脱像是个大绣球。

他面前有只翡翠匣子，竟是用整块翡翠雕成的，价值至少在万金以上，但匣子里放着的却是只蟋蟀。

小鱼儿也伏下身子，瞧了半晌，笑道："这只'红头棺材'只怕是个刽子手……"

那胖子抬起头，笑得眼睛都眯成一条线了，道："你也懂蟋蟀？"

小鱼儿笑道："除了生孩子之外，别的事我不懂的只怕还不多。"

那胖子抚掌大笑道："好，很好……老三，你说的人就是他么？"这人不问可知，自然就是那天下闻名的财阀段合肥了。

三姑娘垂首道："嗯。"

段合肥笑得眼睛都瞧不见了，道："很好，太好了，你眼光果然不错。"

小鱼儿摸了摸头笑道："这算怎么回事？"

段合肥道："你莫要问，莫要说话，什么事都由我……先把我拉起来，用力……哎，这才是好孩子。"

他好容易从地上站了起来，看样子简直比人家走三里路还累，累得直喘气，摸着胸口笑道："很好……很好……你喜欢吃红烧肉吧……什么鱼翅燕窝、鲍鱼熊掌都是假的，只有红烧肉吃起来最过瘾。"

小鱼儿道："但是我根本不知道，这是……"

段合肥摆手笑道："你不必知道，什么都不必知道……都由我做主就够了，留在这里吃饭，我那大师傅烧的红烧肉，可算是天下第一。"

于是小鱼儿糊里糊涂地吃了一大碗红烧肉。到了这里，他的嘴除了吃肉外，好像就没有别的用了，因为段合肥根本就不让他说话。

黄昏后，他回到店里，还是不知道段合肥叫他去干什么，只觉庆余堂上上下下的人，对他的态度全变了。

那自然是变得更客气。

洗过澡，小鱼儿刚躺上藤椅，忽听前面传来一阵粗嗄的语声，就像是破锣似的直着嗓子道："附子、肉桂、犀角、熊胆……"

他说了一大串药名，不是大寒，就是大热，接着听得二掌柜那又尖又细的语声，想来是在问他："这些药，你老要多少？"

那语声道："你们这店里有多少，咱们就要多少，全都要，一钱也不能留。"

另一人道："你们这庆余堂想必有药库吧，带爷们去瞧瞧。"这人的语声更响，听起来就像是放连珠炮竹。

小鱼儿心念一动，刚站起身子，就瞧见那二掌柜的被两条锦衣大汉挟了进来，就好像老鹰抓小鸡似的。

灯火下，只见这两条大汉俱是鸢肩蜂腰，行动矫健，横眉怒目，满脸杀气。遇见这样的人，这二掌柜的能不听话么？

小鱼儿袖手站在旁边瞧着，店里的伙计果然将这两个锦衣大汉所要的药材，全都包好扎成四大包。

小鱼儿却悄悄在掌心扣了个小石子，等到他们将药包运出门搬上车子，他手指轻轻一弹，石子"哧"地飞了出去，打在药包的角上，门外的灯光并不亮，他出手又快，自然没有人发觉。

他又躺回那张藤椅，瞧着天上闪亮的星群，喃喃道："看来，这只怕又是出好戏……"

夜更静，药铺里的人都已睡了，小鱼儿却仍坐在星光下，在这安详的静夜里，他却似乎在期望着什么惊人的事发生。小鱼儿眯起了眼睛，也似乎将入睡乡。

突然间，静夜中传来一阵急骤的马蹄声。小鱼儿眼睛立刻亮了，侧耳听了听，喃喃道："三匹马，怎地只有三匹马？"

这时健马急嘶，蹄声骤顿。三匹马竟果然俱都在庆余堂前勒缰而停。

接着，便是一阵急促的敲门声，一人大呼道："店家开门，快开门，咱们有急病的人，要买药。”

响亮的呼声中，果然充满了焦急之意。睡在前面的伙计，自然被惊醒，于是回应声、抱怨声、催促声、开门声……响成了一片。

那焦急的语声已在大声喝道：“咱们要附子、肉桂、犀角、熊胆……每样三斤，快，快，这是急病。”

店伙自然怔了一怔——怎地今天来的人，都是要买这几样药的？他们的回答自然是：“没有。”

那焦急的语声立刻更惊惶、更焦急，甚至大吵大闹起来：“这么大的药铺，怎地连这些药都没有？”

这人身材也在六尺开外，一双威光棱棱的眼睛，已满布血丝。那店伙瞧见这凶相，只有赔笑道：“咱们是百年老店，什么药原都有的，只是这几样药偏偏不巧，在两个时辰前偏偏被人买光了，你们不妨到别家试试。”

小鱼儿悄悄走过去，从门隙里往外瞧，只见这大汉焦急得满头冷汗涔涔而落，不住顿足道：“怎地如此不巧？这城里几十家药铺，竟会都没有这几样药！”

外面店门半开，门外另一条大汉，牵着两匹健马，马嘴里不住往外喷着白沫，显然是经过长途急驰。

还有一人一马，远立在数尺外。星光下，只见马上人黑巾包头，黑氅长垂，目光顾盼间，星光照上她的脸——这人竟是女子。

店伙手举着烛台，急着要送客。突然，烛火一闪，马上的黑衣女子不知怎地已到了他面前，一双明媚的眼波，看来竟锐利如刀。店伙不由得一惊，踉跄后退，烛泪滴在他手背上，烫得钻心，他手一松，烛台直跌下去。

但烛台并未落在地上，不知怎地，竟到了这黑衣女子的手里，蜡烛也未熄灭，嫣红的烛光，正照着她苍白的脸。她的脸苍白得仿佛午夜的鬼魂。

她目光凝注着那店伙，一字字道：“这些药，是被同一人买去的么？”

店伙的脸也吓白了，颤声道：“是……不是……是两个人。”

黑衣女子道：“是什么人？”

她缓慢的语声，突然变得尖锐而短促，充满了怨毒，就连店伙都听得忍不住激灵灵打了个寒噤，道：“不……不知道……咱们做买卖的，哪敢去打听顾主的来历。”

黑衣女子锐利的眼睛仍在凝注着他，瞬也不瞬，似乎要瞧瞧他所说的话，究竟是真，是假。在这样一双眼睛的注视下，有谁能说假话？

那店伙的腿已被瞧软了，幸好黑衣女子终于转身，上马，打马……蹄声渐渐远去，去得比来时更快。

那店伙就像是做梦一样，猛低头，只见那烛台就放在他脚前地上——这自然不是梦，他俯身拿起烛台……

烛火突然又一闪。这店伙又一惊，刚拿的烛台又跌落下去。

但这次烛台还是没有跌落在地上，蜡烛也还是没有熄——一只手闪电般伸过来，恰巧接住了烛台。那店伙大吓回头，就瞧见了小鱼儿。

小鱼儿手里拿着烛台，眼睛却瞧着远方，喃喃道：“想不到……想不到居然是她！”

店伙道：“她……她是谁？”

小鱼儿道：“她叫荷露，是移花宫的侍女……这些话告诉你，你也不懂的。”突然轻轻一跃，伸手抄住了那张被风卷起的纸，只见纸上写满了药铺的名字。

小鱼儿道：“她将这张纸丢了，显见已经将每一家药铺都找遍，还是买不着那些药……”

店伙道：“奇怪，他们为什么急着要买这几样奇怪的药？”

小鱼儿微笑道：“这自然是因为他们家里有人生了种奇怪的病。”

店伙垂首道：“那会是什么病？居然要这几种大寒大热的药来治……这种病我简直连听都没有听说过，你听过么？”他抬起头，问小鱼儿。

烛台又被放在地上，小鱼儿已不见了。

# 第四十五章

## 皮里阳秋

小鱼儿掠过几重屋脊，便又瞧见那三匹急驰的健马。

健马奔驰虽急，但又怎及小鱼儿身形之飞掠？马在街上跑，小鱼儿在屋顶上悄悄追随。

他心中也在暗问："荷露为什么急着要买那几种药？莫非是有人中了极寒或极热的毒？这种毒难道连移花宫的灵药都不能解救？"

他心念一转，又忖道："下毒的人早知道他们要买那几种解药，所以先将市面上这几种药都买光，显见是一心想将中毒的人置于死地……下毒的人好狠的手段！但却不知是谁呢？"

"中毒的人又是谁呢？难道是花无缺？"

他心思反复，也不知是惊是喜。

健马急驰了两三盏茶的工夫，突然在一面高墙前停下，墙下有个小小的门户，像是人家的后门。门，并没有下闩。荷露一跃下马，推门而入。

小鱼儿振起双臂，蝙蝠般掠上高墙，他身形在黑暗中滑过，下面的两条大汉竟然丝毫没有觉察。

荷露轻喘急行，夜风穿过林梢，石子路沙沙作响，她解下包头的黑巾，发髻上有一颗明珠。

明珠在星光下闪着光。小鱼儿掠在树梢，追着珠光。珠光隐入林丛，林中有三五间精舍。

小鱼儿隐身在浓密的枝叶中，倒也不虞别人发觉，他悄悄自林梢望下去，却瞧见了花无缺的脸。

这张俊逸、潇洒、安详，充满了自信的脸，此刻却满带焦虑之色。他匆匆赶出门，看到荷露第一句话就问道：“药呢？”

荷露手掌里揉着那包头的黑巾，悄声道：“没买到。”

她这三个字其实还未说出口来，花无缺瞧见她面上的神色，自己的面色已骤然大变，一把夺过她手里的黑巾，失声道：“怎……怎地买不到？”

这无缺公子平时一举一动，俱是斯斯文文，对女子更是温柔有礼，但此刻却完全失了常态。

小鱼儿瞧见他这神态，已知道受伤的必是和他关系极为密切的人，否则他绝不会如此失常，如此慌乱。

小鱼儿心里奇怪，暗中猜测，荷露和花无缺又说了两句话，他却没听见，等他回过神来，两人已走进屋里。

灯光自窗内映出，昏黄的窗纸上，现出了两条人影，一人在垂着头，冠带簌簌而动，似乎急得发抖。这人不问可知，自是花无缺。

另一高冠长髯，坐得笔直，想来神情甚是严肃，小鱼儿瞧了半天也瞧不出这影子究竟是谁。

忽听得一个温和沉稳的语声缓缓道：“吉人自有天相，公子也不必太过忧郁……其实，荷露姑娘此番空手而回，在下是早已算定了的。”这语声一入耳，小鱼儿心里就是一跳。

只听花无缺叹道：“这几种药虽然珍贵，但却非罕有之物，偌大的安庆城竟会买不到这几种药，我委实想不透。”

那语声接道：“那人算定了他下的毒唯有这几种大寒大热之药才能化解，也算定了公子必定知道这点，他若不将解药全都搜购一空，这毒岂非等于白下了？”

这语声无论在说什么，都像是平心静气，从从容容，小鱼儿听到这里，已断定此人必是江别鹤。

想起了此人的阴沉毒辣，小鱼儿背脊上就不禁冒出了一股寒意，花无缺犹还罢了，他若被人发现，哪里还有生路！小鱼儿躲在木叶中，简直连气都不敢喘了。

只听花无缺恨声道：“不错，此人自是早已算定了连本宫灵药都无法化解这种冰雪精英凝成的寒毒，只是……‘他’和‘他’，究竟又有什么仇恨？为何定要将他置于死地？”

小鱼儿既猜不透他所说的第一个“他”指的是谁，更猜不透那第二个“他”指的是谁，心里急得要命。

江别鹤已缓缓接道：“此人要害的只怕不是‘他’，而是公子。”

花无缺道：“但我自入中原以来，也从未与人结下什么仇恨，这人为何要害我？这人又会是谁呢？我实在想不透。”

江别鹤似乎笑了笑，缓缓道：“只要公子能放心铁姑娘的病势，随在下出去走一走，在下有八成把握，可以找得出那下毒的凶手！”

铁姑娘！中毒的人，莫非是铁心兰？小鱼儿这一惊真是非同小可，差点从树上掉下来。木叶“哗啦啦”一阵响动。

只见花无缺的影子霍然站起，厉声道：“外面有人，谁？”

小鱼儿紧张得一颗心差点跳出腔子来。

只听江别鹤道：“风吹木叶，哪有什么人？在下还是先和公子去瞧瞧铁姑娘的病势吧。”于是两人都离开了窗子。

小鱼儿这才松了口气，暗道：“这真是老天帮忙，江别鹤一向最富心机，今日总算疏忽了一次……”

想到这里，他心头忽然一寒：“江别鹤一向最富机心，绝不会如此疏忽大意，这其中必定有诈！”

小鱼儿当真是千灵百巧，心眼儿转得比闪电还快，一念至此，就想脱走，但饶是如此，他还是迟了。

黑暗中已有两条人影，有如燕子凌空般掠来。

小鱼儿惊慌中眼角一瞥，已瞧见来的果然是江别鹤与花无缺。花无缺衣袂飘飘，望之有如飞仙，一双眸子在黑暗中闪闪发光，却是满含恨毒之色，想来必是以为躲在暗处的这人与下毒之事有关。

小鱼儿武功虽已精进，但遇着这两人，心里还是不免发毛，只是他出生入死多次，早已将这种生死险难看成家常便饭，此刻虽惊不乱，真气一沉，坐下的树枝立刻“咔嚓”一声断了，他身子也立刻直坠下去。

江别鹤与花无缺蓄势凌空，箭已离弦，自然难以下坠，更难回头，小鱼儿只听头顶风声响动，两人已自他头顶掠过。

他抢得一步先机，哪敢迟疑，全力前扑，方向正和江别鹤两人的来势相反，他算定两人回头来追时，必定要迟了一步。这其间虽仅有刹那之差，但以小鱼儿此时之轻功，江别鹤与花无缺只要差之刹那，也已追不着他了。

哪知江别鹤身子虽不能停，笔直前掠，但手掌却反挥而出，他手里竟早就扣着暗器，数点银星，暴雨般洒向小鱼儿后背。

花无缺身形凌空，突然飞起一足，踢着一根树枝，他竟借着树枝这轻轻一弹之力，整个身子都变了方向，头先脚后，倒射而出。去势之迅，竟和江别鹤反手挥出的暗器不相上下。

小鱼儿但闻暗器破空之声飞来，银星已追至背后。

他力已用光，不能上跃，只得扑倒在地，就地一滚，“噗、噗”一连串轻响过后，七点银星正钉在他身旁地上。

这其间生死当真只差毫发，小鱼儿惊魂未定，还未再次跃进，抬眼处，花无缺飘飘的衣袂，已到了他头顶。

花无缺身子凌空一滚，双掌直击而下。他身形捷矫如龙在天，掌力笼罩下，蝼蚁难逃。

哪知就在这时，钉在地上的七点银星突然弹起，正好打向花无缺，变生突然，花无缺眼看也难以闪避。

江别鹤虽是厉害角色，却也未料到有此一着，对方竟将他击出的暗器用以脱身，他也不禁为之失声。

只见花无缺击出的双掌“啪”地一合，那七点寒星竟如夜鸟归林全都自动投入了他的掌心。

这虽是刹那间事，但过程却是千变万化，间不容发。

小鱼儿一掌将地上银星震得弹起后，人也借着这一掌之力直弹出去，百忙中犹不忘偷偷一瞥。

他眼角瞥见了花无缺这种惊人的内力，也不禁失声道：“好！”

而江别鹤正也为他这匪夷所思、妙不可言的应变功夫所惊，大声道：“朋友好俊的身手，有何来意，为何不留下说话！”

小鱼儿头也不回，粗着嗓子道：“有话明天再说吧，今天再见了！”

他话犹未了，花无缺已冷冷喝道：“朋友你如此身手，在下若让你就此一走，岂非太可惜了！”

这话声就在小鱼儿身后，小鱼儿非但不敢回头，连话都不敢说了，用尽全力，向前飞掠。

只见一重重屋脊在他脚下退过，他也不知掠过了多少重屋脊，却竟然还未掠出这一片宅院。

只听江别鹤道：“这位朋友看来年纪并不大，不但身手了得，而且心思敏捷，江湖中出了这样的少年英雄，在下若不好生结交结交，岂非罪过？”

他一面说话，一面追赶，竟仍未落后，语气更是从从容容，似是心安理得，算定小鱼儿逃不出他的手去。

花无缺道：“不错，就凭这轻身功夫，纵不算中原第一，却也难能可贵了！”他心里也在暗中奇怪，自己怎会到此刻还追不上。

要知他轻功纵然比小鱼儿高得一筹，但逃的人可以左藏右躲，随意改变方向，自是比追的人占了便宜。

只听江别鹤又道：“此人不但轻功了得，而且中气充足，此番身形已展动开来，只怕你我难以追及。”

小鱼儿听了这话，突然一伏身蹿下屋去，这宅院曲廊蜿蜒，林木重重，他若不知利用，岂非傻子？

江别鹤说这话本想稳住他的，就怕他蹿下屋去，哪知小鱼儿更是个鬼灵精，江别鹤不说这话，小鱼儿惊慌中倒未想及，一说这话，反倒提醒了他。

江别鹤暗中跌足，只见小鱼儿在曲廊中三转两转，突然一头撞开了一扇窗户飞身跃了进去。

这时宅院中灯火多已熄灭，他虽然不知道屋里有人没人，但这宅院既然如此宏阔，想来自然是空屋子较多。

屋子果然是空的。

小鱼儿刚喘了口气，只听“嗖”的一声，花无缺竟也掠了进来，接着又是“嗖”的一声，江别鹤也未落后。

屋子里黑黝黝的，什么都瞧不见。小鱼儿向前一掠，几乎撞倒了一张桌子。

江别鹤笑道：“朋友还是出来吧，在下江别鹤，以‘江南大侠’的名声作保，只要朋友说得出来历，在下绝不难为你。”

这话若是说给别人听，那人说不定真听话了，但小鱼儿却非但知道这“江南大侠”是怎么样的人，更知道他们若是知道自己是谁，定是非“难为”不可的。

江别鹤道：“朋友若不听在下好言相劝，只怕后悔就来不及了。”

小鱼儿悄悄提起那张桌子，往江别鹤直掷过去，风声鼓动中，他已飞身扑向一个角落。

他算定左面的角落里必定有扇门户，他果然没有算错，那桌子“砰”地落下地，他已踢开门蹿了出去。

这间屋子外面更黑，黑暗对他总是有利的。

小鱼儿藏在黑暗中，动也不敢动，正在盘算着脱身之计，突然眼前一亮，江别鹤竟将外面的灯点着了。

小鱼儿随手拾起了椅子，直摔出去，人已后退，“砰”地，又撞出了窗户，凌空一个翻身，撞入了对面一扇窗户。

他这样“砰砰蓬蓬”的一闹，这宅院里的人，自然已被他吵醒了大半，人声四响，喝道：“是什么事？什么人？”

江别鹤朗声道：“院中来了强盗，大家莫要惊慌跑动，免受误伤，只需将四下灯火燃着，这强盗就跑不了的！”

小鱼儿心里暗暗叫苦，这姓江的端的有两下子，说出的话，既正在节骨眼儿上。要知小鱼儿就希望院中大乱，他才好乘乱逃走，他更希望灯火莫要燃着，灯火一燃，他非但无所逃，连躲都没处躲，正是要了他的命了。

只听四下人声呼喝，纷纷道：“是江大侠在说话，大家都要听他老人家吩咐。”

接着，满院灯火俱都亮了起来。

小鱼儿转眼一瞧，只见自己此刻是在间书房里，这书房布置得出奇精致，书桌旁却有个绣花棚子。

他心念一转：“书房里怎会有女子的绣花棚？”

江别鹤与花无缺已到了窗上。小鱼儿退向另一扇门，门后突然传出人语声道：“外面是谁？”

这竟是女子的语声。

门后有人，小鱼儿先是一惊，但心念转动，却又一喜，再不迟疑，又一脚踢开了门，闯了进去。

他算定江别鹤假仁假义，要自恃“江南大侠”的身份，决计不会闯进女子的闺房，而花无缺更不会在女子面前失礼。

但小鱼儿可不管什么女人不女人，一闯进门，反手就将灯火灭了，眼角却已瞥见床上睡着个女子，他就蹿过去，闪电般伸手掩住了她的嘴，另一只手按着她的肩头，压低嗓子道："你若不想受罪，就莫要动，莫要出声！"

哪知这女子竟是力大无比，而且出手竟也快得很，小鱼儿的两只手竟被她两只手生生扣住。

这又是个出人意料的变化，小鱼儿大惊之下，要想用力，这女子竟已将他按在床上，手肘压住了他的咽喉。

小鱼儿骤出不意，竟被这女子制住，只觉半边身子发麻，竟是动弹不得，他暗叹一声，苦笑道："罢了罢了……我这辈子大概是注定要死在女人手上的了。"

这时江别鹤语声已在外面响起。

他果然没有径自闯进来，只是在门外问道："姑娘，那贼子是闯进姑娘的闺房了么？"

小鱼儿闭起眼睛，已准备认命。

只听这女子道："不错，方才是有人闯进来，但已从后面的窗子逃了，只怕是逃向小花园那边，江大侠快去追吧。"

小鱼儿做梦也想不到这女子竟是这样回答，只听江别鹤谢了一声，匆匆而去，他又惊又喜，竟呆住了。

小鱼儿终于忍不住道："姑……姑娘为什么要救我？"

那女子先不答话，却去掩起了门。

屋子里伸手不见五指，小鱼儿也瞧不清这女子的模样，心里反而有些疑心起来，一跃而起，沉声道："在下与姑娘素不相识，蒙姑娘出手相救，却不知是何缘故？"

那女子却"扑哧"一笑，道："你与我真的素不相识么？"

小鱼儿道："与我相识的女人，都一心想杀我，绝不会救我的。"

那女子大笑道："你莫非已吓破了胆，连我的声音都听不出了？"她方才说话轻言细语，此刻大笑起来，却有男子的豪气。

小鱼儿立刻听出来了，失声道："你……你是三姑娘？你怎会在这里？”

三姑娘道：“这是我的家，我不在这里在哪里？”

小鱼儿怔了怔，失笑道：“该死该死，我怎未看出这就是段合肥的屋子……这见鬼的屋子也委实太大了，走进来简直像走进迷魂阵。”

三姑娘笑道：“莫说你不认得，就算我，有时在里面都会迷路。”

小鱼儿道：“但那江别鹤与花无缺又怎会在这里？”

三姑娘道：“他们也就是为那趟镖失劫的事而来的。”

小鱼儿叹道：“这倒真是无巧不巧，鬼使神差，天下的巧事，竟都让我遇见了，江别鹤竟会在你家，我竟会一头闯进你的屋子……”

三姑娘笑嘻嘻道：“他们可再也想不到我认识你。”

小鱼儿道：“否则那老狐狸又怎会相信你的话？”要知江别鹤正是想不到段合肥的女儿会救一个陌生的强盗，所以才会被三姑娘一句话就打发走了。

三姑娘道：“但……但你和江大侠又怎会……怎会……”

小鱼儿冷笑道：“江大侠……哼哼，见鬼的大侠。”

三姑娘奇道：“江湖中谁不知道他‘江南大侠’的名声，他不是大侠，谁是大侠？”

小鱼儿道：“他若是大侠，什么乌龟王八屁精贼，全都是大侠了。”

三姑娘笑道：“你只怕受了他的气，所以才会那么恨他，其实，他倒真是个好人，听说我家镖银被劫，立刻就赶来为我们出头……”

小鱼儿冷笑道：“他这是黄鼠狼给鸡拜年。”

三姑娘道：“你说他没存好心，但他这又会有什么恶意？”

小鱼儿道：“这些人的心机，你一辈子也不会懂的。”

三姑娘斜身坐到床上，就坐在小鱼儿身旁，她的心“怦怦”直跳，垂着头坐了半晌，又道：“那位花公子，也是江……江别鹤请来的。”

小鱼儿道：“哦。”

三姑娘道：“据说这位花公子，是江湖中第一位英雄，又是天下第一美男子，但我瞧他那副娘娘腔，却总是瞧不顺眼。”

小鱼儿听她在骂花无缺，当真是比什么都开心，拉住了她的手，笑道：“你有眼光，你说得对。”

三姑娘道：“我……我……”

她在黑暗中被小鱼儿拉住了手，只觉脸红心跳，喉咙也发干了，连一个字都再也说不出来。

小鱼儿想了想，忽然又道："你说的那位花公子，他是否有个朋友中了毒？"

三姑娘道："你怎会知道的？"

小鱼儿道："他既然本事那么大，怎会让自己的好朋友被人下毒？"

三姑娘道："昨天下午，那位花公子和江大……江别鹤一起出去了，只留下铁姑娘一个人在客房里，有人送来一份礼，要送给花公子，是铁姑娘自己收下的。礼物中有些点心食物，铁姑娘只怕吃了些，谁知竟中毒了。"

小鱼儿道："送礼的是谁？"

三姑娘道："礼物是直接交给铁姑娘的，别人都不知道。"

小鱼儿道："她难道没有说？"

三姑娘道："花公子回来，她已中毒晕迷，根本说不出话了。"

小鱼儿皱眉道："她怎会如此大意，随便就吃别人送来的东西？"

想了想，沉吟又道："那送礼的想来必定是个她极为信任的人，所以她才毫不疑心地吃了……但一个被她如此信任的人，又怎会害她？"

三姑娘叹了口气，道："那位铁姑娘，可真是又温柔，又美丽，和花公子倒真是一对璧人，她若不救，倒真是件可惜的事。"

小鱼儿咬住牙道："你说她和花……"

三姑娘道："他们两人真是恩恩爱爱，叫人瞧得羡慕，尤其是那花公子对她，更是千依百顺，又温柔，又体贴……"

小鱼儿只听得血冲头顶，人都要气炸了，忍不住大声道："可恨！"

三姑娘道："你……你说谁可恨？"

小鱼儿吐了口气，缓缓道："我说那下毒的人可恨。"

三姑娘道："直到现在为止，花公子和江别鹤还都不知道下毒的人是谁……"

小鱼儿瞪着眼睛笑道："他对她虽然又温柔、又体贴，但却救不了她的性命……嘿嘿……嘿嘿……"

三姑娘听他笑得竟奇怪得很，忍不住问道："你……你怎么样了？"

小鱼儿道：“我很好，很开心，简直从来没有这么开心过。”

三姑娘垂下了头，道：“你……你和我在一起，真的很开心么？”别人说男孩子会自我陶醉，却不知女孩子自我陶醉起来，比男孩子更厉害十倍。

小鱼儿默然半晌，突然又拉起三姑娘的手，道：“我现在求你一件事你答应么？”

三姑娘脸又红了，心又跳了，垂着头，喘着气道：“你无论求我什么，我都答应你。”

小鱼儿喜道：“我求你将我送出去，莫要被别人发觉。”

三姑娘又好像被人抽了一鞭子，整个人又呆住了。

也不知过了多久，她终于颤声道：“你……你现在就要走？好，我送你出去。”三姑娘突然放声大喊道：“来人呀……来人呀……这里有强盗！”

小鱼儿的脸立刻骇白了，一把扣住三姑娘的手，道：“你……你这是干什么？”

三姑娘也不答话。

只听衣袂带风之声响动，江别鹤在窗外道：“姑娘休惊，强盗在哪里？”他来得好快。

小鱼儿又惊，又怨，又恨。

“女人……女人……她为了要留住我，竟不惜害我。我早知女人都是祸害，为何还要信任她？”

他已准备一冲，只听三姑娘道：“我方才瞧见一人，像是往铁姑娘住的地方……”

她未说完，花无缺已失声道：“呀……不好！我们莫要中了那贼子调虎离山之计，快走！”接着，风声一响，人已去远。

小鱼儿又松了口气，苦笑道：“你真吓了我一跳。”

三姑娘悠悠道：“你放心，我不会害你的。我将他们引开，我才好帮你走。”

她抓起件大氅，摔在小鱼儿身上，道：“披起来，我带你出去。”

小鱼儿心里也不知是何滋味，喃喃道：“女人……现在简直连我也弄不清女人究竟是种什么样的动物。”

三姑娘道：“你说什么？”

小鱼儿道：“没有什么，我在说……你真是我见到的女孩子中最老实的一个。”

三姑娘“扑哧”笑道：“我若真的老实，就不会用这一计了。”

小鱼儿叹道：“所以我才觉得女孩子都奇怪得很，最老实的女孩子，有时也会使诈；最奸诈的女孩子，有时却也会像只呆鸟。”

幸好三姑娘身材高大，小鱼儿披起她的风氅，长短大小，都刚合适，两人就从廊上大模大样走出去。

三姑娘将小鱼儿带到偏门，开了门，回过头，淡淡的星光，正照着小鱼儿那倔强、调皮，却又充满魅力的脸。

三姑娘轻轻叹了口气，道：“你……你还会来看我么？”

小鱼儿笑道：“我自然会的，我今天就会……”

他一面说话，人已匆匆跑了。

三姑娘瞧着他背影去远，犹自呆呆地出神，只觉心中泛起一股滋味，也不知是愁，是喜？竟是她平生从未感觉过的。

小鱼儿匆匆奔回那药铺。

到了那条街上，庆余堂的金字招牌在星光下已可隐隐在望，小鱼儿的脚步也立刻缓了下来。

他鼻子东闻西嗅，眼睛东张西望，突然蹲下身子，喃喃道：“是了……”

只见光亮的青石板路上，有一些药末，前面六七尺处，又有一些，小鱼儿眼鼻俱用，一路追了下去。

原来他昨夜以石子将两条大汉买走的两大包药击穿个小洞，正是想让药包中的药漏下，他只要寻得漏下的药末，也自然就可追出那药包是送向何处的。他年纪虽小，做事却极是周到，不但早已埋下这线索，而且早已算定在这深夜之中，街上无人行走，绝不会将漏下的药末踏乱。

到后来他根本无需再低头搜索，只凭着清冷的夜风中吹来的一丝药味，他已不会走错路途。

这样走了约莫两盏茶时分，道路竟愈来愈是荒僻，前面一片池塘，水波粼粼。

只见这池塘不远，果然又有一片庄院，看来纵然不及段合肥的宅院精雅，但依山傍水，气象却更是宏大。那药包竟是径自送到这庄院来的。

小鱼儿微一迟疑，四下瞧了瞧，深夜之中，这庄院里居然还亮着灯火，黑漆的大门上也有个牌子。

“天香塘，地灵庄，赵。”

小鱼儿暗道：“瞧这气派，这姓赵的不但有财有势，而且还必定是个江湖人物，他们深更半夜的不睡觉，想来不会在做什么好事。”

他胆子本就大得出奇，再加上近来武功精进，更是满不在乎，竟向有灯光的地方，笔直掠了过去。

那是间花厅。小鱼儿垂在檐下，小指蘸着口水，在窗纸上点了个小小的月牙洞，花厅里正有四个人坐在那里喝酒。

他眼睛只盯住厅左的一个角落，这角落里大包小包，竟堆满了药，自然正是些附子、肉桂、犀角、熊胆……

只听一人道：“无论如何，三位光临敝庄，在下委实光宠之至，在下再敬三位一杯。”

这人坐在主座，又高又瘦，一张马脸，扫帚眉，鹰勾鼻，双颧高耸，目光锐利，看来倒有几分威棱。

小鱼儿暗道：“这人想必就是姓赵的。”

又听另一人笑道：“赵庄主这句话已不知说过多少遍了，酒也不知敬过多少次，赵庄主再如此客气，我兄弟委实不安。”

第三人笑道：“其实，我兄弟能做赵庄主的座上客，才真是荣幸之至，我兄弟倒真该好生来敬赵庄主一杯才是。”

这两人同样的圆脸、肥颈，同样笑得眯起来的眼睛，同样慢条斯理地说话，长得竟是一模一样。

小鱼儿暗笑道：“这两个胖子竟是一个模子里铸出来的，天下的双胞胎虽多，但兄弟两人这长相的倒是少有。”

这三人他全不认得，他更猜不出他们为何要害铁心兰，他心里正在揣摩，突见第四人回过头来。

这人白发银髯，气派威严，竟是那武林中人人称道、领袖三湘武林的盟主、“爱才如命”铁无双。

瞧见此人，小鱼儿倒真吓了一跳。

原来下毒的竟是铁无双！

这就难怪铁心兰那么信任，毫不怀疑地就吃了送来的礼，“爱才如命”铁无双这七字，自然是人人信得过的。

想不到这铁无双竟也和江别鹤一样，是个外表仁义、心如蛇蝎之辈，但他为何要害铁心兰呢？

# 第四十六章

## 巧识毒计

一时之间，小鱼儿心里已打了十七八个转，正是又惊又疑，只是他纵然不信，事实却又偏偏摆在眼前。

只见那赵庄主又倒了杯酒，举杯笑道："贤昆仲与铁老前辈俱是今世之英雄，赵香灵何德何能，竟蒙三位不弃，来……来来，在下再敬三位一杯。"

那兄弟两人立刻举起酒杯，铁无双却动也不动。

坐在左首的那胖子眼珠子一转，立刻赔笑道："我兄弟江湖后辈，无名小卒，怎敢与铁老前辈并驾齐驱？若不是庄主见召，我兄弟哪有资格与铁老前辈饮酒？"

另一人也笑道："正是如此，江湖中人若是听见罗三、罗九竟能陪着铁老前辈在一起喝酒，真不知要羡慕到何种程度。"

铁无双哈哈大笑，立刻举杯笑道："两位太谦了，老夫两耳不聋，也曾听得罗氏兄弟行起江湖，侠肝义胆，哈哈……哈哈，哈，老夫敬贤昆仲一杯。"

小鱼儿暗笑道："这当真是千穿万穿，马屁不穿。铁无双自命不凡却也受不得两句马屁的！这罗家兄弟马屁拍得如此恰到好处，想来必定不是好东西。"

只听那赵香灵笑道："三位俱都莫要太谦了，铁老前辈固是德高望重，人人钦仰，但贤昆仲又何尝不是当世之杰？"

他转向铁无双笑道："铁老前辈有所不知，罗氏昆仲两位，虽然是近年才出道江湖，但一出手就重创了太湖七煞，接着又做了齐鲁五虎，在太行山上兄弟两人独战三刀十八寇，那一仗更是打得堂堂皇皇，轰轰烈烈。"

铁无双道：“这倒怪了，这些大事，老夫竟不知道。”

赵香灵道：“前辈又有所不知，他兄弟两人为着不欲人知，无论做了什么事，都不愿宣扬，就凭这样的心胸，已是人所难得。”

铁无双笑道：“好，好，这样的朋友，老夫必定要交一交的，只是……两位看来显然必是双生兄弟，为何一个行三，一个却行九？”

罗三笑道：“晚辈只是以数字为名，与排行并无关系。”

罗九笑道：“其实我是老大，他是老二。”

铁无双抚掌笑道：“这倒妙极，别人若是听了你们名姓，只怕谁也不会想到罗九竟是兄长，而罗三却是弟弟。”

他语声微顿，又道：“两位如此了得，却不知出自哪一位名师的门下？再也不知两位出道为何如此之晚，直到三年前，老夫才听得两位的名字？”

罗九笑道：“我兄弟从小爱武，所以在家里练了几手三脚猫的把式，也没有什么师承。四十岁，老母在堂，我兄弟不敢远游，是以直到家母弃世后，才出来走动的。”

铁无双叹道：“不想两位不但是英雄，而且还是孝子。”

罗三笑道：“岂敢岂敢。”

铁无双道：“只是，想那七煞、五虎、三刀、十八寇，俱是黑道中有名的硬手，两位既然一一打发了他们，若说不是出自名门，老夫委实难信。”

罗九道：“晚辈在前辈面前，怎敢有虚言！”

铁无双笑道：“如此说来，两位更可算得上不世之奇才，自创的武功，竟能也有如此精妙，不知两位可否让老夫开开眼界？”

罗三道：“在前辈面前，晚辈怎敢献丑？”

铁无双道：“两位务必要赏老夫个面子。”

罗三道：“晚辈的确不敢。”

铁无双作色道：“两位难道瞧不起老夫，竟不肯给老夫个面子么？”

赵香灵赶紧笑道：“铁老前辈人称‘爱才如命’，听得贤昆仲如此奇才，想必早已动心了，两位的确不该扫铁老前辈的兴。”

罗三苦笑道：“庄主也……”

赵香灵接口笑道："说老实话，在下也的确想瞧瞧两位一显身手。"

罗九长身而起，笑道："既是如此，晚辈恭敬不如从命，献丑了。"

这兄弟俩虽肥胖，身材却高得很，两人略挽了挽衣袖，竟在这花厅中施展开拳脚。

这时不但赵香灵与铁无双聚精会神地瞧着，就连窗外的小鱼儿也瞪大了眼睛瞧得目不转睛。

只见这罗九双掌翻飞，使的竟是一种"双盘掌"，罗三拳风虎虎，打的却是一套"大洪拳"。

这兄弟两人拳掌快捷，下盘扎实，身手可说是十分矫健，但招式却毫无精妙可言。

要知道"双盘掌"与"大洪拳"正是江湖中最常见的把式，可说是连赶车的、抬轿的都会使两手。

铁无双竟像是瞧呆了。他不是惊于这兄弟武功之强，而是惊于这兄弟武功之差，这样的武功使出来，实在是在"献丑"。

只见两人使完了一趟拳，脸竟也似有些红了，抱拳笑道："前辈多多指教。"

铁无双道："嗯……嗯……"

赵香灵笑道："罗氏昆仲的武功，当真是扎实已极，这样的武功虽不中看，但却最能实用……老前辈以为如何？"

铁无双道："嗯……不错……不错。"

他嘴里虽然在说"不错"，却已掩不住语气中的失望之意，他对这兄弟两人，委实已再没什么兴趣。

但小鱼儿对这两人的兴趣却更大了。

他心中暗道："这兄弟两人八面玲珑，深藏不露，竟连铁无双这样的老江湖都瞒过了，竟瞧不出他们的武功绝不止此。这两人如此做法，不但隐藏了自己武功的门路，也消除别人的警惕，从此不会再对他两人存有戒心，这两人竟宁愿被人瞧不起，这是何等深沉的城府，这种人我倒真要小心提防着才是。"

小鱼儿虽已瞧出这两人必定暗藏心机别有图谋，却也猜不透这两人图谋的究竟是什么事。他自然更猜不透这两人的来历。

这时赵香灵又举起酒杯，笑道："今夜虽然被这件无头公案吵得无法安睡，能瞧见两位罗兄的身手，又能陪铁老前辈畅饮通宵，倒当真是因祸得福了。”

小鱼儿正又暗奇忖道：“无头公案？什么无头公案？”

就在这时，只听庄外突然传入一阵车声马嘶。

铁无双推杯而起，变色道：“莫非又来了？”

语声中他身形已直蹿出来。庄外果然驰来了一辆车马。开了庄门，车便直驰而入，但车上却没有人赶车。

赵香灵吩咐家下，卸下了车上的包裹，刚打开包裹，便有一阵药香扑鼻而来，包里的正是附子、肉桂、犀角、熊胆……

小鱼儿暗中瞧得清楚，当真又吃了一惊。灯光下，只见赵香灵、铁无双面上也都变了颜色。

赵香灵道：“这究竟是怎么回事？一晚上连着七八次，无缘无故地将这药送来，这难道是有人在开玩笑，恶作剧？”

铁无双皱眉道：“这些药材俱都十分珍贵，谁会拿这些珍贵之物来开玩笑？”

赵香灵道：“依前辈看来，这是怎么回事？”

铁无双沉吟道：“这其中说不定有什么恶计。”

赵香灵道：“但这些药非但没有毒，而且有的还补得很，送这些药来又害不到咱们的……罗兄可猜得出这究竟是何缘故么？”

罗九笑道：“铁老前辈见多识广，所言必有道理。”

铁无双叹道：“老夫委实也有些莫名其妙。”

他虽然莫名其妙，小鱼儿却已猜透了。

他喃喃暗道：“好呀，这原来是你们要栽赃，你们将解药送到这里，好叫花无缺以为下毒的人是铁无双，这原来是个连环计……好阴毒的连环计，可惜的是，这件事竟遇上了我江小鱼，这真算你们倒大霉了。”

他眼珠子一转，竟悄然而去。他乘着夜色，寻了家专卖脂粉白垩之类的铺子，越墙而入，出来时手里却是满载而归，大包小包提了一手。

于是，天亮时他已换了副面目，只见他一张白兮兮的脸，两只睡眼泡，一张猪公嘴，活像个妓院里的大茶壶。他从屠娇娇处学来的易容术，果然没有白费。

小鱼儿寻了家最热闹的茶馆，大吃了一顿。他一连吃了两笼蟹黄汤包、四套油炸馃子，外带一大碗热汤才住手。他知道今天必定要大出力气，人是吃饱了才有力气的。

茶馆外还有早市，人来人往，热闹得很。一条削长汉子太阳腮上贴着块膏药，手拎着鸟笼，在人丛里转来转去。

他一只手拎着鸟笼，另一只手可也没闲着，他一伸手，别人袋里的散碎银子就全都变成了他的。

小鱼儿追上了他，走到人少处，突然一拍肩头，笑道："朋友手脚倒蛮快的呀。"

那青皮无赖一回头，怒道："小杂种，你吃饱了撑得难受么？"反手一个耳光，就往小鱼儿脸上扇了过去。但他一辈子也休想碰着小鱼儿的脸。小鱼儿用两根手指，轻轻叼住了他腕子，轻轻一捏，这蛮像样的一条大汉立刻疼得不像样了。

小鱼儿笑嘻嘻道："谁是小杂种？"

那青皮疼得满头冷汗，道："我……我是小杂种，标标准准的小杂种。小爷，小祖宗，你就饶了我这个小杂种吧，我袋子里的全送给你老人家。"

小鱼儿道："只要你老老实实回答我几句话，我非但不拿你袋子里的，说不定还会装满它，你瞧怎么样？"

那青皮道："好……自然好……"

小鱼儿叼着他的手，道："你可知道'天香塘，地灵庄'这地方？"

那青皮道："小人若不知道，还能在城里混么？"

小鱼儿道："那赵庄主是怎么样的人？"

那青皮道："赵庄主家财百万，人又四海，黑白两道，都很吃得开，只是……自从段合肥来了之后，他生意总是被段合肥打垮，他想动武的，哪知段合肥居然也养了一群江湖上的朋友，而且字号比他家的更响。"

小鱼儿眼珠子一转，喃喃道："这就对了……赵香灵把铁无双找来，想必是要借铁无双的名头来镇压段合肥的，而这点恰巧又被人利用了。"

那青皮也听不清他说的是什么，只是哀求着道："少爷，你老人家现在可以放手了么？”

小鱼儿笑道：“你整天东溜西逛，这城里你必定熟得很，赵家庄里想必也有你的熟人，只要你带我进去见他，让我在庄子里待一天，我给你三百两银子，你肯么？”

这还有不肯的么？为了三百两银子，这青皮简直可以把自己的老婆都卖了。

像赵家庄这样的地方，自然是龙蛇混杂，什么人都有，家丁里自然不乏一些混混儿，这些自然就都是那青皮的同伴。

小鱼儿小用手段，就和他们混在一起了，还不到一个时辰，这些人都已将小鱼儿看成好朋友。

使小鱼儿想不到的是，那赵香灵居然一早就来到前厅，精神奕奕，顾盼自得，居然丝毫看不出昨夜曾痛饮通宵的模样。

过了不久，外面就川流不息地有人来，看样子都是生意买卖人，见了赵香灵，神情俱都恭恭敬敬。

小鱼儿站得远远的，拉住个家丁问道：“这些人是干什么的？来得怎地如此早？”

那家丁道：“这些人都是我家庄主派往外面店铺的掌柜，每天早上都要到庄里来报告头一天的生意情况，除了这些人外，我家庄主早上从不见客。”

小鱼儿微微一笑，道：“有些客人，你家庄主想不见只怕也不行。”

那家丁自然听不出小鱼儿话中的深意，笑道：“这天香塘，地灵庄，难道还有人敢硬闯进来不成？”

小鱼儿眨了眨眼睛，道：“段合肥呢？”

那家丁啐道：“那肥猪，我家庄主迟早要将他满身肥肉红烧了来吃。”

小鱼儿道：“原来你家庄主与那段合肥冤仇倒大得很。”

那家丁道：“他知道我家庄主在哪里有买卖，就在对面也开一家，他知道我家庄主有哪些大主顾，就不惜一切去结纳，咱们天香塘和段合肥委实仇深似海。”

小鱼儿笑道：“想不到商场竟也和战场一样，看来在商场上结下的仇人，竟比在战场上的仇人恶毒还要深。”

那家丁道：“做生意讲究本分，像段合肥用这种卑鄙手段，简直不是人。”

说话之间，赵香灵已三言两语，将那些掌柜的一一打发走，端起碗茶啜了两口，吩咐道：“去瞧瞧客人们，若已起来，请到前厅用茶。”

小鱼儿在门房外的树荫下寻了块石头坐下，喃喃道：“若是我猜得不错，现在只怕已该来了。”

就在这时，只听门房里传来一阵人语声，道：“相烦请名帖送上贵庄主，就说在下前来拜访。”

门房道：“抱歉得很，我家庄主正午前从来……”语声突然顿住，像是瞧见帖上的名字吓了一跳。

小鱼儿听得那语声，又是紧张，又是欢喜，喃喃道：“来了来了，果然来了。”

那家丁已匆匆忙忙上前厅，捧上名帖。赵香灵皱眉接过，但瞧了一眼，亦不禁动容失声道：“江南大侠江别鹤来了。”

铁无双耸耸然长身而起，还未说话，厅外已有人朗声笑道：“江别鹤前来求见庄主，庄主难道不见么？”

两个人大步走上厅前石阶，前面一人神采飞逸，正是江别鹤，后面跟着的却是个丰神如玉的美少年。

再后面竟还有四条大汉抬着顶绿呢软轿，轿帘深垂，也不知里面坐的究竟是何许人也。

赵香灵赶紧抢步迎出，抱拳笑道：“在下不知江大侠光临，有失远迎，恕罪恕罪。”

江别鹤笑道：“在下等来的不是时候，倒要请庄主恕罪才是。”

赵香灵揖客入座，只见那美少年脸色铁青，两人目光相遇，赵香灵竟不由得激灵灵打了个冷战，强笑道：“这位兄台不知是……”

江别鹤淡淡笑道：“这位是花公子，花无缺。”

他故意淡淡说来，赵香灵、铁无双、罗九、罗三听见“花无缺”这三个字，却都不禁悚然动容。

铁无双目光上下一扫，笑道：“这位兄台竟是近来名震八表的‘无缺公子’，果然是少年英俊，人中之鹤，当真幸会已极。”

花无缺冷冷道：“幸会幸会。”

赵香灵笑道：“这位铁老前辈，两位想必久已认得了，但这两位罗兄……”当下将罗九、罗三介绍，自然不免又吹嘘了一番。

花无缺却似完全没有听到，鼻子里似乎嗅着了什么气味，突然袍袖一拂，轻飘飘离座而起。

众人只觉眼前人影一闪，他竟已掠入旁边的花厅，目光又一花，他已从花厅掠出，手里抓着一把药，面色更是惨白，嗄声道：“果然在这里。”

赵香灵道：“这些药莫非是公子的么？在下正不知是谁送来的，昨夜……”

江别鹤似笑非笑，接口道：“庄主难道真不知是谁送来的么？”

赵香灵瞧了瞧他，又瞧了瞧花无缺的面色，知道这其中必定牵涉极严重，强笑道：“这……这究竟是怎么回事？”

江别鹤道：“这件事说来也简单得很，有人下毒害了花公子未来的夫人，却将市面上的解药全都搜购一空，这是怎么回事？”

赵香灵道：“这正是要绝花公子未来夫人的生路。”

江别鹤道：“不错，如此说来，搜购解药的人，是否就是那下毒的人呢？”

赵香灵道：“自然！”

江别鹤淡淡一笑，道：“这就是了。”

赵香灵想了想，面色突变，失声道：“那……那些解药莫非现在花厅之中？”

江别鹤一字字道：“正是！”

赵香灵跳了起来，道：“但……但在下委实不知此事……那些解药是昨天有人送来的。”

江别鹤道：“是谁送来的？”

赵香灵道：“在下也不知是谁。”

江别鹤冷笑道：“不知是谁？难道还有人会无缘无故地将这些珍贵的药物平白送人么？赵庄主说这话，未免将江某看成小孩子了。”

要知这件事说来的确是荒谬已极，的确是绝不可能，赵香灵无言可辩，满头汗珠滚滚而落。

铁无双长身而起，大声道：“老夫可以身家替赵庄主作保，那药的确是别人送来的，赵庄主的确不知道那人究竟是谁！”

江别鹤瞟了他一眼，淡淡道：“赵庄主若不知道，阁下就想必是知道的了。”

铁无双怒道：“你……你说什么？”

江别鹤冷冷一笑，再不瞧他，也不答话。

# 第四十七章

## 计中之计

这时那花无缺才自轿中缩回头来，原来那轿中正是铁心兰，他已将解药喂入铁心兰嘴里。

如此生吞解药，药力虽不能完全发挥，但总可稍解毒性，再加上花无缺以高深的内力相助，果然过了一会儿，轿中便有呻吟声传了出来。

花无缺松了口气，缓缓转过身子，目光缓缓自众人面上扫过，那目光正如厉电一般，直瞧得众人背生寒意。

花无缺一字字道："是谁下的毒？"

赵香灵抹了抹汗，道："在下的确不知。"

铁无双厉声道："这必定是有人栽赃！"

江别鹤瞧了罗九、罗三一眼，忽然问道："这药难道真不是铁老英雄与赵庄主买来的？"

罗九、罗三对望一眼，罗九缓缓道："我兄弟什么都不知道。"

铁无双怒道："但你们明明知道，昨夜你们也亲眼瞧见的！"

罗三道："我兄弟直瞧见药自己来了，却不知是谁送来的，说不定是张三，说不定是李四，也说不定是……"

瞧了铁无双一眼，住口不语。

江别鹤道："也说不定就是铁老英雄的门下，是么？"

罗九、罗三对望一眼，也不答话，竟无异是默认了。

江别鹤目光凝注铁无双，悠悠道："阁下还有何话说？"

铁无双却怒目瞧着罗氏兄弟，厉声道："你两人怎敢如此？"

罗九道："我兄弟只是说老实话。"

江别鹤道："贤昆仲当真是信义之人，在下好生相敬，但铁老英雄嘛……嘿嘿。"

铁无双须发皆张，怒喝道："老夫怎样？"

江别鹤不再答话，却走到软轿前，唤道："铁姑娘！铁姑娘醒来了么？"

铁心兰的语声在轿中呻吟着道："嗯……我冷得很！"

江别鹤道："铁姑娘可知是被谁下毒的么？"

这句话问出，厅中人俱都紧张了起来。

只听铁心兰道："我……我是中毒了么？我也不知道是谁下毒的……"

赵香灵刚松了口气，铁心兰已接着道："我只知吃了铁无双送来的两粒枣子，就全身发冷，直打冷战，不到片刻，已晕迷不省人事了。"

这句话说出来，人人都变了颜色。

铁无双顿足道："你……你为何要血口喷人？"

江别鹤道："阁下此刻还想狡赖，未免不是大丈夫了。"

铁无双怒道："放屁！老夫与她一不相识，二无仇恨，为何要害她？"

江别鹤道："花公子，你听这话如何？"

花无缺究竟不是常人，到此刻竟还能沉得住气，脸上神色虽更难看，但居然还是动也不动，只是缓缓道："我等出手之前，总得要人口服心服。"

江别鹤笑道："正该如此。"

突然向那抬轿的轿夫招了招手，道："过来。"

那轿夫应命而来，躬身道："江大侠有何吩咐？"

众人正不知江别鹤在这紧张关头，突然令这轿夫前来是为了什么，江别鹤已微微一笑，道："铁老前辈方才说的话，你听到了么？"

那轿夫道："小人听得清清楚楚。"

江别鹤道："你说他是否有加害铁姑娘的道理？"

那轿夫道："没有。"

这时大厅中人人面面相觑，有的认为江别鹤故弄玄虚，有的认为江别鹤弄巧成拙。

江别鹤却不动声色，反而笑道："那么，这毒不是铁老英雄下的了？"

那轿夫道："是铁老英雄下的。"

江别鹤道："你为何又说是铁老英雄下的毒呢？"

那轿夫道："只因他虽无相害铁姑娘之意，却有毒杀花公子之心。他下毒本是要害花公子的，只不过铁姑娘首当其冲而已。"

江别鹤故意皱起眉头，问道："铁老英雄与花公子也素无冤仇，又为何要害花公子？"

他话未说完，铁无双又怒喝道："正是如此，老夫为何要害人？"

那轿夫不慌不忙，缓缓道："要杀人自然有几个原因，一是嫉妒，二是仇恨，还有自己若是做了见不得人的事怕被人发觉……"

铁无双怒喝道："老夫一生顶天立地，你这奴才竟敢道老夫做了见不得人的事！"

这一声大喝有如霹雳雷霆，"地灵庄"的家丁都被吓得面目变色，这轿夫居然还是不慌不忙反而笑道："小人可不敢说这话，这话可是铁老英雄你自己说的。"

这轿夫不但口齿伶俐，胆子极大，而且说话恭敬中带着刻薄，竟有与铁无双分庭抗礼之势。

别人都在奇怪，"江南大侠"属下，怎地连个轿夫都是如此厉害的角色，小鱼儿却已瞧出这"轿夫"绝不会是真的轿夫，必是别人打扮成轿夫的模样。他目不转睛地瞧着，愈瞧愈觉得这轿夫像是一个熟人。

只见铁无双怒极之下，反而狂笑起来。

他仰天狂笑道："好，好好，当着许多朋友，老夫倒要听听你这奴才说老夫究竟做了些什么见不得人的事。"

那轿夫缓缓道："见不得人的事也有许多种，譬如说偷鸡摸狗，这种算是小的；劫人镖银，杀人生命，这就算是大的了。"

铁无双道："你……你说老夫劫了谁的镖银？"

那轿夫道："譬如说段合肥老爷的。"

铁无双嘶声道："段合肥？你……你……"

那轿夫道："城里人人都知道，段老爷和赵庄主是对头，段老爷子买货的银子若被劫，货物进不来，这城里岂非就没有人和赵庄主抢生意了？"

铁无双怒道："纵然如此，这和老夫又有何关系？"

那轿夫笑嘻嘻道："铁老英雄若是在暗中劫了段合肥的镖，不但赵庄主要重重酬谢，而且那一笔镖银铁老英雄正也可消受了。"

铁无双道："好，好，你……你再说。"

那轿夫道："铁老英雄本以为这件事做得神不知，鬼不觉，江湖中纵然有人调查此事，也算计不到铁老英雄。"

他一笑接道："谁知段老爷子竟请出了花公子来，铁老英雄自然也知道花公子不是等闲人物，生怕花公子查出此事，那么铁老英雄日后岂非没脸在江湖混了？所以就先下手为强，要将花公子置于死地。"

他说得委实愈来愈露骨，本来还说"假若""譬如"，此刻却公然指明就是铁无双。

铁无双大怒道："好可恶的奴才，老夫先打烂你这张利嘴！"

怒喝声中，这暴躁的老人身形已虎扑而起，铁掌扇风，左右齐出，直击这轿夫的左右双颊。

铁无双领袖三湘武林，武功可不等闲，此刻盛怒出手，掌风过处，一丈外衣袂俱已被震得飞起。

奇怪的是，江别鹤就站在那轿夫身旁，他眼看自己属下要挨揍，居然像是若无其事，也不出手阻拦。

只听"噗、噗"两响，一声狂吼，一条人影飞出！

这轿夫竟接了铁无双一掌。

而四掌相击，被击出去的竟不是轿夫，而是素来以掌力见重武林的三湘名侠"爱才如命"铁无双。

众人都不禁失声惊呼起来。

小鱼儿本在苦苦思索这轿夫究竟是谁，此刻见他出手之掌势，掌力竟是极上乘的武林正宗功夫。

小鱼儿心念一闪，失声道："原来是他！"

只见铁无双被震得飞出丈余，落下时竟站立不稳，连退数步，若非赵香灵赶出扶住，他竟要跌倒。

饶是如此，他赤红的脸膛还是已变为惨白，胸膛也起伏不定，显然已受了伤，而且伤还不轻。

江别鹤微微笑道："铁老前辈毕竟已老了。"

铁无双颤声道："你……你……"

江别鹤道：“前辈还有什么话说，在下等俱都洗耳恭听。”

赵香灵大声道：“在下还有话说，试问那毒真是铁老英雄下的，他送礼时怎会用自己的名字？又怎会将解药放在这里，难道等着阁下来抓人抓赃么？”

那轿夫抢先道：“若是凡俗之辈，自然不会这样做的，但铁老英雄纵横江湖数十年，是何等见识？他这样做法，正是叫别人不信此事真是他做的，这岂非比那种‘此地无银三百两’的做法高明十倍、百倍。”

赵香灵道：“但……但……”

他平日自命机智善辩，谁知此刻竟被这轿夫驳得说不出话来。要知此事若真是铁无双做的，铁无双如此做法，倒的确真是最高明的手段。

江别鹤道：“事已至此，公子意下如何？”

花无缺缓缓道：“此事若被天下英雄知晓，天下英雄俱都难容。”

江别鹤道：“正是如此。”

花无缺目光缓缓扫过众人，然后凝注在铁无双、赵香灵面上，道：“此刻方值正午，我再给两位半天时间，两位可自思该如何了断，今夜子时，我当再来。”微一抱拳竟转身走了出去。

江别鹤道：“在下素仰老前辈侠名，本待好生结纳。谁知……唉！”长长叹息了一声，竟也随着走了出去。

众人见他们此刻竟然走了，也不知是惊是喜，俱都怔在当地。

小鱼儿不禁暗叹道：“无论如何，两人这一走，倒走得当真不愧大侠身份，只不过那花无缺乃是出自本意，江别鹤却是装出来的。”

众人眼睁睁瞧着花、江等人出了庄门，扬长而去。

铁无双突然狂吼一声，道：“气死老夫……”

话刚出口，张嘴喷出一口鲜血。

原来他方才对掌时受创极重，只是将一口气强行忍住，他方才一直不说话，正是怕在人前丢脸。

赵香灵见他偌大年纪，仍是如此强傲，心中不觉惨然，强笑道：“前辈赶紧到后面歇歇，先将养伤势……”

铁无双惨笑道：“今夜子时便是你我大限，养好伤势又有何用？”

赵香灵道：“那……只怕也未必，他们人已走了……”

铁无双长笑道：“他们人虽走了，老夫难道还能逃走不成……咳咳，不想老夫一世直名，到老来竟要死于屈辱！”

赵香灵惨然垂首，也不知该说什么。他也知道以铁无双身份地位，此番若是逃走，倒真生不如死。

铁无双仰天道：“事到如今，老夫已无处可去，无路可走，与其等到子时，倒当真不如自己先做个了断也罢！”

一言未了，竟已热泪盈眶，这老去的英雄又逢末路，怎不令人神伤？

赵香灵骇然道：“前辈切切不可如此，事情只怕还有转机……”

铁无双道：“事已至今，我等已是百口莫辩，除非寻得出那真凶……但人海茫茫何处去寻那真凶？更何况只有半天的工夫。”

赵香灵黯然道：“半天……子时……”

抬眼望去，门外日影已偏西。

铁无双仰天笑道：“江别鹤呀江别鹤，花无缺呀花无缺！老夫并不怪你，事到如此……咳咳……你们也只有如此做了，你们能多给老夫半天时间，已是大仁大义，老夫……咳……老夫还该感激于你……咳咳……”

他一面说话，一面咳嗽，鲜血已溅满衣襟。

赵香灵半推半劝，令人将他扶至后室，转首望向罗九、罗三，惨然道：“贤昆仲难道也无以教我？”

罗九微微一笑，道：“铁老英雄忧郁太过，依在下看来，此事倒也简单。”

赵香灵大喜道：“快请指教。”

罗九目光一转，附在赵香灵耳旁道：“事到如今，你我只有先下手为强，将段合肥与他女儿擒来，好教江别鹤投鼠忌器，不敢下手！”

小鱼儿听了这话，真想过去给他几个耳刮子，这算是什么主意，这简直是在陷人于死。

赵香灵沉吟半晌，道：“此事万万做不得，若是如此做了，天下武林中人，岂非真要以为劫镖、下毒之事俱是我等所为？我等岂非更是百口莫辩？”

小鱼儿暗中抚掌道：“不错，赵香灵果然不是笨人。”

只见罗九却又附耳道：“庄主怎地如此执着？需知如此行事，只不过是暂时从权之计，一面稳住江别鹤等人，一面去寻访真凶，等真凶寻到，真相大白后，再好生将段家父女送还，那时江湖中有谁敢说庄主不是的？”

赵香灵不禁动容，讷讷道：“但……在下还是觉得此事……”

罗九道：“庄主若不肯行此妙计，以那江别鹤与花无缺的武学，庄主要想逃过今夜子夜之限，只怕是难如登天的了。”

赵香灵默然半晌，苦笑道：“看来也只有如此了。”

语声方顿，又道：“只是，那段合肥仆役如云，要想自他庄院中将他父女劫来，也绝非易事，这得有千军万马中取上将首级的本事。”

罗九微微一笑，道：“这个倒不用庄主担忧。”

罗三道：“此刻花无缺与江别鹤恐必不会防备有此一招，更不会去防护段氏父女，除了这两人外，别的人都可不虑。”

赵香灵喜道：“难道两位肯仗义援手？”

罗九微言道：“食君之禄，怎能不忠君之事？”

赵香灵大喜拜道：“贤昆仲如此高义，在下真不知该如何报答才是。”

罗九赶紧扶起他，道：“庄主切莫如此多礼。”

小鱼儿在一旁瞧得清楚，暗道：“好个罗九，竟使出如此恶计，你这样做法岂非正是要搞得天下大乱，好教你从中取利么？”

只听罗九道：“事不宜迟，在下此刻就要去了。”

赵香灵道：“贤昆仲若有所需，但请吩咐。”

“别的不用，只请庄主派八位家丁，抬两顶小轿跟随着我兄弟。”

赵香灵道：“这个容易……”

他吩咐过了，立刻有人应声而出。小鱼儿眼珠子一转，也跟着走了出去，于是小鱼儿也权充了一次“轿夫”。

两顶轿子抬来，罗九却先坐了上去，笑道：“这两个轿子此刻让我兄弟坐坐，等会儿就要轮到段合肥父女坐了，他父女只怕也不比我兄弟轻。”他坐上轿子，放下轿帘，道：“段合肥的庄院，你们可认得么？”

一人笑应道：“自然认得，咱们好几次想去放火烧他房子。”

罗九道："好，咱们这就走。"

七个家丁加上一个小鱼儿，果然抬起轿子就走，那七个家丁还不知此去要干什么，有些不禁在暗中嘀咕。

轿子走了一顿饭工夫，远远已可望见段合肥的宅院，见那朱红的大门前也坐着七八个汉子，门里还有七八个。

那家丁道："前面就是段合肥的猪窝了，罗爷瞧该怎么办？"

罗九道："笔直抬进去。"

这话说出，小鱼儿也不禁骇了一跳："难道他们不怕江别鹤？"那些家丁更是惊得呆了，强笑道："段合肥的守门狗不少，若被他们咬一口，岂非冤枉？"

罗九道："你们只管往里面抬就是，那些守门狗决计咬不着你们。"

家丁们互相瞧了一眼，鼓起勇气，忙喝着往前走。

刚走到门口，段宅的庄丁果然迎了过来，吆喝道："喂，你们是干什么的？站住！"

小鱼儿眼珠子一转，喝道："咱们是来抬猪的，让开！"

他这自然是存心捣蛋，好教江别鹤迎出来，罗九就成不了事，至于相救铁无双，他早有成竹在胸。

段宅庄丁果然大骂着冲进来，纷纷喝道："狗养的，你们是来找死么……"

赵宅家丁手里抬着轿子，眼看他们冲过来，也不能还手，心里正在着急，忽听"哧、哧"几响，前面七八个段宅庄丁竟应声倒了下去，别人什么都没瞧见，还以为是见了鬼了。

小鱼儿眼尖，却瞧见几点乌光自轿中飞出，七八个庄丁每人挨了一下，竟立时倒地，滚了两滚，就不动了。

这罗九当真是好毒辣的手段。小鱼儿却不免瞧得心惊，赵宅家丁更是目瞪口呆。

罗九笑道："守门狗不叫了，你们还不走？"家丁诺诺连声，抬起轿子再往前走。

这时门里又有七八人惊呼着奔出，刚奔出大门，又是"哧、哧、哧"几响，又有七八人倒地。

还没出门的一个，侥幸得免，瞧见这情况，吓得心胆皆丧，惊呼一声，转身就跑，大呼道：“来人呀，来人呀，门外有恶鬼闯来了。”

小鱼儿暗道：“他如此呼喊，想必可以将江别鹤引出来，这罗氏兄弟难道就毫无顾忌？”

罗九、罗三竟真的毫无顾忌，大笑道：“伙计们，往前走呀！”

这时赵宅家丁一个个俱已勇气大振，放足飞奔。

走进前面一重院子，院子里已有二十多人手拿刀斧棒迎出，但暗器飞声响过，前面又倒了一片。

一条紫衣大汉变色呼道：“轿子里暗青子扎手，伙计们先退。”这人身手最矫健，武功看来竟不弱。

呼声中，已有五个人箭步蹿出，手里竟个个拿了面盾牌，抛了一面给那紫衣大汉。

紫衣大汉挥手呼道：“射人先射马，先将抬轿子的做了再说。”

刀光闪动间，六个人已飞步而来。

赵宅家丁虽然大声呐喊，但心里已有些发毛，只见武师们个个以盾牌护住前胸，挥刀直劈而下。

忽听一声长笑，一人大声道：“且慢！”

一条人影，自轿子里飘了出来，一把抓住那轿夫家丁的后背，将他往后面直抛了出去。

那武师一刀砍空，只见一个脸圆圆的胖子笑眯眯地站在面前，一只手指着自己的鼻子，笑道：“各位难道不认得区区在下了么？”

武师们俱都呆了呆，个个对望了一眼，只道这胖子或许是自己的朋友，但一眼尚未瞧过，罗九已笑道：“各位既不认得在下，在下也只有不认得各位了！”

语声中，手掌已毒蛇般伸出，抓住了当先那持刀武师的手腕，只听“咔嚓”一声，接着一声惨呼。

那武师的手腕竟被生生拧断，钢刀落地，他人也疼得晕了过去。另五人又惊又怒，一根枪、两把刀交击而下。

罗九目光一扫，笑道：“不想这里竟还有杨家枪的门人，这一招‘凤点头’看来至少也有十五年的火候，算得上是好枪法！”

那持枪的武师正是北派杨家枪的嫡传弟子，如今一招使出，就被瞧出了来历，不由得暗中一惊，掌中枪也慢了慢。

就在这一惊一慢间，枪尖竟已落入对方掌中。

罗九右手握着枪尖，身形半转，以枪杆挡开了右面攻来的一柄剑，却向左面攻来的紫衣大汉笑道："彭念祖彭老师可好么？"

这彭念祖乃是南派"五虎断门刀"的掌门人，而这紫衣大汉却正是他门下弟子，如今听得对方提起自己的师父，也不由得一怔，道："你认得他老人家？"

罗九笑道："不认得！"

"不认得"三个字说出，左掌已击上了这紫衣大汉的胸膛，将他魁伟的身子打得直飞出去。

也就在这时，那持枪的武师但觉一股大力自枪杆上涌了过来，他想撒手丢枪，却已不及。

只听"噗"的一声，这枪杆的枪柄，竟直插入他的胸膛。他自己掌中的枪，竟成了对方的武器。

罗九拍了拍手，笑道："三位如今可认得区区在下了么？"

剩下的三人已吓得面如土色，手里拿着刀枪，却再也不敢动手。这罗九竟在谈笑间便了结了三个身手不弱的武师，出手之阴毒，竟是小鱼儿出道以来的仅见。此刻之罗九，哪里还是昨夜施展大洪拳时之罗九？

小鱼儿昨夜虽已知道此人必定深藏不露，但却也未必想到他的狡诈与毒辣，竟似不在他所认识的"十大恶人"之下！

他心念一转之间，那边站着的三个武师又已躺下了一个，剩下的两人，四条腿已开始发抖。

罗九笑嘻嘻道："如今各位总该认得在下了吧？"

那两人不约而同，颤声道："认得……认得……"

罗九笑道："两位认得我是谁？"

那两人面面相觑，道："你……你老人家是……是……"

罗九道："我姓罗，叫罗九。"

那两人道："不错不错，你老人家是罗九爷。"

罗九道："两位既然认得在下，那真是再好也没有了，就烦两位带我去拜见拜见段合肥段老爷子如何？"

这两人你望着我，我望着你，讷讷道："这……这……"

罗九面色一沉，道："这区区小事，两位都不肯答应么？"

那两人想了想，终于叹道："好，就请……"

一句话还未说完，只听"哧、哧"两响，两道乌光自后面飞来，击中了他们的背脊，两人惨叫倒地。

一人大笑："段老爷子已被我请了出来，已用不着你两人带路了！"笑声中，罗三大步行出，左手拉着段合肥，右手拉着的正是段三姑。

原来罗九在这里动手时，罗三已悄悄溜进了后院，段三姑虽也有些武功，但又怎会是这罗三的敌手！

四面还剩下三四十个段府的庄丁，此刻眼睁睁瞧着罗三将他们的主人拉出来，竟无一人敢出手的。

这神秘的罗氏兄弟两人，果然不费吹灰之力就将段合肥父女绑架了，小鱼儿心里又惊又奇。

"江别鹤呢？江别鹤难道死了？"

只见段合肥已吓得面无人色，罗三叫他走，他就走，罗三叫他上轿子，他就乖乖地上了轿子。

那三姑娘眼睛虽然瞪得比铜铃还大，但也毫无抵抗之力，罗三笑嘻嘻将她推上轿子，道："兄弟们，抬起轿子走吧。"

罗九笑道："这轿子不小，坐两人也不嫌挤，各位就辛苦些吧！"

这兄弟两人居然也挤进了轿子，直压得轿板吱吱地响。

赵庄的家丁们早已将这两人视若神明，轿子再重，他们也是心甘情愿地抬着，非但毫无怨言，而且还欢喜得很。

小鱼儿心眼儿又开始在打转了。江别鹤始终不露面，莫非是还没有回来？

他们早就该回来的，此刻偏偏还未回来，莫非是早知道罗三、罗九有此一招，是以避开了？

他故意要罗三、罗九将段合肥父女绑架走，正是要叫这件事闹得更不可收拾，要叫铁无双更无法办。

但罗三、罗九又怎知江别鹤不在呢？

"莫非这兄弟两人也早与江别鹤在暗中相勾结？"

小鱼儿不禁暗叹道："好一个江别鹤，毒计之中，居然还另有毒计，普天之下，除了我江小鱼外，还有谁能识破他的毒计？"心念转动间，轿子已转过一条街。

突见前面也有一顶轿子走过来，抬轿的正是那能言善辩的“轿夫”，后面跟着两匹马，马上人却正是江别鹤与花无缺。

小鱼儿又是一惊，眼珠子转了转，突然大喝道：“前面的轿子快闪开，你可知这轿子里坐的是什么人吗？”

赵庄的家丁，瞧见江别鹤与花无缺已是胆战心惊，听见他这一吼，更是吓坏了。

哪知江别鹤居然真的要轿子让开了一条路。

小鱼儿抬着轿子走过去，故意撞了那“轿夫”一下，低声道：“我认得你，你认得我么？”

那“轿夫”居然好像没有听见，垂着头走了过去，只有江别鹤策马而过时，狠狠盯了小鱼儿一眼。

轿子交错而过，赵庄的家丁都不禁在暗中松了口气。

小鱼儿冷笑暗道：“我猜得果然不错，江别鹤与这两个姓罗的果然早有勾结，所以他就算明知这轿子里坐的是什么人，也装作不知道。”

这一着可当真将铁无双陷入了危境，他若再说自己与劫镖、下毒之事无关，天下也不会有人相信了。

# 第四十八章

## 揭发奸谋

段合肥父女入了地灵庄，地灵庄上上下下精神俱都一振，一个个喜笑颜开，几年来的闷气这下才算出了。赵香灵虽然也觉得这件事做得有些不妥，但瞧见多年来的大对头已成了自己的阶下囚，也不由得心怀大畅。

小鱼儿瞧得不禁暗中摇头，叹道："你们现在尽管笑吧，哭的时候可就快到了……"

只见段合肥父女被几个人拖拖拉拉，拉入了后院。这父女两人落入地灵庄，自然是有罪受的。

赵香灵已摆起了慰劳酒，再三举杯道："贤昆仲如此大义相助，在下实是没齿难忘。"

罗三笑道："区区小事，何足挂齿，只是……庄主心中此刻不知是何打算？"

赵香灵叹道："事已至此，在下只望能将大事化小，小事化无，等到江别鹤来了，将此事好生解释，只要他不再追究，在下便将段合肥放回去也罢了。"

罗九忽然冷笑道："事已至此，庄主还想将大事化小事么？"

赵香灵微微变色道："难道……难道不……"

罗九冷冷道："事已至此，双方已成僵局，庄主再说与此事无关，无论如何解释，江别鹤是再也不会相信的了！"

赵香灵失色道："如此……如此贤昆仲岂非害煞在下了？"

罗三冷笑道："我兄弟出生入死，换来的只是庄主这句话么？"

赵香灵赶紧赔笑道："在下一时失言，贤昆仲千万恕罪，只是……在下此刻方寸已乱，委实已没了主意，一切还望贤昆仲多多指教才是。"

罗九展颜一笑，缓缓道："不能和，唯有战！"

赵香灵失声道：“战？”

罗九道：“正是！”

赵香灵道：“但……但那江别鹤与花无缺的武功，在下……在下……”

罗九微笑道：“花无缺与江别鹤纵然武功惊人，但庄主也不必怕他。”

罗三道：“庄主岂不闻，不能力敌，便可智敌。”

赵香灵讷讷道：“却不知该如何智取？”

罗九道：“段合肥父女已在庄主之手，江别鹤投鼠忌器，纵然来了，也必定不敢出手的，庄主你可先将他们稳住。”

赵香灵道：“然后呢？”

罗九目光一扫，悄声道：“地灵庄兄弟，个个身手俱都不凡，庄主不妨令人在这大厅四面埋伏，准备好强弓硬弩……”

罗三微笑接道：“那江别鹤与花无缺只要进了此厅，纵有三头六臂，只怕也难以活着出去了。”他似乎并无顾忌，说话的声音并不小。

小鱼儿远远听得，不禁暗骂道：“这算什么狗屁的主意，那江别鹤怎会中计，赵香灵若是听从了这主意，无异将自己的罪又加深了一层。这样江别鹤就算立刻杀了你，江湖中也不会有半个人出来为你说话的了。”

赵香灵听了这主意，却不禁动容，道：“贤昆仲以为此计真的行得通么？”

罗九道：“自然是行得通的。”

罗三接着笑道：“此计成功之后，天香塘，地灵庄之名，势必将名震天下，那时只望庄主莫要将我兄弟赶出去就是了！”

赵香灵忍不住笑道：“在下怎敢忘记两位……”

笑声顿住，讷讷道：“只是……这样做法，万一不成……岂非……”

罗九正色道：“事已至此，庄主难道还有什么别的主意不成？”

赵香灵沉吟半晌，苦笑道：“事已至此，看来我已别无选择了。常言道，量小非君子，无毒不丈夫，赵香灵也只好和他们拼到底了！”

罗九抚掌笑道：“正是正是，庄主这句话说出来，才真个是英雄本色！”

罗三道：“那江别鹤发现段合肥父女被抓后，势必要立刻赶来，我等行事也得从速才是。”

赵香灵霍然长身而起，厉声道：“兄弟们，准备弓箭埋伏，听我掷杯为号，立刻出手！”

罗九道：“埋伏好了，你可请铁老英雄出来。”

罗三笑道：“少了铁老英雄，便成不得事了。”

江别鹤的计谋，显然进行得十分顺利，赵香灵不但自己一步步走入了陷阱，而且将铁无双也拖了进来。

这样，江别鹤很轻易地就可将铁无双的势力消灭，眼看江湖中反对江别鹤的势力已愈来愈少了。

这样，铁无双不明不白地就做了那真正劫镖人的替死鬼，江湖中甚至不会有一个人对此事发生怀疑的。

网已在渐渐收紧了……

小鱼儿闭起眼睛，喃喃自语道：“江别鹤的恶计，难道真的无懈可击么？”

黄昏。

铁无双已坐上了大厅，他身子虽仍坐得笔直，但神情看来却很憔悴，目中失去了原有的光彩。

罗九、罗三却是神采奕奕，赵香灵也显得很兴奋。这地灵庄外表看来似乎很平静，其实却四伏着杀机。

大厅四侧，已埋伏好三十张强弓、二十匣硬弩，院子里却仍有三五成群的家丁，小鱼儿也混在里面。

忽听庄外马蹄声响，众人俱都悚然动容。

蹄声骤停，进来的却是七个劲装佩剑的少年。七人一起抢步直入大厅，拜倒在铁无双的面前。

这七人正是铁无双“十八弟子”中的高手，他们闻讯赶来，铁无双自是大感欣慰，赵香灵也不觉喜上眉梢。

小鱼儿瞧见这七人，眼睛也一亮，这七人中为首的一个，正是那与江玉郎暗中勾结的面色惨白的绿衫少年。

只听他恭声道：“弟子来迟，盼师父恕罪……”

铁无双喜色初露，愁容又起，长叹道：“你等虽来了，却也无济于事……此事已非武力可以解决，少时你等切切不可胡乱出手，免得……”

语声未了，忽听一声惊呼。

一条人影自大厅后的窗户外飞了进来，“砰”地跌在地上，四肢僵硬，再也动弹不得。只见此人黑衣劲装，手提一张金背铁胎弓，背后斜插着一壶乌翎箭，却正是赵香灵埋伏在大厅四侧的家丁壮汉。

赵香灵面色惨变，铁无双也惶然失声。

只听又是一声惊呼，又是一声惊呼，又是一人跌入……霎时之间，只听惊呼之声不绝于耳，大厅中已有数十人叠了起来，一个个俱是四肢僵硬，动弹不得。

铁无双失声道：“这……这是怎么回事？”

赵香灵惶然四顾，道：“这……这……”

一人冷冷接口道：“这是你弄巧成拙！自作自受！”

两条人影飘飘然掠了进来，却不是江别鹤与花无缺又是谁！

赵香灵“噗”地坐倒椅上，再也站不起来。

江别鹤负手而立，冷笑道：“铁老英雄认为这区区埋伏能害得了江某，也未免将江某瞧得忒低了。”

铁无双厉声道：“这究竟是怎么回事？老夫根本全不知情！”

江别鹤冷冷道：“若未经铁老英雄同意，赵庄主只怕也不敢如此吧？”

铁无双怒喝道：“赵香灵，你说！是谁叫你用这卑鄙手段的？”

赵香灵头也不敢抬起，讷讷道：“这……这……”

罗九突然长身而起，厉声道：“我兄弟只道铁老前辈与赵庄主乃是英雄，是以不远千里而来，谁知两位竟使出如此卑鄙的手段来……”

罗三大声接口道：“我兄弟虽然不才，却也不屑与此辈人物为伍，从此以后，‘地灵庄’无论有什么事，都与我兄弟毫无关系！”

赵香灵大声道：“两位怎可说出这样的话来，这一切岂非都是两位的主意？”

罗九冷笑道：“好个赵香灵，你竟敢将此事赖在我兄弟头上么？”

罗三冷笑道：“你纵然百般狡赖，只怕也是无人相信的！”

赵香灵狂吼一声道：“你……你好，好……”

花无缺缓缓道：“我虽不为已甚，但事到如今，你两人还有何话说？”

铁无双咬牙道：“老夫……老夫……气煞老夫也！”

吼声中，他又喷出了一口鲜血，这老人气极之下，竟晕了过去。

他门下弟子又惊又怒，有的赶过去扶起了他，有的已待拔剑出手，那面色惨白的绿衫少年大声道：“事情未分皂白之前，大家且莫出手！”

江别鹤正色道：“不错，师父若不义，弟子便不该相随，各位若能分清大义所在，天下武林中人对各位都必将另眼相看。”

那绿衫少年道：“但此事究竟如何，还……”

江别鹤厉声道：“此事事实俱在，你们还有什么不信的？”

绿衫少年故意惨然长叹一声，道：“师父你休怨弟子无情，只怨你老人家自己做出了此等天理不容之事，弟子为了顾全大义，也只有……”咬牙忍受，顿了顿脚，解下了腰畔佩剑，掷在地上。

他这一手做得更是厉害已极，江湖人中若知道连铁无双自己的弟子都已认罪，别的人还有何话说？

其余六人一向唯他马首是瞻，见他已如此，有三人跟着解下佩剑，其余三人虽未解剑，但握剑的手也已垂了下来。

江别鹤朗声道：“除了铁无双与赵香灵外，此事与各位俱都无关，只要各位不助纣为虐，江某也必定不会牵连无辜！”

赵香灵牙齿已吓得“咔咔”打战，嘶声道：“我与你究竟有什么冤仇，你要如此害我？”

江别鹤缓缓道：“在下与你虽无怨仇，但为了江湖道义，今日却容不得你！”

赵香灵突然咬了咬牙，狞笑道：“好，我知道你为了段合肥，要将赵某除去，但你也莫怪段合肥此刻也在赵某手里，赵某若死，他也是活不成的。”

江别鹤冷笑道：“真的么？”

他招了招手，厅后竟也有两顶轿子抬了出来。前面抬轿的，正是那能言善辩的神秘“轿夫”。

江别鹤道：“轿子里坐的是什么人，你可想瞧瞧么？”

赵香灵踉跄倒退两步，只见那“轿夫”掀起帘子，笑嘻嘻坐在轿子里的，却正是那段合肥。

到了这地步，赵香灵已一败涂地，他惨然四顾，突然狂吼一声，疯狂地向厅外奔了出去。

江别鹤也不阻拦，瞧着他冷笑道："你难道还逃得了么？"

赵香灵奔出大厅，黑暗中突然伸出一只手来，将他拉了过去，在他耳边低低说了几句话。

这几句话像是仙丹妙药，竟使得赵香灵精神一振。

这时铁无双已悠悠醒来。

花无缺缓缓道："念在他成名也算不易，就让他自己动手了断吧。"

他说话居然还是从从容容，神情也仍旧是那么飘逸而潇洒，他长衫如雪，根本瞧不出丝毫曾经与人动手的痕迹。

他虽可主宰这里所有的事，但一切又仿佛都与他无关似的，他竟连话都没有多说一句。

纵然在乱军之中，他也可保持他那翩翩的风度。

只见江别鹤俯身拾起那绿衫少年的佩剑，缓缓送到铁无双面前，冷冷地瞧着铁无双，却没有说话。

他已用不着说话。

铁无双仰天长叹，嘶声道："苍天呀苍天，我铁无双今日一死，怎能瞑目！"

他凄厉的目光，扫过他的门下弟子，就连那绿衫少年也不禁垂下了头。铁无双突然奋起，大喝道："铁某就站在这里，你们谁若认为铁某真的有罪，要取铁某的性命，只管来吧！只怕苍天也不能容你！"

烛火飘摇中，只见他目光尽赤，须发皆张，一种悲愤之气，不禁令人胆寒，江别鹤竟不觉向后退了半步。

那"轿夫"却一步蹿了出来，大喝道："多行不义，人人得而诛之。普天之下，谁都可以取你性命，别人若不忍动手，就由我来动手吧！"

忽听一人道："江玉郎，你真的敢动手么？"

那"轿夫"身子一震，霍然旋身，只见那赵香灵竟又大步走了回来。他面上虽仍苍白得不见血色，但胸膛却已挺起，说话的声音也响亮了。

他走入大厅中央，众人才瞧见还有一人跟在身后，这人青袍白袜，头上戴着个竹篓，遮住了面目，走起路来，飘飘荡荡，就像是贴在赵香灵身上的幽灵，令人瞧得背脊上不觉直冒寒气。

但那“轿夫”一惊之下，神情瞬即镇定，大笑道：“堂堂的江少侠，怎会来做轿夫？你莫非瞎了眼了！”

赵香灵大声道：“江玉郎，你瞒得过别人，却瞒不过我。你劫了段家的镖银后，赶回这里假充轿夫，为的是要取铁老英雄的性命，这样江湖中人都只道铁老英雄是死在个轿夫身上，日后纵有要来寻仇之人，也寻不着假仁假义的‘江南大侠’父子了……江玉郎呀江玉郎，你父子两人行事当真是千思万虑，滴水不漏！”

那“轿夫”纵声狂笑道：“各位听见了么？这厮竟敢说劫镖的乃是江少侠……段老爷子你说这厮是不是胡说八道的疯子？”

段合肥眯着的眼睛里似乎闪过了一丝狡黠的光芒，他笑眯眯地瞧着赵香灵，一字字缓缓道：“你这话是从何说起，我镖银第一次被劫，就是江少侠夺回来的，他若是劫镖的人，为何又将镖银夺回？”

赵香灵道：“镖银第一次被劫，本是‘双狮镖局’与江玉郎串通好的，江玉郎若不将镖银送回，他们还要赔出来。”

段合肥道：“他们为何要如此做？”

赵香灵道：“如此做法，不但提高了江玉郎在江湖中的声望，而且……”

他语声故意顿了顿，段合肥果然忍不住追问道：“而且怎样？”

赵香灵缓缓道：“而且第二次镖银被劫时，别人就再也不会怀疑到江玉郎头上。”

段合肥道：“如此说来，那双狮镖局中的人，又怎会……”

赵香灵接口道：“在这恶计之中，双狮镖局里的人，自然不免要做冤死鬼，江玉郎自然要将他们杀死灭口，而且……”

段合肥竟又忍不住问道：“而且怎样？”

赵香灵道：“双狮镖局上上下下既然死净死绝，那镖银自然就没有人赔了，于是那偌大一批镖银，就太太平平落入了‘江南大侠’的手中！”

江别鹤眉心微微一皱，向那“轿夫”瞟了一眼。

那“轿夫”怒喝道：“贼咬一口，入骨三分，你临死居然还要反噬，我却容不得你！”喝声中，已向赵香灵怒扑过去。

他身形之快，当真有如急箭离弦。

赵香灵大惊之下，竟来不及闪避，就在这时，突见人影一花，花无缺竟飘飘挡住了那“轿夫”的去路。

那“轿夫”掌已击出，不及收势，眼见竟要打在花无缺身上，但见他身子突然一扭，左掌向右掌一拍，身子已滴溜溜打了个转，顺势倒翻而出。

这一手“壮士断腕”，正是内家正宗最上乘的功夫，实比昆仑大九式中的“悬崖勒马”还要高出一筹。

这一手功夫使出，就连铁无双都不禁悚然动容，江别鹤双眉却皱得更紧，只听花无缺微笑道：“好武功！好身手……”

那“轿夫”吃惊地望着他，讷讷道：“花公子为何要……”

花无缺悠悠笑道：“无论是谁有话要说，咱们都该听他说完了才是，咱们纵然不信他的话，却也得让他有说话的自由，是么？”

那“轿夫”垂下了头，道：“是！”

花无缺转向赵香灵，道：“你无端说出这话，可有什么根据？”

赵香灵呆了半晌，却又立刻大声道：“双狮镖局中的人，俱是仓猝而死，连一招都不及还手，而这江南双狮武功并不算弱……在下请问花公子，就算以花公子这样的武功，要想将这些人全都杀死，也不能令他们全都还不了手的，是么？”

他呆了一呆之后，像是突然有人指点了他，口若悬河，侃侃而言。江别鹤两道锐利的目光，已闪电般扫向他背后那个“幽灵”的身上。

花无缺缓缓道：“不错，就算武功比我更强的人，纵然能置他们于死，只怕却也不能令他们全都还不了手的。”

赵香灵道：“但普天之下，武功更强于公子之人，只怕已没有了，是么？”

花无缺微微一笑，道：“纵有也不会多。”

赵香灵道：“是以此事只有一个解释。”

花无缺道：“什么解释？”

赵香灵道：“这必定是一个与李氏双狮极熟的人下的手，他们万万想不到这人会向自己人下毒手，是以猝不及防，连还手俱都不及……”

他咯咯一笑，接着道：“这不问可知，自然除了江玉郎外再无别个！”

花无缺道：“但据那仅存的活口马夫所见，下手的乃是个威猛老人。”

赵香灵道：“易容之术，在今日江湖中，虽仍是奥秘，但会的人却也有不少，他既能假充轿夫，为何就不能改扮成威猛老人……”他语声顿了顿，又接道：“他故意留下那马夫，正是要借那马夫之口……否则他杀人之后，又怎会狂笑而出？否则以他的武功，那马夫就算躲藏，又怎能逃得过他的耳目？”

他语声顿了顿，又接着道：“还有那马夫逃生之后，立刻就将此事绘形绘影地说了出来，而且说得有声有色，巨细不漏，试问一个真的受了如此惊骇的人，说话又怎会如此明白清楚？所以……那马夫想必也是他的同谋，早已经他指点……”

他语声每次顿住时，似乎都在留意倾听着他身后那“幽灵”说话，江别鹤目光如炬，冷笑道：“你说的话又是谁指点你的？”

赵香灵道：“这……这全是我自己想出来的，我……”

说到这里，他突然又顿住了声，接着又大声道：“对了，我方才说错了，那‘马夫’说不定就是现在这‘轿夫’，就是江玉郎，而动手的却是江别鹤！”

江别鹤突然仰首大笑起来，道：“我本不愿与你一般见识，但你既如此胡言乱语，我却也容不得你了。”

他这话竟不是向赵香灵说的，眼睛也未瞧着赵香灵，他那锐利如刀的目光，正盯在那“幽灵”身上。

忽听一声轻叱，那“轿夫”不知何时已到了那“幽灵”身后，身形凌空，“飞鹰搏兔”，铁掌已闪电般击下。

大厅中的人目光俱被江别鹤吸引，谁都没有留意到这“轿夫”此刻骤然出手，眼见已是万万不会落空。

谁知他双掌方自击下，那“幽灵”竟似早已算定他出掌的方法与部位，头也不回，反手一掌挥出。

这轻描淡写的一掌，竟正是击向那“轿夫”招式中的破绽，也正是他必救之处，他不求伤人但求自保，双腿一缩一挺，身子凌空倒翻而出，远远落在地上，眼睁睁瞧着这“幽灵”，竟像是真的见了鬼一般。

众人方才已见过他的武功，如今又见他被人轻轻一掌击退，俱不觉为之大惊。他自己更做梦也想不到自己势在必得的一掌，在别人面前，竟变作儿戏。只见这“幽灵”缓缓转过身子，咯咯笑道：“你认得我么？”

那“轿夫”嘶声道：“你……你是谁？”

那“幽灵”道：“你不认得我，我却认得你……我死也不会忘记你！”他语声尖细飘荡，听来当真有几分鬼气。

那“轿夫”竟不觉激灵灵打了个寒战，道：“你……你究竟是什么人？”

那“幽灵”道：“我早已告诉过你，我不是人，是鬼！”

他一步步走过去，那“轿夫”竟不觉一步步往后退。

灯火通明的大厅中，也不知怎的，竟像是突然充满了森森鬼气。

那“轿夫”面上肌肉虽动也未动，但一双眼睛却已惊怖欲绝，这样的面容配上这样的眼神，看来更是令人毛骨悚然。

花无缺袖手旁观，竟毫无出手之意。江别鹤目光闪动，似乎悄悄打了个手势，就在这时——

忽听那绿衫少年失声道：“呀，不好！我师父……我师父……他老人家竟自杀了！”

这一声惨呼，立刻使众人目光俱都自那“幽灵”身上转了回来——目光转处，人人俱都不禁惊呼失声。

只见铁无双虽仍端坐在椅上，但方才那柄长剑，此刻竟已赫然插入了他咽喉，鲜血已染红了他的衣服。

利剑穿喉，他连呼声都不能发出，他双手握着剑柄，似欲刺入，又似要将长剑拔出，却已无力。

他双眼怒凸，目中犹凝聚着临死的惊骇与怨毒，他人死去，这一双充满怨毒的眼睛，却似乎是在瞪着那绿衫少年。

众人悚然失色，竟都被惊得呆住。

江别鹤长长叹息了一声，道：“铁无双不愧是英雄，勇于认错，他这样一死，生前的罪孽与污名总算已可洗清了！”

那“幽灵”突然大声道：“放屁！铁无双绝不是自杀的！”

# 第四十九章

## 幽灵之谜

江别鹤怒道："铁英雄若非自刎，难道还是江某下的手不成？"他顿了一顿，冷笑接道："江某若要下手，早已下手，又何必等到此刻？"

那"幽灵"也冷笑道："铁无双若要自刎，也早已自刎了，更不会等到此刻……他方才既不肯含冤而死，此刻真相眼见已将大白，他更不会死了！"

江别鹤厉声道："铁老英雄若非自刎，还有谁能令他不及还手而死？铁老英雄这样死正是死得清清白白，你难道还要他死后受污名？"

那"幽灵"也厉声道："这里也正和方才赵庄主所说的一样，若是正面动手，自然谁也不能令铁无双不及还手而死，但若下手暗算……"

江别鹤大喝道："我江别鹤难道还会出手暗算于他不成？"

那"幽灵"冷笑道："这次自然不是你，你自己知道铁无双已在提防着你，纵然出手暗算，也决计无法得手的！"

江别鹤道："若非江某，难道还会是花公子不成？"

那"幽灵"道："我早已说过，下手的必定是铁无双一个极为亲近的人，铁无双再也想不到他会出手暗算，是以才会遭他的毒手！"

那绿衫少年突然大呼道："是谁害死了我师父，我和他拼了！"

那"幽灵"冷冷道："下手害死你师父的，就是你！"

绿衫少年身子一震，大怒道："放屁！我身负师门重恩，怎会弑师，你……你莫非疯了？"

那"幽灵"冷笑道："你既知身受师门重恩，便该好生报答才是，但你却丧尽天良，暗中与江某人勾结！你眼见真相已将大白，便乘着大家全都不会留意你时，一剑刺入你师父的咽喉，你以为铁无双一死，此事你死无对证，但你却忘了，还有我在这里！”

绿衫少年道：“你拿得出证据么？”

那“幽灵”道：“别人拿不出证据，我却拿得出证据。我亲眼瞧见那日在酒中下毒要害赵全海赵总镖头的就是你！”

绿衫少年身子已颤抖起来，却更大声喝道：“放屁！那日我师父相请赵总镖头前来与‘三湘联镖’和解，我为何在酒中下毒加害赵总镖头？”

那“幽灵”道：“只因你受江玉郎所命，此举不但要使和解不成，还要使你师父担受污名，这正是个‘一计害三贤’的毒计！”

绿衫少年怒喝道：“放屁！你……你说的话，谁也不会相信！”

那“幽灵”冷笑道：“你还想赖？我亲眼瞧见，亲耳听见你在那厨房与江玉郎商量恶计！”

绿衫少年喝道：“你怎会亲眼瞧见……你血口喷人，我和你拼了！”

他狂吼着拥了上去，但身形方展，“幽灵”突然揭下了头上的竹篓，咯咯怪笑道：“你再瞧瞧我是谁！”

灯光下，只见他满面泥污，披头散发，望之当真有如活鬼。

绿衫少年立顿，后退三步，颤声道：“你……你……”

那“幽灵”一字字道：“告诉你，我就是那日被你和江玉郎害死的鬼魂，你们要将我杀死灭口，我死不瞑目，我做鬼也要揭破你的奸谋，做鬼也要你的命！”

他话未说完，那绿衫少年已发狂般地放声惊呼起来，狂呼道：“鬼……鬼……真的有鬼！”

一面狂呼，一面后退，终于疯狂般奔了出去。

突然间，剑光一闪。

那绿衫少年还未奔到门口，已仆地倒了下去。一柄长剑，自他后颈穿入，喉头穿出，竟生生将他钉在地上。

这绿衫少年也是连一声惨呼都未发出，便尸横就地。但这次众人却都瞧见，长剑是江别鹤脱手掷出的。

江别鹤神情不变，缓缓道：“此人神志已丧，若任他冲出去，只怕为害世人，在下只有将他除去了。”

那“幽灵”大喝道：“江别鹤，你杀人灭口，还要说好听的话，当真是天理难容！”

江别鹤微微一笑，道：“你连面目都不敢示人，有谁能听信你的话！”

这句话正是击中了这“幽灵”的要害——小鱼儿呆了半晌，大声道：“只要我说的话是真的，现不现出面目又有何妨？”

江别鹤道：“各位请想，这厮所说若是真的，为何不敢以真面目见人？”

小鱼儿目光四转，只见众人的眼睛，果然都已盯在他脸上，每一双眼睛里，果然都已露出怀疑之色。

江别鹤悠悠接道：“这厮藏头露尾，危言耸听，居心实不可测……”

他一面说话，一面留意着众人的表情，说到这里，突然面对着花无缺，一字字沉声道：“花公子以天下为己任，难道不想知道他们的来历？”

花无缺道：“他们？”

江别鹤道：“除了这厮之外，当然还有那‘轿夫’，在下也正想瞧瞧，他是否真的如这厮所说乃是犬子玉郎。”

众人在混乱之中，多已忘却了那“轿夫”的事，此刻被他一提，方自想起，但放眼四望，不但那“轿夫”踪影不见，就连别的轿夫和段家父子所坐的那两顶轿子，都已不知在何时走了。

小鱼儿不禁暗暗跺足，他虽然聪明绝顶，但经验终还太少，照顾还是不周，竟造成了这致命的疏忽。

江别鹤也似勃然大怒喝道：“那‘轿夫’怎地走了？是什么时候走的？”

一直在作壁上观的罗九，此刻突然道：“段老爷子身体不好，紧张过度，委实再也受不了这刺激，是以方才就要他们将轿子抬回去了。”

罗三接着笑道：“人太胖了，的确不能紧张，否则难免中风，我兄弟也有这毛病。”

江别鹤顿足道：“贤昆仲既然瞧见，就该将那‘轿夫’留下才是，此事若不弄个清楚，在下也难免要担嫌疑！”

小鱼儿忍不住大骂道：“你这老狐狸，若论装模作样的功夫，你当真可算天下第一。”

江别鹤冷笑道：“有谁知道那‘轿夫’不是和你一路，故意串通来陷害江某的？否则你又怎会如此轻易地放他一走了之？”

他居然倒打一耙，居然说得合情合理，众人虽不见得就多信他的，至少已对小鱼儿说的话不再相信。

小鱼儿又气又急，他如今才知道这江别鹤果然不是可以轻易对付的人物，轻描淡写几句话，就扭转了逆势。江别鹤连一根手指都没有动，便已将小鱼儿逼入了死地。

这大厅前后共有十四扇窗户、三道门，每扇窗户高七尺余、宽三尺开外，无论多么魁伟的人都可轻轻易易地钻出去，出路可谓四通八达。

这大厅虽然宽阔，但每扇窗子距离小鱼儿站着的地方，最远也不过两三丈，以小鱼儿此刻的武功，轻轻纵身便可掠出。

但小鱼儿却不能走。只因花无缺的眼睛，此刻正盯在他身上。

江别鹤悠悠道：“那‘轿夫’虽已溜走，但阁下却只怕已是溜不走的了。阁下定然不肯以真面目示人，莫非是做了什么见不得人的事？”

小鱼儿眼珠直转，却想不出个主意。

花无缺突然道：“朋友若不愿自己动手，在下说不得只好代劳了。”

小鱼儿大骂道：“花无缺，我本以为你是个聪明人，谁知你竟然像活土狗似的被人利用，连我都替你觉得丢人。”

花无缺也不动怒，只是微笑道：“你若想激怒于我，这心机只怕是白费了。”

江别鹤笑道：“花公子年纪虽轻，涵养功夫却已炉火纯青，要他动怒，除非……”

小鱼儿大声道：“要他动怒，除非将铁心兰抢过来是么？”

花无缺面色果然微微一变，沉声道：“此事与她无关，阁下最好莫要提起她的名字。”

小鱼儿大笑道：“铁心兰可不是你的，你有什么资格不许别人提起她的名字？”

也不知怎地，小鱼儿突然觉得身子里有一股热血直冲上来，变得什么也不怕了，一心想激怒花无缺，一心只想叫花无缺丢人现眼。他明知自己不是花无缺的敌手，却一心想和花无缺拼一拼，无论胜负生死，至少也可将那满腔热血发散发散。否则整个人只怕都要烧为灰烬。

这因为他实在是个非常非常聪明的人，不但很了解别人，也很了解自己，他知道自己实在不如花无缺，所以他只有忍耐。

若没有别的压力，若没有导火线，他也许会一直这样忍耐下去，直到他能胜过花无缺的那一天。

但此刻情况实在压得他透不过气，而“铁心兰”这三个字正是导火线，他拼命压制住的热血终于突然爆发。

他不但眸子发了光，甚至连瞳孔都异样地张大了。

他狂笑着大声接道：“花无缺，老实告诉你，铁心兰早已有了心上人！她的心早已属于他，你无论如何也夺不去的，你就算能将她娶为妻子，她的心还是在别人那里！”狂笑声中，他身形突然冲天而起。

就在这刹那，花无缺手掌已挥出。小鱼儿身形跃起，若是迟了半步，他的胸膛只怕便已被击碎。

大厅的梁木，离地四丈开外，小鱼儿这一跃，竟已攀着了梁木。

他手掌搭在梁上，身子有如秋枝上的枯叶般飘荡不定，由下面望上去，似乎随时都会跌落下来。

但江别鹤却已瞧出，这正是轻功中最高妙的身法，他身子看来摇摇欲坠，其实每一个动荡中都藏有杀手。

何况他一跃而起，居高临下，虽未抢得机会，却已占了地利，此刻无论是谁，若是跃起进击只怕都要遭到当头棒喝。

花无缺却非但没有跃起进击之意，甚至连瞧都没有向上瞧一眼。他只是静静地站在那里，目光竟望着自己的脚尖。

他竟似已处于老僧入定般的绝对静止状态，对身外的一切事，都似已不闻不问，他竟似站在那里睡着了。

但小鱼儿却知道他此刻心灵正是一片空灵，看似对一切都不闻不见，其实任何人的一举一动已都逃不过他的心眼。

小鱼儿在这有利的地位中，他也许还不会出手，但小鱼儿身形只要一展动，先机立失，只怕立刻便要遭他的杀手。

这两人一上一下，一动一静，竟这样僵持着。

别人虽然瞧不出其中的奥妙，但却已感觉这情况的紧张，嘈乱的大厅竟奇异地静寂下来。

时间过去愈久，这紧张的气氛愈是沉重。小鱼儿仍在不停地飘荡着，但众人已不再觉得他摇摇欲坠，只觉得这不定的飘荡，竟荡得自己头晕目眩，神情不定。

他们纵然不敢再向上望，但大厅中的烛火却似已随着小鱼儿的飘荡而飘荡，到后来竟连整个大厅都似乎也飘荡起来。

只有江别鹤，他凝目瞧着花无缺，神色仍是那么安详。

花无缺笔直凝立着的身形，就像是惊涛骇浪中的砥柱，不但自己屹立如山，也给了别人一份安定的感觉。

别人只觉他屹立不动的身形，竟有一股杀气发散出来，凌凌然逼人眉睫，逼得人连气都透不过来。

这一动一静，正成了强烈的对比。他两人身形相隔虽有四丈，但其间却已不能容一物。

但动的自然终究不能如静的持久。

江别鹤自然知道这点，嘴角不觉已泛起了笑容。

突然，一只燕子自窗外飞了进来。

这是只迷失了方向的孤燕，盲目地冲入了有光和亮的地方，为的只怕是来寻求一分温暖。

它竟飞入了小鱼儿与花无缺相持着的身形之中。

众人也不见小鱼儿与花无缺有任何动作，但这燕子却不知怎地，竟飞不过这无形的杀气。

这燕子竟直坠下来。落下的燕影，掠过了花无缺的脸。就在这时小鱼儿身形突然飞扑而下。

他整个人都似已变成了一个陀螺，在空中不停地旋转，旋转着直落而下，远远望去，他四面八方看来竟都似有手脚飞舞。

众人只瞧得眼花缭乱，竟疑有千手千臂的无相天魔，自天飞降。

花无缺仍未抬头去瞧一眼。小鱼儿凌空一声暴喝，旋转着攻出八腿十六掌。

他招式之快，已非力所能及，看来他一个人身上，竟似有八条腿十六只手掌一齐攻了出来，一齐攻向花无缺。

这一轮急攻虽是虚多实少，但虚实互变，虚招亦是实招，只要被他一招击中那是万无生理。

花无缺突然抬起头来。

飘摇的灯光下，只见他目光闪烁如星，面上似笑非笑，右掌挥出，轻轻一引一拨，看来既非攻招，亦非守势。

只听“噼啪、扑通”一连串声响，小鱼儿左掌竟打在自己右掌上，右掌打着了自己左掌；左掌之力未竭，又打着自己右掌；右掌之力也未竭，又打着自己左掌；下面也是左腿踢右掌，右腿踢左掌。

他一心制胜的攻势，竟全都打在自己身上，他身子被打得直转，斜斜飘开数尺，“噗”地跌了下去。

江别鹤瞧得眉飞色舞，大声笑道：“好！好一招‘移花接玉’！”

只见小鱼儿双掌俱已红肿，胸膛不住喘息，竟已爬不起来。

花无缺瞧着他，微微笑道：“你武功之高，倒也可算是当今武林的一流高手，内力之强，更出乎我意料，只可惜你内力愈强，此刻受伤也愈重！”

他一面说话，一面向小鱼儿缓缓走了过去。

突然，满厅急风骤响，灯火突然灭绝，还有十数道强劲的暗器风声，直打江别鹤与花无缺。

但这样的暗器，还是伤不了江别鹤与花无缺。这两人轻轻一跃，便自闪过。

这时厅堂中已乱成一团，混乱中，只听那罗九大喝道：“请大家站在原地，莫要乱动！”

罗三喝道：“莫要被那厮乘乱逃走了！”

这些话本是江别鹤要说的，江别鹤听了，不禁暗中点点头：“这罗氏兄弟果然是好角色！”

又听得罗九喝道：“我去外面防他逃走，你快点火！”

接着，火光一闪，他已亮起了火折子，再瞧方才在地上爬不起的那“幽灵”，果然已不见了。

江别鹤面色一变，掠到窗前，窗外夜色沉沉，不见人影。

罗三跺足道：“这厮跑得好快，咱们快追吧！”

花无缺缓缓道：“此间出路如此之多，要追只怕也无从追起。”

江别鹤皱眉道：“难道就让他这样逃了？”

花无缺道：“以他方才出手之力，被我移力击伤了他自己的手足，他本是无法逃的。”

江别鹤恨恨道：“这自然是那将灯光击灭的人，出手救了他。”

罗三道：“家兄只怕已去追赶，却不知追不追得着。”

花无缺缓缓道：“令兄只怕是追不着的。”

罗三道：“哦。”

花无缺道：“那暗中出手的人，既能在我等面前将人救走，自然有出类拔萃的身手，我等既被他以暗器阻延了片刻，只怕是再也追不着他的了。”

罗三苦笑了笑，叹道：“不错，那人既能在花公子面前将人救走，家兄自然是追不着他的！”

灯光一灭，小鱼儿就知道是救星到了，他正想挣扎着爬起，已有一人抱起了他，穿窗而出。这人的轻功竟是江湖中的顶尖身手，轻轻几掠，已在十余丈外。

凉风扑面，小鱼儿的手脚仍在隐隐发疼，他想起了花无缺那惊人的神秘武功，心里便不禁暗暗吃惊。

方才那一瞬间，委实是生死一发，惊险绝伦，若不是这人出手相救，小鱼儿是万万逃不了的。但这人却是谁呢？

小鱼儿忍不住道：“承蒙阁下出手相救，多谢多谢。”

那人脚下不停，口中道：“嗯！”他将小鱼儿挟在肋下，小鱼儿也瞧不见他的面目。

过了半晌，小鱼儿又道：“你可知道，我并不是什么好人，你为何要救我？”

那人笑道：“你也不坏。”

小鱼儿道：“但我却不认得你，你是谁呢？”

那人道：“你猜。”

小鱼儿道：“听你语声，你年纪并不太大。”

那人笑道：“却也不小了。”

小鱼儿道："你自然不会是神锡道长。"

那人道："哦。"

小鱼儿道："你若是神锡道长，就不会叫我猜了，出家人绝不会像你这样鬼鬼祟祟。"

人家救了他，他居然还要骂人，只因他一心想逼这人多说几句话，好听出他的语声是谁。

哪知这人只是笑了笑，道："你说得不错。"

小鱼儿还是听不出他声音，眼珠子一转，道："你莫非是轩辕三光？"

那人笑道："我不认识那赌鬼。"

小鱼儿忍不住大声道："你究竟是人是鬼？"

那人笑道："你永远猜不出我是谁的。"

小鱼儿道："你莫以为我的手脚真不能动了，你若再不说，我就点了你的穴道，绑住你，看你究竟是谁。"

一面说话，他的手果然已按住了那人的腰眼。

那人道："你莫忘了，我可是你的救命恩人。"

小鱼儿道："我可不领你的情！有些人出手救人，也是没有存好心的。你从别人手中救了我，说不定是为了要利用我，也说不定是为了要把我害得更惨。"

那人大笑道："你这人果然难以对付，我阅人无数，倒真未见过像你这么难对付的人……"说话间已掠入了一扇窗子，将小鱼儿放了下来。

这窗子竟似通夜开着的，屋子里居然还点着灯。灯光下，小鱼儿终于瞧见了这人的脸。

这人竟是那神秘的罗九！

小鱼儿吃惊得瞪大了眼睛，喃喃道："是你……怎会是你？"

罗九笑道："我就知道你是永远猜不着的。"

小鱼儿道："但……但我方才明明听见你在那大厅中说话？"

罗九笑道："那是我兄弟罗三，他一人装着两个人说话的声音，别人以为我留在那里还未走，自然想不到出手救你的人是我了。"

小鱼儿大笑道："果然是妙计，这连我都上了当，那些人想不上当更不可能了！"

罗九笑道："要江别鹤那老狐狸上当，可真不是件容易事。"

小鱼儿目光灼灼地瞧着他，道："不错，要江别鹤上当真不容易，但你却能令江别鹤也上当。"

小鱼儿眼珠子一转，道："那么，我再问你，我和你一不沾亲，二不带故，你为何要救我？"

罗九道："在下只是仰慕兄台的为人，不忍见兄台被逼，是以忍不住要冒险出手相救了。"

小鱼儿冷笑道："你只怕是看见我有两下子，想利用利用我……"

罗九大笑道："兄台如此说，未免错怪好人了。"

小鱼儿道："人与人之间，本来大多就是互相利用，你想利用我，又岂知我不想利用你？你若有所求，只管说就是，我绝不怪你。"

罗九抚掌大笑道："兄台倒当真是快人快语，在下好生佩服。"

他突然顿住笑声，逼视着小鱼儿，沉声道："在下瞧兄台所作所为，无一不是想揭破江别鹤的假面目，而在下也的确早有此心，是以才……"

小鱼儿道："是以才找上了我，是么？"

罗九大笑道："兄台若能与在下连手，江别鹤纵然奸猾如狐，此番只怕也要无所遁形了。"

他眼睛盯着小鱼儿，小鱼儿眼睛也盯着他，缓缓道："你明明帮着铁无双和赵香灵，却又在暗中和江别鹤勾结；你明明和江别鹤勾勾搭搭，却又要在暗中结识我，这究竟是为了什么？好，我也不管你究竟存何居心，只要你是真心想揭破江别鹤的假面目，我就和你联盟结手，在这件事上我总支持你到底！"

# 第五十章

## 意料之外

这间屋子乃是间小小的阁楼，但布置得却极为精雅。厚厚的地毡，织着琥珀的花纹，人走在上面，绝不会发出丝毫声音。

小鱼儿这时才有空四下打量，只见桌上摆着些奇异而贵重的珍玩，壁上也挂着些精巧的饰品。有的是黄金铸成的小刀小剑，有的是白玉塑成的小人小马，还有些丑恶的怪兽妖魔、美丽的仙子神祇。

罗九笑道："兄台看这屋子如何？"

小鱼儿道："这究竟是谁的屋子，你就随意闯了进来？"

罗九笑道："这就是蜗居。"

小儿骇了一跳，道："这就是你的家？你不怕江别鹤找来？"

罗九笑道："兄台大可放心，小弟这居处，是谁也不知道的。"

小鱼儿笑道："你倒真是深谋远虑，居然在这里也布置了一个这样的地方……"

罗九道："此处虽乃我兄弟所有，但却非我兄弟布置的。"

小鱼儿道："哦！"

罗九神秘地一笑，道："布置此地的人，兄台见了，必定极感兴趣。"

小鱼儿道："为什么？"

罗九笑道："只因她乃是绝世的美人。"

小鱼儿大笑道："美人……我见了美人就头疼得要命。"

罗九笑道："兄台虽然无视于美色，但是她……她却和别人不同，她不但美，而且还带着一种说不出的神秘感，想来必定会合兄台的脾胃。"

小鱼儿笑道："听你说得这么妙，我倒也想瞧瞧了。"

罗九拉了拉系铃的绳索，笑道："兄台立刻就可以瞧见了。"

小鱼儿道："能布置出这种地方的人，想来必定有些和别人不同之处……"心念一转，突然改变话题，道："江别鹤他可是还住在那破屋子里么？"

罗九笑道："虽然还是那地方，但屋子却已不破了。"

小鱼儿道："他不是不愿别人为他修建的么？如今为何又改变了主意？"

罗九道："但这次是花无缺为他修建的，而且花无缺自己也住在那里。"

小鱼儿叹道："不想花无缺居然被这种人缠上了，我倒真有些为他可惜。"

罗九赔笑道："江别鹤外表作得那么仁义，不知他真面目的人，谁不愿和他结交为友？花无缺武功虽然不错，但究竟少年无知……"

小鱼儿冷笑道："花无缺聪明内蕴，深藏不露，你若以为他少年无知，那你就是无知了。"

罗九目光闪动，道："兄台莫非与花无缺相知颇深？"

小鱼儿微微笑道："你知不知道这句话？对一个人了解最深的，常常是他最大的仇人。"

他突然感觉到身后有一种异样的感觉，霍然回头——一个人幽灵般站在他身后，灯光，正照着她的脸。

这果然是张绝美的脸。

她柳眉轻颦，大大的眼睛里，像是弥漫着烟雾。

她眼睛瞧着小鱼儿，却像是没有瞧着小鱼儿，她虽然好生生站在那里，但看来却像是在做梦，她赫然竟是慕容九。

小鱼儿一眼瞧过去，也不禁瞧得呆了。

罗九却像是没有留意到他神情的改变，却笑道："这位梦姑娘，就是布置此间的。"

小鱼儿道："梦姑娘？"

罗九道："我瞧见她的时候，她就是这样子，迷迷糊糊的一个人东逛西走。我问她愿不愿意跟我回来，她笑嘻嘻点了点头；我问她叫什么名字，她还是笑嘻嘻点了点头……唉，她整天都像是在做梦似的，所以我就叫她梦姑娘。”

小鱼儿自然知道她受的是什么刺激，为何会变得如此模样，但他却只是轻轻叹了口气，道：“梦姑娘……这名字倒不错。”

罗九瞧了他两眼，忽然道：“兄台莫非认得她？”

小鱼儿道：“你瞧她可认得我么？”

慕容九眼中一片迷雾，像是什么人都不认得。

罗九笑道：“兄台自然不会认得她的，只是……兄台你瞧她怎样？”

小鱼儿眼珠子一转，道：“我说好又有什么用？你难道舍得将她送给我？”

罗九笑道：“兄台既然已与在下结盟，在下所有之物，便是兄台所有之物。何况我兄弟又老又懒又胖，兄台总该知道这老、胖、懒三字，正是好色的最大克星吧？”

小鱼儿大笑道：“你既如此慷慨，我倒也不便客气了。”

忽听笑声起自窗外，一人穿窗而入，正是罗三。

罗九道：“你怎地回来了？那江别鹤可曾怀疑到我？”

罗三笑道：“他自然做梦也不会怀疑到你我身上，此刻铁无双已死，赵香灵更骇得千依百顺唯命是从，他嘴里不说，心里早已高兴得不知该如何是好了。”

小鱼儿突然道：“死了的那人并不是唯一的人证。”

罗九、罗三对望了一眼，同时道：“还有谁？”

小鱼儿道：“你莫忘了，还有他儿子江玉郎。”

罗九道：“但江玉郎又怎会揭穿他老子的阴谋？”

小鱼儿懒懒地一笑，道：“我也许会有法子的。”

他长长打了个哈欠，整个人从椅子上溜了下来，倒在那又软又厚的地毡上，喃喃地道：“温暖的太阳，辽阔的大草原……这地毡真像是那草原上的长草，又轻、又软、又暖和，人若能在上面舒舒服服地睡上个三天三夜，只怕就应该是非常满足的了。”

罗九笑道：“兄台只管睡吧，在这里，绝不会有什么人来打扰的。”

一个人若无论在什么情况下都睡得着，这人真是非常有福气——小鱼儿无疑是有福气的。

他也不知睡了多久，醒来的时候，烛火已灭，像是白天，但厚厚的窗帘掩住日色，屋里光线朦胧。

朦胧中，有一双亮晶晶的眼睛正在凝注着他。

小鱼儿躺在那里，动也没有动。

他瞧见慕容九就坐在他身旁的地毡上，像是刚刚坐下来，又像是自昨夜起就一直坐在那里。

小鱼儿也睁开了眼睛瞧着她，竟不觉瞧得痴了。他没有说话，自然更没有期望她说话。

哪知慕容九竟突然道："我好像在什么地方瞧过你，我好像认得你。"

小鱼儿的心一跳，道："你认得我？"

慕容九道："嗯。"

小鱼儿道："你可记得在什么地方瞧见过我？"

慕容九叹道："我已记不清了……我只是有这种感觉。"

小鱼儿笑了，转着眼珠子，道："你可记得你自己么？"

慕容九突然双手捧住头道："我也不记得，我不能想，我一想就头痛。"

小鱼儿道："那你就不要想吧，你最好不要想，想起来反而不好。"

慕容九道："你……你莫非知道我以前是谁？"

小鱼儿道："我也记不清了，我只知道，你现在这样子，比以前可爱得多。"

还是夏天，小室中热得令人懒洋洋地提不起精神，虽然没有风，空气中却有一阵阵淡香传来。

小鱼儿一觉睡醒，全身都充满了过剩的精力，他瞧着那圆润的莹白的足踝，竟不觉联想起那日在冰室中她赤裸的胴体……在这燠热的夏日黄昏里，他突然兴起了一种邪恶的感觉。

他突然笑道："但你无论如何，还是想知道自己以前是什么样子，是么？"

慕容九道："我假如能想起以前的事，就算立刻死了都愿意。"

小鱼儿道："好，你先脱光，我替你想法子。"

慕容九眼睛睁得更大，颤声道："脱……脱光衣服？"

小鱼儿道："你一定是遇着了什么可怕的事，才变得这样子，只因那件事的恐怖，现在还像恶魔似的盘踞在你身体里。"

慕容九轻轻点着头道："嗯。"

小鱼儿道："所以，你要想起以前的事，就得先将身体里的恶魔赶走。你要赶走这恶魔，就得先解除一切束缚。"

慕容九像是听得痴了，不断地点着头。

小鱼儿笑嘻嘻道："衣服就是人最大的束缚，你先脱光衣服，我才可以帮你把恶魔赶走，这道理简单得很，你总该听得懂，是么？"

慕容九道："但……但……"

小鱼儿的手已摸着她的足踝，笑道："你听我的话，绝不会错的……"

他话未说完，慕容九突然跳了起来，手里已多了柄精光闪闪的匕首，直逼着小鱼儿的咽喉。

小鱼儿失声道："你这是干什么？我不是在帮你的忙么？"

慕容九缓缓道："有人告诉我，无论谁想碰我的身子，我就该拿这把刀对付他。"

小鱼儿眼珠子一转，喃喃苦笑道："难怪罗家两兄弟不敢碰你——难怪他们要将你送给我。"

慕容九道："你说什么？"

小鱼儿道："你可认识他们么？"

慕容九道："我好像不认识。"

小鱼儿道："但你却认识我，你为什么不相信我而相信他们呢？"

慕容九低着头想了想，匕首已跌落地毡上。

小鱼儿一把将她拉了下来，压在她身上，慕容九完全没有反抗，小鱼儿的手已拉开了她的衣襟，嘴里自言自语，喃喃道："假如一个人差点杀死了你，你无论对她怎样，也不能算说不过去吧。"

他的嘴在说话，手也在动。

忽听一人冷冷道："不可以！"

小鱼儿一惊，那厚厚的窗帘后，已飞出了一条银丝，毒蛇般缠住了他的手。以小鱼儿此刻的武功，竟没有闪开，竟没有挣脱。

接着，一条瘦小的人影，鬼魅般自窗帘里飞了出来，直扑小鱼儿。小鱼儿一个筋斗翻了出去，反手去扯那银丝。

那又细又长的银丝，虽被他扯得笔直，他竟扯不断。

他自然也瞧清了那瘦小的人影，全身都被一件黑得发光的衣服紧紧裹住，一张脸也蒙着漆黑的面具，只留下一双黑多白少的眸子。这双眸子不停地眨动，看来好像鬼魅窥人，也说不出有多么诡秘可怖。

小鱼儿失声道："你是黑蜘蛛！"

黑蜘蛛身形已展，硬生生又自顿住，冷冷道："你是谁？竟认得我！"

小鱼儿笑道："黑老弟，你难道不认得我了？"

黑蜘蛛眼睛一亮，道："呀，是你！你竟会变成这模样？"

小鱼儿笑嘻嘻道："你不愿意以真面目示人，我难道就不能改改面貌么？"

黑蜘蛛目光灼灼，道："一个人在做如此卑鄙的事的时候，被我撞见，居然还能笑嘻嘻地对我说话……像这样的人，除了你之外，天下只怕没有第二个。"

小鱼儿笑道："这又怎能算卑鄙的事……只要是年轻力壮的男人，谁都可能做出这样的事来。"

黑蜘蛛瞪着眼瞧着他，似乎在奇怪，一个人做出这样的事后，怎么还能如此理直气壮，竟像是真的丝毫没有恶意。

小鱼儿接着笑道："何况，这种事本来就没什么的，只有一个存心龌龊的人，才会将它瞧得变了样。像我这样的人，做了它固然不会觉得难受，不做它也不会觉得难受的。"

黑蜘蛛突然笑了，道："像这种胡说八道的话，自你嘴里说出来，竟一点不令人觉得可恶，这是什么道理呢？"

小鱼儿道："这因为我根本不是个可恶的人呀。"

忽听门外一阵脚步声传来。黑蜘蛛身形一闪，又到了窗帘后，银丝也跟着飞了回去。

小鱼儿就站在那里，嘴里却发出沉沉的鼻息。那人似乎在门外听了半晌，然后，脚步声又退了回去。

但拉开窗帘，黑蜘蛛却已不见了。

窗外日色将落未落，犹未黄昏，小鱼儿喃喃道："白天，还是白天，这黑蜘蛛在大白天里就能飞檐走壁，来去自如，难怪江湖中人都将他当作怪物。"

慕容九痴痴地站在那里，轻轻道："你也觉得他奇怪？"

小鱼儿转过头，盯着她，道："给你那把刀的，就是他？他难道不怕被人发觉？"

慕容九咬着嘴唇，像是想了许久，才慢慢道："他们虽然也怀疑有人常在附近，但想尽方法还是瞧不见他的人影，他来的时候，总是只有我单独一个人。"

小鱼儿皱了皱眉头，道："他常来看你，他常在附近……莫非他也对这罗家兄弟起了怀疑？这兄弟俩能令这种人花如此多工夫在他们身上，究竟是什么样的身份？"

他低着头兜了两个圈子，猛抬头，便瞧见慕容九竟已脱光了衣服，赤裸裸地站在那里。

朦胧中，她青春的胴体，就像缎子似的发着光，她修长而坚实的双腿，紧紧并拢着，她柔软的胸膛，俏然挺立……穿着衣服的慕容九，看来虽是那么纤弱，但除却衣服，她全身每一寸都似乎含蕴着摄人的成熟魅力。

这是小鱼儿第二次瞧见她赤裸的胴体，第一次是在那充满了诡秘意味的冰室中，而此刻……

小室中香气迷蒙，光影朦胧，空气中似乎有一种逼人发狂的热力，小鱼儿额上不觉迸出了汗珠，喉咙也干燥起来，嗄声道："你这是干什么？"

慕容九痴痴地瞧着他，一步步走了过来，道："我要你帮我赶去身子里的恶魔……"

小鱼儿大声道："你身子里并没有什么魔，我那是骗你的。"

慕容九道："我知道有的，'它'现在已经在我身子里动了，我已可感觉得出。"

她痴痴地笑着，雪白的牙齿就像野兽般在发着光，她苍白的面颊已嫣红，她眼睛里也发出了异样的光。

小鱼儿竟不觉后退了半步，大叫道：“胡说，快穿起衣服来，否则……”

慕容九道：“我不穿衣服，我要你帮我……”

她突然扑到小鱼儿身上，两手两腿，就像是八爪鱼似的紧紧缠住了小鱼儿，于是两个一齐倒在地上。

她冰冷的身子，突然变得火山般灼热，嘴唇狠命压着小鱼儿的脸，胸膛喘息着，小鱼儿手掌轻抚着她光滑的背脊。

他突然掀起慕容九的头发，将她压在下面，然后抽过条毡子，将她裹粽子似的裹了起来，紧紧绑住。

慕容九眼睛里满是惊骇之色，嘶声道：“你……你为什么这样？”

小鱼儿笑嘻嘻瞧了她一眼，又提起她脱下来的衣服瞧了瞧，将桌上一壶冷茶，慢慢地从她头上淋下去，笑嘻嘻道：“记着，女孩子不可随便脱衣服的，她至少也该等男孩子替她脱，下次你若再这样，看我不打你的屁股！”

慕容九被冷茶淋得几乎喘不过气来，大声道：“你这恶棍，放开我……”

小鱼儿不再理她，将倒干了的茶壶用她的衣服包住，轻轻放在她胸膛上，推开门，“咚、咚、咚”走下了阁楼。

小鱼儿在楼下走了一遍，只瞧见两个呆头呆脑的傻丫头，却找不着那罗九和罗三兄弟两个人。

小鱼儿走进厨房，洗了个脸，又用昨天剩下来的材料，将自己的脸改成另一副样子，才大摇大摆走出去。

这房子竟在闹市之中，小鱼儿在街头的成衣铺买了套新衣服换起来，又在旁边的酒楼痛痛快快吃了一顿，抬头仰望天色，笑道：“天快黑了，我活动的时候又快到了……”

他对自己方才做的那件事觉得很得意，此刻全身都痛快得很，充满了活力，只觉不好好干一场，未免太对不起自己。

这时天色已将入暮，小鱼儿走到那药铺去逛了一圈，还买了个紫金锭，药铺里果然没有一个人认得他。于是小鱼儿直奔郊外。

他本想先到段合肥家里去的，但临时又改变了主意，只因他瞧见有许多武林人物匆匆出城，想来是赶到天香塘去的。

要知“爱才如命”铁无双成名数十年，数十年来，蒙他提拔、受他好处的人也不知有多少。

小鱼儿远远便瞧见“地灵庄”里灯火辉煌，人影幢幢，偌大的庭院里，几乎已挤满了各色各样的人物。

庄门外，也停满了各色各样的车马，小鱼儿匆匆走过去，忽又停步，马群中有匹马嘶声分外响亮，竟像是“小仙女”的胭脂马。

“小仙女”张菁莫非也来了?

小鱼儿嘴角不禁泛起了微笑：“这两年来，她怎样了?是不是还像以前一样，穿着火红的衣服，骑着马到处跑来跑去?到处用鞭子打人?”

他实在想瞧瞧这又刁蛮、又泼辣、又凶恶、又美丽的小女人，这两年来，她至少总该长大了些，却不知是否比以前懂事了些。

但院子里的人实在太多，小鱼儿东张西望，非但没瞧见她的影子，简直连一个穿红衣服的姑娘都没瞧见。

“她若来了，必定抢眼得很，我怎会瞧不见她?像她这种人在十万个人里也该被人一眼就瞧出来的。”

小鱼儿暗中嘀咕，心里竟不觉有些失望。

## 第五十一章

# 局中有局

铁无双的棺木，就放在大厅中央，赵香灵哭丧着脸站在一旁，居然为他披麻戴孝，活脱脱一副孝子的模样。

吊丧的客人，却都挤在院子里，三五成群，交头接耳，指指点点地也不知在谈论些什么。

忽听庄院外一阵骚动，人声纷纷道："江大侠竟也来了。"

"江大侠行事素来仁义，我早就已知道他会来的。"

院子里的人立刻两旁分开，让出了条路，一个个打躬作揖，有几个直恨不得跪下去磕头。

七八条蓝衣大汉，已拥着江别鹤大步而入。

只见他双眉深锁，面色沉重，笔直走到铁无双灵前，恭恭敬敬叩了三个头，沉声道："铁老英雄，你生前江某虽然与你为敌，但那也是为了江湖道义，情非得已，你英灵非遥，也该知道江某的一番苦心。而今而后，但望你在天英灵能助江某一臂之力，为武林维护正义，春秋四祀，江某也必定代表天下武林同道，到你灵前，祝你英魂安息。"

这番话当真说得大仁大义，掷地成声，群豪听了，更不禁众人一声，称赞江别鹤的侠心。

小鱼儿听了却不禁直犯恶心，冷笑暗道："这才真的叫猫哭老鼠假慈悲……"

一念尚未转过，忽听一人大声冷笑道："这才真的叫猫哭老鼠假慈悲，杀了别人还来为人流泪。"

语声又高又亮，竟似是女人的声音。

众豪俱都不禁为之动容，向语声发出的方向瞧过去。只见说话的乃是个黑衣女子，头戴着马连坡大草帽，紧压着眉目，虽在夏夜中，却穿着长可及地的黑缎披风，这许多人瞪眼去瞧她，她也毫不在乎，也用那发亮的大眼睛去瞪别人。

她身旁还有个长身玉立的华衣少年，神情却像是个大姑娘似的，别人瞧他一眼，他就臊得不敢抬头。

小鱼儿一眼便瞧出这两人是谁了，心里不觉又惊又喜：“她果然来了，她居然还是那六亲不认的老脾气，一点儿也没变。”

这时人丛中已有好几人拥了过去，指着那黑衣女子骂道：“你是何方来的女人，怎敢对江大侠如此无礼？”

那黑衣女子冷冷道：“我高兴说什么就说什么，谁管得着我？”

虬髯大汉喝道：“江大侠宽宏大量，老子今天却要替江大侠管教管教你！”

喝声中他已伸出一双蒲扇般大小的巴掌抓了过去，黑衣女子冷笑着动也不动，她身旁那腼腆的少年却突然伸臂一格。

这看来霸王般的大汉，竟被这少年轻轻一格震得飞了出去，群豪悚然失声，又有几人怒喝着要扑上去。

那少年双拳一引，摆了个架势，竟如渊渟岳峙，神完气足。他不出手时看来像是个羞答答的大姑娘，此刻乍一出手，竟隐然有一代宗匠的气派，群豪中有识货的，已不禁为之骇然动容。

那黑衣少女冷笑道：“你尽管替我打，出事来都有我！”

那少年看来倒真听话，左脚前踏半步，右拳已闪电般直击而出，当先一条大汉，又被震得飞了出去。

忽听一声轻叱，一人道：“且慢！住手！”

叱声未了，江别鹤已笑吟吟挡在这少年面前，江别鹤捻须笑道：“若是在下双眼不盲，兄台想必就是‘玉面神拳’顾人玉顾二公子。”

小鱼儿暗道：“这江别鹤当真生了一双好毒的眼睛。”

只见顾人玉还未说话，那黑衣女子已拉着他的手，冷笑道：“咱们犯不着跟他攀交情，咱们走！”

“走”字出口，两条人影已飞掠而起，自人丛上直飞出去，黑缎的斗篷迎风飞舞，露出了里面一身火红的衣服。

群豪中已有人失声道：“这莫非是小仙女？”

但这时两人已掠出庄门，一声呼哨，蹄声骤响，一匹火红的胭脂马急驰而来，载着这两人飞也似的走了。

江别鹤目送他两人身影远去，捻须叹道：“名家之子弟，身手果然不同凡俗。”

突见一条泥腿汉子，手里高挑着根竹竿，快步奔了进来。

竹竿上高挂着副白布挽联，挽联上龙飞凤舞地写着：

你活着，我难受。

你死了，我伤心。

这十二个字写得墨迹淋漓，雄伟开阔，似是名家的手笔，但语句却是奇怪之极，不通之极。

群豪又是惊奇，又是好笑，但瞧见挽上写的上下款，脸色却都变了，再无一人笑得出来。

只见那上款写的是——老丈人千古。

下款赫然竟是“愚婿李大嘴敬挽”。

小鱼儿一吃惊，仔细瞧瞧，这挽联写的竟真有些像李大嘴的笔迹，李大嘴莫非已真的出了恶人谷？他几时出来的？他此刻在哪里？

江别鹤迎面拦住了那泥腿汉子，沉声道：“这挽联是谁叫你送来的？”

那泥腿汉子眨着眼睛道：“黑夜中我也没有瞧清他是什么模样，只觉他生得似乎甚是高大，相貌凶恶得很，有几分像是庙里的判官像。”

江别鹤道：“他除了叫你送这挽联来，还说了什么话？”

那泥腿汉子支支吾吾，终于道：“他还说，他老丈人虽要宰他，但别人宰了他老丈人他还是很气愤，他叫那宰了他老丈人的人快洗干净身子。我忍不住问他为什么要人家将身子洗干净，他咧开大嘴一笑，回头就走了。”

江别鹤面色一变，再不说话，大步走了出去。

那泥腿汉子却还在大声道：“你老爷子难道也不懂他说的什么意思么，你老爷子……”

这时群豪已又骚动，掩没了他的语声，纷纷道：“‘十大恶人’已销声匿迹多年，此番这李大嘴一露脸，别的人说不定也跟着出来了。”

又有人道：“除了李大嘴外，还有个恶赌鬼，就算别的人不出来，就只这两人已够受的了，这该怎么办呢？”

惊叹议论间，谁也没有去留意那泥腿汉子，只有小鱼儿却跟定了他，只见他将那挽联送上灵堂，一路东张西望，走了出去，小鱼儿暗暗在后面追着。两人一先一后走了段路，那汉子突然回身笑道：“我身上刚得了三两银子，你跟着我莫非想打闷棍么？”

小鱼儿也笑嘻嘻道：“你究竟是什么人？假冒李大嘴的名送这挽联来，究竟安的是什么心思？”

那汉子脸色一变，眼睛里突然射出逼人的光，这眼光竟比江别鹤还沉，比恶赌鬼还凌厉。

但一瞬间他又阖起了眼帘，笑道：“人家给我三两银子，我就送挽联，别的事我可不知道。”

小鱼儿笑道：“我跟在你后面，你怎会知道？你明明有一身武功，还想瞒我。”

那汉子大笑道：“你说我有武功，我有武功早就做强盗去了，还会来干穷要饭的？”

小鱼儿大声道：“你不承认，我也不要叫你承认！”

他一个箭步蹿过去，伸手就打，哪知这汉子竟真的不会武功，小鱼儿一拳击出，他竟应声而倒。

小鱼儿还怕他在使诈，等了半晌，这汉子躺在地上动也不动，伸手一摸，这汉子四肢冰冷，心口没气，竟已活活被打死了。

小鱼儿倒的确没想到这人竟如此禁不起打，他无缘无故伸手打死了个人，心里也不免难受得很，呆了半晌，长叹道：“你莫怪我，我出手误伤了，少不得要好生殓葬于你，虽然好死不如歹活，我总也要你死得风光些。”

他叹息着将这汉子的尸身扛了起来，走回城去。走了还不到一盏茶时分，突觉脖子上湿淋淋的还有臊味。

小鱼儿一惊：“死人怎会撒尿？”

他又惊又怒，伸手去擦，“死尸”就掉了下去，他飞起一脚去踢，那“死尸”突然平白飞了起来，大笑道：“我今天请你喝尿，下次可要请你吃屎了。”

笑声中一个筋斗，竟翻出数丈，再一晃就不见了。

这人轻功之高，竟不在江别鹤等人之下，等到小鱼儿要去追时，风吹草木，哪里还有他的影子？

小鱼儿从小到大，几时吃过这么大的哑巴亏，当真差点儿活活被气死，他连这人究竟是谁都不知道，这口气自然更没法出。

小鱼儿气得呆了半晌，又突然大笑道：“幸好他只是恶作剧，方才他若想杀我，我哪里还能活到现在？我本该高兴才是，还生什么鸟气！”

他大笑着往前走，竟像是一点也不生气了，对无可奈何的事，他倒真是想得开——

街道上灯火辉煌，正是晚市最热闹的时候。

小鱼儿又买了套衣服换上，正在东游西逛地磨时间，突然一辆大车急驰而过，几乎撞在他身子。小鱼儿也不觉多瞧了两眼。

只见这大车骤然停在一家门面很大的客栈前。过了半晌，几个衣帽光鲜的家丁，从客栈里走出来，拉开车门，垂手侍立在一旁，似乎连大气都不敢喘。

又过了半晌，两个人自客栈中款步而出，四面前呼后拥地跟着一群人，弯腰的弯腰，提灯的提灯。灯光下，只见左面人面色苍白，身材瘦弱，看来像是弱不禁风，但气度从容，叫人看了说不出的舒服；身上穿的虽然颜色朴素，线条简单，但一巾一带莫不配合得恰到好处，从头到脚找不出丝毫瑕疵。

右面的一人，身材较高大，神采较飞扬，目光顾盼之间，咄咄逼人，竟有一种令人不可仰视之感。

这人的衣服穿得也较随便，但一套随随便便的普通的衣服穿在他身上，竟也变得不普通不随便了。

两人一前一后走上了大车，既没有摆姿势，也没有拿架子，但看来就仿佛和别人有些不同，仿佛生来就该被人前呼后拥，生来就该坐这样的车子。

直到车子走了，小鱼儿还站在那里，喃喃道：“这两人又不知是谁？竟有这样的气派……”要知道这样的气派，正是装也装不出，学也学不会的。

这安庆城中，此刻竟是侠踪频现，小鱼儿在这一夜之中，所见的竟无一不是出类拔萃、不同凡俗的人物。

小鱼儿叹道：“只可惜我到现在为止，还不知道这些人究竟是谁，也不知道他们是为什么来的，但无论如何，这皖北一带，从此必定要热闹起来了。”

小鱼儿逛了半天，不知不觉间又走回罗九那屋子。

此刻夜市虽已歇，但距离夜行人活动的时候还是太早，小鱼儿想了想，终于又走了进去。

在楼下坐了半天，小鱼儿站起来刚想走，突然阁楼上一声惊呼，接着，罗九、罗三奔了下楼。

罗九、罗三瞧见他又是一惊，后退两步，盯着他瞧了几眼，罗九终于展颜而笑，抱拳道：“兄台好精妙的易容术，看来只怕已可算得上海内第一了。”

小鱼儿笑嘻嘻道：“两位到哪里去了？回来得倒真不早。”

罗九笑道：“今日有贵客降临，江别鹤设宴为他们接风，我兄弟也忝陪末座，所以竟不觉回来迟了。”

罗三道：“有劳兄台久候，恕罪恕罪。”

这两兄弟对方才在楼上所见之事，竟是一字不提。

小鱼儿自然也不提，笑问道：“贵客？是谁？”

罗九道：“这两人说来倒端的颇有名气，两人俱是‘九秀庄’慕容家的姑爷，一位是‘南宫世家’的传人南宫柳，一位是江湖中的才子，也是两广武林的盟主秦剑。”

小鱼儿眼睛亮了，道：“慕容家的姑爷！妙极妙极。”

罗三道：“确是妙极。”

小鱼儿道：“能娶着慕容家姑娘的人，当真是人人艳羡。这些人本身条件也委实不差，就说那南宫柳，虽然体弱多病，但看来也令人不可轻视。”

罗九道：“听兄台说话，莫非认得他们？”

小鱼儿道："我虽不认得他们，方才却瞧见了他们……这两人可是一个脸色苍白，衣服考究；另一个得意扬扬，像是刚捡着三百两银子似的？"

罗九笑道："不错，正是这两人。"

罗三道："不但这两人，听说慕容家的另六位姑爷，这两天也要一齐赶来，另外还有位准姑爷'玉面神拳'顾人玉……"

小鱼儿眼睛又一亮，道："顾人玉难道也是和他们一起来的？"

小鱼儿眼珠子转了转，又道："这些人全赶到这里来，你可知道是为了什么？"

罗三道："据说，慕容家里有一位姑娘失踪了，而这位姑娘据说曾经和花无缺在一起，所以他们都赶到这里来打听消息。"

小鱼儿拍手笑道："这就对了，我早就猜到他们八成是为这件事来的。"

罗三道："兄台难道也认得那位姑娘？"

罗九眼睛盯着他，道："兄台莫非知道那姑娘的下落？"

小鱼儿连瞧都没有向阁楼那方向瞧一眼，板着脸道："我怎会知道？我难道还会将人家的大姑娘藏起来不成？"

罗九笑道："小弟焉有此意，只是……"

小鱼儿笑嘻嘻道："说不定这只是她自己跟情人私奔了，也说不定是被人用药迷住……"他又歪着头想了想，突然大笑道："这倒有趣得很，的确有趣得很。"

罗九打了个哈哈，往阁楼上瞧了一眼，笑嘻嘻道："兄台这半日又到哪里去了？"

小鱼儿道："这半天我倒真瞧见了许多有趣的事，也瞧见了许多有趣的人，其中最有趣的一个是……"

他虽然吃了个哑巴亏，但丝毫不觉丢人，反而将自己如何上当的事，原原本本说了出来，一面说，一面笑，竟像是在说笑话似的。

罗九、罗三听了，虽也跟着在笑，但却是皮笑肉不笑，两人的脸色竟似都有些变了。

两人悄悄使了个眼色，罗九道："却不知那人长得是何模样？"

小鱼儿道："那人正是一副标标准准的地痞无赖相，你无论在任何一个城市的茶楼赌馆、花街柳巷里，都可以见到，但无论任何人都不会对这种人多瞧一眼的，这也就正是他厉害的地方，不引人注意的人，做起坏事来岂非特别容易？”

罗九、罗三两人又交换了个眼色，罗九突然站起来，走进房里。小鱼儿只听得房里有开抽屉的声音，接着，是一阵纸张的窸窣声，然后，罗九又走了出来，手里拿着卷已旧得发黄的纸。

这张纸非但已旧得变色发黄，而且残破不全，但罗九却似将之瞧得甚是珍贵，谨谨慎慎地捧了出来，小小心心地摊在小鱼儿面前桌上，却又用半个身子挡住在小鱼儿眼前，像是怕被小鱼儿瞧见。

小鱼儿笑道：“这张破纸摔又摔不碎，跌又跌不破，更没有别人会来抢，你怎地却将它瞧得像个宝贝似的？”

罗九正色道：“这张纸虽然残破，但在某些武林人士眼中，却正是无价之宝。兄台若以为没有人会来抢，那就大大错了。”

小鱼儿嘻嘻笑道：“哦，如此说来，这张纸莫非又是什么‘藏宝图’不成？若真的也是张‘藏宝图’，我可瞧都不愿瞧上一眼。”

罗三笑道：“要江湖中故意害人上当的‘藏宝图’，的确有不少，一万张‘藏宝图’里，真有宝藏的，只怕连一张也没有，听兄台如此说，莫非也是上过当来的？”

罗九道：“但此图却绝非如此……”

小鱼儿道：“你将这张纸拿出来，本是让我瞧的，为何又挡住我的眼睛？”

罗九赔笑道：“我兄弟平日虽将此图珍如拱璧，但兄台此刻已非外人，是以在下才肯将它拿出来，只是……但望兄台答应，瞧过之后，千万要保守秘密。”

小鱼儿也忍不住动了好奇之心，却故意站起来走到一旁，笑道：“你若信不过我，我不瞧也罢。”

罗三大笑道：“我兄弟若信不过兄台，还能信得过谁……”

小鱼儿道：“你先告诉我这张图上画的是什么，我再考虑要不要瞧它。”

罗九沉声道：“这张图上，画的乃是‘十大恶人’的真容！”

小鱼儿眼睛一亮，却又故意笑道：“‘十大恶人’我虽未见过，但听这名字，想来只怕个个都是丑八怪，这又有什么好瞧的，别人又为何要抢它？”

罗九叹道：“兄台有所不知，这‘十大恶人’，个个都有一身神鬼莫测的本事，个个俱都作恶多端，江湖中曾经受他们所害的人，也不知有多少……”

罗三接道：“但这十人非但个个行踪飘忽，而且个个都有乔装改扮的本事。有些人虽然被他害得家破人亡无路可走，却连他们的真面目都未瞧过，这又叫他们如何去寻仇报复，如何来出这口怨气？”

小鱼儿笑道：“我明白了，别人想抢这张图去，只是为了要瞧瞧他们长得究竟是何模样，好去报仇出气？”

罗三抚掌道：“正是如此。”

小鱼儿道：“但他们跟我却是无冤无仇，你又为何要我来瞧……”

罗九神秘地一笑，道：“兄台真的和他们无冤无仇么？”

小鱼儿眼珠子一转，道：“你莫非是说那装死的无赖，也是‘十大恶人’之一？”

罗九且不答话，闪开身子，指着那张图上画的一个人，缓缓道：“兄台不妨来瞧瞧，那无赖是不是他？”

发黄的纸上，工笔画出了十个像，笔法细腻，栩栩如生。一人白衣如雪，面色苍白，正是“血手”杜杀。

杜杀身旁，作仰天大笑状的，自然就是“笑里藏刀小弥陀”哈哈儿，再过去就是那满面媚笑的“迷死人不赔命”的萧咪咪，手里捧着个人头、愁眉苦脸在叹气的“不吃人头”李大嘴……

还有一人虚虚荡荡地站在一团雾里，不问可知，便是那“半人半鬼”阴九幽，阴九幽身旁一个人却有两个头，左面一个头是小姑娘，右面一个头是美男子，这自然就是“不男不女”屠娇娇。

这些人小鱼儿瞧着不知有多少遍了，只见此图画得不但面貌酷似，而且连他们的神情也画得惟妙惟肖。

小鱼儿不禁暗中赞赏，又忖道：“这张图却不知是谁画的？若非和他们十分熟悉的人，又怎能画得如此传神？”

接着，他就瞧到那衣衫落拓、神情却极轩昂的“恶赌鬼”轩辕三光，再旁边一人满脸虬髯、满脸杀气，一双眼睛更像是饿狼恶虎，正待择人而噬，手里提着柄大刀，刀头上鲜血淋漓。

小鱼儿故意问道："此人长得好怕人的模样，却不知是谁？"

罗九道："他便是'狂狮'铁战。"

罗三笑道："此人模样虽然凶恶，其实却可说是'十大恶人'中最善良的一人，人家只要不去惹他，他也绝不去惹别人。"

小鱼儿道："但别人若是惹了他呢？"

罗三道："谁惹了他，谁就当真是倒了三辈子的霉了，他若不将那人全家杀得鸡犬不留，再也不肯放手的。"

小鱼儿失笑道："这样的人还算善良，那么我简直是圣人了。"

他口中虽在答应着别人的话，心里却不觉想起了铁心兰，想起了那似嗔似笑的嘴角，似幽似怨的眼睛……

他心里只觉一阵刺痛，赶紧大声道："这两人又是谁？"

"这两人"显然是一双孪生兄弟，两人俱是瘦骨嶙峋，双颧凸出，一人手里拿着个算盘，一人手里拿着本账簿，穿着打扮，虽像是买卖做得极为发达的富商大贾，模样神情，却像是一双刚从地狱逃出来的恶鬼。

罗九笑道："这兄弟一胞双生，焦不离孟，孟不离焦，'十大恶人'虽号称'十大'，其实却有十一个人，只因江湖中都将这两人算成一个。"

罗三道："这兄弟两人复姓欧阳，外号一个叫作'拼命占便宜'，一个叫'宁死不吃亏'，兄台听这外号，就可知道他们是怎么样的人了。"

罗九道："十大恶人声名虽响，但大都俱是身无余财，只有这兄弟两人，却是富可敌国的大财主、大富翁。"

罗三指着画上另一人道："但这人性格却和他兄弟全然相反，这人平生最喜欢害人，一心只想别人上当，至于他自己是否占着便宜，他却全然不管。"

小鱼儿笑道："这样的人倒也少见得很，他……"

突然失声道："呀！不错，他果然就是那装死的无赖！"

画上别的人，有的坐着，有的站着，只有这人却是蹲在画纸最下面的角落里，一只手在抠脚丫，一只手放在鼻子上嗅。

画上别的人多多少少，总有些成名人物的气概，只有这人猥猥琐琐，嘻皮笑脸，活脱脱是个小无赖。

罗九眼睛一亮道："兄台可瞧清楚了？"

小鱼儿大声道："一点也不错，就是他！他的脸虽也改扮过，但这神气，这笑容……那是万万不会错的。"

罗三叹道："在下一听兄台说起那无赖的行事，便已猜着是他了。"

罗九道："此人姓白，自己取名为白开心。"

罗三道："江湖中又给他加了个外号，叫'损人不利己'白开心。"

小鱼儿失笑道："这倒的确是名副其实，冒名送挽联，装死骗人，这的确都是'损人不利己'的事，别人虽被他害了，他自己也得不着便宜。"

小鱼儿突然又道："你兄弟听我一说，就想起他来，莫非和他熟得很？"

罗九摸了摸下巴，笑道："我兄弟虽不才，却也不至于和这种人为伍。"

小鱼儿笑嘻嘻瞧着他，道："我看你兄弟非但和他熟得很，也和'十大恶人'熟得很。否则怎会对他们的行事如此清楚，这张图又怎会在你手里？"

罗九面色变了变，罗三已长笑道："不瞒兄台说，'十大恶人'与我兄弟实有不共戴天之仇，我兄弟的父母，便是死在他们的手里。"

小鱼儿颇觉意外，道："哦……真有此事？"

罗九道："我兄弟为了复仇，是以不惜千方百计，寻来此图，又不惜千方百计，将他们的性格行事，打听得清清楚楚。"

小鱼儿道："既是如此，你为何不将此图让大家都瞧瞧，好叫别人也去寻他们的霉气，你为何反而替他们保守秘密？"

罗九恨声道："我兄弟为了复仇，已不知花了多少心血，我兄弟每日俱在幻想着手刃仇人时的快活，又怎肯让他们死在别人的手里！"

小鱼儿想了想，点头道："不错，这也有道理……很有道理。"

罗九仔仔细细，将那张纸又卷了起来，道："是以兄台下次若再遇着那白开心时，千万要替我兄弟留着。”

罗三接道：“兄台若能打听出他的下落，我兄弟更是感激不尽。”

小鱼儿目光闪动，笑道：“好，白开心是你的，但江玉郎却是我的，你兄弟也得为我留着才是，最好莫要叫别人碰着他一根手指。”

罗九大笑道：“那是自然。”

小鱼儿道：“老子请客，儿子自然作陪，你今日想必是见过他的了。”

罗九道：“奇怪就在这里，江别鹤请客，江玉郎并不在席上。”

小鱼儿哈哈笑道：“这小贼难道连露面都不敢露面了么？否则遇着南宫柳这样的人物，他爹爹还会不赶紧叫他去结纳结纳。”

罗九立刻赔着笑道：“那小贼只怕已被兄台吓破了胆。”

小鱼儿往阁楼上瞟了一眼，笑道：“瞧见一个被自己打死的人，又在自己面前复活了，无论是谁，只怕都要被吓得神志不清，见不得人了。”

他这句话中自然另有得意，只是罗九兄弟却再也不会想到这会和阁楼上的女孩子有关，更不会想到“神志不清”的女孩子就是慕容九。

两人只是见到小鱼儿眼睛往阁楼上瞟，于是两人齐地站了起来，打了个哈哈，笑道：“时候不早，兄台只怕要安歇了。”

小鱼儿大笑道：“不错，正是要安歇了。”

他站起身子，大笑着往外走了出去。

# 第五十二章

## 装傻装疯

罗九兄弟怔了怔，指了指那阁楼，道：“兄台今夜难道不睡在上面？”

小鱼儿走出了门，回头笑道：“那上面有蜘蛛，我睡不着，还是明天再来吧……若有江玉郎的消息，两位千万莫忘了为我打听打听。”

罗九眼瞧着他扬长而去，喃喃道：“蜘蛛？蜘蛛……你瞧这小子是否有些毛病？”

罗三道：“他有个见鬼的毛病，他这不过是在装疯扮傻，你我可莫要阴沟里翻船，利用他不成，反被他利用了。”

罗九咯咯笑道：“这小子虽是一肚子坏水，但比起咱们来又如何？”

罗三大笑道：“天下的坏人虽多，又有谁比得上咱们？”

这时夜已很深，罗九兄弟的居处本就极偏僻，此刻已无人迹。小鱼儿在街道转了两个圈子。

只见这附近一带，大都是平房，除了那小阁楼外，只有东面五六丈外有座楼房，高出屋脊。

小鱼儿踱了过去，绕着墙角，又兜了个圈子，等到这楼房灯火全都熄灭，他轻轻一跃而上，在屋脊背后的黑暗处伏了下来。

天上月明星稀，地上人声静寂，远远望去，那小阁楼窗户半开，灯火朦胧。慕容九正托着香腮坐在灯畔，幽幽地出神。

突然间，只听衣袂带风之声轻响，一条黑衣人影，鬼魅般掠上屋脊，也伏到屋脊上，向阁楼那边遥望。

小鱼儿暗笑道：“果然不出我所料，果然来了！”

慕容九在那边想得出了神，这人影在这里也瞧得出了神，竟全未发觉还有人在旁边瞧着他。

只见他一双黑多白少的眸子在夜色中闪闪发光，但全身上下除了这双眼睛外，别的地方都在黑暗中。

这人竟是黑蜘蛛。

他平日那般灵动的目光，此刻竟似蒙着一层迷惘，一片惆怅。他就这样痴痴地瞧着，静静地伏在星光下，也不管露水湿透他衣裳。

小鱼儿突然“扑哧”一笑，道：“如此星辰如此夜，为谁风露立中宵？”

话声未了，黑蜘蛛已到了他面前，轻叱道：“谁？”

小鱼儿笑道：“除了我还有谁？”

黑蜘蛛目光闪电般一转，终于松懈下来，道：“又是你！”

小鱼儿笑道：“两地相隔，不过五丈，阁下为何不一掠而去？”

黑蜘蛛道：“我……我岂是为了她来的？”

他面目虽不能见，但语声已颇不自然。

小鱼儿却不说破，反而笑道：“你不是为了她，是为谁？”

黑蜘蛛道：“自然是那姓罗的兄弟两人。”

小鱼儿笑道：“哦，是么？”

黑蜘蛛道：“这兄弟两人身世诡秘，行动异常，我暗中追着他两人，已有两三个月了，为的就是要揭破他们的秘密。”

小鱼儿道：“这罗九兄弟的事，值得你来管么？”

黑蜘蛛冷笑道：“江湖之中，无论是黑白两道，无论善人恶人，都是这兄弟两人要害的对象，这两人竟似要挑拨得天下武林中人全都自相残杀，好让他们坐收渔利。到目前为止，已不知有多少人死在他们手上。”

小鱼儿道：“哦！”

黑蜘蛛道：“你可知道两个月前渤海帮与黄海帮的火并，一个月前崂山帮与快刀门的恶斗？这两场流血残杀，就全都是他兄弟两人挑拨出来的。”

小鱼儿道：“既是如此，你为何还不出手？”

黑蜘蛛道：“一来是我拿不着他们的证据，二来他们所害的那些人，也全不是好东西；三来我一心想揭破他们的底细再出手。”

小鱼儿道：“你猜他们会是谁呢？”

黑蜘蛛道：“我本来疑心他们乃是‘十大恶人’中之一，后来……我调查之后，才知道‘十大恶人’中，并没有这两个人。”

小鱼儿笑了笑，道：“也许没有……但……如此说来你并非为着那位姑娘了？”

黑蜘蛛默然半晌，道：“也并非完全没有关系。”

小鱼儿道：“你可知道她是谁？”

黑蜘蛛叹道：“我只知道她是个可怜的女孩子，不幸落入了恶徒的手里。”

小鱼儿道：“所以你要保护她？”

黑蜘蛛道：“天下的可怜人，我都要保护的。”

小鱼儿道：“既是如此，你为何不将她救出来带走？”

黑蜘蛛发亮的眼睛突然暗了下来，口中却大笑道：“你可知道我过的是怎么样的生活？我终年流浪，居无定所，吃了上一顿，还不知下一顿在哪里，今天晚上活过了，也不知道明天是否能活下去，我活着没有家，死也不知要死在哪里！”

小鱼儿道：“以你的本事，你本可活得舒舒服服的，是么？”

黑蜘蛛道：“但我既已选择了这种生活，就只有过下去，到现在是想改也无法改了……就算我自己不想再过这种日子，别人也不许……”

他握紧拳头，嘶声道：“像这样的生活，她是万万不能过的！”

小鱼儿淡淡一笑，道：“只要你喜欢她，她也喜欢你，就算过再苦的日子，也是开心的。”

黑蜘蛛目中射出了凄厉的光，惨笑道：“谁说我喜欢她！像我这样的人，不配喜欢任何人！也不能……”

小鱼儿叹道：“我本来以为你连血都是冷的，但现在……现在我才知道你其实是个多情的人！”

黑蜘蛛霍然站了起来，叱道：“你小小年纪，懂得什么，不准再说了。”

小鱼儿笑道：“别人说出了你的心事，也不必这么凶呀！”

黑蜘蛛瞧了他半晌，突然大笑起来，拉起他的手，道：“我近来又结交了个朋友，今天他买了两壶的酒，烧了一锅好肉，我请你也去吃他一顿如何？”

小鱼儿笑道：“好，能做你朋友的人，想必也有趣得很。”

两人急掠了一阵，小鱼儿始终跟在黑蜘蛛身后。

黑蜘蛛回首笑道：“近来你功夫倒精进得很。”

小鱼儿笑道：“好说好说。”

黑蜘蛛道：“我交的另一个朋友，也是文武全才，样样精通，你瞧见他必定也是欢喜的。”

小鱼儿道：“哦！他叫什么名字？”

黑蜘蛛笑道：“有才能的人，也并非一定全都有名。他姓古名叫月言，虽是无名之辈，但却比那些成名人物强胜何止万倍。”

说话之间，已掠出城，只见前面一片树林，隐隐有火光闪动，走到近前，便可瞧见个荒废的祠堂。

火光，便是自荒祠中露出来的。

到了这里，已可嗅着一阵阵扑鼻的肉香。

小鱼儿笑道：“看来你那朋友非但文武全才，而且还是个好厨子。”

黑蜘蛛道：“江湖中的浪子，除了偶尔大吃一顿之外，还有什么别的享受？”

两人一掠入林，只见荒祠中旺旺地生着堆火，火上吊着个大铁锅，锅里肉香正浓，锅旁碗筷已备，碗里也倒满了酒，但却瞧不见人。

黑蜘蛛四下瞧了瞧，高声唤道：“古老弟……古老弟，我又为你带来个朋友，快来见见。”

小鱼儿暗笑道：“看来你这好做人大哥的脾气，还是改不了。”

只听黑蜘蛛唤了一阵，四下却无回应，他又出去找了一圈，也找不着人，索性坐了下来，笑道：“我这古老弟屁股是尖的，永远坐不住，此刻也不知野到何处去了，咱们也不必客气，先吃了再说吧。”

小鱼儿早已举起筷子，笑道：“正合我意。”

但他只吃了一块肉，就放下筷子，嘴也不动了，竟似还未将那块肉咽下去，那边黑蜘蛛早已七八块下了肚。

吃到第十来块时，就用一大嘴酒将嘴里的肉冲下肚子，这才抬头瞧着小鱼儿，咧嘴笑道：“这肉又鲜又嫩，滋味可真不错，你为何不加紧动筷子？”

小鱼儿却将嘴里的肉吐在地上，道：“这肉吃不得。”

黑蜘蛛脸色一沉，道：“为何吃不得？这肉可不是偷来的。”

小鱼儿突然一笑，道：“你可知道这是什么肉吗？”

黑蜘蛛惊呼一声，刚吃进去的一块肉立刻吐了出来，失声道：“你说什么？”

小鱼儿道：“老实告诉你，我从小是在恶人谷长大的，这肉若不是从刚死的人割下来的，我就吃下我的鼻子。”

他等着来瞧黑蜘蛛将吃进去的肉呕出来，哪知黑蜘蛛反而大笑道：“如此说来，煮这肉的莫非是李大嘴么？”

小鱼儿道：“也许就是他。”

黑蜘蛛道：“嗯，不错，古月言这……‘古月言’岂非就是‘胡说’？他早已告诉我他是‘胡说’，我居然到现在才想起来。”

小鱼儿道：“你不想吐？”

黑蜘蛛笑道：“既已吃下去，吐也无用了。”

小鱼儿道：“你还笑得出？”

黑蜘蛛大笑道：“能和李大嘴这种人交交朋友，岂非是件有趣的事？无论他是好是坏，总算是个角色，江湖中像他这种角色可不多。”

小鱼儿心里不禁暗暗赞美：“这人倒真洒脱得很，绝不会装腔作势，叫人恶心。”口中道：“但这位‘胡说先生’却也并非一定是李大嘴。”

黑蜘蛛道：“不是李大嘴是谁？”

小鱼儿道：“我还知道一个人，他装作李大嘴，也许正是要你吃人肉，然后再吐得满地都是，只要你上了当，他就开心……”

说到这里，语声突然顿住，低声道：“也许他还不只要你吐，也许他还另有阴谋。”

黑蜘蛛“唰”地将面具拉了下来，冷冷道：“外面的朋友！既然来了，为何还不进来？”

小鱼儿的耳朵虽灵，黑蜘蛛的耳朵也不错。话声未了，荒祠外已有一条人影飞掠进来。

闪动的火光中，只见这人窈窕的身子，穿着件比火还红的衣裳，发光的眼睛里，充满了怒火。这人竟是小仙女。

三更半夜，小仙女竟会跑到这荒祠来，小鱼儿虽未免吃了一惊，但却仍然不动声色，坐在那里。

黑蜘蛛显然也未想到闯进来的会是个年轻的美女，也惊得怔住了，小仙女更未将这两人瞧在眼里。

她掌中剑一挥，竟以那纤细的剑尖挑起了沉重的铁锅，将锅里的肉全都泼在地上，只见金光一闪，肉锅里竟有支女子用的金钗。

小仙女立刻尖声叫了起来，门外又有一人跃入，却是顾人玉。小仙女扑在他身上，嘶声道："宛儿的金钗……宛儿的金钗果然在锅里。"

顾人玉一双大眼睛狠狠地瞪着小鱼儿，厉声道："你说！这锅里是什么？"

小鱼儿倒真未见过这大姑娘般的少年如此凶狠，知道他必定动了真怒，也知道锅里煮的这人必定和他们有些关系。

但小鱼儿却想不通他们怎会寻到这里来的，又怎会知道肉锅里有支金钗，他心中生疑，口中却笑道："你说锅里的是什么？"

顾人玉脸涨得通红，却说不出话来。

只听一人缓缓道："世上肉食众多，两人为何偏嗜人肉，同类相食，两位难道连畜生都不如么？"

这人虽在骂人，但嘴里却绝不吐半个脏字，而且语声也是平平和和，竟像是与人闲话家常似的。

随着语声，两人缓缓走了过来，目中虽有怒气，神情也仍从容，正是那南宫柳与秦剑。

小鱼儿还是笑嘻嘻道："你说我们在吃人，但你们又怎么会知道的？莫非是有人告密？"

秦剑还未答话，小仙女已扑了过来，跺脚骂道："自然有人要来告密，你们做出这种天理不容的事，谁能看得过去！"

南宫柳缓缓道："像宛儿那般聪明可爱的女子，男子正当万般珍惜才是，两位却将之煮而食之，岂非焚琴煮鹤，大煞风景？"

小仙女忍不住大喝道："这种人你还和他们多说什么……"

南宫柳还是缓缓道："事已至此，两位还有什么话说？"

黑蜘蛛霍然长身而起，厉声道："在下还有话说……"

秦剑目光一闪，道："阁下莫非就是江湖传言中的黑蜘蛛？"

黑蜘蛛道："正是！"

秦剑皱眉道："看来江湖传言，终不可信，不想黑蜘蛛竟是你这样的人物。"

黑蜘蛛大声道："江湖传言虽不可信，密告之言更不可听。我且问你，若非亲手煮肉的人，又怎会知道这金钗在锅里？"

秦剑、南宫柳对望了一眼，南宫柳缓缓道："阁下的意思，莫非是说此事乃是别人故意做来嫁祸于你的？"

黑蜘蛛道："自是如此。"

南宫柳缓缓点了点头，道："这话也有道理。"

小仙女跺脚道："二哥，你要放过他们，我可不能放过他们。这难道不可能是别人在暗中瞧见他们杀人煮肉，而来告密的？"

南宫柳道："那自然也有可能。"

小仙女大声道："宛儿既然可能是被他们杀来吃的，九妹自然也……也……"她语声突然哽咽，竟再也说不下去。

秦剑目光灼灼地瞪着小鱼儿与黑蜘蛛，沉声道："此事虽有可疑，但两位若不能拿出证据证明无辜，今日只好请两位随我等回去了。"

黑蜘蛛冷笑道："阁下说话倒客气得很，叫我随阁下回去也无关系，只是阁下也得要拿出证据来，凭什么要带我回去？"

小仙女厉喝道："这金钗难道还不是证据？你还想赖？"

黑蜘蛛眼睛一瞪，还未说话，哪知小鱼儿竟突然嘻嘻笑道："我几时赖过？"

小仙女一剑已待刺出，闻言倒不禁怔了怔，道："你承认了？"

小鱼儿向小仙女笑嘻嘻道："你说的那九妹，可是位眼睛大大，脸色苍白，十八九岁，平日喜欢穿淡绿衫子的姑娘？"

小仙女颤声道："你……你……你将她怎么样了？"

小鱼儿大笑道："我已将她怎样，这还用说么？"

黑蜘蛛大骇道："这小子疯了，满嘴胡说八道。"

小鱼儿笑道："这又有什么大不了的事，你怕什么？"

南宫柳与秦剑就算再沉得住气，此刻面上也不禁变了色。

小仙女跳起脚道：“你听，你听……他自己都承认了！”

她又哭又叫，还未忘了出手，“唰”的一剑，毒蛇般刺出，那边顾人玉更是眼睛都红了，狂吼一声，击出了三拳。

这三拳一剑，自然都是向小鱼儿致命处下的手，剑如闪电，拳似雷霆，左右夹击间不容发。

# 第五十三章

## 栽赃嫁祸

若换了两年前，小鱼儿不死在拳下，也要死在剑下，但现在的小鱼儿，却已非昔日吴下阿蒙。

只见他左手一分，右手竟沿着小仙女的剑脊轻轻一抹，小仙女只觉眼前一花，掌中剑被一股大力吸引，本是刺向小鱼儿的一剑，此刻竟向顾人玉刺了过去。顾人玉大骇变招，“哧”地，衣袂已被划破。

这一招普普通通的“移花接木”，到了小鱼儿手中，竟已化腐朽为神奇，看来竟已和“移花宫”威震天下的“移花接玉”有异曲同工之妙，这只因武功进入某一阶段后，便有些地方大同小异。

但顾人玉与秦剑一时却瞧不出其中奥妙，悚然失声道：“你可是移花宫门下？”

小鱼儿也不回答，大笑着躲到黑蜘蛛身后，道：“我虽也吃了些肉，但主谋的却不是我，你们怎地专来找我？”

顾人玉与小仙女见他明明已占先机，却不乘胜追击，反而躲起来了，两人急怒攻心，也不问情由，举剑又攻了上去。

这一次两人招式更毒，出手也更加小心，但首当其冲的，却已非小鱼儿，而是黑蜘蛛了。

黑蜘蛛又惊又恼，此刻情况，又怎容得他解释？

刹那间只见剑光闪动，拳影翻飞，小仙女与顾人玉已攻出十余招，黑蜘蛛也还了三掌。

在小仙女快速的剑法，顾人玉雄浑的拳势下，黑蜘蛛怎能分心，简直连开口都无法开口。

小鱼儿却躲在他身后，笑道：“对了，这样就对了，和他们打，怕什么！”

黑蜘蛛气得连连怪叫，一心想将小鱼儿摆脱，但小鱼儿却像影子似的黏在他身后，还不时拍手笑道："好！这一剑果然了得……嗯，顾家神拳果然也不错，黑蜘蛛呀黑蜘蛛，我瞧你打不过他们的了！"

小仙女与顾人玉方才急怒之下，心神大乱，所以才会被小鱼儿一出手就占得了先机。

而数十招过后，两人心也定了，手也稳了，顾人玉拳势虽沉猛，出手还未免嫩些；小仙女终日找人打架，与人交手的经验，却是比谁都老到，一柄剑东挑西刺，又快又毒，非但自己抢攻，而且也将顾人玉拳法中的纰漏全部补了过来；而顾人玉扎扎实实的招式，正也弥补了她剑法中沉猛之不足。两人俱是武林正宗，不用事先预习，配合得已恰到好处。

黑蜘蛛声名虽著，武功却非以功力见长，此刻遇着他两人一快一慢，一刚一柔，这种天生的搭档，渐渐已有些应付不了。

何况还有小鱼儿在他身后，明是帮忙，暗中捣蛋。

南宫柳袖手一旁，微微颔首道："人玉果然是个天生练武的坯子。"

秦剑道："但菁妹终是比他高出一筹。"

南宫柳道："这你就看错了。人玉此刻出手虽嫩些，但那只是因为他家教太严，不敢惹事，根本没有交手的机会，若让他在江湖中多闯荡闯荡，不出三五年，他的名声必定要远远超过菁妹之上。"

秦剑道："二哥果然法眼无双，难怪江湖中人一经南宫公子题名之后，立刻身价百倍。"

南宫柳道："今日你我要留意的，倒非黑蜘蛛，而是这面色蜡黄的少年。此人行态诡秘，做事也不循常轨，若我瞧得不差，他必定是一个成名的人物易容改扮的。"

这南宫公子武功是高是低，虽还不知，但就凭这分眼力，当真已不愧是虎踞江南百余年之武林世家的传人。

说话之间，那边强弱便已分明。

以黑蜘蛛身法之诡异灵动，顾人玉与小仙女本难占得上风，但小鱼儿始终黏在黑蜘蛛身后，黑蜘蛛就总觉得后面像是坠着个秤锤似的，身形变化之间，自然要大受影响，这时已屡遇险招。

小鱼儿故意叹气道："不好不好，堂堂的黑蜘蛛，今日看来竟要败在两个小娃儿手上了。"

其实小仙女和顾人玉也是江湖中的成名人物，并非小娃儿，小鱼儿这样说，只不过要故意激怒黑蜘蛛。

黑蜘蛛脾气刚烈，明知如此，还是被他激动，怒吼道："你这疯子，你到底要怎样？"

小鱼儿悄声道："打不过，难道不会逃么？"

黑蜘蛛更是暴跳如雷，道："放屁！我老黑岂是这种人？"

小鱼儿道："黑蜘蛛享名天下，本就是以身法之诡秘飘忽见长，今日你偏偏舍己之长，与人交手，岂非是个呆子？"

黑蜘蛛嘴里虽仍骂不绝口，心里已觉得他说得有道理，只因他此刻一分心说话，胁上已险些中剑。

小鱼儿悠悠道："今日你自己若能全身而退，也能带我一齐走，江湖中人知道了，非但不会耻笑于你，还会佩服得很。"

黑蜘蛛跺了跺脚，道："好！"

他"好"字方出口，小鱼儿已自他身后冲了出来，"断玉分金"，双掌左右斜斜分击而出。

顾人玉与小仙女骤出不意，竟被这一招逼得后退两步。

就在这时，黑蜘蛛袖中已有一线银丝飞出，直穿出门，搭上祠外的一株古柏之上，他人也跟着飞了出去。

小鱼儿早已拉住他衣角，跟着飞出。他身形轻若飞絮，虽借了黑蜘蛛携带之力，黑蜘蛛却不觉负担。

只见他的身形有如被线拉着的纸鸢似的，飘上了古柏，双足一点，人又从枯树上飞出，跃上第二株柏树。那根银丝也跟着飞出，搭上了更前面第三株柏树；黑蜘蛛身子在第三株树上一点，跃上第四株；银丝又搭在第五株树上……

等到秦剑等人追出时，两人身形已在数十丈外，一闪后便在黑暗中消失无影，唯有语声远远传来，道："你们若不服，明夜三更，不妨再来这里！"

黑蜘蛛身形不停，直掠到城垛下，才在黑暗中歇住。

小鱼儿抚掌道：“好个黑蜘蛛，果然是来去如电，倏忽千里，这一手银丝飞蛛的轻功，果然是独步江湖，天下无双！”

黑蜘蛛道：“哼，你拍我的马屁，也没有用的。”

小鱼儿大笑道：“我知道你必定一肚子闷气，不过想让你消消气而已。”

黑蜘蛛道：“我且问你，明明不是你做的事，你为何要揽在自己头上，还拉上了我，而你躲在后面，让我来背黑锅。”

他愈说愈火，大声道：“这也不用说它，最可恨的，你明明可以光明正大地动手，却又偏偏要逃，害得我也陪着你丢人，这究竟是为了什么？”

小鱼儿笑嘻嘻道：“你还不明白么？我这自然是要害你。”

黑蜘蛛怔了怔，道：“害我？”

小鱼儿道：“咱们这一逃我可以一走了之，但你黑蜘蛛有名有姓，日后传说出去，说你黑蜘蛛也和李大嘴一样吃人，你还能混么？”

黑蜘蛛大怒道：“你为什么要害我？”

小鱼儿嘻嘻笑道：“这只因我要把你拖下水，你才为我出力。但你也莫要气恼，我瞧你不错才这样害你的，有些人想求我害他，我还没工夫哩。”

黑蜘蛛厉声道：“你害了我，我该捏死你才是，怎肯替你出力！”

小鱼儿笑道：“若是换了别人，我害了他，他自然要找我算账，但你黑蜘蛛可和别人大不相同，这一点我知道得很清楚。”

黑蜘蛛瞪了他半晌，突然放声大笑道：“好，你这小子，倒真是知道老黑的脾气！我老黑遇着这种怪事，的确是明知上当，也不肯放手的。”

小鱼儿笑道：“若非如此，黑蜘蛛就不是黑蜘蛛了。”

黑蜘蛛道：“你如此做法，除了拖我下水外，难道没有别的用意？”

小鱼儿道：“自然有的。想那南宫柳与秦剑，眼高于顶，自命不凡，我平时若想约他出来，他肯么？但现在我要他明夜三更来，他绝不会迟到半刻。”

黑蜘蛛道：“好，现在我既已被你拖下了水，他们也被你抓住了尾巴，这出戏究竟该怎样唱下去，你说吧！”

小鱼儿道：“那位‘胡说’先生偷偷将人宰了，要你来吃，却又偷偷去密告别人来抓你，这样的手段叫作什么？”

黑蜘蛛恨恨道：“这自然就叫作嫁祸栽赃。”

小鱼儿道：“这种专门嫁祸栽赃的害人精，你说该如何对付他？”

黑蜘蛛咬牙道：“我若再见着他时，不一把捏死他才怪。”

小鱼儿道：“你可知道这样的害人精，除了‘胡说’先生之外，还有不少，而且他们所作所为，委实比‘胡说’先生还要可恨，却又该如何对付他们？”

黑蜘蛛道：“捉来一个个捏死就是了。”

小鱼儿笑道：“捏死他们还算太便宜了，何况，你若想捏死他们还不容易。”

黑蜘蛛道：“你说的究竟是什么人？”

小鱼儿一字字道：“江别鹤！”

黑蜘蛛几乎跳了起来，失声道：“江南大侠怎会做这样的事？”

小鱼儿凝目瞧着他，道：“你信不过我？”

黑蜘蛛也瞧着小鱼儿，道：“你这人藏头露尾，鬼鬼祟祟，做起事来更是古灵精怪，花样百出，天下又有谁能信得过你？”

他叹了口气，缓缓接道：“我相信你，只因你虽是个坏小子，却非伪君子！”

小鱼儿叹道：“不错，最可恨的人就是伪君子，那江别鹤就是其中最可恨的一个。”

黑蜘蛛道：“你想如何对付他？”

小鱼儿眼睛发亮，道：“以其人之道，还治其人之身。他们会栽赃嫁祸给别人，我就要栽赃嫁祸给他们，这就叫以牙还牙。”

黑蜘蛛道：“如何还法，你且说来听听。”

小鱼儿眼睛盯着他，道：“你可知道阁楼上的那位姑娘是谁？”

黑蜘蛛突然扭转头，道：“我早就说过，不知道。”

小鱼儿缓缓道：“我现在告诉你，她就是慕容家的九姑娘！”

黑蜘蛛眼睛立刻圆了，失声道：“她就是慕容九？”

小鱼儿道：“不错，如今南宫柳、秦剑、小仙女都在急着找她，他们若发现有人将她藏了起来，少不得要找那人干一场。”

黑蜘蛛的眼睛也发了亮，道：“所以，你就想将这件事栽在江别鹤身上？”

小鱼儿抚掌大笑道：“我正是也想叫他尝尝被人嫁祸的滋味。”

黑蜘蛛道：“但那江别鹤老谋深算，又怎会上你的当？”

小鱼儿笑道：“那江别鹤虽然狡如狐狸，只要你帮忙，我也有法子要他上当！”

他一跃而起，拉起黑蜘蛛，道：“时候已不多，咱们快去办事吧。”

两人飞掠入城。

一路上，黑蜘蛛不住喃喃自语道：“我到现在为止还不懂，那‘胡说’宰食了慕容家的人又害了我，却对他自己有何好处？”

这时他自己猜出，那“宛儿”必定与慕容家有关，八成就是慕容姑娘陪嫁的贴身侍女。

小鱼儿笑道：“你说的那位‘胡说’先生，并非李大嘴，而是白开心，还有个外号叫‘损人不利己’，只要别人上当受罪，就是他平生快事。”

黑蜘蛛失声道：“世上哪有这样的人？”

小鱼儿道：“你说没有，却偏偏是有的。他明知慕容家的姑爷来找慕容九，所以就将那‘宛儿’偷来宰了，好让慕容家的那些姑爷认为慕容九也已被人家吃下肚，所以他们才找不着，他们伤心难过，白开心就开心了。”

黑蜘蛛叹道：“世上既有白开心这样的人，又偏偏有你这样的人，你们两人害来害去，倒霉的只是我老黑而已。”

小鱼儿道：“今夜若不是有我，你更惨了，当时人赃俱获，就算你有一百张嘴，也休想辩说得清。”

黑蜘蛛道：“但无论如何你总不该承认……”

小鱼儿笑道：“我又几时承认了？我几时说过慕容九已被我吃下肚里？我只不过……‘我已将她怎样，还用说么？’‘也没什么大不了，你怕什么！’……”

黑蜘蛛想了想，不禁失笑道："不错，当时你虽好像说了，其实却等于没有说……"

小鱼儿笑道："其中的巧妙就在这里。"

说话间，他竟将黑蜘蛛又带回了那阁楼外。

此刻四下灯火俱寂，只有那阁楼里灯光还亮着。慕容九伏在桌上，想是因为想得出神，不觉睡着了。

小鱼儿道："这位姑娘最听你的话，你叫她带着刀，她就带着刀，你叫她杀人，她就杀人，现在，我只要你叫她写张条子。"

黑蜘蛛奇道："此时此刻，突然写起什么条子来了？"

小鱼儿道："你叫她写，'若要赎我的性命，请带白银八十万两，至他们所约之处，千万勿误，否则妹便是他人俎上之肉了'！"

黑蜘蛛骇然道："八十万两！"

小鱼儿道："八十万两数目虽不少，但以南宫柳与秦剑的身家，却也算不得多，别人一日之间筹不出来，他们想必有法子的。"

他一笑接道："何况，这字条又的确是慕容九自己的笔迹……其中问题是，你必须对他们说八十万两，全要白银，金子珠宝都不行。"

黑蜘蛛道："我对他们去说？"

小鱼儿笑道："自然要你去对他们说，这字条自然也要你送去……黑蜘蛛来去无踪，倏忽千里，送这样的信，世上还有比你更好的人么？"

黑蜘蛛默然半晌，叹了口气，道："好吧……我只是不懂，为何定要白银？"

小鱼儿道："这其中自然又有巧妙，你到时就会懂的。送信之后，你等着瞧热闹就是。"

黑蜘蛛道："到时你难道真的自己去接银子？"

小鱼儿道："到时去接银子的，已是我送去的替死鬼了。"

黑蜘蛛道："那么……秦剑与南宫柳若瞧见不是你而是别人，岂非又难免怀疑？"

小鱼儿笑道："秦剑与南宫柳又岂知我是谁……他们见到我这张蜡黄的脸，又瞧见那手'移花接木'，还以为我是'移花宫'门下改扮的哩，而此刻那真的'移花宫'弟子却正是和江别鹤在一起。"

黑蜘蛛想了想，叹道："原来你每一举动都有用意，像你这样的人，世上若是再多几个，别人的日子如何能过得下去？"

小鱼儿大笑道："你放心，像我这样的人，天下是再也不会有第二个了。"

凌晨时，那庆余堂的掌柜糊里糊涂地被小鱼儿从床上拉了起来，送了封信到段三姑娘处。

天亮时，小鱼儿已恢复成药铺伙计的打扮，倒在庆余堂里他原来那张小床上，睡了一大觉。

然后，段三姑娘就来了。

这一次，她没有在窗子外面叫，直接就闯了进来，从床上拖起小鱼儿，又是欢喜，又是埋怨，跺脚道："这两天，你到哪里去了，知不知道人家多着急！"

小鱼儿揉着眼睛，笑道："你若真的为我着急，就该帮我个忙。"

段三姑娘幽幽道："你要我做什么，我几时不肯答应你？"

小鱼儿道："但这件事，你绝不能向第三人泄露半个字。"

段三姑娘垂下头，道："你难道还信不过我？"

小鱼儿展颜笑道："好，我先问你，这两天你可瞧见了那江玉郎么？"

三姑娘道："没瞧见。"

小鱼儿眼睛瞪着她，道："你再想想，江别鹤周围的人有没有一个可能是江玉郎改扮的？"

三姑娘果然想了想，断然道："没有，绝无可能，这两天江玉郎绝不在这里。"

小鱼儿松了口气，道："这就是了，女子的感觉虽然有些莫名其妙，但有时却是对的，你既然如此肯定，江玉郎想必不会在这里了。"

三姑娘幽幽道："你叫我来，就是要问他么？"

小鱼儿笑道："这只因他和你有很大的关系。"

三姑娘嗔道："你莫要胡说，我和他有什么关系？"

小鱼儿沉声道："你可知道，你家的镖银，就是他动手劫的。"

三姑娘失声道："真的？"

小鱼儿道："他这两天突然走了，一来是想避开我，二来就是要去将那批镖银换个地方藏起来，只因他以为我知道的秘密比我实在知道得多。"

三姑娘眨着眼睛道："你究竟是谁？他为什么这么怕你？"

小鱼儿笑道："严格说来，他到现在为止也还不知道我是谁。"

三姑娘默然半晌，轻轻道："我不管你是谁，我都……"

小鱼儿赶紧打断她的话，道："只要我猜得不错，只要他不在这里，我的计划就能成功……你必须替我留意着，他若万一回来了，你就得赶紧告诉我。"

三姑娘道："你究竟有什么计划？为何定要他不在这里，你的计划才能成功？"

小鱼儿拉起她的手，柔声道："这些事你以后总会知道的，但现在却请你莫要问我。"

世上若有什么事能令女子闭起嘴，那就是她心爱的男人温柔的话了。三姑娘果然闭起了嘴，不再问下去。

她只是垂下头，悠悠道："你……没有别的话对我说？"

小鱼儿道："今天晚上，起更时，你在你家后园的小门外等我……"

三姑娘的眼睛立刻闪起了喜悦的光，颤声道："今夜……后园小门？"

小鱼儿道："不错，你千万莫要忘了，千万要准时到那里。"

三姑娘娇笑道："我绝不会忘，就算天塌下来，我也会准时到的。"

她娇笑着转身而去，满怀着绮丽而浪漫的憧憬。

小鱼儿在街上东游西逛，走过许多饭铺酒楼，他也不进去，却在东城外找着了家又脏又破的小面馆。

这小面馆居然也有个很漂亮的名字，叫思乡馆。

小鱼儿走进去吃了一大碗热汤面、四个荷包蛋，却叫店里那看来已有三年没洗澡的山东老乡去买了些笔墨，七八十张纸。

他用饭碗那么大的字，在纸上写下了："开心的朋友，今夜戌时，有个姓李的在东城外的思乡馆等着你，你想不来也不行的。"

同样的句子，他竟一连写了七八十张，又雇了两个泥腿汉子，叫他们去贴在城里大街小巷的显眼处。

那山东老乡实在瞧得奇怪，忍不住道：“这是在干啥？俺实在不懂。”

小鱼儿笑道：“该懂的自然会懂，不该懂的自然不懂。”

那山东老乡摸着头皮道：“谁是该懂的？”

小鱼儿却已笑嘻嘻走了，竟又到估衣铺去买了身半新旧的黑布衣服，到杂货铺去买了些油墨石膏、牛皮胶。

然后，他就寻了家半大不小的客栈，痛痛快快睡了一觉。这一觉睡醒，天已快黑了。

小鱼儿对着镜子，像是少女梳妆般在脸上抹了半天，又穿起那套衣服，在镜子前一站……

这哪里还是江小鱼？这不活脱脱正是李大嘴么！

小鱼儿自己也瞧得很是满意，哈哈笑道：“虽然还不十分一样，但想那白开心已有二三十年未见过李大嘴，黑夜之中，想必已可混得过去。”

他生得本来不矮，经过这两年来的磨折锻炼，身子更是结实，挺起胸来，不但面貌已与李大嘴九分相似，就算身材也和那魁伟雄壮的李大嘴差不了多少，纵是和李大嘴天天见面的人，若不十分留意，也未见得能瞧得破。

他将换下来的衣服卷成一条，塞在被窝里，从外面瞧进来，床上仍然像是有个人在睡觉。

然后他又用桌上的秃笔写了封信，这封信竟是写给江别鹤的。他用左手歪歪斜斜地写道：“江别鹤，你儿子和镖银都已落在大爷我的手里了，你若想谈谈条件，今夜三更，到城外的祠堂里等着吧。”

他将这封信紧紧封起，又在信封上写着：“江别鹤亲拆，别人看不得的。”

小鱼儿将信收在怀里，喃喃笑道：“江玉郎不在城里，八成是去收藏那镖银去了，只要他今天晚上不回来，江别鹤就算是狐狸，瞧见这封信也得中计，他心里就算不十分相信，到了三更时也必定忍不住要去瞧瞧的。”

他得意地笑着，从窗口溜了出去。

小鱼儿走到思乡馆时，暮色已很深了。

这时虽正是吃饭的时候，但思乡馆里却没什么人，就连那山东老乡都已瞧不见，只有一个客人正坐着喝酒。

这人穿着件新缎子衣服，戴的帽子上还有粒珍珠，穿着虽像个富商士绅，神态却还是个地痞无赖，竟不肯好好坐在那里，却蹲在凳子上喝酒。一双贼眼不住转来转去，又像是随时提防着别人来抓的小偷。

小鱼儿大步走了进去，哈哈笑道："好小子，你果然来了，许多年不见，你这王八蛋倒还未忘记有个姓李的朋友，来得倒准时。"

他从小和李大嘴长大，要学李大嘴说话的神情腔调，自然学得惟妙惟肖，活脱脱是一个模子里铸出来的。

那人却板着脸，瞪着眼道："你是谁？咱不认得你。"

小鱼儿笑道："你想瞒我，你虽然穿得像是个人，但那副猴头猴脑的贼相还是改不了的。"

那人果然大笑起来，道："你这吃人不吐骨头的混球蛋，多少年不见，你对老子说话，难道就不能稍微客气些么？"

小鱼儿在他对面坐了下来，桌子上有两副杯筷，却只有一碗红烧肉，小鱼儿皱了皱眉头道："你这穷贼实在愈来愈穷了，快叫那山东老乡来，待老哥哥我叫你痛痛快快地吃上一顿。"

白开心道："他不会来的。"

小鱼儿道："为什么？他在哪里？"

白开心笑嘻嘻指着那只碗，道："就在这只碗里。"

小鱼儿神色不动，哈哈笑道："你倒会拍老子的马屁，还未忘记老子喜欢吃什么。只是瞧那山东老乡好几年没洗澡的样子，只怕连肉都已臭了。"

白开心嘻嘻笑道："我早已把他从头到脚洗得干干净净再下锅的。"他举杯敬了小鱼儿一杯酒，又倒满了一杯。

小鱼儿笑道："你这儿子倒真孝顺。"

他只得夹起一块肉，但刚吃了两口，又吐了出来，瞪眼道："这是什么鸟肉敢混充人肉？"

白开心抚掌大笑道："姓李的，你果然还有两下子，这张鸟嘴竟一吃就能尝得出是不是人肉来。你也不想想，老子会杀人来喂你么？"

他自然本是想用这方法试试来的人是否真的李大嘴，小鱼儿肚子里暗暗好笑，却不说破，瞪眼道："你不孝顺老子孝顺谁？那山东老乡人虽脏些，肉倒还结实，老子早已有心将他红烧来吃了，你却将他弄到哪里去了？"

白开心道："他早已回家去了，老子已将他这家店买了下来……哈哈，他受了老子里面灌铅的假银子，居然还开心得很，以为上当的是老子。"

小鱼儿叹道："这家破面馆你要来鸟用也没有，你却骗苦了他，又害得老子吃不着好肉，你那'损人不利己'的贼脾气，当真是一辈子也改不了。"

白开心嘻嘻笑道："老子的脾气改不了，你那贼脾气又改得了么？狗是改不了要吃屎的……你躲在狗窝里这许多年，突然又钻出来干什么？"

小鱼儿眼睛一瞪，大声道："我先问你，你假借老子的名头，送了副挽联给铁无双，又假借老子的名头，将人家的小丫头炖来吃了，究竟想干什么？"

白开心怔了怔，道："你全知道？"

小鱼儿大笑道："你还想有什么事能瞒得过老子的。"

白开心笑道："那些人太没事干了，老子瞧得不顺眼，所以找些事给他们做，炖了肉请人来吃，却又去告他一状，要他们两家都闹得人仰马翻，老子才开心……你凭良心说，老子这一手做得妙不妙？"

小鱼儿冷笑道："只可叹姓秦的和那南宫小儿，活到这么大了，随随便便来个人告诉他们一件事，他们居然也相信。若换了是我，你来告状，老子就先将你扣下来，问问你别人吃人肉，你又怎会知道。"

白开心道："老子不会写信么？为何定要自己去？"

小鱼儿道："一封无头信他们就相信了？"

白开心道："他们纵不相信，好歹也得去瞧瞧。"

小鱼儿一拍桌子，笑道："正是这道理！我正是要你说出这句话来。"

白开心眼珠子转动，道："你又在打什么鬼主意，要叫老子上当？"

小鱼儿笑道："你冒了老子的名，老子暂且也不罚你，只要你再写封信给那姓秦的与南宫小儿，他们既已证明了你第一封信说得不假，你第二封去，他们自然更相信了。"

白开心道："什么信？"

小鱼儿道："自然也是害人的信，若不是害人的信，你想来也不肯写的。"

白开心展颜笑道："要害人嘛，老子还马马虎虎可以答应你，却不知要害的是谁？"

小鱼儿道："你只要告诉他们，今夜三更，到段合肥家的后院客房里去瞧瞧，自然会瞧见令他们感到有趣的东西……但必定要在正三更，早也不行迟也不行，至于要害的是什么人，你迟早会知道的。"

白开心道："老子若不肯写呢？"

小鱼儿冷笑道："我知道你肯写的，你看可以害人的事不做，你还睡得着觉么？何况，你若不写这封信，老子总有法子叫你……"

突然取出写给江别鹤的那封信，拿在手里，一掌击灭了桌上的油灯。白开心面色变了变，道："你干什么？"

## 第五十四章

# 略施巧计

小鱼儿悄声道："有人来抓咱们了，准备逃吧！"

话犹未了，窗外已有刀光闪动。

只听有人喝道："姓李的，姓白的！你们作恶多端，今天再也休想跑了，出来受死吧。"黑暗中人影幢幢，这思乡馆竟已被人团团围住。

白开心喃喃道："奇怪，这些人怎会知道咱们在这里？"

小鱼儿悄声道："这人满口仁义道德，必定是江别鹤。"

白开心道："嗯。"

小鱼儿道："咱们就从他这边冲出去。"

白开心道："从武功最强的人那边冲出去？你莫非疯了！"

小鱼儿微微一笑，道："我自有道理。"

这时外面已又喝道："你们再不答复，咱们就冲进去了。"

其实这些人对"十大恶人"也颇为忌惮，一时之间，是谁也不敢冲入这黑黝黝的屋子里的。

小鱼儿霍然站起，大喝道："李大嘴来也，你们等着吧！"提起张凳子往东面门外掷了出去，人却已从西面窗口蹿出。

这"李大嘴"三个字，果然有些吓人，凳子飞出来，东面一阵大乱，几柄刀不问青红皂白就砍了出去，全都砍到凳子上。

小鱼儿蹿出窗外，也有两柄刀直劈而来，小鱼儿一声虎吼，飞起一脚将左面的一柄刀踢飞。

他身子却已自右面一人头上掠过，顺势一脚，蹴在那人头上，那人顿时矮了半截。

这一招"鸳鸯双飞脚"，本非什么玄妙的武功，但在他手里稍加变化，却立时制住了两个高手。

要知他在那密窟中所得，正是普天之下各门各派的武功精妙所在，他融会贯通之后，无论哪一派的招式到了他手里，他都可化腐朽为神奇，却教别人再也猜不出他的武功来历。

只听有人惊呼道：“这姓李的果然厉害，大家要小心……”

话未说完，只听“啪”的一响，接着又是一阵大笑，说话的人想是已被白开心打歪了嘴巴。

小鱼儿一招北派“鸳鸯双飞脚”踢倒了两人，跟着又用一招南派“冲天炮”，一拳将一条大汉打得飞上半空。

突见眼前剑光闪动，迅急辛辣，神定气足。

一人冷笑道：“李大嘴，你武功虽不错，今日还是休想逃走。”

三句话工夫，已刺出八剑，剑剑俱是杀招。

小鱼儿连瞧都不必瞧，已知道是江别鹤来了，连连闪过八剑，却不还手，只是压低声音道：“你想知道你儿子和镖银的下落么？”

江别鹤掌中剑果然缓了一缓，失声道：“你说什么？”

小鱼儿将那封信穿在江别鹤的剑尖上，道：“你先瞧瞧再说。”

江别鹤也不知是收缩回剑来瞧信，还是刺出剑去伤人，稍一犹豫间，小鱼儿已自他身旁蹿了出去。

白开心也怪叫着跟着掠出。

江别鹤竟眼睁睁瞧着他两人逃了，等到别的人围过来时，小鱼儿和白开心早没了影子。

小鱼儿和白开心蹿入一个暗林中，方自停下。

白开心瞧着小鱼儿冷笑道：“这些人怎会知道咱们在那里？”

小鱼儿眨了眨眼睛，笑道：“自然是有人密告的。”

白开心冷笑道：“密告的人，只怕是你自己吧？”

小鱼儿道：“若是我，我为何还要助你逃出来？别人又不是瞎子，难道不见那告示上饭碗那么大的字？”

白开心冷笑道：“那些话，这些人又怎瞧得懂？”

小鱼儿笑嘻嘻道：“自然有人瞧得懂的。”

白开心变色道：“谁？难道咱们的老朋友也有人到了城里？”

小鱼儿想了想，道：“我不妨告诉你，有两个人，一个叫罗九，一个叫罗三，一心想找咱们的麻烦，对咱们的事知道得清楚得很。”

白开心皱眉道：“这两人长得是何模样？”

小鱼儿道：“胖胖的，高高的，两个人长得一模一样，是个双胞胎。”

白开心道：“我只认识个瘦瘦的双胞胎，却不认得胖的。”

小鱼儿道：“你不认得他们，他们却认得你。”

白开心怒道：“你既早已知道他们瞧得懂那张告示，既然早已知道他们要告密，为什么偏偏还要这样做？”

小鱼儿笑嘻嘻道：“我正是要他们告密，正是要叫他们找人来抓咱们，这样我才能将那封信交到江别鹤手上……我若用别的法子将信交给他，他未必重视，但这封信既是李大嘴亲手交给他的，分量可就不同了。”

白开心道：“但你又怎知道江别鹤必定会来？”

小鱼儿道：“他自命大侠，听说有‘十大恶人’在城里，他能不管么？只要他来了，听到我说的话后，就必定要放咱们走的。”

白开心默然半晌，叹了口气，道：“你样样事都算得这么准，只怕连真的李大嘴都不如你。”

这次小鱼儿却不禁怔了怔，咯咯笑道：“什么真的李大嘴，老子难道是假的不成？”

白开心突然大笑起来，道：“你能将李大嘴的模样腔调学得这么像，简直连我都有点佩服你，简直有些舍不得瞧着你死在我面前，只可惜你已是非死不可的了！”

小鱼儿皱了皱眉，道：“非死不可？”

白开心怪笑道：“你喝的那杯酒里，老子早已下了独门‘水晶断肠散’，本来还可多活半个时辰，但方才那么一折腾，只怕现在就要你的命了！”

小鱼儿怒喝道：“你这恶贼，我和你拼了！”

他跳起来想扑过去，但身子才跳起，便“咚”地跌在地上，脸色发白，双手捂着肚子，颤声道：“不好，我……我……已不行了……”

白开心手舞足蹈，咯咯大笑道：“你如今总该知道‘十大恶人’可不是好对付的吧？”

小鱼儿嘶声道：“但……但你又怎知道我……我不是李大嘴？我不信你能瞧得破。”

白开心道：“你将李大嘴一举一动，都学得惟妙惟肖，想必是认得他的，是么？”

小鱼儿疼得全身都抖了起来，道：“是……是。”

白开心道：“你可听见他说起过我么？”

小鱼儿呆了呆，道：“没……没有。”

白开心道：“这只因他与我恨深似海，他将我恨之入骨，连我的名字都不愿提起，又怎会将我当作朋友，和我在一张桌子上喝酒？”

他大笑接道：“你以为‘十大恶人’既然都是恶人，大家臭味相投，想必全是朋友，却不知‘十大恶人’中也有互相恨得入骨的冤家对头……你千算万算，终于还是算错了一招，这一招就够要你的命了！”

小鱼儿呻吟着道：“原来你早已知道我不是李大嘴了，但你为什么……为什么……”

白开心嘻嘻笑道：“老子一直在装糊涂，只是为了想瞧瞧你到底存何居心。也想逗着你玩玩，如今老子已玩够了，你就等死吧。”

小鱼儿突然惨笑道：“我今日虽然死在你手上，但是你有件事……”

他身子突然一阵抽搐，整个人仰天躺到地上，虽然拼命想说话，但嘴唇启动，却说不出声音。

白开心道：“老子有什么事，你说呀？”

小鱼儿挣得满头大汗，道：“你……你……”

他虽然用尽力气，但声音却仍小得像蚊子叫。

白开心忍不住走过去，低下头来，道：“你说大声些，老子听不见。”

小鱼儿突然大吼道：“我说你是个大笨蛋！”

吼声中，他出手如风，已点了白开心身上十来处穴道。白开心刚被吼声骇得一震，人已躺了下来。

小鱼儿一跃而起，大笑道：“‘十大恶人’虽然一个个精似鬼，但遇见了我，还是要上当的。你如今总该知道，老子不是好对付得了吧？”

白开心躺在地上，眼睁睁地瞧着，他实在想不到这世上竟有比“十大恶人”还要诡计多端的人。

小鱼儿又笑道：“老子虽然拿不准那杯酒里是否有毒，但对你们‘十大恶人’，总是要提防一招的，你以为老子喝下了那杯酒，其实老子却不过将酒藏在舌头下，早已随着那块假人肉一齐吐出来了！”

白开心道：“我……我怎么未瞧出？”

小鱼儿笑道：“这种骗人的本事，老子五岁时就学会了，老子莫说将小小一杯酒藏在嘴里，就算嘴里藏着个大鸭蛋，你也是瞧不出的。”

白开心像是瞧见了鬼似的，颤声道：“你……你究竟是什么人？”

小鱼儿笑道：“你也知道害怕了么？老子这样的人，原是谁都要害怕的，你若要问老子是谁，乖乖替老子办完事后，老子也许会告诉你。”

白开心听说这比鬼还厉害的人居然并无杀死自己之意，只不过要替他办事而已，不禁大喜道：“是，是……小子这就立刻去写信。”

小鱼儿大笑道：“你如今已从‘老子’变成‘小子’了么……好小子，但老子若这样就放了你这样的小子，还未免有些不放心。”

他双手背在身后，早已悄悄搓了个泥团在手里，此刻突然捏着白开心的鼻子用力塞了下去。

白开心只觉一粒又黏又湿，还微微带着种说不出的臭气的东西，从喉咙里滑下了肚，不禁大骇道：“这……这是什么？”

小鱼儿道：“你有你独门的‘水晶断肠散’，我也有我独门的‘黑煞催命丸’……”

白开心变色道：“‘黑煞催命丸’？我……我怎地从未听过这名字？”

小鱼儿悠然道：“你自然没有听见过这名字，这是我苦心研究多年、最近才配成的，天下无药可解，服后七个时辰之内，全身发黑发肿，再过半个时辰，便全身溃烂而死，变成一摊又黑又臭的脓水。”

他信口说来，说得当真是活灵活现。

白开心满头冷汗涔涔而落，颤声道：“你……你不是还要我做事么？”

小鱼儿笑道：“当然，我自己是有独门解药的。”

白开心道："我和你无冤无仇，求求你……"

小鱼儿眼睛一瞪，大声道："你七个时辰之内，若能将我吩咐的那件事办得妥妥当当，若能令我满意，再来这里等着，我自然会救你的。"

他顺手拍开了白开心的穴道。

白开心却仍软瘫在地上，似乎连站起来的力气都没有了，道："你……你不会将我忘记的吧？"

小鱼儿冷冷道："时候已不多，你还不快去，只怕就来不及了。"

白开心不等他话说完，已从地上跳了起来，就像是只被人在屁股上砍了一刀的野马，风也似的走了。

小鱼儿瞧着他去远，哈哈笑道："人人害怕的'十大恶人'，原来也是很容易上当的。"

起更前，小鱼儿又回到那阁楼上。

罗九、罗三兄弟果然都不在，慕容九正坐在地毡上，手里提着个无锡泥娃娃慢声低唱着道："小宝贝，快快睡，窗外天已黑，小鸟回家去，乌鸦也休息……"

小鱼儿笑了笑，接着唱道："到天亮出太阳，又是鸟语花香……"

慕容九顿住歌声，茫然瞧了他半晌，讷讷道："你是谁？我不认得你。"

小鱼儿柔声笑道："你忘了么？我就是昨天教你如何去打跑心里那恶魔的人。"

慕容九道："呀！原来是你，你模样看来怎地有些变了？"

小鱼儿故意悄声道："我为了怕那恶魔来找我，所以故意扮成这样子，好教它找不着，你可千万莫要对别人说。"

慕容九连连点头道："我知道，我懂得，那恶魔厉害得很，千万不能被它找着。"

小鱼儿笑道："我知道你会懂的，你是很聪明的女孩子。"

慕容九嫣然一笑，她忧郁的脸上出现笑容，就像是阴沉的天气里突然出现了阳光，鲜艳的花朵也在这一瞬间开放。

小鱼儿瞧了两眼，心里竟似有些异样的感觉，他立刻知道不能再瞧下去了，赶紧拉起她的手道：“现在我要带你去一个地方，不久你就可以瞧见比我本事还大、能帮你赶走那恶魔的人了。”

也不知怎的，慕容九竟对他顺从得很，立刻就站了起来，走了两步，眨了眨眼睛忽然又道：“那么……你呢？”

小鱼儿苦笑了笑，道：“以后，你只怕就瞧不见我了。”

慕容九立刻停下脚步，道：“若是以后瞧不见你，我就不走了。”

小鱼儿怔了怔，心里也不知道什么滋味，赶紧大声道：“你心里那恶魔被赶走之后，你自己也不会愿意再见着我的，那时，会有许多别的人天天陪着你。”

慕容九想了想，道：“那么，就让这恶魔待在我心里吧。”

小鱼儿鼻子竟像是有些酸了起来，大声笑道：“傻孩子，你难道想一辈子这样么？”

慕容九凝目瞧着他，咬着嘴唇笑道：“这样其实也没什么不好。何况，只要你天天来陪着我，你也可以将那恶魔赶走的，是么？”

小鱼儿揉了揉鼻子，板着脸道：“你这样不听话，我怎会来陪你？”

慕容九垂下了头，幽幽道：“你一定要我去，我就去，但是你……”

小鱼儿终于忍不住叹了口气，道：“只要你记得今天的话，我以后还是会去瞧你的……”

小鱼儿替慕容九披起了件长长的披风，走到段宅后园的小门外，段三姑娘早已在那里等着了。

她的眼睛闪着光，一颗心跳个不停，身子虽然正冷得发抖，但一张脸却在发烧，烧得连耳根都红了。

她远远就瞧见小鱼儿了，狂喜着迎了上去，到了小鱼儿面前，才发现小鱼儿身后竟还有个人。

她一颗心立刻沉了下去，咬着嘴唇道：“你……你不是一个人来的？”

小鱼儿也不知究竟是真的不懂她心里的感觉，还是装着不懂，扬起了眉毛，瞧着她嘻嘻一笑道：“我本来就没有说要一个人来呀！”

三姑娘这才瞧见他的脸，失声道："你……你是什么人？"

小鱼儿笑道："你方才能认出了我，现在怎地又不认得了？"

三姑娘已听出了他的声音，但还怀疑着，讷讷道："方才我只是感觉……感觉到是你来了，但你的脸……"

小鱼儿压住声音，道："我有件秘密的事要做，所以不能不扮成这样子，你可千万莫要告诉别人，这件事只有你一个人知道。"

他虽然根本没有说出"这件事"是什么，但他知道少女们一听到只有自己一个人知道她心爱男人的秘密时，别的事就再也不会追究了的。

三姑娘果然又愉快了起来——小鱼儿毕竟对她不错，否则又怎会将这没有人知道的秘密告诉她？

她立刻也压低声音，道："你放心，绝不会告诉别人的。"

小鱼儿皱起眉头，道："但这件事，我还需要人帮忙。"

三姑娘急忙问道："我能帮忙么？"

小鱼儿道："我本来可以找别人的，但是你……你若肯帮忙，那当然再好也没有。"

三姑娘更开心了，道："我早就说过，无论你要我做什么事，我都答应你。"

她心爱的男人不找别人帮忙，只找她，可见对她确实和别人不同，她简直开心得要死。

小鱼儿瞧她的神色，知道事情已绝不会有问题了，这才沉声道："其实，这件事也并没有什么困难，只要你将这人带到你屋里，等到三更时，才悄悄将她放到江别鹤屋里，找个地方藏起。"

三姑娘道："这容易得很，我一定能做到。"

小鱼儿道："但你却要记住两件事，第一，你千万不能让任何人瞧见她；第二，你必须要在准三更时已将她藏好，千万不能太早，更不能迟。"

三姑娘笑道："你放心，我绝不会误事的。"

她这时才留意到慕容九。

# 第五十五章

## 巧妙安排

慕容九全身都笼罩在黑色的披风里，连头也被盖着，三姑娘也瞧不出她长得是何模样，迟疑了半晌，终于忍不住问道：“这人是谁？”

小鱼儿含糊着道：“她和我做的那件事关系很大，你以后就会知道的。”

他将慕容九推到三姑娘面前，道：“你们两人赶紧去吧。”

慕容九回头瞧着他，似乎还想说什么，但小鱼儿已赶紧走了。三姑娘瞧着他们的神情，面上不禁露出了怀疑之色，但终于只是叹了口气，道：“喂，你随我来吧。”

小鱼儿早早便赶到那祠堂，在四面巡视了一遍，他所约的人，都还没有来，他在四面略为布置了一下，便寻了个最佳地势，藏了起来。

然后，他将这事从头到尾再想了一遍。

秦剑和南宫柳接到慕容九的字条后，必定会来的。

江别鹤瞧了那封信，也是非来不可。

秦剑那批人带着八十万两现银，江别鹤那一批人却要来寻“镖银”，这两批人在这里碰面后，还会没有热闹瞧么？

黑夜之中，两边人心里都焦急得很，一言不合，不打起来才有鬼。

就算他们还未打起来，但等到三姑娘将慕容九送到江别鹤的屋子，慕容家的人听了白开心的密告，去找出她来之后，慕容家的人还会放过江别鹤么？江别鹤纵然厉害，慕容家可也不是好惹的。

小鱼儿这个计划，又岂止是一举两得而已？

第一，他以其人之道，还治其人之身，让江别鹤也尝尝被人嫁祸的苦头，他心里总算能出了口恶气。

第二，南宫柳、小仙女这些人昨夜冤枉了他，他也要他们吃些苦头——他算准他们接到白开心的密告后，必定要分两批人到段宅的后园去瞧瞧，但这祠堂也是不能不来的，来的人最多不过是秦剑、小仙女与顾人玉，这三人纵能制住江别鹤，少不得也是要吃些苦的。

第三，他终于将慕容九送回她自己的亲人身旁，她日后神志纵不恢复，但在亲人身旁，总不会再被人欺负。这样，小鱼儿也了却一桩心事。

第四，江别鹤上过这次当后，纵然不死，也必定要老实得多，白开心等人，也想必不敢再多事。这样，江湖中又有些太平日子了。

第五，段家的镖银也可能因此而物归原主，段家父女对他总算不错，他这样也等于报了他们的恩了。

第六，铁无双所受的冤枉，也因此可以洗清，也免得这“爱才如命”的老人，死后还落个污名。

他灵机一动间想出个计划，竟一举而六得，这计划实行起来纵然困难些，复杂些，却也是值得的了。

小鱼儿思前想后，愈想愈觉得这计划是天衣无缝，妙到极点，江别鹤纵然心计深沉，只怕也想不出这样的妙计来。

江别鹤、秦剑、南宫柳、白开心、罗九、罗三……有关这计划的每一个人，虽然都是厉害透顶的角色，但却都被他利用了而不自知，他绝不相信世上有任何一个人能将他的妙计瞧穿。

小鱼儿愈想愈是得意，忍不住喃喃笑道：“谁敢说我不是天下第一聪明人，谁敢讲我不是天才？”

“喂，跟我走吧。”

三姑娘将这话又说了一次，说得声音更大，慕容九却还是在瞧小鱼儿身影消失之处，痴痴地出神。

三姑娘冷冷道：“他人已走了，你还瞧什么？”

慕容九歪着头想了想，幽幽笑道：“不错，他人已走了……但你知不知道，他以后还会来看我的。”

三姑娘大声道：“他骗你的，他将你送来这里，就不再理你了。”

慕容九嫣然一笑，道：“他绝不会骗我的，我知道。”

她充满自信地抬起头，月光便照上了她那微笑着的脸，那充满对未来幸福憧憬的明亮眼波。

三姑娘虽是女人，也不禁瞧得痴了，颤声道：“你……你怎知道他不会骗你？”

慕容九微笑着道：“他将我送到这里来，只是为了要将我心里的恶魔赶走，然后，他就会来找我的。”

三姑娘瞧着她那张痴迷而美丽的脸，缓缓道：“你什么都不记得了么？”

慕容九道：“嗯。”

三姑娘道：“若不是因为你神志不清，他就不会将你送来了？”

慕容九道：“我知道他也舍不得离开我的。”

三姑娘道：“等……等你好了后，他……他就来找你！”

她的语声竟已因嫉妒而微微发抖，这么强烈的嫉妒，已足以使一个女人不惜做出任何事来。

慕容九却全不知道，嫣然笑道：“他一定会找我的。”

三姑娘道：“他……他还说了些什么？”

慕容九迷惘的眼睛也发了光，笑道：“他还说，我是个聪明的女孩子，只要我听话，他就会天天陪着我，我自然会听话的，你说我应不应该听他的话呢？”

三姑娘突然吼声道：“不应该！不应该！”慕容九怔住了。

三姑娘狂吼道：“你非但一点也不聪明，也一点都不漂亮，你只是个疯子，又丑又怪的疯子，他绝不会喜欢你的！”

慕容九终于忍不住放声大哭起来，掩面道：“我不是疯子，我不是疯子……”

三姑娘道：“你不是疯子，我问你，你可知道自己是谁么？”

慕容九拼命想，也想不起自己是谁，只觉得忽然头疼欲裂，竟拼命打着自己的头，痛哭道：“求求你，莫要问我了，我不知道，我不知道……”

三姑娘冷笑道：“一个人连自己是谁都不知道，不是疯子是什么？”

慕容九嘶声狂呼道：“我是疯子，是疯子……他不会喜欢我的，不会喜欢我的……”

呼声中，她竟痛哭着狂奔了出去。

三姑娘直瞧着她身影走得不见了，才松了口气，她嘴角不禁泛起了一丝残酷的胜利的微笑。

小鱼儿千算万算，终于还是忘记了一件事。他竟忘了天下绝没有任何一个女人不是嫉妒的。

小鱼儿在黑暗中静静地等着，竟始终瞧不见一个人影，荒郊中自然听不见更鼓，他也不知到了什么时候。

但他却还能沉得住气，这时远处终于有了人声。

小鱼儿精神一振，喃喃道："先来的不知是谁？两批人虽然都很着急，但江别鹤大约总比较沉得住气，按理说先来的应该是秦剑。"

只听人声中竟还杂着有滚滚的车轮声，隐隐的驴叫声。

小鱼儿暗道："来的果然是秦剑一伙人，竟以驴车将银子运来了……"

心念一转，忽又发觉不对。

秦剑、南宫柳那样的世家公子，要用车来运送银子，也必定是用马拉，绝不会用驴子的。

这时车马已来到他视线之内。

来的竟非秦剑和南宫柳一伙人，也不是江别鹤，竟是五六个披头散发，穿着麻衣孝服的乡下妇人。

驴车上载的也不是银子，而是口棺材。

小鱼儿不禁呆住了，半路上怎地突然杀出了个程咬金，深更半夜的，这些乡下妇人跑到这里来干什么？

只见这几个妇人走入了祠堂，竟一齐跪在地上，放声大哭了起来。左面的一个妇人磕着头哭道："我死去的公公呀，你在天上有灵，替我评评这个理吧，我为你们家守寡守了几十年，好容易守到儿子长大，指望他好生孝敬我，让我下半辈子享享清福，哪知他竟被人害死了，你叫我下半辈子怎么过呀！"

这妇人年龄看来已有四五十岁，虽然穿着孝服，但看来却还是端端正正，她一面哭，身旁的一个年轻妇人就不住替她捶背，也痛哭着道："姨奶奶，你可千万不能哭坏了身子，你伤心死了，家产可就全落到别人手里了，你又何必让别人得意？"

这边一哭，右面那妇人也不甘示弱，立刻痛哭着道："死去的公公婆婆呀，你们在天上有灵，就替我撕烂那贱人的嘴巴，儿子虽然不是我生的，但总是我们家的骨血，要算只能算我的儿子，那贱人名不正，言不顺，又算什么东西？她冤枉我，只不过是想谋夺家产罢了。”

这妇人年纪较大，长得也较丑，看来虽然瘦骨伶仃，但哭起来的声音却比什么人都大。

她一哭，身旁立刻也有个较年轻的妇人陪着哭道：“大奶奶，你千万莫哭坏了身子，大家都是有眼睛的人，绝不会让那恶毒的妇人将家产霸占去的。”

小鱼儿听了几句，心里已明白了。

到祠堂里来评理倒也没什么不该，千不该，万不该，只是不该在这节骨眼儿上撞到祠堂来。

小鱼儿实在也未想到天下竟有这么巧的事，不禁又是好气，又是好笑，真想将这些妇人赶走。

他心里正在暗骂，突见几条黑衣人影，悄然掠了过来，几个人俱是黑衣劲装，黑衣蒙面。

小鱼儿心里一跳：“江别鹤来了。”

那几个妇人还在边哭边骂，全未发觉祠堂里已多了几个人，几个黑衣人冷冷地站在后面，也不说话。

只见那大奶奶和姨奶奶本是各骂各的，此刻已变得对骂了起来。那大奶奶指着姨奶奶骂道：“你这贱人，仗着几分狐媚，迷死了我的丈夫，现在你儿子也死了，这是老天报应你，你还敢骂我？”

那姨奶奶怎肯示弱，立刻也反唇骂道：“你这醋坛子，丑八怪，自己也不撒泡尿照照自己，还想和人争风吃醋，我丈夫就是被你气死的！”

大奶奶怒道：“谁是你丈夫，不要脸，丈夫明明是我的。”

姨奶奶冷笑道：“你才不要脸，嫁给他那么多年，连个屁都没有放出来，若不是我，他死了连个上坟的人都没有。”

这姨奶奶竟是能说会道，骂起人来又尖酸，又刻毒，那大奶奶被她气得全身发抖，突然一个耳光掴了过去。

姨奶奶脸上挨了一巴掌，大骂道：“好，你敢打人，我和你拼了。”

她扑上去，就揪住了大奶奶的头发。

她们身旁那两三个年纪较轻的妇人，赶着来劝架，但到了后来，你一耳光，我一巴掌，劝架的反而打得更凶。

几个妇人揪头发，扯衣服，打作了一团，竟滚在地上，愈滚离那几个黑衣人愈近。

那几个黑衣人倒也奇怪，眼瞧着她们在面前打，竟也像是没有瞧见似的，还是冷冷地站在那里。

就在这时，只听“哧、哧、哧”一连串声响，竟有几十道乌光自那些打架的妇人堆里暴射而出。

这些暗器来得竟是又毒又快，那几个黑衣人全在暗器笼罩之下，眼见没有一个人能逃得了的。

小鱼儿早已觉得有些不对了。

这几个妇人虽是蓬头散发，脸上也是又粗又老，但每个人的手，却都是十指尖尖又白又嫩。

小鱼儿发现这点，眼睛立刻一亮，暗道：“慕容家的姑娘，果然厉害，江别鹤看来这个当是上定的了。”

他这念头刚转完，暗器已暴射而出。谁知那些黑衣人居然也似早已料到有此一招。

暗器飞出，这几人便已冲天而起，“锵！”凌空拔出了刀剑，寒光如流星，向那些妇人笔直刺下。

这些妇人竟也无一是弱者，身子一滚分开，闪过了凌空刺下的一剑，跃起时掌中都已多了件兵刃。

为首那黑衣人冷笑道：“好个无知的妇人，竟敢在我面前玩弄奸计，你们还差得远些，我早已调查过，这祠堂一家的后代，都已死净死绝……你们究竟是什么人，若不说出来，今日休想有一个能活着走出去。”

小鱼儿叹道：“这江别鹤果然是只老狐狸，无论做什么事之前，竟都先将对方每一招都提防着，将每件事都调查得仔仔细细，绝不肯放松一步。”

只见那大奶奶冷冷一笑，道：“咱们是为着什么来的，你难道还不知道？”

这句话本来很容易答复，甚至可以说不答复都没关系，但这黑衣人心计深沉，别人听来简简单单的一句话，经过他一想，却变得复杂得很。

他若说“知道”，就无异承认这“镖银”确是他动手劫下的，对方若只不过是做个圈套诱他吐实，他岂非便要上当了？

那些妇人见他迟疑不敢作答，心里也不免动了疑心。那大奶奶和姨奶奶交换了个眼色，姨奶奶道：“你究竟是什么人？难道不是为那封信来的？”

黑衣人这次再不迟疑，冷笑道：“若不是为了那封信，我怎会来到这里？”

姨奶奶道：“如此说来，那些银子你是非要不可了？”

黑衣人心里再无怀疑，厉声道：“不但要银子，还要人！”

大奶奶面色微微一变，怒道：“你要了银子，还要人？”

黑衣人道：“两样缺一不可！”

那姨奶奶大怒道：“你凭着什么，敢如此强横霸道！”

黑衣人冷笑道：“就凭我掌中这柄利剑！”

双方愈说火气愈大，小鱼儿却愈听愈是开心，只希望他们快些动手打起来，打得愈凶愈好。

只见那大奶奶和姨奶奶又交换了个眼色。

那姨奶奶大声道：“老实告诉你，银子和人，你一样也休想要得到，银子咱们根本未带来，人呢……你若想要人，咱们就要你的命！”

黑衣人目光一转，冷笑道：“我早已说过，银子和人，缺一不可，如今就先取过银子再说吧！”

话声未了，已悄悄在身后打了个手势。妇人们虽未瞧见他的手势，小鱼儿却瞧得清清楚楚。

另四条黑衣人自然也瞧见了，前面两人突然出手，刀光闪动处，竟生生将那匹拉车的驴子砍倒在地。

后面两人却提起了车上的棺材，往下一倒，只听“哗啦啦”一声巨响，棺材里倒下了无数锭银子。

虽在黑夜之中，这许多银子仍是灿烂生辉，耀人眼目，那几条黑衣大汉骤见这许多银子，竟不觉呆了。

为首那黑衣人纵声笑道：“我早已说过，你们若想弄鬼瞒我，是差得远哩！”

这银子自然正是他的镖银无疑。

说话间他已悄悄打了第二个手势，那几条黑衣大汉挥刀便待扑上。这时，就在这时，忽听又是“哧、哧、哧”一连串声响，那装银子的棺材里，竟也暴射出数十道乌光，向黑衣人们飞出。

那几条黑衣大汉惨呼一声，俱都扑倒在地。

只是为首那黑衣人站得较远，应变也较迅，剑光飞舞，震飞了暗器，但瞧见他属下竟无一幸免，目光也不禁露出惊怒之色，大喝道：“好狠毒的妇人，竟敢……”

那大奶奶冷笑接口道：“对付你这样狠毒的人，自然也只有用这种狠毒的法子！”

几个人渐成合围之势，“砰”的一声，棺材底被震得飞起，又有个人跃出来，站在黑衣人身后，厉声道：“你还有什么话说？”

那黑衣人孤零零被围在中央，竟是丝毫不惧，反而冷笑道：“想不到你们行事倒也周密，我们未免低估了你们。只是你们此刻便得意，还嫌太早了些！”

自棺材里跃出的那人一身紧衣，身材婀娜，面上虽仍蒙着层轻纱，但小鱼儿还是一眼就认出她是小仙女。

想是因为她性子急躁，又不会装假啼哭，所以别人才先要她藏在棺材里，免得露出马脚误事。

此刻她在棺材里憋了一肚子闷气，早已忍不住了，一剑刺向那黑衣人的后背，叱道：“废话少说，你拿命来吧！”

那黑衣人背后竟似生着眼睛，头也不回，反手一剑上撩，将她掌中的剑几乎脱手震飞。

小仙女手腕被震得又酸又麻，才知道面前这黑衣人竟是自己平生未遇的强敌，又惊又怒，大喝道：“你死到临头，还敢逞强！”

黑衣人借长剑一挥之势退到墙角，冷冷笑道：“死到临头的究竟是谁，你们不妨瞧瞧吧！”

大家不由自主随着他目光转头一瞧，只见这荒祠外竟多了无数条黑衣人影，一个个俱已张弓搭箭。

窗户里，墙隙间，已布满了黑黝黝的闪亮箭镞。妇人们不禁俱都为之失色。

黑衣人冷冷道："这祠堂外已伏下一百四十张铁胎弓，每张弓俱有三百石力气，我数到三，你们若还不放下掌中的兵刃，束手就缚，后果如何，你们自己也该想象得到！"

一百四十张铁胎强弓，若是分成两批，轮流不断发射，纵是顶尖的武林高手，最多也不过只能抵挡一时而已。

这些妇人心里自然也知道，自己这群人中，纵或有一两人能冲得出去，但别的人却只怕都要丧生在箭下。

几个人又聚在一起，窃窃私议。小仙女和那姨奶奶语声忽停，似要硬闯，大奶奶却紧紧抓住她们的手。

黑衣人冷眼旁观，悠然道："一！"

大奶奶突然道："银子和人就都给你如何？"

黑衣人冷冷道："你先将人……"

话声未了，突然一阵惊呼，祠堂外的黑衣人，已有几个倒了下去，严密布下的箭阵，刹那间便已大乱。

那姨奶奶眼睛一亮，娇呼道："三妹、菁妹，还不动手，等待何时！"呼声中，一柄闪亮的短剑，已向黑衣人直刺过去。

小鱼儿一听那大奶奶说出那句话来，就知道再也不能让他们谈判下去，否则这事就要揭穿了。他一念至此，掌中早已准备好的尖石，便直击出去！

他手法又快，藏身之处又隐秘，十余人被打得头破血流，满地翻滚，竟无一人瞧出那些暗器是从哪里发出的。

这时那姨奶奶短剑已化作一片寒光，转瞬间便刺出了十余剑，她虽是妇道人家，但剑法之辛捷毒辣，纵是当年浪迹江湖，时刻与人拼命的黑道豪强、白道游侠，竟也都难及得她万一。

黑衣人骤然间剑势竟被她逼住，暗中不禁吃了一惊。

这姨奶奶剑法不但狠辣，而且招招都有不惜和对方两败俱伤的姿态，放眼江湖，这样的女子委实没有几个。

再瞧那大奶奶，平剑当胸，在旁掠阵，竟无出手夹攻之意。女子和男人动手，总是吃亏些，是以女子纵然以多为胜，江湖中也没有人会说闲话的，这大奶奶到了这种地步，居然还是自恃身份，不屑以二敌一。这么大气派的女子，在江湖中更如凤毛麟角，绝无仅有。

黑衣人愈瞧愈奇怪，愈想愈吃惊。

更令他吃惊的是，那两个丫头暗器手法竟也准得吓人，只要手一扬，外面立刻就有一二人惊呼着倒下去。

小仙女更早已冲了出去，百来个黑衣大汉，此刻倒下至少已有四五十个，剩下的自顾尚且不暇，哪里还有工夫放箭？

小鱼儿瞧得张大了嘴，几乎要笑出声来，他吃了江别鹤几次亏，这口气到今天才总算是出了。

又是数十招拆过，那姨奶奶剑出更快、更毒，剑剑不离黑衣人的要害，剑尖已堪堪到了黑衣人的咽喉。别人看着，都知道她已占了上风。

却不知那黑衣人心机最多，此刻又在想着心事，掌中剑虽在展动，只不过是虚应故事，但求护身而已。此刻他心意贯通，突然朗声大笑，平平一剑削出。

那姨奶奶顿觉对方一柄轻飘飘的长剑，竟骤然变得千钧般重，剑还未到，已有一股大力涌来。她应变不及，只有挥剑迎了上去。

她剑虽辛辣，内力却和这黑衣人相去甚远，黑衣人这一剑力已用足，她舍己之长，用己之短，挥剑迎上，这无异以卵击石。

这只因她委实太小瞧这黑衣人的武功，等到发觉时却已迟了，纵然明知吃亏，也只有硬着头皮一拼。

那大奶奶瞧得清楚，失声道：“千万别和他斗力！”

她纵然不屑以多为胜，此刻事态紧急，也说不得了。喝声中，长剑挥出，也迎击了上去。只听“锵”的一声龙吟，火花四下飞溅。

大奶奶和姨奶奶以二敌一，竟还是力不能及，两人但觉半边身子发麻，掌中剑几乎脱手飞去。

小鱼儿瞧得暗暗顿足道：“这些丫头不用自己拿手的功夫，反和人家斗力气，岂不是自找倒霉么？”

只见这大奶奶和姨奶奶身子凌空飘开了两丈，几乎已退到墙上，两人临危不乱，掌中早已扣好了暗器。

慕容家的姑娘轻功暗器，天下扬名，黑衣人若是求胜心切，贪功追来，只怕就很难全身而退了。

谁知黑衣人一击未成，竟立刻住手，朗声笑道：“今日我什么都不要了，就此别过。”一面说话，身子已向后退。

这一招倒是连小鱼儿都大感意外，那大奶奶和姨奶奶见他明明占了上风，却反而要走了，不禁更是奇怪。

姨奶奶忍不住道：“你方才死命逼人，此刻却想一走了之，这是为了什么？”

黑衣人大笑道：“方才我不知你们是谁，若是走了，日后再也难以寻找，那时我自然是万万不肯走的！”

姨奶奶道：“现在呢？”

黑衣人冷笑道：“慕容家的姑娘有名有姓，有家有业，我今日要不回东西来，以后日日到府上拜访，还怕要不回来么？”

姨奶奶变色道：“你已瞧出了咱们的来历？”

黑衣人道：“慕容二姑娘剑法辛辣，天下皆知，我若再瞧不出，就真是瞎子了！”

那姨奶奶突然自头上扯下了把头发、一张面具，露出了一张白生生的脸，只见她杏眼圆睁，柳眉带煞，冷笑道：“你认出了我，我却不认得你，日后正是再也打不着你了，你想想，今天咱们还能让你走么？”

一人大声接口道：“他走不了的！”

小仙女已挡在黑衣人身后，堵住了门。

黑衣人厉声狂笑道：“我今日若走不脱，方才也不会说那番话了！”

慕容双喝道：“我们要看看你如何走得脱！”

这位慕容二姑娘，脾气果然急躁，方才虽吃了个亏，此刻竟丝毫不惧，挥剑又扑了上去。

只听“当”的一响，那大奶奶竟拦住了她的剑。

慕容双怒道：“三妹，你难道要放他走，你难道不想寻回九妹了么？”

慕容珊珊道：“我看此事，其中似乎有些蹊跷。”

慕容双道：“什么蹊跷？”

慕容珊珊道：“此人既将我等约来，便应早已知道我们是谁，但他却直到此刻才知道我们的来历，这岂非有些奇怪么？”

慕容双怔了怔，还是跺脚道：“这有什么奇怪，谁知道他这不是在装佯。”

小仙女应声道：“不错，先制住他再说。”

那黑衣人一直留神倾听，此刻突然大声道：“三位且莫动手，你我只怕都中了别人挑拨之计了。”

话声未了，忽听“哗啦啦”一阵响，一只香炉，从屋梁上滚了下来，还带着拉下了一大条白布。

那白布上竟写着：“江别鹤，你作恶多端，到现在想赖也赖不掉了！”

白布上碗大的黑字，虽在黑夜中也瞧得分明，几人见了，俱是大吃一惊。

慕容双失声道：“你……你竟是江别鹤？”

黑衣人目中露出惊惶之色，他听了慕容姑娘的对话，已知道自己虽然精打细算，今日还是落入了别人的圈套，却连那真正在暗中主谋的人是谁都不知道。

他心机素多，别人只想起了一件事，他已想起了十件，这有时反而害了他，只因他心里有事就忘了答话。

慕容双冷笑道：“堂堂的江南大侠，竟也做出这样的事来，倒真是令人想不到的。”

黑衣人还未答话，只听又是“哗啦啦”一阵响，一个香炉盖从梁上滚了下来，又带下条白布。

白布上还是写着海碗那么大的字：“江别鹤，你藏的人已被寻着了，你还有什么话说。”

这些布条，自然是小鱼儿方才早已准备好的，他将布条一端钉在梁上，用香炉包着布条的另一端，又在香炉下系着条又长又细的线，从屋梁上绕到他藏身之地，只要线一拉，香炉滚下来，布条自然也就随着落了下来。

方才他听得慕容珊珊愈说愈不对了，再说下去，他这妙计便要被揭穿，所以赶紧将线一拉。

他算定秦剑等人此刻必定已在江别鹤屋里寻着了慕容九，等到他们将慕容九带来，江别鹤纵有一百张嘴，也休想辩说得清了。这计划原是万无一失，他做梦也想不到其中竟会出了差错。

# 第五十六章

## 作法自毙

两张布条落下后，就连慕容珊珊心里也再无怀疑，小仙女和慕容双更是满面杀气，恨不得将江别鹤先宰了再说。

那黑衣人既未承认自己就是江别鹤，却也未否认，竟是一言不发，眼睛只是瞪着对方的几柄剑。

慕容双瞪着眼睛道："三妹，现在你说怎么办？"

慕容珊珊叹了口气，道："先拿下他再说吧。"小仙女等不及她这话说完，掌中剑已刺了出去。

她剑法迅急泼辣，慕容双剑法辛狠辣恶。

慕容珊珊的剑法虽然急不如小仙女，狠不如慕容双，但眼光敏锐，头脑清楚，每刺一剑，定是对方的必救之处。

这三个人三柄剑，可说都不是好惹的，而且姐妹自幼同堂练剑，招式配合得更是滴水不漏。

那黑衣人武功虽高，却也难以应付，挡了几招，剑法突转凌厉，已是以进为退，想夺路而逃了。

怎奈对方三个女子，与人交手经验之富，并不在任何人之下，他剑法一变，三个人已全都瞧破了他的心意。

他不走还好，这一想走，对方更是认定了他无私也有弊，小仙女与慕容双更是不要命地缠了过来。

她们带来的三个丫头，应付外面剩下的黑衣大汉们，竟也是绰绰有余。

黑衣人头上汗珠已湿透了蒙面的黑巾，这才知道名动天下的慕容姐妹，果然不是好斗的。他却不知道剑法还非慕容姐妹所长，暗器轻功，才是她们的绝技。只是此刻她们生怕他见隙而逃，是以才没有抽身使出暗器。

只听“嗖”的一声，慕容珊珊一招“分花拂柳”，迎面刺来，剑光闪动不歇，也不知是虚是实。

她这一招其实不在伤敌，只在眩乱对方的眼目，好叫别人出手，但黑衣人若不闪避，虚招立刻变成实招。

黑衣人不假思索，斜身扬剑，小仙女与慕容双果然已等着他了，剑光如惊鸿交剪，左右刺来。

她三人所使出的这三招，并非什么高妙的招数，但配合得却实在佳妙无比，三招普普通通的剑式一齐刺来，威力何止大了三倍？闪动的剑光，竟将对方的所有去路全都封死，眼看是避得开这一剑，也避不开那一剑的。

谁知黑衣人一招挡开了慕容珊珊的剑后，竟突然松手，抛却了掌中剑，出手如风，已捏着了慕容珊珊的手腕。

这一招变得委实险极，也委实妙极，若非他这样的人，也想不出这样的招式，就连小鱼儿瞧得都几乎失声喝彩。

黑衣人另一只手已到了她咽喉，叱道：“你们还要不要她的命？”

这时黑衣人虽然背后全是空的，小仙女与慕容双的两柄剑，随时都可以将他身子刺上几个窟窿。

但慕容珊珊性命已被别人捏在掌中，她两人又怎敢出手？两柄剑抵住黑衣人的身子，竟不敢刺下去。

慕容双跺脚道：“快放手，否则我就宰了你！”

黑衣人冷笑道：“你们若不放手，我就宰了她！”

小仙女道：“你先放，我们就放。”

黑衣人大笑道：“男儿不该与女子争先，还是你们先放吧！”

慕容双怒道：“我们怎能信得过你？”

黑衣人冷冷道：“我也未见能信得过你们！”

双方谁也不敢出手，却也不敢放手，这样僵持了一会儿，小仙女与慕容双性子急躁，早已急出了满头大汗。

慕容珊珊反倒不着急，缓缓道：“二姐你们切切不可放手，他是决计不敢伤我的。”

黑衣人冷笑道：“我素来沉得住气，就这样耗下去也没关系。”

慕容双怒极之下，剑尖忍不住向前一移，那边慕容珊珊立刻就透不过气来。

小仙女怒吼道：“你究竟要这样耗到几时？”

黑衣人道：“直到你们放手为止。”

小仙女满头大汗，似已急得不知该如何是好。

小鱼儿苦笑暗道：“傻丫头，你着急什么，你难道还怕没有帮手来么？”

就在这时，远处三条人影一闪，刹那间便到了眼前，果然是南宫柳、秦剑与顾人玉来了。

小鱼儿、慕容姐妹俱都大喜，但那黑衣人有恃无恐，竟也不甚惊惶——秦剑来了，更不会让慕容珊珊死的。

他只要挟持着慕容珊珊，就不愁走不出去。

秦剑见到爱妻被人挟制，面色果然大变，顾人玉江湖经验最嫩，瞧见这情况，更是呆住了。

小仙女跺脚道：“呆子，你还不过来帮忙？”

黑衣人大喝道：“谁敢过来！”

秦剑道：“这……这究竟是怎么回事，朋友有话好说。”

黑衣人厉声道：“此事纯属误会，但事已至此，我纵然解释，你们也是不会相信的，什么话只有等我先走出去再说了！”

这时南宫柳已瞧见了梁上挂着的布条，失声道：“阁下莫非真的是江大侠？”

小仙女喝道：“什么狗屁的大侠，此人正是江别鹤！”

慕容珊珊喘了口气，道：“你们先别管我，先问问九妹可曾找着了么？”

南宫柳叹了口气，道：“我等方才已到江大侠的居所去了一次……”

小鱼儿听到这里，一颗心已拎了起来，他们若在江别鹤住所寻着了慕容九，又怎会还对他如此客气，称他为“大侠”！

慕容珊珊也已着急道：“九妹难道不在那里？”

秦剑急道：“你先别管九妹，你自己……你自己……”

南宫柳苦笑道：“九妹并不在江大侠那里，我等只怕是全都被人捉弄了！”

小鱼儿这一惊才是非同小可，几乎要从藏身之处跳了出来。慕容九怎会不在那里，莫非是他们找错了地方？

秦剑道："我等方才也见过了那花无缺公子和铁心兰姑娘，都说九妹早已失踪，绝不会和江大侠有关！"

慕容双怔在那里，剑已不觉垂下。

小仙女喃喃道："铁心兰想来是不至于帮江别鹤说话的。"

慕容珊珊叹了口气，道："我也早已觉得此事有些不对，试想江大侠若存心要我们赎金，为何要自己出头？纵然他自己来了，又怎会不知道我们是谁？何况，他要将九妹藏起，地方也多得是，又何必藏在自己的居处？"

秦剑顿足道："这件事你既然早已想到，为何还要与江大侠动手？"

他见到那黑衣人还未松手，自然只得先责备妻子的不是。

慕容双却不服道："他……江大侠自己一句话不说，咱们怎会知道？"

慕容珊珊眼珠子一转，突然问道："但……阁下是否真的是江别鹤大侠？"

这句话问出来，众人又不觉动了疑心。

只见黑衣人终于缓缓放下了手，微笑道："误会既已解开，在下是否江别鹤都是一样的了。"

他竟是还不揭开蒙面的黑巾。

秦剑早已蹿到慕容珊珊身旁，悄声道："你没事吧？"

慕容珊珊一笑握住了他的手，眼睛却还是盯着那黑衣人道："贱妾等伤了江大侠那么多属下，实是罪该万死，但望江大侠恕罪。"

她故意将"江大侠"三个字语声说得特别重些，而且一连说了两次。

黑衣人还是既不承认，也不否认，笑道："双方既已出手，伤亡在所难免，又怎能怪得了夫人？只是，那暗中陷害我等的人，却实在可恨！"

说到这里，他一双冷森森的眼睛，突然盯到小鱼儿的藏身之处，众人的目光也不禁随之望了过去。

慕容双大声道："不错，那人的确是不能放过！"

小仙女道："我若找着了那人，先割下他的舌头，挖出他的眼睛，再问问他为什么要使出这害死人的毒计。"

几个人一面说话，一面已将小鱼儿的藏身之处隐然围住。这许多顶尖高手将一个人围住，无论是谁，也是休想逃得了的。

小鱼儿掌心也不觉沁出了冷汗，他知道这些人若是抓住了自己，那后果真也是不堪设想。他弄巧成拙，害人不着，竟害着自己。

就在这一瞬间，他脑筋已动了几百次，却也想不出一个法子能逃得了。

这时那黑衣人已冷笑道："到了这时，阁下还不出来么？"

慕容双恨声道："你既然早已知道他藏在这里，为何不早说？"

黑衣人道："那时我见到暗器自这里飞出，击伤了在下的同伴，还以为是夫人们预先将人埋伏在这里的。"

小鱼儿暗骂道："这双狗眼，倒当真是毒得很。"

他骂尽管骂，却已知道自己此番是在劫难逃的了，要想从这些人包围中冲出去，那岂非是做梦？

只听黑衣人冷冷道："朋友再不自己出来，在下便要令人发箭了！"

慕容双突然抢过柄弓箭，大声道："且叫你见识见识慕容姑娘弓箭上的本领！"

小鱼儿那天参观慕容双的闺房后，便已知道她在弓箭上必有非凡的身手，他可不愿蹲在这里做她的箭靶子。

就在这时，忽听一人咯咯笑道："这里好热闹呀，莫非是看戏么？"

众人不由得齐地转头望去，只见一人长袍披发，咯咯地痴笑着，幽灵般走了过来，不是慕容九是谁！

慕容九方才到哪里去了？此刻又怎会来到这里？这的确连小鱼儿也瞧得怔住了。

慕容姐妹惊喜交集，失声呼道："九妹，你可想死我了！"呼声中，两人已扑过去抓住了慕容九的手。

慕容九瞧了她们一眼，目中却满是茫然之色，咯咯笑道："你们是谁？我不认得你们呀！”

慕容双颤声道：“九妹……你……你难道连二姐都不认得了么？”话未说完泪珠已夺眶而出。

慕容珊珊也是热泪盈眶，流泪道：“九妹，你怎地会变得如此模样？”

慕容九痴痴地瞧着她们，也不说话。

顾人玉终于忍不住走过去，颤声道：“九妹！你认得我么？”

小仙女顿足道：“她连二姐三姐都不认得了，又怎会认得你？”

顾人玉垂下头来，眼泪已滴在地上。

秦剑与南宫柳亦是满面惨痛之色。

慕容双顿脚道：“是谁将她害成这样子？是谁？”

小仙女突然大哭道：“她见了小鱼儿死而复活，所以才吓成这样子的。其实小鱼儿根本没有死，是故意吓吓她的。”

慕容双大喝道：“谁是小鱼儿？他现在哪里？”

小仙女道：“现在只怕是死了。”

慕容双怔了怔，道：“你方才说他未死，此刻又说他死，他到底死了没有？”

小仙女道：“他本来没有死，后来却跌到悬崖死了。”语声微顿，又道：“但这人一肚子鬼主意，一身鬼本事，别人明明算定他死了，他却常常没有死，没有亲眼瞧见他的尸身，谁也不敢说他是否真的死了！”

黑衣人突然道：“他还没有死。我最近又瞧过他的。”

慕容双大声道：“你知道他在哪里？”

黑衣人冷冷道：“依我看来，他此刻只怕就在……”

他像是已猜出藏着的便是小鱼儿，小鱼儿一颗心又拎了起来，哪知他一句话还未说完，慕容九突然大声道：“小鱼儿……小鱼儿！我想起来了！”

大家又是既惊且喜，慕容双颤声道：“你……你什么都想起来了么？”

慕容九痴痴地瞧过她，缓缓道：“你是二姐。”

慕容双狂呼一声，抱住了她，竟欢喜得放声痛哭了起来。

慕容珊珊也不觉喜极而泣，道：“九妹……九妹……天可怜见，你终于好了。”

慕容九笑道：“三姐……三姐，我还能见着你们？我这是在做梦么？”

姐妹又笑又哭，哭成一团，小鱼儿在一旁偷偷瞧着，眼睛竟也不觉湿了，心里也不知是何滋味。

只听那黑衣人突然叹道：“那江小鱼将令妹害成如此模样，江湖中谁也放不过他的。”

他留在这里不走，原来就是为了对付小鱼儿的，生怕慕容姐妹欢喜中忘记这事，赶紧又提醒了一句。

慕容双果然顿住哭声，恨恨道：“我若知道那小贼在哪里，不宰了他才怪。”

慕容九忽又接口道：“这事其实是怪不得小鱼儿的。”

这句话说出来，大家又吃了一惊。最吃惊的当然还是小鱼儿自己，其次就是小仙女了。

她忍不住问道：“不怪他怪谁？你不是恨他入骨的么？”

慕容九凄然一笑，道：“我见他死而复活，当时骇了一跳，虽然有些迷迷糊糊，但过了没有多久，便已渐渐清醒了过来。”

慕容双奇道：“你既然早已清醒，为何方才不认得我们？”

慕容九道：“那是被江别鹤害的。”

这句话说出来，连小鱼儿也糊涂了。

江别鹤又怎会害她？

只听慕容九接着道：“他见我清醒，就又以迷药迷住了我，他想乘我晕迷时，逼我和他……和他成亲，为的也是想做慕容家的女婿，他日日夜夜看着我，直到方才，我见他不在，才偷偷溜出来的。”

众人方才虽已认为江别鹤受了冤枉，但此刻这话亲口从慕容九嘴里说出来，那还会假么？

慕容双怒喝道：“好个可恶的江别鹤，咱们竟险些被他骗过了！”

南宫柳亦自怒道：“难怪我等方才寻不着她，原来她已自己逃出。幸亏老天有眼，叫她逃来这里，这当真是天网恢恢，疏而不漏。”

喝声中，几个人又将那黑衣人团团围住。

小鱼儿瞧得可真是又惊又喜，但却又是满头雾水，一肚子糊涂，事情竟会演变到这地步，小鱼儿就算真的是天下第一聪明人，却再也想不通是怎么回事。

只听慕容双喝道："江别鹤，你到现在还有何话说？"

谁知那黑衣人竟忽然放声大笑起来，道："谁说我是江别鹤？"

他顺手抹下了蒙面的黑巾，露出了一张满是虬髯的脸，众人俱都瞧过江别鹤，这张脸果然不是江别鹤。大家不禁都怔住了。

慕容双失声道："你究竟是谁？"

慕容珊珊道："你若不是江别鹤，江别鹤在哪里？"

黑衣人大喝道："江别鹤就在这里！"

他竟突然冲入了小鱼儿藏身之地，呼道："江别鹤，你出来吧。"

呼声中一掌闪电般拍下。

# 第五十七章

## 意外之外

小鱼儿见黑衣人闪电般一掌拍下，又是一惊，百忙中迎了一掌，喝道："你才是江别鹤易容改扮的，骗得了谁？"

那黑衣人竟也喝道："你才是江别鹤易容改扮的，骗得了谁？"

小鱼儿眼珠子一转，破口大骂道："江别鹤，你这恶贼，你这混账王八蛋，屁精活乌龟！"

他算定江别鹤也是个人物，怎肯自己骂自己。

哪知黑衣人也大骂道："江别鹤，你这恶贼，你这混账王八蛋，屁精活乌龟！"

小鱼儿大笑道："我就算不能逼出你的原形，听你自己骂自己，倒也出了我胸中一口恶气，哈哈，自己骂自己乌龟，可笑呀可笑。"

那黑衣人竟也大笑道："我就算……"

他竟然将小鱼儿说的话，一字不改、原封不动地说出来，小鱼儿骂得愈来愈开心，他也骂得毫不逊色。

两人一面骂，一面打，众人都不觉瞧得呆了。

慕容珊珊道："江别鹤武功人称江南第一，想必不差。"

慕容双道："不错，武功高的一个，必定就是江别鹤！"

只见两人拳来脚往，不但功力俱都极深，招式也是千变万化，奇诡绝伦，竟都是顶尖儿的高手。

一时之间，谁也分不出他们武功谁强谁弱。

只听"砰砰蓬蓬"之声不绝于耳，无论什么东西只要挨着他们的拳风，立刻就被打得粉碎。

只见两人从里打到外，从近打到远。

要知这黑衣人虽不愿被人瞧破来历，小鱼儿却也是如此。两人抱着同样的念头，自然愈打愈远。

两人招式看来虽仍凌厉，其实都已不愿再缠战下去，突然齐地一纵，一个往东，一个往西。

两人身法俱快，慕容双等人虽然追来，却已追不着了。何况他两人分头而逃，大家也不知该去追谁。

就在这时，突见一个人自树林的暗影中掠了出来，竟拦住了小鱼儿的去路，指着小鱼儿怪笑道："这才是江别鹤，这才是真的。"

目光下瞧得清楚，这人竟是那"损人不利己"的白开心。

小鱼儿又惊又怒，喝道："你疯了么？你不想要解药救命了？"

白开心嘻嘻一笑，道："谁救谁的命？你害了我，我不害你？"突然一个筋斗，倒纵了出来，走得瞧不见了。

这时慕容姐妹等早已赶来，几柄剑已将小鱼儿围住。

慕容双怒道："江别鹤，这次若再让你逃了，我就不姓慕容。"

小鱼儿跳脚道："谁是江别鹤？王八蛋才是江别鹤！"

慕容珊珊冷笑道："你不是江别鹤为何要逃？"

小鱼儿愣了愣，这句话他实在回答不出。

慕容双应声喝道："是呀，你若不是江别鹤，为何不让我们检查检查你的脸？"

她们上过一次当，再也不肯上当了，嘴里说话，手也不停，掌中剑刺出去一剑比一剑狠。

小鱼儿道："我堂堂男子汉，怎能让你们女子碰我的脸，常言道，男人脸上有黄金，女人手上有粪土。"

他一急之下，索性胡说八道起来，也正是想借此激怒她们，自己才好有机会冲出去。

慕容双果然大怒道："放屁，你脸上才有粪土。"

小仙女道："你少时落在姑奶奶手中，不将你泡到粪缸去才怪。"

小鱼儿道："就算泡在粪缸里，也不能被女人摸来摸去。"

众人已猜出他心意，知道他故意胡言乱语来打岔，谁也不再理他，只有那顾人玉最老实，忍不住道："我不是女人，你让我检查检查如何？"

小鱼儿道："你原来不是女人么？我还以为你也是她们的妹妹

哩。”

他自己说着，自己也不觉好笑，刚笑出来，“哧”地，前胸衣裳已被划破，若不是他武功精进，肠子只怕已被划了出来。

到这种时候，他反正已豁出去了，瞧见秦剑与南宫柳未动手，只是在旁掠阵，便又笑道：“慕容家的女婿，江湖中是人人羡慕的，都说你们艳福不浅，依我看来，却不如娶得麻子跛脚还好得多。”

他嘴里说得开心，肩头又着了一剑，虽未伤着骨头，但剑锋过处，鲜血已汩然流了出来。

只听秦剑冷笑道：“秦某本不想以多欺你，但你如此，我也说不得了。”

话声中已刺出三剑，这三剑功沉力猛，面面俱到，正好补上了慕容姐妹剑法沉稳之不足。

他心里虽暗暗叫苦，嘴里还是不饶人，大笑道：“南宫柳，你为何不也一起上来呀，难道你武功原本见不得人，只是靠老婆在江湖中混的么？”

南宫柳面色果然微变，突然沉声道：“腹结、府舍……市风、渎中……环跳……”

话未说完，已有三柄剑照着他所说的部位刺了出去。“哧”的一声，小鱼儿“环跳”穴旁又被划了条血口。

此刻他冷眼旁观，嘴里淡淡道来，正是小鱼儿难以闪避、难以招架的破绽之处。这一来小鱼儿更是手忙脚乱。

只听南宫柳接着道：“灵门、中府……阴市、梁邱……承扶！”

“唰、唰、唰”三剑过后，小鱼儿“承扶”穴旁果然又挨了一剑，他心里本在暗自思忖着道：“我听你先说出部位，难道不会躲么？”谁知等着别人说出来时，他竟是偏偏躲不开。

南宫柳纵横全局，对小鱼儿的出手已了如指掌，所指点出来的部位，自然正是小鱼儿的必败之处。

南宫柳又道：“幽门、通谷……府会、归来……涌泉！”

这“涌泉”穴乃是在脚底之下，小鱼儿听得不禁一愣，心想：“你们的剑难道还能刺在我足底么？”

只见慕容珊珊剑势击来，直刺“府会”“归来”两穴，他本可躲避，怎奈别的剑已封住了他去路。

他危急之中，不及细想，只有飞起一脚，去踢慕容珊珊握剑的手腕。慕容珊珊剑虽退去，但慕容双“唰”的一剑刺来，正恰巧刺在他“涌泉”穴上，小鱼儿穿着皮靴，这一剑伤得虽不重，但他却已不觉冷汗涔涔而落。

南宫柳悠然道：“神堂、心俞……委中、阴谷……缺宣！”

这一次小鱼儿更加注意，全神贯注，防护着“缺宣”穴，谁知后背一凉，“会阳”穴旁已中了一剑。

而南宫柳正恰巧在此时道：“会阳！”

小鱼儿不禁暗叹一声：“罢了……”

哪知就在这时，远处突然传来慕容九的惨呼声：“救命呀……江别鹤……你这恶贼……三姐……二姐……救命……”

呼声一声比一声远。

慕容珊珊大骇道：“不好，我们将九妹忘在那祠堂里了！”

小仙女道：“江别鹤在那边。”

顾人玉道：“这人果然不是江别鹤！”

纷纷呼喝间，已都向慕容九声音传来处飞扑过去，只南宫柳走得最慢，竟向小鱼儿微一抱拳，道：“阁下身手非凡，似是集各门之长，卓然自成一家，只是出手间还不能浑然圆通，似是易露破绽。想是因为阁下旁骛太多，不能专心于武，日后若能改去此点，我纵在旁指点，也是无用的了。”

小鱼儿愣了一愣，道：“你为何要对我说这些话？”

南宫柳道：“阁下实非江别鹤，江别鹤出手必不致如此生疏。”

小鱼儿怒道：“你早看出来了，为何不早说？”

南宫柳道：“在下虽早已瞧出，但那时还想瞧瞧阁下究竟是谁，是以也未说破，此刻既是九妹有难，自又当别论了。”

小鱼儿叹了口气，道：“只怕是我骂了你两句，你就故意叫我受些苦吧！”

南宫柳微笑道：“在下若非心中也有些不安，又怎会对阁下说那番话……”微一抱拳，也展动身形追去了。

南宫柳已走得没影子，小鱼儿还是在反复咀嚼着他方才说的那番话，愈想愈觉滋味无穷。

“……想是因为阁下旁骛太多，不能专心学武……”

小鱼儿叹了口气，喃喃道：“他这话倒还真是说在我节骨眼儿上了，看来这些武林世家的子弟的确是有些门道的，倒也轻视不得。”

他呆了半晌，放开大步，向前走去，只想先寻着那“损人不利己”的白开心好好算一算账。

他一面走，一面又忍不住喃喃自语道：“白开心怎会突然不怕死了，连解药也不想要？慕容九又是怎么回事？此刻又是否真的是被江别鹤劫去了？”

小鱼儿愈想愈糊涂，索性不再去想了，但觉满身伤口，都发起疼来，就在树林里找了株大树坐下歇歇。

这时星群渐稀，东方渐渐露出了曙光，树林里渐渐响起了啾啁鸟语，大地显得说不出的和平宁静。

小鱼儿闭起眼睛，喃喃道：“我只怕真的是闲事管得太多了，但一个人光吃饭不做事也不行呀，何况，事情找上门来时，想躲也躲不了的。”

谁知就在这时，忽听一人呼唤着道：“小鱼儿……小鱼儿……你在哪里？”

小鱼儿跳了起来，苦笑着：“事情果然真的找上门来了……却不知来的这人是谁？又怎会知道我在这树林子里？”

只听那人又道：“小鱼儿，我知道你就在这树林子里，你快出来吧，我有很要紧的话要对你说……你还不出来么？”这声音竟似慕容九。

小鱼儿眼睛一亮，笑道：“若是慕容九，来得倒正好，我正想找她，她就来了。”

只见一人披发长袍，踏着乳白色的晨雾飘飘而来，看来就像是乘云飞降的山林女神，可不正是慕容九。

小鱼儿突然跳到她面前大声道：“喂！”

慕容九像是骇了一跳，抚着胸口，娇嗔道：“你又想吓死我？”

小鱼儿上下瞧了她两眼，笑道：“半天不见，你看来愈发漂亮了。”

慕容九抿嘴笑道：“半天不见，你看来也愈发英俊了。”

小鱼儿嘻嘻笑道："你不恨我了？"

慕容九道："女人的心，常常会变的，你难道不懂么？"

小鱼儿道："我正是上过女人的当了。"

慕容九笑道："谁让你上当的？谁骗过你？莫非是……那位铁姑娘？"

小鱼儿心里一痛，大声道："不是！是慕容九。"

慕容九咯咯笑道："我几时骗过你了？"

小鱼儿眼睛里发着光，一字字道："你不是慕容九！"

慕容九大笑道："我不是慕容九是谁？难道你也发了昏，竟不认得我了？"

小鱼儿瞪着眼瞧了她半晌，突然跳起来，翻了个筋斗，落在地上，又揉了揉眼睛，终于大笑道："我想来虽绝不会是你，但却又一定是你。"

慕容九笑道："你到底说我是谁呀？"

小鱼儿一把抓住她，大笑道："你是屠姑姑……屠娇娇！"

那"慕容九"也瞪着眼睛瞧了他半晌，突也大笑道："小鬼头，到底是你聪明，果然被你瞧出来了，普天之下，除了你之外，只怕谁也瞧不破我的。"

小鱼儿道："不错，只是……我又不相信屠姑姑真的会到这里来，我简直做梦也想不到你会离开恶人谷。"

屠娇娇竟叹了口气，缓缓道："天下有许多事，都是人想不到的。"

小鱼儿瞪大眼睛，道："我实在想不到屠姑姑竟也会叹气了，也想不出你怎会离开了恶人谷，更想不到你怎会知道我的事，而扮成了慕容九。"

他心里想不通的事实在太多，忍不住一口气问了出来。

屠娇娇笑道："你连珠炮似的问了我这么多，叫我怎么回答你呀？"

小鱼儿道："这一两年来，根本就没有人知道我在哪里，你又怎会知道我的事，又怎会扮成慕容九呢？"

屠娇娇笑道："我离谷之后，虽然听见过一些你的杰作，但确实不知道你躲到哪里去了，打听也打听不出。”

小鱼儿得意地眨了眨眼睛，笑道：“你当然打听不出，我若想躲起来，谁能知道我在哪里？”

屠娇娇道：“我找来找去找不着，前几天却在无意中见到了你。我非但见过你，还跟你说过话。”

小鱼儿摸着头，苦笑道：“这倒怪了……我居然还跟你说过话？”

屠娇娇咯咯笑道：“你那时好凶呀，直瞪着眼睛叫我滚，我可真是不敢惹你，只好被吓得乖乖地远远滚开了。”

小鱼儿跳了起来，瞪着眼大笑道：“我知道了，你就是……就是……”

屠娇娇悠然笑道：“我就是罗九兄弟楼下的那傻丫头。”

小鱼儿大笑道：“我实在佩服你，你实在装得太像，我真是做梦也想不到。”

他大笑了一阵，忽又顿住笑声，问道：“但在那天之前你并没有见过我，是么？”

屠娇娇道：“没有。”

小鱼儿道：“你当然也不会算到我会到罗九家里去的。”

屠娇娇笑道：“我又不是神仙，自然算不出的。”

小鱼儿道：“那么你又怎会扮成个傻丫头，躲在那里等我？”

屠娇娇目中突然射出了凶恶的光芒，一字字道：“我为的是那罗九兄弟！”

小鱼儿恍然道：“我知道了，他兄弟本和你有些仇恨。”

屠娇娇道：“我此番出谷，除了找你之外，还一心要找两个人。”

小鱼儿道：“你要找的，就是他们？”

屠娇娇也不回答，只是缓缓接着道：“二十年前‘十大恶人’中，有五个被逼入恶人谷，那时情形十分危急，他们走得十分仓促，所以有许多重要的东西，都来不及带走。”

小鱼儿点头道：“不错，你和李叔叔、杜叔叔等人，纵横江湖多年，自然不会是身无长物，而能被你们瞧得上眼的东西，自然也必定珍贵得很。”

屠娇娇道：“你知道，我们在江湖中根本没有朋友，只有‘十大恶人’中另外那五个人，勉强可以算是和我们臭味相投。”

小鱼儿微笑道：“这点我当然清楚得很。”

屠娇娇道：“所以，我们只有将东西交给他们。但那‘狂狮’铁战总是疯疯癫癫，发起疯来时，连自己的命都可以不要，何况是别人交给他的东西？那‘损人不利己’白开心非但靠不住，而且又和李大嘴是对头。”

小鱼儿笑道：“若是交给‘恶赌鬼’轩辕三光，又怕他输光。”

屠娇娇忍不住也笑道：“是呀，‘恶赌鬼’虽然赌了一辈子，虽然自命赌得比谁都精，但还是常常输得几乎连裤子都没有，总是等到‘天光，人光，钱也光’时才肯罢手，他那轩辕三光的名字，正也是为此而来的。”

小鱼儿笑道：“常言道，久赌神仙输，何况他还只不过是个赌鬼而已，还够不上神仙的资格又怎么能不输？”

屠娇娇道：“那时，大家本决定要将东西交给‘迷死人不赔命’萧咪咪的，但她却又偏偏不知躲到哪里去了，我们竟找她不着。”

屠娇娇又接着道：“所以我们想来想去，只有将东西交给那欧阳兄弟。”

小鱼儿道：“依我看，这兄弟两人更靠不住，这兄弟既然连拼命都要占人便宜，你们将东西交给他们，岂不是送羊入虎口？”

屠娇娇苦笑道：“那时我们虽也想到这点，但这欧阳兄弟平生最怕的，就是从不爱占人便宜、只爱杀人的‘血手’杜杀，所以咱们便认为他们绝不敢将东西吞没的，谁知这兄弟俩一打算盘，想到‘血手’杜杀既已逃到恶人谷不敢出头，为何还要怕他，竟真的将东西吞下去了。”

小鱼儿道：“所以你一出谷，就找他们？”

屠娇娇道：“正是！”

小鱼儿眨着眼睛道：“那欧阳兄弟莫非和罗九兄弟有什么关系不成？”

屠娇娇一字字道：“罗九兄弟，就是欧阳兄弟！”

小鱼儿失声道：“难怪他们手段那么毒辣，我早已疑心他们的来历绝不寻常……不过，据我所知，他们和那欧阳兄弟长得一点也不像呀！”

屠娇娇道："这些年来，他们故意将自己养得又肥又胖，整个人都像是肿了起来，他们两人本来比鬼还瘦，这一发起胖来，连脸上的样子都变了，简直没有人再认得出他们。这兄弟当真比谁都精，竟想出了个最好的易容之法。"

小鱼儿拍手道："不错，用这天生长出来的一身肥肉来易容，当真是再好不过，他们想出来的这法子，当真妙绝天下！"

屠娇娇道："所以，我就将他们选来的一个傻丫头，拖出去宰了，再扮成这傻丫头的模样，他们果然没有瞧出来。但我却瞧出了他们的破绽，早已瞧出他们就是欧阳兄弟，只是我若立刻揭穿，既怕他们跑了，又怕他们不肯说出那批东西的下落。"

小鱼儿道："所以，你还要等到查出那批东西的下落后再动手？"

屠娇娇道："本来我虽不知道那痴痴呆呆的少女就是慕容九，但已觉得她有些奇怪了，所以我在闲着无聊时，就早已照着她的脸做了副面具，否则在方才那么短的时间里，我手边什么都没有，又怎扮成她的模样？"

小鱼儿眼珠子转动，突然冷笑道："你做成这面具，只怕并不是为了闲着无聊吧！"

屠娇娇笑道："那么，你说我是为了什么呢？"

小鱼儿道："你本想在必要时，将她也宰了，扮得她的模样，那'罗九'兄弟更不会提防于她，你要查什么事，也就更容易了。"

屠娇娇笑道："究竟是你这小鬼聪明，我的心意也只有你猜得中。"